Ashley Carrington führte dreißig Jahre das Leben einer ganz normalen amerikanischen Hausfrau im Süden der USA. Als ihre Ehe scheiterte, begann sie zu schreiben und konnte auch bald erste Erfolge erzielen. Sie lebt heute als freie Schriftstellerin mit ihren beiden Kindern in New York.

Von Ashley Carrington sind außerdem als Knaur-Taschenbücher erhältlich:

»Jessica oder Die Irrwege der Liebe« (Band 1184)
»Jessica oder Das Ziel aller Sehnsucht« (Band 1388)
»Jessica oder In der Ferne lockt das Glück« (Band 1537)
»Jessica oder Was bleibt, ist die Hoffnung« (Band 1653)
»Valerie – Erbin von Cotton Fields« (Band 2021)

Vollständige Taschenbuchausgabe 1988

Umschlaggestaltung Adolf Bachmann
Umschlagillustration San Julian/Norma
Druck und Bindung Elsnerdruck, Berlin
Printed in Germany 5 4 3 2 1
ISBN 3-426-02022-X

Ashley Carrington:
Valerie –
Herrin auf Cotton Fields

Roman

Knaur

Für R.M.S.,
der das Unmögliche
möglich machte.

PROLOG

Schüsse aus einer großkalibrigen Schrotflinte zerrissen die trügerische Stille der Augustnacht auf COTTON FIELDS, vermischten sich mit gellenden Schreien und scharfen Befehlen. Hunde kläfften wie wild. Türen schlugen im Herrenhaus, verschlafene Männer und Frauen stürzten aus ihren Zimmern, liefen verstört über die Gänge, redeten aufgeregt durcheinander.

Henry Duvall hörte nichts von all dem, auch nicht die wütende Stimme seines Vaters, der die Handvoll aufständischer Sklaven zum letztenmal aufforderte, ihre Geisel freizugeben und mit erhobenen Armen aus dem Haus des Aufsehers herauszukommen. Er hörte nur das Wimmern von Alisha. Sie rang mit dem Tod. Ein halbes Dutzend Messerstiche hatten ihren Leib gräßlich entstellt, und es war ein Wunder, daß sie es mit diesen Verletzungen von der Sklavenhütte bis zum Herrenhaus überhaupt noch geschafft hatte. Doch der Wille, Henry zu warnen und ihr Kind noch zur Welt zu bringen, bevor der Tod sie mit sich nahm, hatte sie am Leben gehalten.

»Alisha!... Du darfst nicht sterben!« stieß Henry Duvall in fassungslosem Entsetzen hervor, als sie aufschrie und sich unter den Wehen krümmte. Er sah ihr verzerrtes Gesicht und ihre Hände, die sich vor Schmerzen in das Laken krallten.

»Sie müssen gehen, Massa Henry«, drängte die dicke Lettie, die Hebamme der Sklaven auf COTTON FIELDS, mit belegter Stimme. Noch nie hatte sie einer Sterbenden beistehen müssen. »Es schickt sich nicht für einen Gentleman, bei der Niederkunft einer Frau zugegen zu sein.«

Er warf ihr einen wilden Blick zu, so daß sie vor Schreck zurückfuhr. »Himmelherrgott, *sie stirbt*, und du redest da von Schicklich-

keit!« schrie er sie unbeherrscht an. »Tu lieber was! Verdammt noch mal, tu was! ... Alisha darf nicht sterben.«
»Ich bin kein Doktor, Massa Henry. Kann ihr nur bei der Niederkunft helfen. Und es wird gleich soweit sein ... wenn das arme Ding noch so lange durchhält«, murmelte die schwarze Hebamme.
Henry beugte sich über Alisha, die vor über zwei Jahren als Sklavin auf die Baumwollplantage gekommen war. Sein Vater hatte dieses ungewöhnlich hellhäutige und bildhübsche Mädchen auf einer Sklavenauktion in New Orleans erstanden und es ihm zu seinem achtzehnten Geburtstag geschenkt. »Auch die Liebe will gelernt sein, mein Sohn«, hatte er damals zu ihm gesagt und gelacht, als er hochrot im Gesicht geworden war.
Er hatte die Liebe gelernt, doch anders, als sein Vater es je für möglich gehalten hätte. Er hatte sich in dieses scheue, ängstliche Mädchen verliebt, war ihr fast vom ersten Augenblick an verfallen gewesen und hatte keinen Gebrauch von seiner Macht als Sohn des Plantagenbesitzers gemacht. Er hatte sie abseits von den anderen Sklaven in einem kleinen Haus untergebracht und über ein Jahr um ihr Vertrauen und ihre Zuneigung geworben, als wäre sie eine Weiße. Und seine Liebe war erwidert worden. Wie ein glückseliger Rausch waren die letzten zwölf Monate verflogen, der nun sein jähes, gewaltsames Ende in dieser schwülen Augustnacht gefunden hatte.
»Alisha! ... Hörst du mich?« stieß Henry beschwörend hervor und umfaßte ihre Hand, die naß von Blut war.
Ein Schauer durchlief ihn.
Überall war Blut. Auf den breiten Stufen, die zur Veranda des Herrenhauses von COTTON FIELDS hinaufführten, auf der Türschwelle, auf den chinesischen Teppichen in der hohen, weitläufigen Halle, auf der Treppe zum Obergeschoß. Blut tränkte auch das Laken des Bettes, auf dem Alisha sich krümmte, von Schmerzen und den Schatten des nahen Todes gezeichnet.
»Massa!« rief Lettie. »Das Baby!«
Alisha brachte ihr Kind mit letzter Kraft zur Welt. Ihre Augen klärten sich noch einmal, als das Schreien des Babys in ihr Bewußtsein drang.
»Henry ...« Ihre Stimme war ein kaum vernehmbares Flüstern, so daß er sein Ohr an ihren Mund legen mußte, um sie zu verstehen. »Lebt es?«
»Ja, Alisha. Es lebt ... und du wirst auch leben!« Er wollte der

entsetzlichen Wahrheit einfach nicht ins Auge blicken, konnte den Gedanken, sie zu verlieren, nicht ertragen. Alisha durfte ihn nicht verlassen!

Doch sie wußte, wie es um sie bestellt war, und drehte nur schwach den Kopf. »Zu spät für mich und dich...«, hauchte sie. »Doch nicht für unser Kind... Laß nicht zu, daß es in Unfreiheit aufwächst, Henry! Wirst du tun, was du mir versprochen hast?«

Er kämpfte mit den Tränen. »Es wird nie ein Sklave sein«, versicherte er mit bewegter Stimme.

Sie seufzte, und ihr Gesicht entspannte sich. Die Schmerzen waren wie fortgewischt. Ihr dunklen Augen ruhten voller Zärtlichkeit auf ihm. »Ich liebe...« Der Tod kam so schnell, daß es ihr nicht mehr vergönnt war, diesen Satz zu beenden.

»Alisha!«

Starr und leblos schauten ihre Augen ihn an.

Lettie bekreuzigte sich, während das zarte Bündel Leben auf dem blutigen Laken durchdringend schrie, als wüßte es, daß der Leib, der es zur Welt gebracht hatte, niemals wieder Wärme und Geborgenheit schenken würde.

Ein Schuß krachte.

Schweißgebadet fuhr Henry Duvall aus dem Schlaf, öffnete die Augen und blickte sich verstört in seinem Zimmer um. Die Vorhänge vor den hohen Fenstern waren zugezogen, um die grelle Augustsonne auszusperren.

Samuel, sein getreuer Diener, richtete sich im Stuhl auf, den er neben das Bett seines Herrn gestellt hatte, als dieser sich nach einem leichten Imbiß zu seinem täglichen Mittagsschlaf hingelegt hatte. Samuel wußte nicht, wie alt er war, doch an die sechzig heiße Sommer hatte er bestimmt schon auf COTTON FIELDS erlebt, wo er als Sklave zur Welt gekommen war. Tiefe Falten zogen sich durch sein gütiges Gesicht, das die Farbe alten Ebenholzes besaß, während sein kurzes Haar wie helles Silber schimmerte.

»Was war das, Samuel?« fragte Henry benommen, immer noch unter dem Eindruck des Traumes von jener schrecklichen Nacht, als die Frau, die er wie nichts sonst auf der Welt geliebt hatte, ihren schweren Verletzungen erlegen war.

»Der Windzug muß eine Tür zugeschlagen haben, Massa Henry«, sagte Samuel. Er erhob sich rasch und holte eine Porzellanschüssel

mit kaltem Wasser. Er tränkte ein frisches Leinentuch und wischte seinem Herrn den Schweiß vom Gesicht.
Henry Duvall ließ es geschehen, machte dann aber eine unwillige Bewegung mit seiner rechten Hand, als Samuel ihm helfen wollte, sich aufzurichten. »Mit mir mag zwar nicht mehr viel los sein«, brummte er gereizt, »aber ich weiß mir noch immer selbst zu helfen, Samuel. Noch bin ich kein hilfloser Krüppel!«
»Doktor Rawlings hat mir aufgetragen, dafür zu sorgen, daß Sie sich nicht zu sehr anstrengen, wo Sie es doch so schlimm mit dem Herzen haben«, sagte der grauhaarige Diener mit einem tadelnden Unterton in der Stimme.
»Doktor Rawlings rät immer zu Schonung, wenn er mit seinem Quacksalberlatein am Ende ist«, sagte Henry Duvall knurrig. »Außerdem befehle immer noch ich auf COTTON FIELDS, wenn es da auch den einen oder anderen geben mag, der mich schon unter der Erde sieht... und sich auch so verhält!«
Betroffenheit trat auf Samuels Gesicht. »Jesus! Massa Henry, ich...«
»Beruhige dich!« fiel Henry ihm ins Wort. »Damit habe ich nicht dich gemeint. Ich weiß, daß du es gut mit mir meinst. Bist wirklich der einzige auf dieser Plantage, dem ich vertrauen kann und der nicht wie ein Aasgeier darauf wartet, daß ich zur Hölle fahre, wie das meine feine Familie tut.«
»Das dürfen Sie nicht sagen, Massa Henry!«
»Spiel jetzt bloß nicht den unbedarften Niggerboy, Samuel, der du nie gewesen bist!« wies er ihn zurecht, und ein verstecktes Schmunzeln zuckte um seine Mundwinkel, als er die ratlose Miene seines treuen Dieners sah. »Du spielst den Dummkopf, vor dessen Ohren man alles sagen kann, weil man ihn nicht für voll nimmt, ausgezeichnet. Aber fang jetzt bloß nicht an, auch mir diese Komödie vorspielen zu wollen. Wir sind zusammen grau geworden und kennen uns lange genug, so daß wir uns nichts vorzumachen brauchen. Und du weißt so gut wie ich, daß diese gefühllose Brut, die sich meine Familie schimpft, es gar nicht erwarten kann, mir ein paar schwere Klumpen Erde auf den Sargdeckel zu werfen.«
»Es steht mir nicht zu, mir darüber eine Meinung zu bilden, Massa Henry«, erwiderte der Neger ausweichend und mit ausdruckslosem Gesicht.
Der Plantagenbesitzer seufzte. »Mein Gott, keiner kann dir das

Denken verbieten. Aber laß nur. Ich weiß schon, daß du mir insgeheim zustimmst, wenn du dich auch scheust, es auszusprechen. Manche Dinge im Leben sind wirklich besser zu ertragen, wenn man sie nicht ausspricht. Worte können wie die Büchse der Pandora sein. Lüftet man den Deckel, ist das Unheil nicht mehr aufzuhalten«, sagte er bedrückt.
Samuel runzelte die Stirn, als versuchte er vergeblich, sich an eine Frau namens Pandora zu erinnern. Er ahnte nicht, daß es sich dabei um eine Gestalt aus der griechischen Mythologie handelte. »War diese besagte Lady schon mal auf COTTON FIELDS zu Gast?« fragte er.
Henry lachte trocken auf. »Seit ich dem Wunsch meiner Eltern nachgegeben und Catherine zu meiner Frau genommen habe, ist diese Pandora ständig zu Gast auf COTTON FIELDS«, sagte er voller Bitterkeit.
Samuel sah ihn mit einer Mischung aus Sorge und Verständnislosigkeit an.
»Mach nicht so ein Gesicht, als hätte meine Krankheit auch schon mein Gehirn angegriffen. Manches, was ich sage, mag zwar ein bißchen wirr klingen, ist es aber gar nicht. Mein Kopf funktioniert immer noch einwandfrei... leider hat mir der Schlag damals nicht die Gnade der geistigen Verwirrung geschenkt. Ein scharfer Verstand kann in Verbindung mit der Erinnerung mehr Leiden in einem hervorrufen als die schrecklichste körperliche Krankheit«, sagte Henry grimmig und schob sich an die Bettkante. Seine linke Seite war zwar gelähmt, doch sein eiserner Wille ließ nicht zu, daß er sich zum Sklaven des Rollstuhls und fremder Hilfe machte.
»Sie sind in einer mächtig düsteren Stimmung, Massa Henry, was mir gar nicht gefällt. Es war wieder der Traum, nicht wahr?«
Henry brummte eine widerwillige Zustimmung.
»Sie sollten eine Spazierfahrt unternehmen«, riet Samuel und zog den Rollstuhl heran. »Das wird Ihre Stimmung heben. Die Baumwollernte ist in vollem Gang, und es sieht nach einer prächtigen Ernte aus.«
»Zum Teufel mit der Baumwolle und dem Zuckerrohr, Samuel! Was ich gesät habe, ernte ich auf einem ganz anderen Feld«, erwiderte der Plantagenbesitzer düster, schwenkte die Beine über die Kante und hielt sich unsicher auf den Beinen. Er hatte in letzter Zeit stark an Gewicht verloren, war jedoch noch immer ein stattlicher Mann,

dessen aufrechte Haltung seine schwere Erkrankung Lügen zu strafen schien. Es war nicht seine Art, zu zeigen, wie es in ihm aussah. Er war jetzt Anfang Vierzig, doch sein graues Haar und sein blasses Gesicht ließen ihn gut zehn Jahre älter wirken. Innerlich fühlte er sich sogar noch älter. Das Leben hatte seiner Seele viele Wunden geschlagen, und nun war sein Körper an der Reihe. Schon bevor er Doktor Rawlings dazu gebracht hatte, ihm endlich reinen Wein einzuschenken, hatte er geahnt, daß ihm nicht mehr viel Zeit in dieser Welt vergönnt war. »Und komm mir nicht jedesmal mit deiner Spazierfahrt, wenn ich gereizt und schlechter Laune bin.«

Samuel war mit dem Gepolter seines Herrn viel zu sehr vertraut, um sich davon beeindrucken zu lassen. Henry Duvall gab sich gern bissig und verbarg seine Großherzigkeit hinter einer rauhen Schale, als fürchtete er, man könnte ihm diesen Wesenszug als Schwäche auslegen, was bei seiner Familie auch tatsächlich der Fall war.

»Werde versuchen, in Zukunft daran zu denken, Massa Henry«, antwortete Samuel gelassen und ohne einen Anklang von Unterwürfigkeit. Fünfundzwanzig Jahre war er nun schon sein Diener, und das war eine lange Zeit, in der gegenseitiges Vertrauen und Zuneigung gewachsen waren wie eine mächtige Eiche, die jedem Sturm trotzte. Doch es war eine gegenseitige Verbundenheit, die ganz eigenen Regeln folgte und sich nicht nach außen hin zeigte.

Henry setzte sich in den Rollstuhl und ließ zu, daß Samuel ihm die rauchblaue Seidenweste zuknöpfte und seine Krawatte richtete. »Zum Sekretär!« befahl er dann.

Der Diener schob ihn durch das große Schlafzimmer, das dem Herrn von COTTON FIELDS seit seiner schweren Herzattacke vor gut einem Jahr auch als Arbeitszimmer diente. Es war bis auf die kostbaren Teppiche spartanisch eingerichtet.

»Vergessen Sie nicht, Ihre Medizin zu nehmen«, erinnerte Samuel ihn.

»Später! Laß mich jetzt in Ruhe! Ich habe zu denken«, sagte Henry Duvall mürrisch und klappte seine Schreibmappe auf. Der Traum von Alishas Tod wirkte noch immer in ihm nach. In den letzten Jahren hatte ihn dieser Alptraum immer wieder verfolgt, und er hatte sich daran gewöhnt und es akzeptiert, daß er diesen Verlust bis ans Ende seiner Tage nicht verwinden würde. Doch seit dem Frühjahr hatte der Traum an Intensität zugenommen, waren die Bilder mit quälend scharfen Einzelheiten seiner Erinnerung entsprungen und

hatten ihm keine Ruhe mehr gelassen. Und nach fast zwanzig Jahren Schweigen hatte er seinen Schwur gebrochen und seinen alten Freunden in England geschrieben, die sein Kind damals mit zurück in ihre Heimat genommen und Valerie wie ihre leibliche Tochter aufgezogen hatten.
Valerie!
Würde es ihm vergönnt sein, sie noch einmal zu sehen, bevor das letzte Sandkorn durch das Stundenglas seines Lebens gelaufen war?
Mit einer heftigen Bewegung schlug er die Mappe zu, stieß den Rollstuhl zurück und griff nach den Krücken, die neben dem Sekretär lehnten. Mühsam stemmte er sich hoch und ging zum Fenster. Als er den Vorhang aufzog, mußte er die Augen einen Moment vor der blendenden Helle der Augustsonne schließen. Dann starrte er über die überdachte Galerie, die an seinem Zimmer vorbeiführte, hinaus auf die gepflegten Rasenflächen und Gartenanlagen, die das Herrenhaus von COTTON FIELDS umgaben. Sein Blick richtete sich auf die Allee aus Roteichen, die sein Urgroßvater André Duvall gepflanzt hatte, als er vor über hundertfünfzig Jahren aus politischen Gründen Frankreich verlassen hatte, als junger Mann nach Louisiana gekommen war und COTTON FIELDS gegründet hatte.
Wie oft hatte er in den letzten Monaten hier am Fenster gestanden, auf die majestätischen Bäume geblickt und darauf gewartet, eine Kutsche aus dem Schatten der Allee kommen zu sehen, die Valerie endlich zu ihm brachte.
Was war nur geschehen?
»Henry?«
Die weibliche Stimme in seinem Rücken riß ihn aus seinem Grübeln.
»Was willst du, Catherine?« fragte er ungehalten über die Störung.
»Es ist an der Zeit, daß wir über ein paar wichtige Punkte reden und Entscheidungen treffen!« sagte Catherine Duvall und schloß die Tür mit demonstrativem Nachdruck.
»Ich wüßte nicht, was es zu bereden gäbe«, sagte er, drehte sich ungelenk auf den Krücken herum und musterte seine Frau mit einer steilen Falte auf der Stirn.
Catherine sah in dem perlgrauen Seidenkleid, das hochgeschlossen war und ihre schlanke Taille betonte, selbstbewußt, elegant und unnahbar aus. Sie achtete stets auf ein strenges Äußeres. Und diese Strenge spiegelte sich auch in den Zügen ihres schmalen Gesichtes wider, das nur selten ein warmes Lächeln zeigte. Leicht gerunzelte

Brauen und ein mißbilligend zusammengepreßter Mund bestimmten gemeinhin ihre Miene, die sie wie eine Waffe gegen unvorhersehbare, aber zu erwartende Ärgernisse trug. Ein Ausdruck, der der Vorsteherin eines exklusiven Mädchenpensionats gut zu Gesicht gestanden hätte.

»Es muß ein für allemal Klarheit auf COTTON FIELDS herrschen«, sagte Catherine direkt. »Du bist krank, und die Leitung der Plantage muß in andere Hände übergehen.«

Ein spöttisches Lächeln huschte über sein müdes Gesicht. »Ach, du bist gekommen, um mich endlich dazu zu bringen, Stephen zum Herrn von COTTON FIELDS zu machen.«

Sie funkelte ihn an. »Er ist schon längst Herr der Plantage und...«

»Erst wenn ihr mich unter die Erde gebracht habt, wird sich die Frage stellen, wer meine Stelle einnimmt!« unterbrach er sie schroff und fragte sich wohl zum zigtausendsten Mal, wie er nur den Fehler hatte begehen können, Catherine zu heiraten. Wieso hatte er nicht gesehen, was sich hinter dieser hübschen Maske verbarg? Nämlich Machtbesessenheit, Härte und Gefühlskälte.

Nach Alishas Tod war er so erschüttert und auch teilnahmslos gewesen, daß ihm gar nicht aufgefallen war, in was er sich da von seinen Eltern hatte drängen lassen. Nicht, daß er irgend etwas gegen eine Heirat einzuwenden gehabt hätte. Er hatte ihren Wunsch nach Enkeln, *legitimen* Enkeln, verstanden und sogar gehofft, an der Seite einer anderen Frau Vergessen und neues Glück zu finden. Catherine hatte ihm nichts davon gegeben, nicht einmal die Wärme und Zuneigung im Bett, geschweige denn die Lust und Leidenschaft, die er mit Alisha ausgekostet hatte. Und sie hatte es auch verstanden, ihm ihre gemeinsamen Kinder Stephen und Rhonda fremd zu halten. Immer hatte sie zwischen ihm und den Kindern gestanden und alles getan, um sie seinem Einfluß zu entziehen. Er hatte sie gewähren lassen und gehofft, daß die Kinder schon von selbst zu ihm finden würden. Doch das war ein schwerwiegender Fehler gewesen, wie er hatte feststellen müssen, als es schon zu spät gewesen war, dieser Entwicklung wirksam gegenzusteuern. Manchmal hatte er sich schon gefragt, ob er wirklich der Vater dieser Kinder war, die so gar nichts von ihm mitbekommen zu haben schienen und ihm bestenfalls kühle Höflichkeit entgegenbrachten. Es erschreckte und bestürzte ihn, wenn ihm manchmal zu Bewußtsein kam, wie fremd sie ihm waren und wie wenig Mühe sie sich gaben, zu verbergen, daß sie nur darauf warteten, ihn zu beerben und auf COTTON FIELDS nach eigenem Gutdünken schalten und walten zu können. Wie ein widerwillig gelittener Gast kam er sich in seinem eigenen Zuhause vor.

»Du bist schwerkrank, Henry, und die Leitung der Plantage ist faktisch schon längst in andere Hände übergegangen, auch wenn du das nicht wahrhaben willst!« hielt Catherine ihm zornig vor.

»Rede nur weiter«, murmelte Henry sarkastisch.

»Stephen ist alt genug, um auch offiziell die Verantwortung zu übernehmen.«

Ein geringschätziger Zug verhärtete seinen Mund. »Verantwortung war für Stephen von Kindesbeinen an ein Fremdwort, und du hast ihn sogar noch in seiner Arroganz darin bestärkt, daß Arbeit etwas ist, das weit unter seinem Niveau liegt und den Dummen, weniger Begüterten vorbehalten ist!« warf er ihr vor. »Wenn er von irgend etwas eine Ahnung hat, dann sind das Frauen von zweifelhaftem Charakter und Glücksspiele. Da hat er es für seine neunzehn Jahre schon zu einem beachtlichen Erfahrungsschatz gebracht. Doch von der Leitung einer Plantage versteht er nichts. Wenn es hoch kommt, weiß er gerade noch, daß Baumwolle nicht vom Himmel fällt, sondern das Ergebnis harter Arbeit ist, die andere leisten, damit er in New Orleans den reichen Dandy spielen kann!«

»Henry!« rief Catherine empört. »Wie kannst du so von Stephen sprechen!«

»Weil es die traurige Wahrheit ist.«

»Er ist immerhin dein Sohn!«

»Manchmal hege ich sogar daran starke Zweifel«, murmelte Henry. »Und bei Rhonda ist es nicht anders. Sie wird ihren Bruder eines Tages noch an Arroganz übertreffen. Rhonda ist so oberflächlich und unbeständig wie ein hübscher Schmetterling, der nichts anderes zu tun hat, als von einer Blume zur anderen zu flattern und sich auf Kosten anderer mit Nektar vollzustopfen. Der Teufel mag wissen, wie ausgerechnet ich zu solchen Kindern gekommen bin. Ich kann nicht sehen, daß sie irgend etwas von mir geerbt hätten.«

»Willst du mich beleidigen?« fragte Catherine scharf.

Er schüttelte den Kopf. »Spar dir deine Entrüstung. Was diese Seite unserer Ehe angeht, vertraue ich dir blind«, erwiderte er sarkastisch. »Daß ich Stephen und Rhonda gezeugt habe, stelle ich nicht in Frage, obwohl es mir im nachhinein doch wie ein Wunder

erscheint, daß wir bei deiner klösterlichen Einstellung zur körperlichen Liebe überhaupt Kinder bekommen haben.«
»Ich bin nicht gekommen, um mir deine Geschmacklosigkeiten anzuhören!« fauchte sie ihn an. »Unsere Ehe steht längst nicht mehr zur Debatte.«
»Ich wünschte, die Einstellung hättest du schon vor zwanzig Jahren gehabt.«
»Es geht um unsere Kinder, und es dürfte wohl völlig gleichgültig sein, daß dir einiges an Stephens und Rhondas Lebenswandel nicht paßt«, kam sie auf das Thema zurück, das ihr so sehr am Herzen lag. »Es ist einfach lächerlich, daß du die Augen vor den Tatsachen zu verschließen suchst. COTTON FIELDS ist längst deiner Kontrolle entglitten...«
»Ja, unter anderem«, sagte er bitter.
»...und im Interesse aller solltest du Stephen noch zu Lebzeiten zugestehen, worauf er als dein einziger Sohn ein Anrecht hat und was ihm eines Tages sowieso zufällt!« fuhr sie unbeirrt fort.
Zorn über ihre anmaßenden Worte wallte in ihm auf, und er kniff die Augen zusammen. »Anrecht? Der Teufel soll mich holen, wenn irgendwer auf COTTON FIELDS auf irgend etwas ein Anrecht hat, das über den gesetzlichen Pflichtanteil hinausgeht!« brauste er auf. »Und jetzt verschwinde! Ich bin es leid, mir dein Gerede noch länger anzuhören. Noch habt ihr den Sargdeckel nicht über mir zugenagelt. Aber auch dann werdet ihr nicht viel Freude haben, darauf hast du mein Wort!«
Catherine sah ihn einen Augenblick schweigend an. Unverhohlene Verachtung stand in ihren Augen. »Du kannst einem leid tun, Henry«, sagte sie dann abfällig. »Stephen wird COTTON FIELDS bekommen – ob es dir nun paßt oder nicht.«
»Nicht einen verdammten Morgen wird er bekommen!«
»Alles wird er bekommen!« widersprach Catherine mit fester Stimme. »Einschließlich deines Grabes und des Grabes von Alisha!«
Henry zuckte wie unter einem Peitschenhieb zusammen und starrte seine Frau erschrocken an. »Alisha?... Ich verstehe nicht, was du damit sagen willst!« stieß er hervor.
»Du kannst dir und mir diese Schmierenkomödie ersparen«, sagte sie verächtlich. »Ich hab' schon immer von deiner dreckigen Niggerhure gewußt, obwohl deine Eltern und du alles versucht haben, um diese schändliche Affäre zu verheimlichen. Aber es ist schon immer mein

Prinzip gewesen, alles zu erfahren. Ja, ich weiß von Alisha – und ich weiß auch von Valerie, deinem Bastard!«
Henry wurde blaß. Er hatte Mühe, sich auf den Krücken zu halten, und wankte zum Rollstuhl. Schwer fiel er hinein, während sich sein krankes Herz mit schmerzhaften Stichen meldete. »Laß mich allein!« krächzte er. »Ich denke nicht daran, mit dir über Alisha oder Valerie zu reden.«
Sie lachte höhnisch. »Und ich denke nicht daran, dir den Gefallen zu tun, darüber zu schweigen. Das habe ich lange genug getan. Nun reicht es!«
»Woher weißt du von Valerie?«
»Hältst du mich für so dumm, daß ich dir das sage?«
Er machte eine fahrige Handbewegung. »Es ist auch nicht wichtig. Dein Wissen wird dir nichts mehr nützen, Catherine. Keiner von euch wird COTTON FIELDS bekommen!« stieß er hervor. »Keiner!«
Sie lächelte kalt. »Das hast du dir wirklich raffiniert ausgedacht, Henry. Ein Niggerbastard als Herrin von COTTON FIELDS, ja? Und wir das Gespött der Gesellschaft von ganz Louisiana.«
Catherine schüttelte den Kopf. »O nein, dein wahnwitziger Plan wird nicht aufgehen. Du hast dich zu früh gefreut. Du wirst diesen Bastard nie wieder zu Gesicht bekommen. Valerie wird nie amerikanischen Boden betreten, geschweige denn einen Fuß auf diese Plantage setzen! Du hättest ihren Adoptiveltern in England besser nicht geschrieben, sie zu dir auf die Reise zu schicken.«
Henry blickte sie verstört an, und eine schreckliche Ahnung stieg in ihm auf. »Wer hat dir das erzählt?« keuchte er. »Du kannst es doch gar nicht wissen!«
»Ich weiß alles, mein lieber Henry. Du hast dich ja lange genug damit gequält, bevor du den Brief an die Fulhams in Bath endlich abgeschickt hast«, antwortete Catherine und weidete sich an seiner wachsenden Bestürzung. Ihre Stimme triefte vor Hohn. »Habe dich ja so gut verstanden. War bestimmt nicht einfach, nach neunzehn Jahren Schweigen einem ahnungslosen Mädchen in England begreiflich zu machen, daß es ein Niggerbastard ist. Du hast dir aber wirklich viel Mühe gegeben, das muß man dir lassen. Ich schätze, du hast mindestens ein Dutzend Briefe an deine Valerie geschrieben und wieder zerrissen, bevor du Anfang dieses Jahres endlich die richtige Formulierung und den Mut gefunden hast, deinen hinterhältigen Plan auch in die Tat umzusetzen.«

Henry umklammerte die Armlehnen seines Rollstuhls. »Du... du hast meine Entwürfe gelesen?«
Ein falsches Lächeln trat auf ihr Gesicht, doch ihre Augen blieben kalt. »Ich hielt es für meine Pflicht als fürsorgliche Ehefrau, auch über deinen geistigen Gesundheitszustand informiert zu sein, zumal du ja oft nächtelang am Sekretär gesessen und über diesen Briefen gegrübelt hast. Ich habe mir ernstlich Sorgen gemacht, die ich dann auch schnell begründet fand, als ich mir deine Entwürfe durchlas, während du tief und fest geschlafen hast.«
»Catherine! Du hast mich hintergangen!« fuhr er sie an, und das Stechen in seiner Herzgegend wurde intensiver.
»Wenn jemand einen hintergangen hat, dann bist du das gewesen!« herrschte sie ihn wutentbrannt an. »Du hast geglaubt, uns von COTTON FIELDS vertreiben und diesen dreckigen Bastard zur Erbin von COTTON FIELDS machen zu können. Aber da hast du dich zu früh gefreut, Henry. Wir waren all die Zeit über fast jeden deiner gemeinen Schritte informiert, und wir haben nicht tatenlos zugesehen!«
»Wir?« krächzte Henry.
»Ja, Stephen und Rhonda wissen von deinem Niggerbalg, das du nach England geschickt hast und nun zu deiner Erbin machen wolltest«, erklärte sie schonungslos. »Sie schämen sich, jemanden wie dich zum Vater zu haben!«
»Um so besser!« schrie Henry zornig, während ihm das Blut in den Schläfen pochte. »Sowie Valerie hier ist, habt ihr auf der Plantage nichts mehr zu suchen! Ich habe meinen Entschluß gefaßt und werde davon auch nicht mehr abrücken. Valerie wird COTTON FIELDS bekommen, und wenn ihr Himmel und Hölle in Bewegung setzt. Niemand kann mir vorschreiben, wem ich meine Plantage vermache!«
Catherine zeigte sich nicht im mindesten beeindruckt. »Für wie dumm hältst du uns eigentlich, Henry? Glaubst du, wir hätten deinem schmutzigen Treiben tatenlos zugesehen und uns damit abgefunden, daß du uns diesen Bastard vor die Nase setzen wolltest? Ich hab' dir doch gesagt, daß Valerie nie den Fuß auf COTTON FIELDS setzen wird.«
Angst befiel ihn. »Was... was habt ihr getan?«
Sie lächelte. »Das will ich dir gern erzählen, weil du mit dem Wissen jetzt nichts mehr anfangen kannst. Als wir erfuhren, daß du die

Briefe diesem Captain Melville von der ALABAMA mitgegeben und auf diesem Schiff auch gleich eine Passage für diese Valerie gebucht und vorausbezahlt hast, haben wir die Gelegenheit natürlich beim Schopfe gepackt und unseren Mann auch auf der ALABAMA eingeschifft.«
»Was... für... einen... Mann?« fragte Henry stockend. Er hatte das entsetzliche Gefühl, keine Luft mehr zu bekommen. Ihm war, als hätte sich ein Eisenband mit tausend Dornen um seine Brust gelegt, das jetzt immer fester zugezogen wurde.
»Einen sehr verschwiegenen und kundigen Mann, der sich mit Niggern auskennt – einen Sklavenjäger«, sagte sie schonungslos. »Wir haben ihn gut bezahlt, Henry, und er hat auch ausgezeichnete Arbeit geleistet.«
Henry riß die Augen vor Entsetzen weit auf, als er begriff, was seine Frau damit sagte. Er stemmte sich aus dem Rollstuhl hoch und schüttelte den Kopf. »Nein, das könnt ihr nicht getan haben«, keuchte er beschwörend. »Ihr seid bestimmt zu vielen Gemeinheiten fähig, aber nicht dazu! Sag, daß ihr Valerie nichts angetan habt! *Sag es!*« Mit ausgestreckter Hand wankte er auf sie zu.
Sie wich vor ihm zurück, ein höhnisches Lächeln auf dem Gesicht. »Valerie ist tot!« schleuderte sie ihm haßerfüllt entgegen.
»Nein!« Er wollte schreien vor Grauen, doch seine Stimme versagte ihm den Dienst. »Nein!... Valerie kann nicht tot sein! Niemals!«
»Valerie ist tot und vermodert irgendwo auf Kuba!« Catherine kannte kein Erbarmen, obwohl sie sah, wie sich sein Gesicht vor Schmerz und Entsetzen verzerrte. »Der Sklavenjäger hat ganze Arbeit geleistet. Willst du wissen, wie sie gelitten hat? Immerhin verdankte sie ihren Tod ja dir. Hättest du ihr nicht geschrieben, würde sie jetzt noch glücklich in England leben. Aber jetzt ist sie tot. Hörst du mich, Henry? Valerie ist tot. Du wirst sie nie zu Gesicht bekommen, und COTTON FIELDS wird sie auch nicht erben!«
Henry krümmte sich vor grenzenlosem Entsetzen, als ihm bewußt wurde, daß Catherine die Wahrheit gesprochen hatte. Valerie war tot, und er hatte die Bluttat heraufbeschworen. In ihm zersprang plötzlich etwas. Ein wahnsinniger Schmerz jagte durch seine Brust, und er stürzte zu Boden. »Tropfen!... Die Tropfen!« röchelte er.
Mitleidlos sah Catherine auf ihn hinab, wie er sich im Todeskampf

vor ihren Füßen wand. Dann lag er still, die Hände in den Teppich gekrallt und die starren Augen zur Decke gerichtet. Der Tod hatte das Entsetzen auf seinem Gesicht eingefroren.
Catherine atmete tief durch. »Endlich«, murmelte sie und lächelte. Nun gab es keinen mehr, der ihr und ihren Kindern COTTON FIELDS streitig machen konnte. Und was zählte schon das Leben eines Niggerbastards!

1.

Wohlig räkelte sich Valerie im breiten Himmelbett unter dem seidenen Baldachin und löste sich nur zögernd von den zarten Bildern ihres Traumes. Ganz langsam trieb sie aus den Tiefen des Schlafes an die Oberfläche des Bewußtseins.
Sie erwachte mit einem langen Seufzer und streckte die Hand nach Matthew aus. Doch ihre Finger trafen nur auf glattes, kühles Satin und den Spitzenbesatz eines Kissens. Matthews Seite des Bettes war leer.
Valerie erschrak und fuhr auf. Hatte sie das Ende ihre Versklavung und Gefangenschaft nur geträumt? Hatten ihre Sinne ihr einen Streich gespielt und ihr diese Nacht in Matthews Armen nach fast einem halben Jahr der Trennung und der Leiden nur vorgegaukelt?
Verstört blickte sie sich im Zimmer um, das von der Septembersonne durchflutet war. Die Vorhänge aus schwerem burgunderrotem Samt waren aufgezogen, und das Fenster stand offen, so daß der sanfte Luftzug die seidenen Gardinen leicht bewegte. Der warme Lufthauch trug den schweren Blütenduft des Gartens mit sich.
Der Raum, in dem sie sich befand, war groß und besaß eine hohe Decke, deren Stuckverzierungen kunstvoll gearbeitet waren. Neben der Tür standen zwei satinbezogene Sessel um einen Kirschholztisch mit Einlegearbeiten. Eine herrliche Kommode und ein eleganter Frisiertisch sowie mehrere große Spiegel in geschnitzten goldfarbenen Holzrahmen vervollständigten die Einrichtung dieses Schlafzimmers, das eine betörend sinnliche Atmosphäre ausstrahlte. Alles in diesem Zimmer war in den verschiedensten Rot- und Rosatönen gehalten, ob es nun die Seidentapeten mit den Rosenranken waren, die Vorhänge, die Teppiche oder die Überdecke und die Kissen des überbreiten Himmelbettes mit dem Baldachin. Wer immer dieses

Zimmer so eingerichtet hatte, er hatte die erstaunliche Kunst bewiesen, eine Wirkung zu erzielen, die in keiner Weise geschmacklos war, sondern vielmehr anheimelnd und erotisch.
»Natürlich, ich bin im PALAIS ROSÉ!« murmelte Valerie und lächelte unwillkürlich, als sie daran dachte, daß dieses Haus zu den besten Freudenhäusern von New Orleans zählte.
Ihr Blick fiel auf das zerwühlte Laken, und sie erinnerte sich der sinnlichen Freuden, die sie mit Matthew letzte Nacht genossen hatte. Ihr war, als hinge noch immer sein männlicher Duft im Raum. Nein, das hatte sie nicht geträumt. Wohin Matthew so früh auch immer gegangen sein mochte, er würde bestimmt bald wiederkommen. Der gräßliche Alptraum, der vor fünf Monaten in einem finsteren, feuchten Kellerloch auf Kuba begonnen und nach der Flucht von der MELROSE PLANTATION bei Baton Rouge durch die Sümpfe in diesem Bordell sein Ende gefunden hatte, lag hinter ihr. Nun begann ein neues Kapitel in ihrem Leben, ein Kapitel, das die Liebe schreiben würde – und die Rache!
Versonnen schaute Valerie zum Fenster hinüber. Gerade ein halbes Jahr lag es zurück, als sie sich mit ihrer getreuen Zofe Fanny in Bristol auf der ALABAMA eingeschifft und die Überfahrt nach New Orleans angetreten hatte. Nicht ganz zwanzig war sie damals gewesen und ahnungslos, was sie erwartete. Sechs Monate waren vergangen, doch im Rückblick erschien ihr die Zeit wie ein ganzes Leben. Was hatte sie in diesen Monaten nicht alles erlebt und erdulden müssen. Wie glücklich war sie gewesen, als sie gemerkt hatte, daß Captain Melville ihre Gefühle erwiderte. Die Woche auf Madeira, wo die ALABAMA Wein geladen hatte, war paradiesisch gewesen, voll Zärtlichkeit und sinnlicher Erfüllung. Sie hätte nie gedacht, so glücklich sein zu können. Doch dann war der schwere Orkan gekommen, der sie tagelang vor sich hergetrieben und Matthew gezwungen hatte, den Hafen von Havanna aufzusuchen, um die schweren Sturmschäden an der ALABAMA beheben zu lassen. Auf Kuba hatte ihr Martyrium begonnen. Bruce French, einer der mitreisenden Passagiere, hatte sie und ihre Zofe entführt und sie gezwungen, Matthew einen Brief zu schreiben, in dem sie sich von ihm lossagte. French hatte seinen teuflischen Plan so perfekt ausgeführt, daß Matthew kein Mißtrauen schöpfen konnte. Angeblich war sie mit Fanny auf einem anderen Schiff, das am Tage ihrer Entführung ausgelaufen war, nach England zurückgekehrt. Doch in Wirk-

lichkeit hatte Bruce French sie zwei Wochen todkrank in einem fensterlosen Kerker gefangengehalten. Es war ein Wunder gewesen, daß sie nicht den Verstand verloren hatte. Daß er sie nicht getötet hatte, wie es sein Auftrag gewesen war, verdankte sie nur der Tatsache, daß sie ihm während des Orkans das Leben gerettet hatte, eine Ironie des Schicksals. Abgemagert und entstellt hatte er sie schließlich nach Baton Rouge gebracht und dort auf einer Sklavenauktion an den Besitzer der Baumwollplantage MELROSE PLANTATION verkauft.

Erst nach Monaten der Schwerstarbeit auf den Feldern und mit Hilfe des Sklaven Jeremy Asher war ihr schließlich die Flucht durch die Bayous, das Labyrinth der Sümpfe, gelungen. Doch sie wäre den Sklavenjägern nicht entkommen, wenn sie nicht auf Donald Calhoun getroffen wäre, einen fahrenden Wunderheiler von sehr zweifelhaftem Charakter. Er hatte sie vor den Kopfgeldjägern versteckt und nach New Orleans gebracht – zu Madame Rosé, der Besitzerin des Bordells. Fünfhundert Dollar hatte sie dem Quacksalber für seine Hilfe versprochen. Um auch sicherzugehen, daß Valerie ihnen nicht davonlief, während Calhoun ihre Behauptungen nachprüfte und Captain Melville ausfindig zu machen versuchte, hatte man sie unter Drogen gesetzt.

Valerie atmete tief durch. Sie wollte nicht daran denken, was passiert wäre, wenn Donald Calhoun Matthew nicht aufgestöbert und letzte Nacht zum PALAIS ROSÉ gebracht hätte.

»Es ist vorbei«, sagte sie sich selbst und verdrängte die düsteren Erinnerungen. Sie hatte das Martyrium überstanden, und nun würde sie mit allen abrechnen. Mit Catherine, Stephen, Rhonda – und ganz besonders mit Bruce French. Wo immer er sich auch aufhalten mochte, sie würde ihn finden, das hatte sie sich geschworen. Sie würde kein Erbarmen mit ihm haben! Und sie würde nach Fanny suchen. Zwar hatte er ihr versprochen, ihr Leben zu verschonen, doch was war das Wort eines skrupellosen Mannes wie Bruce French schon wert? Lebte ihre Zofe überhaupt noch?

Es brachte nichts, sich jetzt das Gehirn zu zermartern. Sie würde tun, was in ihrer Macht stand, um Fannys Verbleib zu klären. Matthew würde ihr gewiß dabei helfen, Erkundigungen auf Kuba einzuziehen. Doch sie wußte jetzt schon, daß sie sich in Geduld üben mußte, und das war etwas, was so gar nicht ihrer Art entsprach.

Valerie schlug die dünne Decke zurück und stand auf. Als sie ans

Fenster trat und kurz auf den weitläufigen Garten hinausblickte, spürte sie den sanften Windhauch auf ihrem nackten, makellosen Körper. Sie atmete die warme Morgenluft tief ein und trat dann hinter den Paravent in das kleine, aber elegant eingerichtete Waschkabinett. Das kühle Wasser, das sie aus der Kanne in die Porzellanschüssel goß, vertrieb den letzten Rest Schläfrigkeit.
Sie trocknete sich gerade ab, als es an der Tür klopfte.
»Einen Augenblick!« rief Valerie und fuhr schnell in das hauchzarte Nachtgewand, das die erregenden Formen ihres sinnlichen Körpers mehr betonte als verhüllte. Eines der Mädchen, das in diesem Bordell arbeitete, hatte es ihr gebracht.
Schnell huschte sie wieder unter die Bettdecke. »Ja, herein!« rief sie nun.
Die Tür ging auf, und Matthew Melville kam ins Zimmer, und ein Leuchten trat in Valeries Augen, als sie ihn erblickte. Er war von großer, schlanker Gestalt und trug den grauen Stadtanzug mit den Seidenrevers und der perfekt gebundenen Krawatte mit einer selbstverständlichen Eleganz, als wäre er ein erfolgreicher Städter statt der Captain eines rassigen Baltimoreclippers namens ALABAMA. Salz und Sonne hatten sein dunkelblondes Haar gebleicht und sein Gesicht, dessen markante Züge eine Frau so leicht nicht vergaß, gebräunt. Augen, die von einem warmen Braun waren, lagen unter kräftigen Brauen, die nun in einem fröhlichen Lächeln hochgingen.
»Ich hoffe, du hast mich schon ungeduldig zurückerwartet, Valerie«, sagte er und trat zu ihr ans Bett.
Sie streckte die Arme nach ihm aus, schlang sie um seinen Hals und küßte ihn leidenschaftlich. »Mich morgens allein im Bett aufwachen zu lassen, vor allem nach so einer wunderbaren Nacht, ist seelische Grausamkeit«, warf sie ihm dann vor. »Dafür wirst du büßen müssen.«
Er lächelte sie an. »Ist dir schon eine passende Strafe für mein Vergehen eingefallen?« scherzte er.
»O ja«, flüsterte sie und ließ ihre Hand an seiner Hose hochwandern.
»Nicht, daß ich mir deine Bestrafung entgehen lassen möchte«, raunte er, während er ihre Hand festhielt und sanft auf die Bettdecke drückte, »aber du wirst mit der Ahndung einen Augenblick warten müssen, Liebste, bis Prissy und Lucie deine Sachen aufs Zimmer gebracht haben.«
»Welche Sachen?« fragte Valerie verwundert.

»Die ich dir gekauft habe, während du noch in Morpheus' Armen gelegen hast«, erwiderte er, küßte sie auf die Stirn und ging zur Tür, als es erneut klopfte.
Prissy und Lucie, zwei von Madame Rosés Haussklavinnen, kamen ins Zimmer, beladen mit zahlreichen Schachteln, Tüten und Taschen. Matthew Melville wies sie an, ihre Last auf Tisch, Sessel und Kommode abzuladen. Er drückte jeder eine Münze in die Hand und verriegelte die Tür hinter ihnen.
»Gütiger Gott, was ist das alles?« rief Valerie überrascht, als sie wieder allein waren.
Er lächelte sie zärtlich an. »Ich habe mir die Freiheit genommen, deine doch etwas ärmliche Garderobe, die ja nur aus zwei einfachen Sklavenkleidern besteht, ein wenig zu erweitern. Ich hoffe, dir gefällt, was ich ausgesucht habe. Es ist natürlich nur für den Übergang. Später wirst du Zeit genug haben, dir Kleider nach Maß anfertigen zu lassen, aber in der Zwischenzeit brauchst du ja auch etwas zum Anziehen, oder?«
Sie war mit einem Satz aus dem Bett und schmiegte sich an ihn. »Das ist so lieb von dir. Aber wir könnten doch ein paar Tage im Bett zubringen«, sagte sie mit einem verführerischen Lächeln.
»Ein verlockendes Angebot, auf das ich mit Sicherheit zurückkommen werde«, erwiderte er, küßte sie und streichelte ihre Brüste. »Willst du jetzt oder erst hinterher sehen, was ich dir gekauft habe?«
»Hinterher«, hauchte Valerie.
»Dann komm.«
Er trug sie auf seinen Armen quer durch das Zimmer und legte sie auf das Bett. Bewundernd schaute er sie an, wie er es auch getan hatte, als er beim ersten Licht des Morgens aufgewacht war.
Valerie war eine Frau von atemberaubender Schönheit. Zärtlich fuhren seine empfindsamen Hände über ihren Körper, der schlank war, ohne jedoch zu zierlich zu sein, folgten der eleganten Linie ihres Halses abwärts, liebkosten ihre vollen, hohen Brüste, deren erregende Formen sich durch den dünnen Stoff ihres Gewandes in seine Handflächen drückten. Einen Augenblick blieben seine Hände auf ihnen ruhen, dann bewegten sie sich weiter, über ihren flachen jugendlichen Leib hinunter zu ihrem Schoß, dessen dunkles Haardreieck unter dem Stoff des Negligés schimmerte. Zärtlich fuhren seine Fingerspitzen über ihren herrlich gewölbten Venushü-

gel hin, um sich dann ihren langen, geschmeidigen Beinen zu widmen, die schon halb entblößt waren.
Valerie gab einen Seufzer der Wollust von sich. Matthew öffnete nun die drei Satinbänder, die ihr hauchzartes Nachthemd vor der Brust verschlossen. Als sie sich aufrichtete, damit er es ihr ausziehen konnte, fiel ihr üppiges Haar ihr in einer schwarzen Flut bis auf die Schultern und schimmerte im Licht eines ins Zimmer fallenden Sonnenstrahles in einem warmen Blauton.
Er beugte sich vor, nahm ihr Gesicht in beide Hände und küßte sie auf die Augen, die unter sanft geschwungenen Brauen und dichten Wimpern lagen. Sie waren von einem ungewöhnlichen Grau, in dem winzige glitzernde Goldflocken zu schwimmen schienen. Mit der Fingerkuppe folgte er dem Schwung ihrer hübschen Nase, bevor er ihren noch hübscheren Mund mit seinen Lippen verschloß. Er küßte sie mit offenen Augen und war verzaubert von ihrem unvergeßlichen Gesicht. Er war sicher, daß sie mit einem völlig unverbindlichen Lächeln schon vielen Männern schlaflose Nächte bereitet hatte, ohne sich dessen bewußt gewesen zu sein. Und wie wunderbar ihre Haut war, geschmeidig und glatt und nur ganz leicht getönt, wie Creme, der man einen kleinen Tropfen Schokolade beigerührt hat.
»Du siehst wunderbar aus«, sagte Matthew ganz benommen von ihrer Schönheit, als sich ihre Lippen voneinander lösten. »Ich könnte dich stundenlang so ansehen.«
Seine behutsamen Zärtlichkeiten hatten ihr Verlangen entfacht. Sie zog an seiner Krawatte. »Ich möchte dich auch ansehen, Liebster. Zieh dich aus«, bat sie mit belegter Stimme. »Ich kann es nicht erwarten, daß du zu mir kommst. Wir haben so viel nachzuholen. Komm schnell!«
Matthew lächelte über ihre Ungeduld und machte ein Spiel daraus. Aufreizend langsam hängte er sein Jackett über eine Sessellehne, legte die Krawatte ab und knöpfte dann sein Hemd auf. Er entblößte eine sonnengebräunte, leicht behaarte Brust. Harte Muskeln zeichneten sich unter der Haut ab und verrieten, wie durchtrainiert er war.
»Schneller!« bat Valerie, ohne den Blick von ihm zu nehmen.
»Keine Sorge, ich werde dir nichts vorenthalten, mein Liebling«, erwiderte er, fuhr aus den Schuhen und streifte dann die Hose von den Hüften.
»O mein Gott, wie... stark du bist!« stieß sie hervor, als er splitternackt vor dem Bett stand.

Matthew kam zu ihr, nahm sie in die Arme und zog sie an sich, während seine Hände über ihren Rücken glitten und ihr Gesäß streichelten. Valerie erwiderte seine Zärtlichkeiten mit derselben Inbrunst und Leidenschaft.
Wie wunderbar er es doch verstand, ihren Körper in Flammen zu setzen! Ein Wonneschauer nach dem anderen durchlief sie, als sich seine Lippen über ihre Brüste senkten und sie seine Zungenspitze auf ihren zarten Knospen spürte. Eine Ewigkeit schienen sie dort zu verweilen, dann wanderten seine kundigen Lippen abwärts und bedeckten ihren Leib mit einer Flut von Liebesküssen, die sie in Ekstase versetzten. Eine sinnliche Glut breitete sich in ihr aus und verdichtete sich in ihren Lenden zu einem alles verzehrenden Feuer.
»O Matthew!... Matthew!« stöhnte sie wollüstig, vergrub ihre Hände in seinen Haaren und drängte ihm ihre Hüften entgegen. »Laß mich nicht länger warten!... Du bringst mich noch um den Verstand!... Matthew, o mein Gott!«
Er richtete sich auf, und Valeries Hände umfaßten verlangend seine Männlichkeit. Als er sich schließlich über sie senkte und sich mit ihr vereinte, entrang sich ihrer Kehle ein Schrei der Lust und Erlösung.
Vertraut mit dem Körper des anderen, genossen sie das Spiel der Liebe. Sie bewegten sich in perfekter Harmonie, bis die immer stärker werdende Lust ihren Rhythmus schneller werden ließ.
Seine Stöße durchdrangen sie, erfüllten sie von den Zehen bis in den Kopf mit immer mächtigeren Wellen der Leidenschaft und katapultierten sie schließlich auf einen Gipfel der Lust, der sie für Augenblicke von allem Irdischen zu lösen schien. Sie hielt ihn umklammert und küßte ihn, als auch er tief in ihr die Erfüllung der Lust fand.
Zitternd sanken sie schließlich auf die Seite, ohne sich jedoch freizugeben. Sie flüsterten sich zärtliche Worte zu, küßten und streichelten einander und genossen die beseelte Zärtlichkeit, die der Befriedigung ihrer Leidenschaft jedesmal folgte und sie wie ein Kokon aus Wärme zu umgeben schien.
Valerie schmiegte sich in seine Armbeuge, hauchte einen Kuß auf seine Brust und ließ ihre Hand in liebevoller Vertrautheit zwischen seinen Beinen ruhen.
»Es erscheint mir noch immer wie ein Wunder, daß ich endlich wieder bei dir bin, mein Liebster«, flüsterte sie beglückt.
»Das Schicksal scheint uns füreinander bestimmt zu haben«, sagte er, »und ich wäre der letzte, der sich dagegen auflehnen wollte.«

»Weißt du, was?«
»Nun?«
»Lach mich aber nicht aus, wenn ich es gleich sage.«
»Ich würde dich nie auslachen, sondern höchstens über dich lächeln«, versicherte er.
»Ich habe einen Hunger, als hätte ich seit einer Woche nichts zu essen bekommen«, gestand sie. »Ich glaube, du hast mir alle Kraft geraubt. Ich bin so zittrig, daß ich gar nicht weiß, ob ich überhaupt aufstehen kann.«
Er schmunzelte. »Ich befürchtete schon, du würdest mich heute um mein Frühstück bringen. Und was deine Schwäche betrifft, so wird sie bald verschwinden, wie ich deinen Hunger kenne... egal, auf was«, sagte er scherzhaft und griff hinter sich, um an der Klingelschnur zu ziehen.
Augenblicke später waren eilige Schritte auf dem Gang zu hören. Es klopfte, und die Stimme von Prissy drang zu ihnen ins Zimmer. »Sie haben geklingelt?«
»Ja, wir möchten frühstücken, Prissy«, antwortete Matthew. »Und sag eurem Koch, er soll sich heute besonders anstrengen und ein reichhaltiges Frühstück zusammenstellen. Miß Fulham verhungert sonst! Und sieh zu, daß es schnell geht. Es wird euer Schaden nicht sein, wenn ihr euch ein bißchen anstrengt.«
»Yes, Massa Melville! Sie werden keinen Grund zur Klage haben!« versicherte die Schwarze eifrig und eilte davon.
Als Valerie aus dem Waschkabinett kam, hatte Matthew schon die beiden Sessel und den Tisch freigeräumt und die Schachteln auf das Bett gelegt.
»Zeig mir, was du für mich ausgesucht hast«, bat sie, begierig, die schönen Kleider zu sehen, die er für sie erstanden hatte.
»Mit Vergnügen.« Er öffnete die Verpackungen und breitete traumhafte Kleider aus Taft und Seide auf dem Bett aus, zarte, wunderschöne Mieder und Korsetts, luftige Unterröcke und spitzenbesetzte Beinkleider, die so knapp und gewagt geschnitten waren, wie Valerie sie noch nie zuvor gesehen hatte. Sie errötete leicht, als er ihr diese hauchzarte Unterwäsche reichte.
»Gütiger Gott, Matthew!... Trägt man denn so etwas überhaupt?« fragte sie mit einem Anflug von Verlegenheit. »Ich meine außerhalb des Bettes und außerhalb eines solchen Hauses, wie es das PALAIS ROSÉ ist?«

Er lachte. »Sicherlich gehört diese Wäsche nicht zu den Sachen, die im Ursulinen-Konvent getragen werden«, räumte er fröhlich ein. »Doch wenn du befürchten solltest, daß nur Freudenmädchen so etwas tragen würden, dann kann ich dich beruhigen. Viele der angesehensten Damen dieser Stadt, die etwas auf sich und auf ihre Attraktivität auch nach dem Ablegen von Mieder und Oberkleid halten, sind häufig Kunden in den Geschäften, in denen ich diese Sachen erstanden habe.«
Sie hob die Augenbrauen. »Bist du so gut über die Unterbekleidung der Frauen von New Orleans informiert?« fragte sie anzüglich.
»Habe ich je behauptet, ein Heiliger gewesen zu sein?« fragte er spöttisch zurück. »New Orleans ist nun mal bedeutend modischer als die englische Provinz. Man ist hier lebensfroher und wagt mehr. Paris ist uns näher als London, das wirst du selber noch schnell genug herausfinden, wenn wir erst die besten Modegeschäfte der Stadt aufsuchen, damit man deine Maße nimmt.«
»Nein, wie ein Heiliger liebst du wirklich nicht«, sagte Valerie mit einem zärtlichen Lächeln. »Es interessiert mich auch nicht, wie viele Frauen du vor mir beglückt hast – solange ich nur deiner Liebe gewiß sein kann.«
»Ich kann mir nicht vorstellen, daß ich eines Tages müde sein werde, dir meine Liebe zu beweisen, mein Schatz«, sagte er ernst. Dann machte er eine Handbewegung, die all die ausgebreiteten Kleidungsstücke umschloß. »Gefällt dir denn wenigstens einiges von dem, was ich für dich ausgesucht habe?«
»Ich weiß gar nicht, was ich sagen soll. Es sind zauberhafte Sachen!« schwärmte Valerie und probierte eines der Mieder an. Es paßte ihr wie angegossen. »Ich hätte bestimmt keine bessere Wahl treffen können. Du verstehst es, mit deinen Augen am nackten Körper einer Frau Maß zu nehmen.«
»Ein Stümper, der den Körper der Frau, die er liebt, nicht wie seinen eigenen kennt.«
Als Prissy den Servierwagen mit ihrem mehr als reichhaltigen Frühstück ins Zimmer rollte, trug Valerie den smaragdgrünen Morgenmantel aus Seide, der ebenfalls zu den Dingen gehörte, die Matthew ihr gekauft hatte. Er war indessen wieder in Hemd und Hose geschlüpft, obwohl das Personal in diesem Haus an den Anblick halbnackter und auch splitternackter Gäste gewöhnt war. Aber sie zählten ja nicht im eigentlichen Sinne zu den Gästen des

Palais Rosé, auch wenn Madame Rosé an ihnen mehr verdiente als an einem Dutzend spendierfreudiger Kunden, die sich gleich mit mehreren ihrer Mädchen die ganze Nacht amüsierten.
»Das ging aber wirklich schnell, Prissy«, lobte Matthew und hob eine der silbernen Warmhaltehauben ab. Der köstliche Duft von gefüllten Omeletts und Röstkartoffeln schlug ihm entgegen. Dazu gab es ofenwarmes Brot, ein halbes Dutzend Konfitüren, goldgelbe Butter, Kuchen, Schalen mit frischem Obst sowie Fruchtsäfte und Kaffee, dem eine Prise Kakao beigefügt war. Mehr, als zwei ausgehungerte Liebende beim besten Willen verzehren konnten. »Mhm, das riecht ja himmlisch.«
Prissy strahlte. »Madame Rosé sagt, daß Sie sich nur das Beste vom Besten verdient haben, Massa Melville.«
»Nun, so falsch liegt sie damit gar nicht«, meinte er belustigt und dachte an die fünfhundert Dollar, die sich der Wunderheiler und die Bordellbesitzerin wohl teilen würden.
»Oh, ich soll Ihnen übrigens noch ausrichten, daß Mister Calhoun Sie zu sprechen wünscht«, sagte das schwarze Hausmädchen und verzog das Gesicht, als hätte sie für den Wunderheiler nicht viel übrig. »Er ist unten im Salon bei Madame. Es geht um die geschäftliche Vereinbarung, die Sie getroffen haben, sagt er, und Sie wüßten schon, was damit gemeint ist.«
Matthew verzog das Gesicht. »Ja, ich weiß schon. Aber ich habe jetzt keine Zeit für ihn, Prissy. Sag ihm, daß er sich noch etwas gedulden muß, sich aber keine Sorgen zu machen braucht. Ich stehe zu meinem Wort.«
Prissy nickte. »Werd's ihm sagen. Und einen guten Appetit wünsche ich Ihnen, Massa Melville... und Ihnen auch, Missy«, fügte sie schnell in Valeries Richtung hinzu.
»Teil dir das mit dem Koch«, sagte Matthew und steckte ihr großzügig ein Goldstück zu.
Prissy riß die Augen auf, so daß das Weiße ihrer Augen einen starken Kontrast zu ihrer dunklen Haut bildete. »Jesus! Ein ganzer Golddollar! Möge der Herr Sie schützen, Massa Melville! Besten Dank, Massa Melville.« Sie überschlug sich fast vor Dankbarkeit und Freude, während sie die Goldmünze aufgeregt befingerte. »Rufen Sie mich, wann immer Sie einen Wunsch haben! Prissy wird immer für Sie dasein.«
»Das glaube ich ihr gerne«, sagte Valerie amüsiert, als Prissy die Tür

hinter sich zugezogen hatte und sie sich an den gedeckten Tisch setzten. »Du bist viel zu großzügig.«
»Hätte ich dich vielleicht nicht auslösen sollen?« neckte er sie.
»Ich zahl' dir die fünfhundert Dollar zurück. Du weißt, ich bin nicht mittellos.«
»Valerie!« mahnte er. »Verdirb mir bitte nicht den Tag, der so wunderbar begonnen hat.«
»Aber fünfhundert Dollar sind eine Menge Geld!« wandte sie ein.
»Nicht für eine Frau wie dich«, erwiderte er schlagfertig und wechselte das Thema. »Ich hab' mich nach COTTON FIELDS erkundigt. Bist du noch immer entschlossen, heute schon zur Plantage zu fahren?«
Sie sah von ihrem Essen auf. »Und ob! Ich werde nicht einen Tag verstreichen lassen, Matthew. Ich will die Plantage sehen, meinen Vater – und seine Familie, die meinen Tod beschlossen hatte!« erklärte sie energisch. »Wenn ich vor Monaten noch unentschlossen war, ob ich dieses Erbe überhaupt annehmen sollte, so stellt sich diese Frage für mich nicht mehr. Ich werde das Erbe antreten – und nicht nur, um meine skrupellosen Halbgeschwister und ihre Mutter vor die Tür setzen zu können. Ich habe mehrere Monate auf einer Baumwollplantage als Sklavin gelebt, und ich habe gesehen, welch ein himmelschreiendes Unrecht diese Sklaverei ist. Und wenn ich etwas für die Sklaven auf COTTON FIELDS tun kann, dann werde ich es tun.«
»Das hört sich ja wie aus dem Munde eines echten Yankees an«, sagte Matthew spöttisch.
»Mach dich nicht über mich lustig. Mir ist es ernst damit, und ich dachte, du würdest die Sklaverei genauso verabscheuen wie ich«, sagte sie ungehalten.
Er nickte. »Das tue ich auch, doch mir scheint das, was du dir da vorgenommen hast, ein wenig realitätsfremd zu sein.«
»Wieso?«
»Du weißt, daß das Thema Sklavenhaltung im Augenblick einen tiefen Keil zwischen den Norden und den Süden getrieben hat. Die Sezessionsbewegung unter den Südstaatlern erhält von Woche zu Woche mehr Zulauf. Wenn das so weitergeht, wird sich der Süden bald einseitig von der Union trennen und einen eigenen Staat ausrufen. Nächstes Jahr wird der neue Präsident gewählt. Und sollte dieser Abraham Lincoln wirklich die Wahl gewinnen, wird es wohl

zu diesem Bruch kommen, denn die Südstaaten sind nicht gewillt, sich seiner Regierung zu unterwerfen.«

»Das weiß ich. Aber was hat das denn mit mir und COTTON FIELDS zu tun?« wollte Valerie wissen.

»Der Süden wird es notfalls auf einen Krieg mit dem Norden ankommen lassen, weil man hier auf der Sklavenhaltung beharrt. Wieviel Chancen hättest du dann deiner Meinung nach, wenn du in einem derart überreizten Klima versuchen würdest, sogenannte ›Yankee-Methoden‹ auf deiner Plantage einzuführen? Keine, würde ich sagen, so traurig das auch ist.«

Valerie blickte nachdenklich auf ihren Teller. Dann zuckte sie die Achseln. »Mir wird schon irgend etwas einfallen. Auf jeden Fall werde ich nicht zulassen, daß die Sklaven ausgebeutet und ausgepeitscht werden.«

»Ein löblicher Vorsatz, nur würde ich damit vorerst etwas zurückhaltend sein, denn wer weiß, welche Einstellung Henry Duvall zu diesen Dingen hat. Daß er dich nach England in die Obhut seiner Freunde gegeben hat, bedeutet ja wohl noch lange nicht, daß er ein Anhänger der Befreiungsbewegung ist«, gab er zu bedenken. »Wenn du also wirklich etwas Gutes tun willst, solltest du mit solchen Aussprüchen verdammt vorsichtig sein.«

»Da hast du recht«, stimmte sie ihm zu. »Vorher gibt es sowieso noch dringendere Dinge zu erledigen.«

»Abrechnung mit Bruce French, nicht wahr?«

»Hast du etwas dagegen einzuwenden?«

»Ganz und gar nicht. Ich kann es nicht erwarten, diesen Schweinehund in meine Hände zu bekommen. Doch es wird nicht so einfach sein, ihn aufzustöbern. Ich nehme nicht an, daß er unter seinem wirklichen Namen auf der ALABAMA gereist ist. Einen Bruce French werden wir wohl vergeblich suchen.«

»Mag sein, doch er hat mir gesagt, daß er Sklavenjäger von Beruf ist, und es dürfte nicht viele Kopfgeldjäger geben, die ein von Brandnarben so entstelltes Gesicht haben wie er.«

»Das ist auch wieder wahr«, pflichtete er ihr bei.

»Wir werden ihn finden!« versicherte Valerie entschlossen. »Doch noch viel wichtiger ist, daß ich Fanny finde. Ich hoffe, sie ist überhaupt noch am Leben. Er hatte mir ja versprochen, sie freizulassen...«

»Ich brauche dir ja nicht zu sagen, wie wenig dieses Versprechen wert ist«, sagte Matthew skeptisch, »doch wir werden nichts unversucht lassen. Ich werde gleich nachher eine Nachricht an meinen Agenten schicken, damit er jemanden beauftragt, auf Kuba Erkundigungen nach deiner Zofe anzustellen. Wenn sie noch lebt, sollte es nicht schwierig sein, ihren derzeitigen Aufenthaltsort festzustellen.«

»Ich muß auch meinen Eltern schreiben«, sagte Valerie bedrückt. »Sie werden schon ganz krank vor Sorge sein, daß sie seit Madeira kein Lebenszeichen mehr von mir bekommen haben.«

Matthew zog seine goldene Taschenuhr hervor und ließ den Deckel aufspringen. »Wenn wir heute noch nach COTTON FIELDS wollen, wird es Zeit, daß du dich ankleidest. Die Plantage liegt gut fünfzehn Meilen von hier, und mit der Kutsche brauchen wir für eine Wegstrecke gute zwei Stunden.«

»Ich kriege sowieso nichts mehr runter«, sagte Valerie und schob den Teller von sich. Sie hatte mit großem Appetit und Genuß gegessen.

»Außerdem habe ich noch eine kleine Überraschung, für die wir auch noch etwas Zeit brauchen«, sagte er beiläufig.

»Noch eine Überraschung, nach alldem hier?« rief sie ungläubig und wies auf die Kleider, mit denen er sie so früh am Morgen überhäuft hatte.

Er zuckte vergnügt die Achseln. »Ich hoffe zumindest, daß es eine Überraschung ist, über die du dich freuen wirst. Nun, wir werden sehen.«

»Bestimmt freue ich mich, Matthew. Aber kannst du mir nicht jetzt schon verraten, was es ist?«

Er lachte und schüttelte den Kopf. »Dann wäre der Überraschungseffekt ja dahin. So, ich gehe mal zu Mister Calhoun hinunter. Ich schicke dir Prissy herauf, damit sie dir beim Ankleiden und Frisieren hilft«, sagte er und griff nach seiner Krawatte, um sie zu binden.

»Aber welches der Kleider soll ich überhaupt anziehen?« fragte Valerie verunsichert.

»Natürlich das schönste und eleganteste – und das ist das rubinrote Taftkleid mit dem spitzenbesetzten Ausschnitt. Ich wette, du siehst darin umwerfend aus«, sagte Matthew und zwinkerte ihr zu. »Immerhin kommst du ja nicht als Bittstellerin nach COTTON FIELDS, sondern als die totgeglaubte und nun triumphierende Erbin, mein

Liebling! Also nur keine Hemmungen. Dies wird dein großer Auftritt, und du wärst dumm, wenn du ihn nicht auskosten würdest! Blende diese hinterhältige Duvall-Brut mit deiner Schönheit!«

2.

Die Dollarscheine glitten geschickt durch seine rauhen Finger und verschwanden dann in der Innentasche seiner bunten Jacke, die an einen Flickenteppich erinnerte. »Nochmals meinen verbindlichsten Dank, Mister Melville«, sagte Donald Calhoun mit mühsam unterdrückter Überschwenglichkeit. »Es war mir ein ausgesprochenes Vergnügen, Ihnen und Miss Fulham behilflich zu sein.«

Matthew saß ihm im Salon in einem Sessel gegenüber und bedachte ihn mit einem spöttischen Blick. Der fahrende Wunderheiler, der Valerie ins PALAIS ROSÉ gebracht hatte, war ein mittelgroßer, hagerer Mann Ende Vierzig. Schütteres Haar, das von einer stumpfen gelblichen Farbe war, fiel ihm in wirren Strähnen ins Gesicht. Seine Kleidung war abgewetzt, und er paßte sowenig in dieses exklusive Etablissement von Madame Rosé wie diese auf seinen buntbemalten Wagen, mit dem er durch die Lande zog.

»Ich glaube Ihnen gern, daß es Ihnen ein Vergnügen war«, bemerkte Matthew und zog an seiner Zigarre.

Dem Quacksalber wurde unter seinem spöttischen Blick unwohl zumute, und er erhob sich. »Wird Zeit für mich, daß ich wieder auf die Straße komme«, sagte er mit leichter Verlegenheit. »Kann es manchmal gar nicht erwarten, in die Stadt zu kommen, doch schon nach ein paar Tagen juckt es mich wieder, Landstraße unter die Räder und frische Luft um die Nase zu bekommen.«

»Warten Sie!« rief Matthew Donald Calhoun nach.

»Ja?« frage Calhoun mit hochgezogenen Brauen.

»In Ihrem Beruf kommen Sie weit herum, oder?« fragte Matthew.

»Sicher, Mister Melville.«

»Auch auf Plantagen?«

»Ich laß nichts aus, was am Weg liegt, schon gar keine Plantagen«, erklärte der Quacksalber mit einem breiten Grinsen. »Die Schwarzen haben zwar nicht gerade prall gefüllte Geldbeutel, aber dafür sind sie eine treue Kundschaft, wenn Sie verstehen, was ich meine.« Matthew verstand sehr wohl, daß Calhoun auf die Gutgläubigkeit der Schwarzen anspielte. »Sie scheinen ein Mann zu sein, der offenen Auges durch die Gegend zieht und seinen Vorteil zu erkennen weiß.«

»Wüßte nicht, weshalb ich Ihnen darin widersprechen sollte«, erwiderte Calhoun. »Aber ich glaube nicht, daß ausgerechnet Sie der Typ Mann sind, der einem fahrenden Heiler wie mir grundlos Honig um den Bart schmiert. Also worauf wollen Sie hinaus?«

Matthew Melville lächelte. »Sie sagten vorhin, es wäre Ihnen ein Vergnügen gewesen, mir behilflich sein zu können, was bei der Bezahlung natürlich verständlich war...«

»Nicht ich habe zuerst von fünfhundert Dollar gesprochen!« stellte der Quacksalber richtig.

»Schon gut«, winkte Matthew ab. »Das ist erledigt. Doch wir könnten auch weiterhin im Geschäft bleiben.«

»Und wie?«

»Ich brauche Informationen über einen Mann, dessen richtigen Namen ich nicht kenne. An Bord meines Schiffes hieß er Bruce French, doch ich bin überzeugt, daß dies nur ein Deckname war.«

»Was können Sie mir noch über diesen Mann sagen?« fragte Calhoun interessiert.

Matthew gab ihm eine genaue Beschreibung. »Er ist Südstaatler, vermutlich aus der Gegend um Baton Rouge, und lebt offenbar von den Kopfgeldern, die für entlaufene Sklaven ausgesetzt sind. In Baton Rouge gibt es übrigens einen Sklavenauktionator namens Charles Seal, mit dem er wohl oft zusammenarbeitet.«

»Was springt dabei für mich heraus?« wollte Calhoun wissen.

»Fünfzig Dollar, davon zehn sofort und den Rest, wenn Sie mir sagen können, wie der Bursche heißt und wo ich ihn finden kann«, bot Matthew an.

»Hundert Dollar, davon fünfundzwanzig sofort, und ich horche mich überall um«, verlangte der Wunderheiler.

Hundert Dollar waren ein horrender Preis, wo man für vier Dollar schon ein hervorragendes Paar Stiefel erstehen konnte. Aber Calhoun wußte, daß er etwas zu bieten hatte, was in diesem Fall viel Geld wert war: ein scharfes Auge und die Möglichkeit, herumzukommen und Fragen stellen zu können, ohne Mißtrauen zu erregen. Wer interessierte sich schon für einen fahrenden Quacksalber?

»Also gut, aber seien Sie vorsichtig, Mister Calhoun!« warnte Matthew ihn eindringlich. »Und versuchen Sie bloß nicht, diesen Auktionator direkt auszufragen. Sie könnten es bitter bereuen.«
Calhoun schaute ihn fast beleidigt an. »Danke für die Warnung, Mister Melville, aber nach fast dreißig Jahren auf der Straße glaube ich zu wissen, wie man die Menschen zu nehmen hat und auf welche Tricks sie hereinfallen.«
Matthew schmunzelte unwillkürlich. »Natürlich.«
»Und wenn ich jetzt um die Anzahlung bitten dürfte!«
Die fünfundzwanzig Dollar hatten gerade den Besitzer gewechselt, als Valerie oben an der Brüstung erschien und nun die breite Treppe herunterkam. Sie schien förmlich herabzuschweben, umwogt von einer Pracht rubinroten Taftes. Weiße Spitze schloß die kurzen gebauschten Ärmel ab und faßte ihr Dekolleté ein, das ihren vollen Busen wunderbar zur Geltung brachte, ohne daß es jedoch ordinär wirkte. Das Kleid vermittelte unaufdringliche Eleganz, die mit Valeries jugendlicher Schönheit eine harmonische Verbindung einging. In sanften Wellen fiel ihr das ausgebürstete, schimmernde Haar auf die nackten Schultern. Cremefarbene Spitzenhandschuhe reichten ihr fast bis zu den Ellbogen. Am linken Arm baumelte ein kleiner, perlenbestickter Beutel. In der linken Hand trug sie einen Parasol, der mit hellrotem Satin bespannt war.
Donald Calhoun wandte sich beim Rascheln des Stoffes um und war von Valeries Anblick so überwältigt, daß er sie mit offenem Mund anstarrte. Dann bekam er sich wieder unter Kontrolle, schluckte und murmelte ungläubig: »Heiliger Achsenbruch! Hätte ich gewußt, wie schön sie wirklich ist, hätten Ihre fünfhundert Dollar gerade als Anzahlung gereicht«, murmelte er.
Matthew lachte nur.
Valerie schenkte dem Wunderheiler ein flüchtiges Lächeln, das diesem jedoch die Röte ins Gesicht trieb, und nahm dann Matthews Arm.
»Gefalle ich dir?« flüsterte sie, als Prissy ihnen die Tür aufhielt und sie das Haus verließen.
»Du siehst so bezaubernd aus, daß ich dich am liebsten sofort aufs Zimmer tragen und wieder ausziehen möchte«, flüsterte er zurück.
Vor der überdachten Terrasse des Hauses wartete ein offener Zweispänner mit einem Sonnendach, das mit langen grünen Fransen eingefaßt war. Der Kutscher, ein baumlanger Neger in weißen

Segeltuchhosen und himmelblauem Hemd, sprang vom Kutschbock und riß den Schlag auf. Seine großen Augen waren bewundernd auf Valerie gerichtet.
»Das ist Timboy. Timboy, das ist Miß Valerie Fulham. Ihr Wunsch wird dir ein Befehl sein. Und paß bloß auf, daß dir die Augen nicht aus dem Kopf rollen. Hab' mal von einem gehört, der sich blind geglotzt hat!«
Der Neger schlug den Blick nieder und nickte eifrig. »Yas-suh, Massa. Tut mir leid, wenn ich die Missus so angeglotzt habe. Aber hab' noch nie so eine hübsche Missus an Ihrer Seite gesehen, Massa Melville.« Und zu Valerie sagte er ohne Verlegenheit: »Wenn der Tag nur halb so schön wird, wie Sie aussehen, dann werden Sie heute einen wunderbaren Tag haben, Missus!«
»Danke, ... Timboy.« Mit einem Lächeln nahm Valerie unter dem Sonnendach Platz.
»Hab' ihn mal aus dem Fluß gefischt und bin ihn seitdem trotz aller Versuche nicht mehr losgeworden«, sagte Matthew mit gutmütigem Spott und setzte sich neben sie. »Timboy klebt wie Pech an mir.«
»Schätze, daß Massa Melville mich und niemanden sonst verdient hat«, erwiderte Timboy mit einem breiten, selbstbewußten Grinsen und schwang sich auf den Kutschbock.
»Zum Hafen, Timboy! Du weißt schon, wohin!«
»Yassuh, Massa.« Timboy schnalzte mit der Zunge, und die beiden Pferde legten sich ins Geschirr.
»Wer ist dieser Timboy?« fragte Valerie, als der Zweispänner durch das schmiedeeiserne Tor auf die kopfsteingepflasterte Straße rollte.
»Ach, so etwas wie mein treuer Diener und Faktotum. Timboy kann alles. Er ist das, was man beim weiblichen Personal gemeinhin als Perle bezeichnet, wenn er manchmal auch ein sehr lockeres Mundwerk hat.«
»Ich kann mich nicht erinnern, ihn auf der ALABAMA gesehen zu haben«, sagte Valerie stirnrunzelnd.
Er lächelte geheimnisvoll. »Nein, wenn ich mit der ALABAMA unterwegs bin, muß ich auf seine Dienste leider stets verzichten. Von großer Fahrt auf Segelschiffen hält er sowenig wie der Papst vom Voodoo-Kult der Schwarzen. Der Mississippi ist ihm schon unheimlich genug. Timboy kümmert sich während meiner Abwesenheit hier in New Orleans um gewisse Aspekte meiner hiesigen Geschäfte.«

Valerie wollte ihn schon fragen, um welche Art Geschäfte es sich handelte, doch da bog der Wagen um eine Ecke und fädelte sich in einen regen Verkehr von Reitern, Kutschen und Landauern ein, die diese prächtige Straße bevölkerten. Auf den Gehsteigen herrschte ein nicht minder buntes Treiben. Sie sah elegant gekleidete Damen in Begleitung von vornehm gekleideten Schwarzen, darunter auch zahlreiche bildhübsche Mulattinnen. Sie flanierten über die Gehsteige, vorbei an einer endlosen Zahl exquisiter Modegeschäfte, Möbelläden, Juweliere, Restaurants und Galerien. Die Häuser hatten fast alle Balkone mit kunstvollen schmiedeeisernen Gittern.
»Mein Gott, was für eine Pracht!« entfuhr es Valerie unwillkürlich. Sie wußte nicht, wohin sie blicken sollte.
»Das ist das Vieux Carre, das älteste Viertel der Stadt und das Herzstück von New Orleans«, erklärte Matthew stolz. »Royal, Bourbon, Toulouse, Chartres Street und wie die Straßen noch alle heißen. Hier findest du alles, was das Herz begehrt.«
Valerie war beeindruckt von der weltstädtischen Atmosphäre, die dieses Viertel ausstrahlte. Sie konnte sich nicht erinnern, Vergleichbares in London gesehen zu haben, zumindest nicht in dieser exotischen Farbenpracht und offensichtlichen Lebensfreude, die von den Menschen ausging, gleich welcher Hautfarbe.
Timboy lenkte das Gespann souverän durch den dichten Verkehr, bog von der Royal Street in die Toulouse Street ein und fuhr am Jackson Square vorbei, der mit seinen gepflegten Parkanlagen von der imposanten St.-Louis-Kathedrale beherrscht wurde.
Und dann lag der Hafen von New Orleans vor ihren Augen. Zwischen den vielen Warenlagern und Schuppen herrschte ein scheinbar chaotisches Gedränge von Fuhrwerken und Schauerleuten, Passagieren und Geschäftsleuten, Straßenhändlern und Dienstboten, die hin und her eilten wie in einem Ameisenhaufen.
An den Kais lagen schnittige Segelschiffe aller Nationen und Größen neben klobigen Dampfschiffen, aus deren Schornsteinen dunkle Rauchwolken in den blauen Himmel stiegen, und unzähligen Raddampfern mit hoch aufragenden, schneeweißen Decksaufbauten und mächtigen Schaufelrädern an den Seiten oder am Heck. Jenseits dieser Reihe von Schiffen aller Art erstreckte sich der Mississippi in seiner majestätischen Breite.
Was für ein Anblick!
Valerie war ganz hingerissen. »Wunderbar!« rief sie begeistert und

hielt Ausschau nach der ALABAMA. Doch sie konnte den Clipper nirgends entdecken.
Timboy bahnte sich mit dem Gespann einen Weg durch das hektische Gedränge und lenkte es auf einen Pier, an dem mehrere Raddampfer vertäut lagen.
»Wo bringst du mich hin?« fragte sie.
»Zu meinem Schiff«, antwortete er vergnügt.
»Aber hier liegt doch kein Segelschiff, geschweige denn die ALABAMA. Die würde ich doch auf den ersten Blick wiedererkennen.«
»Die ALABAMA ist unter dem Kommando meines Ersten Offiziers schon seit zwei Wochen auf dem Weg nach Bombay«, erwiderte er. »Doch sie ist nicht das einzige Schiff, das mir gehört. Das da gehört auch zu meiner kleinen Flotte!« Und voller Stolz wies er auf einen großen Raddampfer, der sich mit drei schneeweißen Decks und rot angestrichenen Schaufelradkästen vor ihnen in den strahlenden Himmel erhob. RIVER QUEEN leuchtete die Aufschrift in Rot mit schwarz abgesetzten Buchstaben auf der Längsfront des mittleren Decks.
»Du besitzt einen Raddampfer?« stieß Valerie ungläubig hervor.
»Jawohl, und zwar einen Raddampfer, der einen dir angemessenen Namen trägt, mein Liebling«, sagte er, als der Wagen vor der Gangway hielt. »Komm, ich zeige dir dein neues Zuhause. Viel Zeit haben wir nicht, aber für einen ersten Rundgang reicht es wohl.«
Valerie war sprachlos, als sie sah, mit welch verschwenderischer Pracht die Salons und Kabinen an Bord der RIVER QUEEN eingerichtet waren. Matthews privates Quartier, das aus einer wahren Kabinenflucht bestand, lag im obersten Deck, gleich unterhalb des Ruderhauses. Kein noch so feudales Hotel hätte einen größeren Komfort bieten können.
»Könntest du dich an den Gedanken gewöhnen, hier zu wohnen?« fragte er, amüsiert über ihre Begeisterung.
»Gewöhnen? Ich käme mir in dieser luxuriösen Umgebung wirklich wie eine Flußkönigin vor! Matthew, das Schiff ist ein Traum!«
»Ich darf das dann als Zustimmung werten, ja?« scherzte er, nahm sie in den Arm und küßte sie zärtlich.
»Warum hast du mir nie davon erzählt?«
»Warum hätte ich das tun sollen? Es hat nie die Notwendigkeit dazu bestanden. So, und jetzt zeige ich dir die wahre Seele der RIVER QUEEN und seines Besitzers«, sagte er.

»Die wahre Seele?« fragte Valerie verständnislos. »Was willst du damit sagen?«
»Der Raddampfer ist ein schwimmendes Spielkasino, mein Schatz«, eröffnete er ihr, als sie die mit Teppichen ausgelegten Treppen ins erste Geschoß hinuntergingen. »Die RIVER QUEEN bringt zwar auch Passagiere nach Natchez und sogar bis hoch nach St. Louis, doch der Gewinn aus diesen Fahrten ist minimal im Vergleich zu den Summen, die mir meine Spieltische einbringen. Die RIVER QUEEN gehört nun mal zu den ersten Adressen unter den Spielclubs zwischen New Orleans und St. Louis.« Er stieß eine Tür auf und führte sie in einen Saal, dessen feudale Einrichtung keinen Vergleich mit irgendeinem Spielkasino an Land zu scheuen brauchte. An einem guten Dutzend Tischen konnte man Roulette, Blackjack und Würfel spielen. Zwei angrenzende kleinere Räume waren den Freunden des Pokerspiels vorbehalten. Es gab zudem noch eine Bar, die zwischen diesen Spielzimmern lag, sowie zwei Salons, in denen man sich aufhalten konnte, ohne ein Spiel zu machen.
»Der Spielbetrieb beginnt erst am Abend. Dann wirst du sehen, wie verrückt die Menschen darauf sind, ihr Geld am Spieltisch zu verlieren«, sagte Matthew und führte sie wieder an Deck.
Valerie schüttelte wie benommen den Kopf, als sie sich bei ihm einhakte und über die breite Gangway zum Wagen zurückkehrte, um ihre Fahrt nach COTTON FIELDS fortzusetzen. »Ich kann es noch immer nicht glauben, daß ausgerechnet du ein schwimmendes Spielkasino besitzt. Das wäre mir nicht mal im Traum in den Sinn gekommen!«
Er lachte. »Das ganze Leben ist ein Spiel. Es kommt nur darauf an, daß man zu denjenigen gehört, die die Spielregeln aufstellen. Früher habe ich mal auf der anderen Seite gestanden. Es hätte ins Auge gehen können, denn ich habe mit hohen Einsätzen gespielt – nicht nur am Spieltisch. Doch ich hatte keine andere Wahl. Mit kleinen Gewinnen habe ich mich noch nie zufriedengegeben. Ich habe alles riskiert – auch schon mal mein Leben. Doch nicht blind. Ich habe Verstand mit Glück gepaart und dann im richtigen Augenblick den Schlußstrich gezogen. Ein guter Spieler weiß, wann seine Zeit gekommen ist, aufzuhören – vor allem dann, wenn er lange Zeit auf der Gewinnerseite gestanden hat.«
»Du warst ein Spieler?«
»Ein Spieler und ein Abenteurer«, gestand Matthew, während sie in

den Wagen stiegen. »Und wäre ich es nicht gewesen, wäre ich heute kaum da, wo ich jetzt bin.«
Nachdenklich schaute sie ihn an. »Ich entdecke ja immer neue Seiten an dir.«
»Das hoffe ich doch auch«, erwiderte er schmunzelnd. »Ich glaube nämlich nicht, daß ein simpler Charakter das ist, was dich anspricht.« Er beugte sich vor. »Fahr uns jetzt nach COTTON FIELDS, Timboy. Und beeil dich, damit wir die nächste Fähre noch erreichen.«
»Werde Sie in neuer Timboy-Rekordzeit zur Fähre bringen, Massa Melville!« versprach der Schwarze und ließ die Peitsche knallen.
Valerie seufzte. Was für ein Tag! Und er war noch längst nicht zu Ende!

3.

Eine schwarze Rauchfahne hinter sich herziehend, kämpfte sich die Fähre über den breiten, stark befahrenen Strom. Die großen Schaufelräder gruben sich mit der Kraft der Dampfmaschinen, die das ganze Schiff erzittern ließen, in die schlammig braunen Fluten und erzeugten zu beiden Seiten schäumendes Kielwasser.
Das jenseitige Ufer war schnell erreicht, und schon bald befanden sie sich auf der staubigen Landstraße, die nach Nordwesten führte. Timboy ließ die Pferde in einen flotten Trab fallen, und die Fahrt ging vorbei an scheinbar endlosen Feldern und Weiden, die auch einem Betrachter, der wenig von der Landwirtschaft verstand, auf den ersten Blick verrieten, daß die Erde fruchtbar war und bei sachgemäßer Bestellung und etwas Glück mit dem Wetter reiche Ernte trug.
Am Wegrand zogen sich lange Hecken farbenprächtiger Büsche und Sträucher entlang. Die Luft war erfüllt vom intensiven Duft von Jasmin, von wilden Rosen, Bougainvillea, Azaleen und Magnolien. Und immer wieder passierten sie kleine Zypressenhaine. Spanisches Moos hing in langen, graugrünen Flechten wie wilder Lianenschmuck von den Bäumen, und die Sonne malte ein goldenes Muster auf das dunkle vermooste Gras, das die Stämme umwucherte.

In Gedanken versunken ließ Valerie diese zauberhafte Landschaft an ihren Augen vorbeiziehen. Die Sonne war warm, doch nicht so heiß, daß die Fahrt eine Strapaze gewesen wäre.
»Bist du aufgeregt?« brach Matthew schließlich das Schweigen.
Sie sah ihn an. »Ein bißchen«, gestand sie. »Dabei bin ich mir über meine Gefühle, die ich für meinen Vater, meinen leiblichen Vater, empfinde, überhaupt nicht im klaren. Vielleicht hätte ich ihm doch besser erst eine Nachricht zukommen lassen sollen, statt unangemeldet zu ihm zu fahren.«
»Niemand zwingt dich, nach COTTON FIELDS zu fahren«, erwiderte Matthew und ergriff ihre Hand. »Wir können jederzeit wenden und nach New Orleans zurückkehren, wenn du dich für diese Begegnung noch nicht entsprechend gewappnet fühlst.«
Sie schüttelte den Kopf. »Nein, ich habe irgendwie den Drang, COTTON FIELDS endlich mit eigenen Augen zu sehen. Zu lange habe ich auf diesen Tag gewartet, und es ist mir jetzt auch egal, was passiert.«
»Es wäre aber dennoch ratsam, wenn du deine Identität vorerst nicht enthüllst«, schlug er vor. »Nur deinem Vater solltest du dich zu erkennen geben, nicht jedoch Catherine Duvall und ihren Kindern, deinen Halbgeschwistern.«
»Du meinst, ich soll mich hinter einem falschen Namen verbergen?«
Er lächelte sie an. »Nicht hinter einem falschen Namen, nur hinter mir, mein Schatz«, schlug er vor. »Ich werde dich als meine Verlobte vorstellen und vorgeben, Geschäftliches mit Henry Duvall besprechen zu wollen. Immerhin ist er Besitzer einer der größten Baumwollplantagen und wird daher nicht gerade selten Geschäftsleute in seinem Haus empfangen. Beispielsweise könnte ich ihm ein Angebot für den Transport seiner Baumwolle nach Übersee unterbreiten wollen. Das wäre doch ein sehr einleuchtender Grund für unser Erscheinen.«
»Aber wir sind nicht angemeldet«, wandte Valerie ein. »Und ein Geschäftsmann klopft doch nicht wie ein Hausierer an fremde Türen.«
Er schmunzelte. »Aber wieso denn? Natürlich sind wir angemeldet. Oder sollte das Schreiben, das unser Kommen avisiert hat, merkwürdigerweise nicht auf COTTON FIELDS eingetroffen sein? Das wäre in der Tat höchst peinlich, nicht wahr?«
Sie lachte. »Du besitzt wahrhaftig schauspielerisches Talent.«

»Hast du schon vergessen, daß ich eine nicht unbedeutende Karriere als Spieler hinter mir habe?« fragte er gutgelaunt. »Und ein Spieler, der nicht auch zu schauspielern weiß, bringt es nicht weit.«
»Im Gegensatz zu dir.«
»Richtig.«
Nachdenklich sah sie ihn an. »Weißt du, daß mir heute erst so richtig zu Bewußtsein gekommen ist, daß ich kaum etwas über dich weiß, während ich dir über mich alles erzählt habe?«
»Gibt es denn noch irgend etwas zu wissen, was darüber hinausgeht, daß ich dich liebe?« fragte er zurück.
»Zugegeben, das ist das Wichtigste, aber dennoch möchte ich mehr über dich erfahren, Matthew«, bat Valerie. »Ich erinnere mich noch daran, wie du mir auf der ALABAMA einmal erzählt hast, daß du in einem Waisenhaus aufgewachsen bist. Doch das erscheint mir zuwenig, wenn man mit einem Mann Tisch und Bett teilt. Oder gibt es vielleicht einen Grund, warum du nicht über deine Vergangenheit sprechen willst?«
Er blickte nach vorn und schwieg einen Augenblick. Dann zuckte er die Achseln. »Eine Rückkehr in die eigene Vergangenheit ist meist mit unangenehmen Erinnerungen verbunden, aber es stimmt, du hast ein Recht darauf, zu erfahren, was hinter mir liegt.«
Sie nickte und wartete.
Er zog eine Zigarre hervor, riß ein Zündholz an und setzte die Zigarre in Brand. »Ich hatte eine miserable Kindheit«, begann er dann. »Meine Eltern habe ich nie gekannt. Aufgewachsen bin ich in einem schäbigen Waisenhaus in Alabama. Als ich elf war, kam ich in die Obhut von Pflegeeltern. Doch denen ging es nicht darum, mir ein richtiges Zuhause zu geben und mich zu erziehen, sondern nur um meine Arbeitskraft. Ich mußte auf ihrer elenden Farm von morgens bis abends schuften. Damals habe ich schon immer davon geträumt, zur See zu fahren. Ich wollte weg vom Geruch der Stallungen, dem Staub der Felder und der Tyrannei meiner sogenannten Pflegeeltern, ich wollte die Welt kennenlernen und zur See fahren. Als ich vierzehn war, bin ich das erste Mal weggelaufen, aber keine fünfzig Meilen weit gekommen. Die Prügel, die ich erhielt, hinderten mich jedoch nicht daran, ein halbes Jahr später erneut mein Glück zu versuchen. Diesmal kam ich zumindest bis nahe an die Grenze. Wieder gab es Prügel mit dem Ledergürtel. Das ließ ich mir eine Lehre sein. Ich wartete, bis sich eine wirklich günstige Gelegenheit

bot. Diesmal versuchte ich es nicht zu Fuß, sondern zu Pferd. Ich kam nach New Orleans und heuerte auf einem Walfänger als Schiffsjunge an. Ein Jahr später, es war in Shanghai, heuerte ich auf einem amerikanischen Handelsschiff an. Es war eine harte Zeit, aber ich war frei und konnte mein Leben selbst gestalten. Acht Jahre fuhr ich zur See, und ich hatte das Glück, das Wohlwollen meines Captains zu erringen. Er förderte mich, und als er sah, daß ich von schneller Auffassungsgabe war, bildete er mich aus, vor allem in Schiffsführung und Navigation. In Boston machte ich dann mein Patent als Captain, und meine erste Reise als Captain führte mich um das Kap herum nach San Francisco. Und dort verlor ich meine Crew bis auf den letzten Mann! Elf Jahre liegt das nun schon zurück.«

Valerie runzelte die Stirn. »Wieso? Warst du so ein Tyrann?«

»Nein, aber wir schrieben damals das Jahr 1849. Sagt dir das nichts?«

»Damals war ich knapp neun«, warf Valerie spöttisch ein. »Nicht gerade ein Alter, in dem man sich dafür interessiert, was außerhalb der eigenen Familie passiert, geschweige denn an Orten, von denen man noch nicht einmal gehört hat.«

»Es war das Jahr, als der Goldrausch von Kalifornien die halbe Welt in Aufregung versetzte«, klärte Matthew sie auf. »Hunderttausende strömten aus allen Teilen der Welt nach Kalifornien, Männer und Frauen, von denen die meisten noch nie eine Schaufel in der Hand gehalten, geschweige denn Erfahrung mit der Wildnis hatten: Verkäufer, Geschäftsleute, Bankangestellte, Lehrer, Doktoren, Anwälte und natürlich Desperados, leichte Mädchen und Abenteurer jeder Sorte. Sie alle hofften, hier das große Glück zu machen, das ihnen in ihrem bisherigen Beruf nicht vergönnt gewesen war. Meine Männer bildeten da keine Ausnahme. Und es erging nicht nur mir so. Hunderte Schiffe lagen in jener Zeit im Hafen von San Francisco ohne Mannschaft vor Anker.«

»Wie ich dich kenne, hast du nicht lange gezögert, es deinen Männern nachzumachen«, meinte Valerie.

»Du sagst es. Was hatte ich schon groß zu verlieren? Ich zog also auch in die Berge und versuchte mein Glück als Digger auf den Schürffeldern.« Er zögerte kurz. »Dort lernte ich auch eine Frau kennen und lieben. Sophie hieß sie. Wir schufteten sieben Tage die Woche, und das Glück war uns auch hold. Zwar förderten wir keine Millionen in Gold aus unserem Claim, doch die Nuggets und Flocken

füllten bald schon zwei hübsche Beutel. Wir verkauften unseren Claim, als wir genug hatten, und wollten zurück nach San Francisco. Vor unserer Abreise feierten wir ausgiebig mit Freunden, die noch länger zu bleiben gedachten. Als ich am nächsten Tag erwachte, war Sophie auf und davon – mit unserem ganzen Gold und einem anderen Mann, mit dem sie mich betrogen hatte, ohne daß ich es gemerkt hatte.« Ein bitterer Ton schwang in seiner Stimme mit.
»Was hast du getan?« fragte Valerie leise.
Er lachte freudlos auf. »Ich habe die beiden verfolgt – und bin, dumm, wie ich damals noch war, ihnen genau in den Hinterhalt gelaufen. Sophies Liebhaber hat mich abgeknallt wie ein Kaninchen auf dem Präsentierteller. Die Kugel erwischte mich genau in der Herzgegend, doch sie tötete mich nicht. Das Geschoß hatte zuerst meine metallene Tabaksdose durchschlagen und nicht mehr genug Wucht, als es sich in meine Brust bohrte. Eine Rippe lenkte es ab.«
»Ist es dieses Geschoß, das du als vergoldeten Anhänger um den Hals trägst?«
Er nickte.
»Warum?«
»Es soll mich immer an die grenzenlose Fähigkeit zum Bösen in der menschlichen Natur erinnern«, sagte er düster und fuhr dann hastig fort: »Sophie und ihr Geliebter hielten mich jedenfalls für tot und ließen mich dort zurück. Wie du siehst, hat mich meine Dummheit nicht das Leben gekostet. Es gelang mir, mich ins nächste Lager zu schleppen. Ein Knochenflicker holte mir in irgendeinem schmutzigen Zelt die verformte Kugel unter der Rippe hervor.«
»Hast du die beiden jemals wiedergesehen?«
Matthew schüttelte den Kopf. »Nie. Erst hatte ich mir geschworen, nicht eher zu ruhen, bis ich mich an ihnen gerächt hatte. Doch später kam mir der Schwur unsinnig vor. Es war eine bittere Lehre gewesen, aber im nachhinein war ich ihnen dankbar. Ich bin wieder zu den Schürffeldern zurückgekehrt, doch nicht als Goldgräber. Ich ging in die Wälder jagen, weil ich allein sein wollte, und versorgte die Männer in den Camps mit Wild. Eigentlich lebte ich mehr bei den Indianern als bei meinen ehemaligen Freunden. Gut ein Jahr dauerte das, dann war ich darüber hinweg – und kam dahinter, daß ich als Spieler nicht unbegabt bin. So begann meine Karriere als berufsmäßiger Spieler auf den Schürffeldern und später in San Francisco. Gut fünf Jahre hielt ich das durch. Dann hatte ich genug Geld, um mir die

RIVER QUEEN zu kaufen und etwas später dann die ALABAMA.« Er atmete tief durch. »So, jetzt weißt du alles über mein wechselvolles Leben.«

»Ich bin dir dankbar, daß du es mir erzählt hast«, sagte Valerie, von seiner Geschichte bewegt. »Es wird mir helfen, dich zu verstehen.«

»Ich habe ganz und gar nicht den Eindruck, daß du mich und meinen Körper nicht verstehst«, versuchte er seiner Lebensgeschichte die ernste, bittere Note zu nehmen und küßte sie auf den Busen, während seine Hand unter ihr Kleid glitt und sie am Bein streichelte.

»Matthew!« seufzte Valerie und deutete mit dem Kopf zu Timboy, der den Blick stur auf die Landstraße gerichtet hielt und irgendeine Melodie vor sich hin summte.

»Was ist?« tat er unschuldig und ließ seine Hand zu ihrem Oberschenkel hochwandern, zupfte am Spitzensaum ihres kurzen Beinkleides.

»Willst du mich kompromittieren?«

»Du meinst hier vor allen Leuten?« spottete er, denn außer ihnen war weit und breit niemand zu sehen.

»Du bist einfach unmöglich!« zischte sie. Doch in ihren Augen blitzte es vergnügt. Es war wie ein Wunder, daß schon eine winzige zärtliche Berührung von ihm genügte, um in ihr das Verlangen nach seiner ganzen Hingabe und Manneskraft zu wecken. Es war ein nahezu beängstigender Zauber, den er auf sie ausübte.

Er gab sich betrübt und zog seine Hand zurück. »Du meinst also, ich sollte damit warten, bis wir zurück auf der RIVER QUEEN sind, ja?«

»Zumindest würde sich ein Gentleman einer Dame gegenüber so verhalten, wenn er sich ihr Wohlwollen nicht verscherzen möchte«, neckte sie ihn.

»Manchmal fällt es mir einfach schwer, mich an die Manieren eines Gentlemans zu erinnern, wenn ich deinen Duft einatme und deine Haut spüre«, raunte er ihr zu. »Was hältst du davon, wenn wir vom Weg abfahren, Timboy auf einen langen Spaziergang schicken und uns die Blumen auf einer einsamen Waldlichtung aus der Froschperspektive betrachten?«

»Ich glaube nicht, daß du dein Interesse auf das Studium von Wiesenblumen beschränken würdest«, gab sie lachend zurück.

Er zwinkerte ihr zu. »Da ich nun mal ein wissensdurstiger und erfahrungshungriger Mensch bin, könnte es natürlich durchaus sein, daß auch andere Wunder der Natur meine Aufmerksamkeit und

völlige Hingabe auf sich ziehen können – zumal wenn sie von so erregender Schönheit sind wie das, was sich dort unter so viel Taft, Unterröcken und reizenden Höschen verbirgt.«
Seine Worte erzeugten eine sinnliche Hitze in ihrem Körper, und fast wünschte sie, er würde seinen scherzhaften Vorschlag in die Tat umsetzen und sie an einem verschwiegenen Ort im warmen Gras lieben.
Sie seufzte unwillkürlich. »Ich muß gestehen, daß ich mich von dir dazu hinreißen lassen könnte. Nur fürchte ich, daß wir hinterher kaum noch passabel genug ausschauen werden, um uns auf COTTON FIELDS sehen zu lassen, so stürmisch, wie du nun mal bist.«
»Sicher, es ist eine Frage der Prioritäten. Doch ich entnehme deinen Worten, daß dir der schnöde Besitz einer Baumwollplantage mehr am Herzen liegt als meine Liebeskünste«, spottete er.
»Darauf werde ich dir später die einzig passende Antwort geben«, versprach sie.
Timboy richtete sich auf dem Kutschbock zu seiner ganzen eindrucksvollen Größe auf. »COTTON FIELDS!« rief er und deutete auf zwei brusthohe, quadratische Säulen aus gemauerten Ziegelsteinen, die auf der linken Seite der Straße einen Zufahrtsweg markierten. Zwei Löwen, die jeweils drei Baumwollstauden mit aufgesprungenen Baumwollkapseln in ihren Klauen hielten, thronten auf ihnen.
»Nur zu, Timboy!« rief Matthew.
Der Schwarze lenkte das Gespann auf den Weg, der in eine wunderbare Allee aus alten Roteichen überging, deren mächtige Kronen hoch über ihnen aneinanderstießen und das Sonnenlicht nur gedämpft durch ihr dichtes grünes Blätterdach hindurchsickern ließen. Die Allee erstreckte sich mindestens über eine Meile.
»Allmächtiger!« stieß Valerie hervor, als sie im Schatten die Allee entlangfuhren und sich schließlich das Herrenhaus an ihrem Ende abzeichnete, das von weitläufigen Parkanlagen umgeben war. Doch für das Heckenlabyrinth, den Rosengarten, die weiten Rasenflächen und die kunstvoll angelegten Blumenbeete hatte sie im ersten Moment keinen Blick. Sprachlos starrte sie auf das Herrenhaus, das auch ihre kühnsten Erwartungen übertraf.
»Alle Achtung«, murmelte Matthew nicht weniger beeindruckt, als die letzten Baumreihen hinter ihnen zurückblieben und das herrschaftliche Anwesen vor ihren Augen lag. »Keine üble Bleibe.«
Was maßlos untertrieben war.

Das Herrenhaus erhob sich vor ihnen wie der architektonische Ausdruck von Geld, Macht und herrschaftlicher Südstaatenherrlichkeit. Sechs gewaltige, pastellweiße Säulen trugen das flache Giebeldach, aus dem vier Kamine ragten. Acht Fenster gingen im Erdgeschoß und im ersten Stockwerk zur Allee hinaus. Unter dem Dach lagen noch einmal sechs kleinere Fenster. Alle waren von Blenden eingefaßt, die in einem leuchtenden Grün gestrichen waren. Eine überdachte Galerie umlief das Haus oben und unten. Fünf breite Stufen, von einem geschnitzten Geländer eingefaßt, das Baumwollstauden darstellte, führten auf die untere Galerie zum Eingangsportal.
Valerie griff nach Matthews Hand. »Mir ist jetzt richtig unwohl zumute«, sagte sie leise. Ein merkwürdiges Gefühl der Beklommenheit regte sich in ihr, als sie daran dachte, daß ihre Mutter als Sklavin auf diese Plantage gekommen war, Henry Duvalls Liebe errungen und sie in jener Blutnacht zur Welt gebracht hatte – und dann gestorben war. In diesem Haus hatte sie das Licht der Welt erblickt – und in diesem Haus war das Mordkomplott, das Bruce French hatte ausführen sollen, geplant worden.
Was würde sie hier erwarten?
Matthew streichelte ihre Hand, während Timboy den Wagen vor dem Treppenaufgang zum Stehen brachte. »Nur ruhig, Valerie. Niemand weiß, wer wir sind und was wir wollen. Es gibt kein Bild von dir. Weder Catherine Duvall noch ihre Kinder können dich erkennen, wahrscheinlich noch nicht einmal dein Vater.«
»Dennoch habe ich Angst«, flüsterte sie, und ein Frösteln überlief sie.
»Vergiß nicht, wer du bist!« ermahnte er sie eindringlich. »Du bist eine stolze, wunderschöne Frau, die nichts auf der Welt zu fürchten hat... schon gar nicht an meiner Seite«, fügte er aufmunternd hinzu. »Laß mich nur machen. Beschränke du dich darauf, höflich und ein bißchen reserviert zu lächeln.«
»Es wird ein reichlich gefrorenes Lächeln sein«, murmelte Valerie nervös.
»Um so besser, so etwas wird gewöhnlich für die höchste Stufe der Kultiviertheit gehalten«, spottete er und half ihr aus dem Wagen. Zu Timboy gewandt sagte er: »Warte hier auf uns.«
»Yassuh, Massa Melville. Lassen Sie sich nur Zeit«, sagte er mit seinem fröhlichen, unbeschwerten Grinsen.

Valerie nahm seinen Arm und hatte das Gefühl, sich an ihm festhalten zu müssen, als sie die Stufen zur Veranda hinaufschritten. »Am liebsten würde ich auf dem Absatz kehrtmachen und davonlaufen«, flüsterte sie.
Er drückte ihre Hand. »Eine Fulham-Duvall läuft nicht davon!« gab er mit leiser, aber eindringlicher Stimme zurück. »Schon gar nicht vor dieser Brut.«
Matthew brauchte den bronzenen Türklopfer gar nicht zu betätigen, denn sowie sie vor dem hohen Eingangsportal standen, schwang die schwere, mit Schnitzereien versehene Mahagonitür auf. Ihre Ankunft war natürlich längst bemerkt worden.
Ein distinguiert aussehender Schwarzer, der eine schwarze Hose aus bestem Tuch und über einem weißen Hemd eine grauseidene Weste trug, verbeugte sich steif. »Albert Henson, ich bin der Butler«, stellte er sich mit vornehmer Zurückhaltung vor. »Womit kann ich Ihnen dienen, Sir?«
»Mister Duvall erwartet uns«, erklärte Matthew freundlich und selbstsicher. »Mein Name ist Melville, und das ist meine Verlobte Miß Fulham. Wir kommen aus New Orleans.« Er veränderte bei der Vorstellung ihre Namen ein wenig durch undeutliche Aussprache, so daß seiner wie Maywick und Valeries wie Fillon klang.
Der Butler sah ihn mit leicht gerunzelter Stirn an. »Sie werden von Master Duvall erwartet, Sir?«
Matthew nickte bekräftigend. »Ja, ich habe ihm eine Nachricht zukommen lassen. Wir haben Geschäftliches miteinander zu besprechen. Es handelt sich um Verschiffungsangebote. Wenn Sie also die Güte haben würden, uns zu melden.«
»Ich fürchte, da liegt ein Mißverständnis vor, Sir«, erwiderte der Butler bedauernd, »Master Duvall hält sich zur Zeit nicht auf COTTON FIELDS auf. Sind Sie sicher, daß er Ihre Nachricht erhalten hat?«
Matthew gab sich verwirrt. »Nun ja, zumindest bin ich davon ausgegangen, daß es bei unserem Termin bleiben würde, da mir kein gegenteiliges Schreiben von ihm zugegangen ist.«
»Ich bedaure diese unerfreuliche Situation aufrichtig, Sir. Aber wie ich Ihnen schon sagte, ist Master Duvall nicht zugegen. Meines Wissens hält er sich in New Orleans auf. Es ist auch sonst niemand von der Familie im Haus«, erklärte der Butler. »Missis Duvall befindet sich bei Freunden auf DARBY PLANTATION, und seine

Schwester, Miß Rhonda, ist ausgeritten. Aber treten Sie doch ein.« Er trat zurück und machte eine einladende Bewegung. »Sicher möchten Sie eine Nachricht hinterlassen. Und wenn ich Ihnen eine Erfrischung reichen darf?«

Valerie und Matthew traten in die Halle, die den Reichtum der Duvalls widerspiegelte. Als Valerie sich flüchtig umschaute, streifte ihr Blick einen älteren, grauhaarigen Haussklaven, der an der Tür zu einem der Salons stand und sie so intensiv anstarrte, als wollte er sie mit seinem Blick durchbohren.

»Das wird nicht nötig ...« Matthew brach mitten im Satz ab und sah den Butler scharf an. »Entschuldigen Sie, meinten Sie Mister *Stephen* Duvall, als Sie gerade von seiner Schwester sprachen?«

Verwirrt sah der Schwarze ihn an. »Selbstverständlich, Sir. Miß Rhonda ...«

Matthew fiel ihm ins Wort. »Pardon, aber da muß ich mich wohl mißverständlich ausgedrückt haben. Wir sind gekommen, um seinen Vater zu sprechen, Mister Henry Duvall, nicht seinen Sohn.«

Die Verwirrung auf dem Gesicht des Butlers wurde noch stärker. »Ja, aber ... wissen Sie das denn noch nicht?« fragte er.

»Wovon sprechen Sie?«

»Master Henry weilt nicht mehr unter uns, Sir«, erklärte der Butler mit trauriger Stimme. »Er ist letzten Monat gestorben.«

Valerie wurde blaß im Gesicht und starrte den Butler ungläubig an. »Er ... er ist tot?« stieß sie bestürzt hervor.

Der Butler seufzte schwer. »Ja, er ist am 12. August seinem schweren Herzleiden erlegen, Miß. Es war ein schwerer Schlag für uns alle und ein unersetzlicher Verlust für COTTON FIELDS.«

»O mein Gott«, hauchte Valerie.

Matthew brauchte einen Moment, um die Nachricht zu verarbeiten. Er wußte nicht, was er sagen sollte. »Das ... das ist entsetzlich«, murmelte er und spürte, wie sich Valeries Hand um seinen Arm krampfte. Er wußte, daß sie so schnell wie möglich aus diesem Haus mußten. »Dann hat sich die Angelegenheit natürlich erledigt ... in jeder Hinsicht. Komm, Valerie«, sagte er unwillkürlich.

»Möchten Sie nicht doch eine Nachricht hinterlassen, Sir?«

»Nein, danke.« Matthew nickte dem Butler knapp zu und führte Valerie zurück zum Wagen.

Tränen standen in ihren Augen, als Timboy das Gespann über die kiesbestreute Auffahrt lenkte.

»Es tut mir leid, Valerie«, sagte Matthew, als er sah, wie ihr die Tränen über das Gesicht rannen. »Wir sind zu spät gekommen. Einen verdammten Monat zu spät!«
Sie schluchzte. »Weißt du, was der 12. August für ein Tag ist?« fragte sie. »Es ist mein Geburtstag! Er ist an meinem Geburtstag gestorben, als ich noch Sklavin auf MELROSE PLANTATION war. Mein Gott, warum muß das Schicksal so grausam sein, Matthew? Was hat mich damals nur dazu getrieben, an Deck zu gehen, als der Orkan noch tobte? Wäre ich in meiner Kabine geblieben, hätte die See Bruce French verschlungen, und ich wäre sicher mit dir und Fanny nach New Orleans gekommen. Ich hätte meinen Vater noch lebend antreffen können, wenn ich damals nicht so leichtsinnig gewesen wäre und French nicht das Leben gerettet hätte.«
Er nahm sie in den Arm, zog ihren Kopf an seine Schulter und strich ihr sanft über das tränenfeuchte Gesicht. »Quäl dich nicht mit tausend Wenn und Aber, mein Liebling. Du hast keinen Grund, dir Vorwürfe zu machen. Du hast gehandelt, wie du hast handeln müssen. Alles andere ist Schicksal. Es führt nur zu seelischer Selbstzerfleischung, wenn man sich das Gehirn zermartert, warum man in einer Situation so und nicht anders gehandelt hat. Wir alle haben diese Momente, von denen wir uns unsinnigerweise wünschen, wir hätten zu diesen Zeitpunkten andere Entscheidungen getroffen, die im nachhinein weiser erscheinen. Aber das ist ein Trugschluß, Valerie.«
»Ich weiß, aber dennoch«, sagte sie mit tränenerstickter Stimme.
»Die Vergangenheit läßt sich nun mal nicht neu schreiben, und das ist auch gut so, zumal es zu nichts führen würde. Es gäbe nur immer wieder neue Handlungsketten, die uns dann auch nicht passen würden«, versuchte er sie zu trösten. »Und wo willst du auch anfangen? Sicher, du hättest deinen Vater lebend angetroffen, wenn Bruce French über Bord gespült worden wäre und du ihm nicht zu Hilfe geeilt wärst. Aber das wäre vielleicht auch eingetroffen, wenn du auf einem anderen Schiff nach New Orleans gereist wärst. Nur wären wir uns dann kaum begegnet. Versuche doch, das Gute zu sehen, Valerie. Du wirst damit leben müssen – so oder so.«
Valerie preßte sich an seine Brust und ließ ihren Tränen freien Lauf. Sie trauerte um ihren Vater, von dem sie noch nicht einmal wußte, wie er ausgesehen hatte und wie er war. Und das schmerzte sie im Augenblick am meisten. Er würde nun für ewig ein weißer Fleck in

ihrer Erinnerung sein. Warum war es ihr nur nicht vergönnt gewesen, ihn vor seinem Tod wenigstens noch einmal gesehen und gesprochen zu haben. Was hätte er ihr gesagt? Hätte sie ihn trotz allem, was geschehen war, in ihr Herz schließen können?
Es dauerte lange, ehe ihre Tränen versiegten, doch der Schmerz in ihrer Brust blieb, und es gesellte sich ohnmächtiger Zorn dazu.
»Mir wollte er COTTON FIELDS vererben«, sagte sie mit tonloser Stimme. »Doch ich bin zu spät gekommen, gerade einen Monat zu spät, und diese lächerlichen vier Wochen sollen mich mein Erbe kosten? Ich kann das einfach nicht akzeptieren.«
Matthew seufzte mitfühlend. »Ich weiß, wie es in dir aussieht, Valerie. Aber du wirst dich damit abfinden müssen. Nur solange er lebte, hattest du eine Chance, Herrin auf COTTON FIELDS zu werden.«
»Das glaube ich nicht!« rief sie zornig. »Das will ich einfach nicht glauben! Mein Vater hat doch bestimmt ein Testament hinterlassen!«
Er zuckte die Achseln. »Da würde ich mir nicht so sicher sein. Und wenn schon? Du siehst doch, wer jetzt Herr auf der Plantage ist – Stephen Duvall. Das sagt doch genug. Du hast keine Chance, jemals deinen Anspruch geltend zu machen. Gib dich keinen Illusionen hin. Womit könntest du auch gegen diese Sippschaft vorgehen? Du hast ja noch nicht einmal mehr den Brief, in dem Henry Duvall dir schrieb, daß er dich zur Erbin von COTTON FIELDS machen wollte. Und wenn du ihn hättest, vor Gericht hätte er gegen die Ansprüche seines Sohnes nicht den mindesten Wert.« Er wußte, daß er sehr hart mit ihr ins Gericht ging, doch je eher sie begriff, daß COTTON FIELDS für sie auf ewig verloren war, desto schneller würde sie auch über diese sicherlich bittere Enttäuschung hinwegkommen.
Valerie biß sich auf die Lippen, konnte sie sich seiner Logik doch nicht verschließen. Aber sie weigerte sich dennoch, die Gegebenheiten als unverrückbar hinzunehmen. »Und wenn es nun doch ein Testament gibt, in dem er mich als Erbin eingesetzt hat?« beharrte sie.
»Ich glaube nicht daran«, erklärte er kritisch. »Aber nehmen wir einmal an, er hat dich wirklich testamentarisch bedacht. In wessen Händen, meinst du, befindet sich dann dieses Testament schon längst, mhm? Natürlich in denen der hinterbliebenen Duvalls. Ich gehe jede Wette ein, daß sie nur darüber gelacht und es auf der Stelle

vernichtet haben. Nein, schlag dir das aus dem Kopf, mein Schatz. Häng deine Träume nicht mehr an COTTON FIELDS. Der Traum ist mit Henry Duvalls Tod ausgeträumt. Finde dich damit ab, wie schmerzhaft es auch sein mag, und blicke in die Zukunft ... in eine wunderschöne Zukunft gemeinsam mit mir. Oder bedeutet dir diese Baumwollplantage etwa mehr als unsere Liebe?«

»Oh, Matthew! Wie kannst du nur so etwas sagen! Nichts ist wichtiger als unsere Liebe!« beteuerte sie und küßte ihn. Sie verspürte das Verlangen, ihn auf der Stelle zu lieben, als wüßte sie, daß seine Zärtlichkeit den Schmerz in ihr lindern würde. Sie brauchte ihn jetzt mehr denn je. Aber dennoch wußte sie jetzt schon, daß sie nicht in der Lage sein würde, so einfach einen Schlußstrich zu ziehen. Nie würde sie vergessen, was die Duvalls ihr angetan hatten. Sie hatte sich Rache geschworen, und wenn sie jetzt auch noch nicht wußte, wie sie ihren Schwur in die Tat umsetzen sollte, so würde sie doch nicht eher ruhen, bis der Gerechtigkeit Genüge getan war!

4.

Die Nacht legte sich wie eine zarte Decke aus weichem, warmem Samt über COTTON FIELDS. Die Sklaven waren schon bei Sonnenuntergang von den Feldern zurückgekehrt, hatten die letzten Körbe Baumwolle, das weiße Gold des Südens, in die große Halle gebracht, in der die Entkörnungsmaschine während der mehrmonatigen Erntezeit unablässig ratterte, und sich dann müde und erschöpft vom langen Tageswerk in der Sklavensiedlung vor ihre schäbigen Hütten gesetzt und sich ihr Abendessen zubereitet. Feuer loderten in der Dunkelheit, Funken sprangen aus der Glut, und der Duft von Maisbrot, Speck und süßen Kartoffeln vermischte sich mit dem herben Geruch der Erde, der nun die Wärme entströmte, die sie während des langen Sonnentages gespeichert hatte.

Für Theda, die korpulente Köchin von COTTON FIELDS, und ihre Mädchen, die ihr bei der Zubereitung der Speisen für die Herrschaft zur Hand gingen, war es ein fast müßiger Tag gewesen. Der junge Master trieb sich mal wieder in New Orleans herum, diesem babylonischen Sündenpfuhl, und die Mistress befand sich auf Besuch bei

ihren Freunden, den Besitzern der Nachbarplantage DARBY PLANTATION. Miß Rhonda hatte zwar wie üblich in letzter Minute Sonderwünsche angemeldet und sich mit ihrer Arroganz wie die Mistress persönlich aufgeführt, daß es schon empörend gewesen war, aber vom Arbeitsaufwand her war das an diesem ruhigen Tag überhaupt nicht ins Gewicht gefallen. Sie hatte sich ganz auf das Einkochen und Eindicken des Sirups konzentrieren können, und die vollen Regale in der Vorratskammer bewiesen, wie gut sie den Tag mit ihren Gehilfinnen genutzt hatte.
Dennoch war sie alles andere als zufrieden, was aber mit ihrer Arbeit nichts zu tun hatte. Sie hatte Sorgen, und diese Sorgen galten Samuel, der schon seit Stunden bei ihr in der Küche hockte und kaum ein Wort sprach.
»Betty! ... Jenny! Ihr könnt gehen!« rief sie den beiden Mädchen zu, die noch damit beschäftigt waren, die hölzernen Vorratskästen mit Mehl und Zucker aufzufüllen. »Verschwindet! Ich mach' das schon.«
Die beiden jungen Schwarzen ließen sich das nicht zweimal sagen und huschten eiligst aus dem Küchenhaus, als fürchteten sie, Theda könnte es sich doch noch anders überlegen. Sie war bekannt dafür, daß sie einem nicht die geringste Nachlässigkeit durchgehen ließ und fast so schlimm war wie die Hilfsaufseher, die die Sklaven auf den Feldern zur Arbeit antrieben.
Theda ging zum Ofen und holte einen frischgebackenen Maiskuchen aus der Röhre. Sie schnitt eine dicke Scheibe ab, legte sie auf einen Teller und schob ihn Samuel zu. »Probier mal. Ich glaube, er ist mir so gut gelungen wie schon lange nicht mehr«, sagte sie betont aufgeräumt.
Doch Samuels Miene hellte sich nicht auf. »Ich mag nichts essen, Theda«, murmelte er.
»Aber du mußt doch etwas essen!«
Er schüttelte nur den Kopf und blickte aus dem Fenster neben sich in die Nacht hinaus, hinüber zum Herrenhaus. Das Küchenhaus stand wie auf allen Plantagen ein gutes Stück vom Hauptgebäude entfernt, damit ein Küchenbrand, der auch bei größter Umsicht immer mal wieder passierte, nicht auch das Herrenhaus in Schutt und Asche legte.
Heller Lampenschein flutete aus den Fenstern auf die Galerien. Und Nachtfalter umschwärmten die Laternen zu beiden Seiten des Portals, das nun aufflog. Eine junge Frau von noch nicht ganz achtzehn

Jahren trat soeben in einem luftigen weiß-blauen Kleid, dessen Ausschnitt schon die Grenze der Schicklichkeit überschritt, auf die Veranda. Das Licht der verglasten Leuchten fiel auf ihr blondes Haar, das ein bildhübsches, doch irgendwie puppenhaftes Gesicht einrahmte. Ihre ganze Haltung hatte etwas Geziertes und Überhebliches an sich, und ein spöttischer Ausdruck umspielte ihren vollen Schmollmund, der sich in einem jähen Wutausbruch so häßlich verziehen konnte.
Sie blickte sich um, schritt die Stufen hinunter und entfernte sich dann in Richtung der zahlreichen Nebengebäude. Es war jedoch nicht der Weg zu den Stallungen, den sie einschlug.
»Da geht Miß Rhonda«, brummte Samuel und schüttelte betrübt den Kopf. »Es ist eine Schande, wie schamlos sie ist. Ein Glück, daß ihr zügelloses Treiben nie an Massa Henrys Ohr gedrungen ist!«
»Es steht uns nicht zu, über das Treiben unserer Herrschaft zu urteilen«, erwiderte Theda.
»Da bin ich anderer Meinung.«
Sie zuckte nur die Achseln, ging zu einem Schrank und holte eine Flasche mit selbstgebranntem Pfirsichbrandy hervor. Das war Samuels Lieblingsgetränk, wenn er sich einmal einen Schluck Alkohol erlaubte, was selten genug der Fall war. Sie goß ein Glas gut zwei Fingerbreit ein.
»Du siehst so aus, als könntest du einen kräftigen Schluck gebrauchen, Samuel.« Sie goß sich auch etwas in eine Tasse und setzte sich zu ihm an den Tisch.
»Ich muß irgend etwas unternehmen, Theda«, sagte er niedergeschlagen.
Sie verdrehte die Augen. »Jesus Christus, was kann ein Sklave wie du schon groß tun!«
»Ich bin kein Sklave. Massa Henry hat mir schon vor Jahren die Freiheit gegeben!« widersprach er heftig. »Und nur wegen ihm bin ich geblieben.«
»Nur wegen ihm?« fragte sie mit hochgezogenen Augenbrauen, und ihre Stimme hatte einen verletzten Tonfall.
»Du weißt, wie ich es meine«, sagte er und tätschelte gedankenverloren ihre Hand. Vor vielen Jahren waren sie einmal ein Liebespaar gewesen, und es war eine wunderbare Zeit gewesen. Kinder waren ihrer Liebe nicht entsprungen, und sie hatten auch nie das Bedürf-

nis verspürt, zu heiraten und in einer Hütte zusammenzuleben. Es wäre ihm auch nie in den Sinn gekommen, seine Kammer im Herrenhaus aufzugeben, da er es als seine selbstverständliche Aufgabe empfand, jederzeit verfügbar für seinen Herrn zu sein. Jeder von ihnen hatte seine verantwortungsvolle Arbeit gehabt, die ihnen wichtiger gewesen war als alles andere.

»Egal, wegen wem du geblieben bist, Samuel, COTTON FIELDS ist deine Heimat, wie sie auch meine ist. Wir sind hier geboren und werden eines Tages auch hier sterben. Das ist nun mal Gottes Wille, damit solltest du dich abfinden. Du bist zu alt, um von hier wegzugehen.«

Er schüttelte unwillig den Kopf. »Darum geht es nicht, Theda. Es kümmert mich nicht mehr, wo ich meine letzten Jahre verbringe.«

»Worum geht es dir dann?« fragte sie, obwohl sie seine Antwort schon ahnte.

»Um Valerie!«

Die Köchin seufzte. »Massa Henry ist tot, und das Schicksal hat seinen Lauf genommen. Wie kannst du glauben, daß du da noch etwas ändern könntest?«

»Massa Henry hat mir vertraut«, erwiderte Samuel und war einen Moment lang versucht, ihr alles zu erzählen, was er wußte. Doch dann entschied er sich dagegen. Er wollte Theda nicht noch mehr beunruhigen, als es schon der Fall war. Er mußte damit allein fertig werden. »Und es war die Hoffnung, sein Kind nach all den Jahren wiederzusehen und ihr COTTON FIELDS zu vererben, die ihn die letzten Monate am Leben gehalten hat.«

»Der Traum eines kranken Mannes«, sagte Theda sanft, »aber eben nur das und nichts mehr.«

»Nein, es war mehr als ein Traum!« widersprach er fast ärgerlich. »Er war fest dazu entschlossen, Valerie zu seiner Erbin zu machen. Er hat mit mir darüber gesprochen. Und er hat Vorkehrungen getroffen.«

»Weißt du auch, welche?«

»Nein.«

»Na also!«

»Aber ich habe die Schatulle.«

»Du weißt aber nicht, was sie enthält.«

»Nein, sie ist verschlossen, und ich denke auch nicht daran, sie aufzubrechen. Doch er hätte sie mir nicht anvertraut, wenn der

Inhalt nicht wichtig für Valerie wäre. Ich muß sie ihr bringen, das bin ich ihm schuldig.«
Theda rang die Hände. »Himmelherrgott, du redest so, als wärest du dir deiner Sache ganz sicher!«
»Das bin ich auch. Ich habe Valerie heute mit meinen eigenen Augen gesehen!« versicherte er.
»Und du hast sie nach zwanzig Jahren auf Anhieb wiedererkannt, ja?« fragte sie mit bitterem Spott. »Mach dich doch nicht lächerlich.«
»Ich mache mich nicht lächerlich. Es war Valerie! Ich habe ihre Augen gesehen, und der Mann, der bei ihr war, hat sie auch mit Valerie angesprochen. Sie war es wirklich! Sie ist endlich zurückgekehrt!« Seine Stimme hatte einen beschwörenden Klang. »Ich muß zu ihr, und wenn es das letzte ist, was ich in diesem Leben tue.«
»Hast du sie auch gefragt, wo sie wohnt?«
»In New Orleans, soviel habe ich verstanden, und er hat irgend etwas mit Schiffen zu tun«, antwortete er ein wenig verunsichert.
»Wie aufschlußreich. Sie wohnt in New Orleans, und er hat etwas mit Schiffen zu tun«, sagte sie ungehalten. »Mein Gott, willst du vielleicht von Tür zu Tür gehen und nach einer Valerie fragen? Und hast du eine Vorstellung davon, wie viele Männer in New Orleans etwas mit Schiffen zu tun haben? Tausende! Du kannst monatelang nach ihnen suchen und sie doch nie finden! Die Stadt ist ein Ameisenhaufen, der einen vernünftigen Menschen um den Verstand bringt. Also, wie hast du dir das vorgestellt?«
Er zuckte die Achseln, doch sein Gesicht trug den Ausdruck fester Entschlossenheit. »Daß es nicht leicht sein wird, weiß ich, aber das darf mich nicht davon abhalten, es zu versuchen, Theda.«
»Du begibst dich in Gefahr, wenn du mit der Schatulle unter dem Arm über die Landstraße nach New Orleans ziehst. Du wirst das Mißtrauen der Weißen erregen.«
»Ich habe die Bescheinigung, daß ich ein freigelassener Sklave bin«, versuchte er ihre Befürchtungen zu zerstreuen. »Außerdem werde ich die Straße tagsüber meiden. Und was die Schatulle betrifft, so werde ich sie früh genug an einem sicheren Ort verstecken. Sie wird keinem Unbefugten in die Hände fallen.«
»Schön und gut, aber wo willst du in New Orleans wohnen?« wollte sie wissen.
»Ich werde schon irgendwo eine billige Bleibe finden«, beruhigte er sie. »Massa Henry hat mich immer gut bedacht, und ich habe von

dem Geld, das er mir ab und zu zugesteckt hat, kaum etwas ausgegeben. Wenn ich sparsam damit umgehe, werde ich mich wohl eine Zeitlang über Wasser halten können.«

»Du bist ein alter Dickschädel«, seufzte Theda, die einsah, daß es keinen Sinn hatte, ihn von seinem Vorhaben abbringen zu wollen. Was Samuel Morgan sich einmal in den Kopf gesetzt hatte, führte er auch aus, davon wußte sie ein Lied zu singen.

»Du bist mir immer ein Vorbild gewesen«, erwiderte er trocken.

Ein warmherziges Lächeln trat auf ihr Gesicht. »Ich mache mir nur Sorgen um dich und laß dich ungern gehen, Samuel. Aber wenn du dich dazu entschlossen hast, werde ich natürlich alles tun, um dir zu helfen. Ich werde dir einen Beutel mit Proviant fertigmachen.«

Er nahm ihr Angebot mit einem Nicken an und trank nun zum erstenmal vom Pfirsichbrandy. Weich und warm rann er ihm die Kehle hinunter. Nun, da er sich entschlossen hatte, das Wagnis einzugehen und sich auf die Suche nach Valerie zu machen, fühlte er sich schon bedeutend besser.

Ruhig sah er zu, wie Theda geschäftig hin und her eilte. Sie wickelte ein großes Stück Schinken sowie ein gebratenes kaltes Huhn, das sie zerteilt hatte, in ein sauberes Leinentuch, legte noch eine halbe Speckseite dazu sowie Brot und getrocknete Früchte. All das stopfte sie in einen kleinen Leinensack. »Ich hoffe, das wird bis New Orleans reichen, Samuel.«

»Damit würde ich bis nach Savannah kommen«, erwiderte er, leerte das Glas und erhob sich.

»Man wird wissen wollen, warum und wohin du gegangen bist. Also was soll ich der Missus sagen?«

Er überlegte kurz. »Sag ihr, ich wäre nach Baton Rouge gegangen, um nach Massa Henrys Tod ein, zwei Wochen allein zu sein. Sie wird es nicht gern hören, aber nicht daran zweifeln. Seit der Massa unter der Erde ist, ist mit mir sowieso nichts mehr anzufangen gewesen. Wahrscheinlich ist sie sogar ganz froh, mich endlich los zu sein. Es hat ihr nie gepaßt, daß er mir so nahegestanden hat, und diese Abneigung beruhte immer auf Gegenseitigkeit.«

»Aber du kommst doch zurück?« fragte sie, und sie sah ihn flehend an.

»Wenn ich Valerie gefunden habe, komme ich wieder zurück... früher oder später«, versprach er, drückte ihr einen sanften Kuß auf die Wange und streichelte ihren Oberarm. »Danke für alles, Theda.«

Sie kämpfte mit den Tränen, und sie verbarg ihre Rührung hinter einer barschen Erwiderung: »Du alter Sturkopf bist es eigentlich gar nicht wert, daß man sich deinetwegen Sorgen macht. Sieh nur zu, daß du im Sumpf von New Orleans nicht versinkst. Und jetzt mach dich auf den Weg!« Sie wandte sich abrupt ab und klapperte am Spülbecken mit Tellern und Töpfen, die schon längst sauber waren. Samuel nahm den Proviantbeutel und ging zur Tür. Dort blieb er noch einmal stehen und sah sich nach ihr um. Doch sie kehrte ihm noch immer den Rücken zu. Er lächelte und trat dann ohne ein weiteres Wort hinaus in die milde Nacht.

Er ging um das Herrenhaus herum, legte den Beutel hinter einen Magnolienbaum und trat durch den Dienstboteneingang. Er stieg bis unter das Dach hinauf, wo er seine kleine Kammer hatte. Er verzichtete darauf, eine Lampe anzuzünden. Die wenigen Sachen, die er mitzunehmen gedachte, lagen in der Truhe. Er fand sie im Dunkeln. Dann schob er das primitive Bettgestell zur Seite und hob mit der Spitze seines Messers das lockere Bodenbrett an. Seine Hände griffen in den Hohlraum und zogen die kleine Holzschatulle hervor, die etwa doppelt so groß war wie die Schachteln, in denen Massa Henry seine vielgeliebten Havannazigarren geliefert bekommen hatte, zwanzig Stück pro Kiste. Fast liebevoll strich er über das feine, glatte Holz des Deckels, der mit Intarsien geschmückt war. Ihm war, als könnten seine Finger das Bild ertasten, das in maßstabsgetreuem Verhältnis das Herrenhaus von COTTON FIELDS darstellte. Was mochte die Schatulle nur enthalten?

»Hoffentlich den Schlüssel der Gerechtigkeit«, murmelte er inständig, wickelte sie in seine beste Hose und band zwei Hemden darum herum. Den flachen Lederbeutel, in dem er sein Geld aufbewahrte, hängte er sich unter dem Hemd um den Hals. Bevor er das Zimmer verließ, nahm er seinen Strohhut vom Nagel neben der Tür.

Vorsichtig und immer wieder auf Stimmen lauschend, schlich er über die Dienstbotentreppe zum Hinterausgang hinunter. Erleichtert atmete er auf, als er unbemerkt ins Freie gelangte. Kleidung und Schatulle paßten noch in den Proviantsack, den er sich nun unter den Arm klemmte.

Er entfernte sich schnell aus dem Lichtschein des Hauses und verschmolz mit der Dunkelheit. Jeder Baum und jedes Gebüsch auf COTTON FIELDS waren ihm vertraut, so daß er auch völlig blind den sichersten Weg der Plantage gefunden hätte.

Als er an den Schuppen vorbeikam, wo die Baumwollballen gelagert wurden, verhielt er kurz seinen Schritt. Er hörte leise, aber doch deutlich genug die Stimme von Miß Rhonda.
»Nun stell dich nicht so an, Tom«, hörte er ihre ungeduldige Stimme. »Runter mit den Sachen. Ich sehe doch, wie er dir in der Hose steht. Da, schau!«
»Jesus, du hast ja gar nichts drunter an!«
»Dann brauch' ich mich auch nicht lange mit dem Anziehen aufzuhalten, wenn du es mir gemacht hast«, erwiderte Rhonda spöttisch. »Aber das wird wohl etwas dauern, nicht wahr? Du sollst ein guter und ausdauernder Hengst sein, wie ich eines der dummen Küchenmädchen habe sagen hören. Jetzt kannst du beweisen, wie gut du bist.«
»O mein Gott, ich hab's noch nie mit einer... einer Weißen gemacht!« stöhnte Tom auf.
»Du wirst es mögen, das versprech' ich dir. Und jetzt gib ihn mir... ja, so ist es gut!«
Als Samuel hörte, wie Rhonda wollüstig aufstöhnte, spuckte er vor Abscheu lautlos aus und ging schnell weiter. Wie gut, daß Massa Henry die Entdeckung erspart geblieben war, daß seine Tochter schon mit den Sklaven herumgehurt hatte, kaum daß sie sechzehn Jahre alt gewesen war. O ja, Massa Henry hatte auch eine schwarze Geliebte gehabt, und er erinnerte sich noch sehr gut an das scheue, empfindsame Mädchen Alisha, zu dem er in verzehrender Liebe entbrannt war. Aber das war etwas anderes gewesen, nämlich wirkliche Liebe, die sich nicht um Hautfarbe oder Standesunterschiede scherte. Doch was Rhonda da trieb, war schamlose Hurerei. Es grenzte schon an ein Wunder, daß sie noch nicht schwanger geworden war. Aber vielleicht war das die Strafe Gottes, daß sie wohl niemals Kinder bekommen würde, anders ließ sich die Folgenlosigkeit ihrer Ausschweifungen nicht erklären. Denn wie eine läufige Hündin ließ sie sich irgendwo in einem Gebüsch oder in einer dunklen Schuppenecke von den jungen Sklaven bespringen, von denen manche um Jahre jünger waren als sie. Es hieß sogar, daß sie nicht einmal davor zurückschreckte, die jungen Burschen dazu zu zwingen, ihr zu Willen zu sein, wenn sie sich widerspenstig zeigten. Es war die Macht, die sie neben ihren niederen Gelüsten auskostete – wie alle anderen Duvalls auch. Nur Massa Henry war anders gewesen. Doch Henry Duvall war tot. Ermordet.

5.

Gedankenversunken stand Valerie am Fenster ihres Schlafgemaches und blickte auf den Mississippi hinaus. Nebelfelder zogen tief über den Strom dahin, und der Wald auf dem jenseitigen Ufer erhob sich wie eine schwarze Mauer. Doch die Macht der alles verhüllenden Nacht war gebrochen, und der neue Tag dämmerte über New Orleans herauf. Fahles Grau schob sich im Osten über den Horizont und schien die immer heller werdenden Schatten der Nacht vor sich herzutreiben und die Dunkelheit aufzusaugen. Aber noch blieb der Strom in Dunkelheit getaucht, als hätte die Nacht ihre letzten Kräfte in die tiefer gelegenen Landstriche zurückgezogen, während die ersten Lichtstrahlen hoch über ihr dahinschossen, die Baumwipfel berührten und den Turm der Kathedrale aufleuchten ließen.

Noch war es still auf Strom und Land. Auch das fröhliche, ausgelassene Treiben, das nach Einbruch der Dunkelheit auf der RIVER QUEEN eingesetzt hatte, klang aus wie Stimmen, die der Wind verwehte. Die letzten Zecher und Spieler wankten über die Gangway an Land und begaben sich auf den Heimweg, während die ersten Arbeiter verschlafen zwischen den Schuppen auftauchten und der Hufschlag eines Pferdes verloren in der friedvollen Ruhe zwischen Nacht und Tag erklang. Morgentau glitzerte auf dem Gestänge der Reling.

Valeries Blick folgte einem kleinen Schoner, der mit geblähten Segeln scheinbar lautlos stromabwärts strebte und schon bald hinter der Biegung des Flusses verschwand. Doch an seiner Stelle tauchte dort nun ein Dampfschiff auf, dessen schwarze, hochaufragende Schornsteine wie überdimensionale Zigarren durch das Dämmerlicht in den Himmel stießen. Pechschwarzer Qualm quoll in dicken Wolken aus ihren Mündern, als wollten die Schornsteine den Himmel wieder verdunkeln.

Valerie atmete tief durch. Mehr als eine Woche war nun schon vergangen, seit sie mit Matthew nach COTTON FIELDS gefahren war und vom Tod Henry Duvalls erfahren hatte. Es war eine ereignisreiche, aufregende Woche gewesen, in der Matthew ihr kaum Zeit zum Atemholen gegönnt hatte. Von einem eleganten Geschäft zum anderen hatte er sie geschleppt, sie mit den besten Schneiderinnen bekannt gemacht und bei der Zusammenstellung nicht nur eine

unendliche Geduld bewiesen, sondern auch eine Großzügigkeit an den Tag gelegt, die fast schon an Verschwendungssucht grenzte. Doch keinen ihrer Einwände hatte er gelten lassen. Er hatte sie mit Geschenken aller Art überhäuft, so daß sie zeitweise zu benommen gewesen war, um jedes Teil entsprechend würdigen zu können. Doch nicht allein mit dieser wahren Einkaufsorgie hatte er sie in Atem gehalten, sondern auch mit Streifzügen durch das unglaublich vielseitige Nachtleben dieser Stadt. Sie hatten in den besten Restaurants gespeist und Varietévorstellungen besucht. Keinen Genuß hatten sie ausgelassen. Und waren sie dann endlich an Bord der RIVER QUEEN zurückgekehrt, hatte er immer noch die Kraft gehabt, sie mit seiner Leidenschaft zu verzücken.
Es war, als wollte Matthew ihr weder Kraft noch Zeit lassen, sich in sich selbst zurückzuziehen und über den Tod ihres leiblichen Vaters und COTTON FIELDS nachzudenken. Zum Teil war ihm das auch gelungen, aber eben nur zum Teil. Es gab immer wieder Stunden, vor allem nachts, wenn sie aufwachte und nicht wieder einschlafen konnte, wo ihre Gedanken sich von ihrem Glück und ihrer Liebe zu Matthew freimachten und ganz eigene, dunkle Wege einschlugen, die sie in eine Welt des Schmerzes, des Zornes und des Hasses führten. Es war eine erschreckende Welt, in der sie sich Matthew als ihren Begleiter gewünscht hätte, der sie hielt, ihr Kraft gab und mit ihr kämpfte, doch sie war jedesmal allein, und das war es wohl, womit sie sich trotz allen Glückes abfinden mußte. Wie sehr er sie auch liebte, er würde vermutlich nie verstehen können, daß COTTON FIELDS seit ihrer Versklavung mehr war als nur ein wertvoller Besitz, sondern ein paradoxes Symbol für alles Gute und alles Entsetzliche, was ihr widerfahren war.
Zwei starke Hände legten sich plötzlich von hinten auf ihre Schultern und glitten über die smaragdgrüne Seide ihres Morgenmantels. Sie fuhr zusammen, drehte sich jedoch nicht um. Seine Hände waren ihr so vertraut wie die Sprache seiner Augen. »Matthew, ich habe nicht gehört, daß du in den Raum gekommen bist.«
Er schob ihr Haar aus dem Nacken und küßte sie auf den Halsansatz. »Ich dachte, du schläfst noch, und wollte dich nicht wecken. Tut mir leid, daß ich nicht eher kommen konnte. Aber heute nacht war so viel los, daß ich mit aushelfen mußte. Zum Glück ist das doch recht selten der Fall.«
»Es war nicht schlimm«, versicherte sie ehrlichen Herzens. »Ich

weiß, daß ich dich nicht Tag und Nacht für mich allein haben kann, wie schön das auch wäre. Außerdem hast du mich die letzte Zeit über Gebühr verwöhnt, so daß ich dir eigentlich schon Vorwürfe machen müßte.«

»Aber warum bist du schon so früh auf? Es ist noch nicht sechs. Eine Frau wie du sollte so früh am Morgen im Bett liegen und von etwas Schönem träumen... vorzugsweise von ihrem Geliebten«, sagte er zärtlich und schob eine Hand in den Ausschnitt des Morgenmantels. Liebevoll umfaßte er ihre rechte Brust und drückte sie sanft.

»Ich konnte nicht mehr einschlafen«, sagte sie und bewegte ihren Oberkörper leicht unter seiner kundigen Hand. »Mir ist so viel durch den Kopf gegangen.«

»Was denn? Hast du dir vielleicht überlegt, mit welcher sinnlichen Raffinesse du mich noch überraschen kannst?« flüsterte er ihr ins Ohr und preßte sein Becken gegen ihr Gesäß, so daß sie seine Härte deutlich durch den dünnen Stoff ihres Morgenmantels spüren konnte. »Was das betrifft, ist deine Phantasie ja unerschöpflich.«

Sie lachte leise auf. Wie gut er es doch verstand, ihre trüben Gedanken zu vertreiben und sie zu erheitern – und zu erregen. »Du bist mein Lehrer gewesen, Matthew.«

»O nein, du bist nur deiner eigenen sinnlichen Stimme gefolgt, meine geliebte Valerie«, erwiderte er. »Du bist wie eine Blume, die weiß, wann die Zeit zum Blühen gekommen ist, und die sich der Sonne entgegenstreckt und öffnet, ohne daß ihr jemand das zu sagen braucht.« Seine Hände lösten den Gürtel und streiften ihr den Morgenmantel von den Schultern.

Nackt stand sie im ersten weichen Licht der aufgehenden Morgensonne am Fenster, noch immer mit dem Rücken zu ihm. Ein Strahl fiel durch den Spalt zwischen den Gardinen und lief quer über ihre linke Brust wie ein goldenes Band. Ein Lächeln verzauberte ihr Gesicht, als sie seinen Mund auf ihrem Rücken spürte.

»Kein noch so genialer Maler oder Bildhauer könnte deiner Schönheit gerecht werden«, sagte er fast andächtig.

»So wie du wird mich auch keiner zu sehen bekommen«, erwiderte sie zärtlich, ohne sich zu ihm umzudrehen. Sie spürte, daß er es mochte, sie so zu betrachten.

Er antwortete ihr auf diese Liebeserklärung mit zarten Küssen, die dem sanften Bogen ihrer Wirbelsäule folgten. In der Taille angelangt, verließ sein Mund die flache Mulde, und seine Zunge glitt über ihre Haut.

Sie dehnte sich unter seinen Liebkosungen und hörte, wie er sich dabei entkleidete. Sein Hemd flatterte neben ihr zu Boden. Schuhe rutschten über den Teppich. Dann fielen Hose und Unterwäsche.

»Matthew!« rief sie erstickt, als sie ihn an sich spürte, als Haut auf Haut traf und pulsierende Hitze auf williges Fleisch.

Er umarmte sie von hinten, grub seinen Kopf in ihre Halskuhle und umfaßte ihre Brüste, knetete sie verlangend und ließ seine Hände dann abwärts über ihren straffen Bauch wandern, hinunter zu ihrem üppigen Haarbusch.

Sie stöhnte leise auf, legte ihre Hände auf seine und öffnete sich ihm willig. Dann fühlte sie, wie er sich zwischen ihre Oberschenkel drängte und sie teilte. Ihr war, als dränge ein glühendes Eisen in sie ein, das das Feuer ihrer glimmenden Sinnlichkeit zu lodernder Leidenschaft entfachte, und sie preßte die heiße Stirn gegen das kühle Glas des Fensters, während seine Hände sich auf ihre Hüften legten.

Sie schloß die Augen und gab sich ganz seinem ruhigen, aber durchdringenden Rhythmus hin. Vergessen war, was sie bedrückt hatte, aufgelöst in Zärtlichkeit und rückhaltloser Hingabe.

Heftig sog sie die Luft ein, als er sich ihr auf einmal entzog. Zitternd fuhr sie zu ihm herum, sah ihn vorwurfsvoll an. »Warum...?« begann sie.

»Deshalb«, fiel er ihr ins Wort, zog sie an sich und küßte sie. Dann hob er sie auf seine Arme und trug sie vom Fenster hinüber zum Bett, ließ sie sanft auf das Laken sinken und kam in ihre ausgestreckten Arme.

Sie liebten sich voll Zärtlichkeit und Leidenschaft und erklommen gemeinsam die schwindelerregenden Höhen der Wollust. Die Sonne stand schon eine Handbreit über dem Strom, als sie entspannt und glücklich voneinander abließen und nach Atem rangen.

Matthew drehte sich auf die Seite und betrachtete sie mit zärtlichem Blick, wie sie neben ihm mit geschlossenen Augen auf dem Rücken lag und noch heftig atmete. Er ließ seine Fingerkuppen über ihren Bauch gleiten und verhielt dann an dem kleinen Muttermal unter ihrer linken Brust. Eine Laune der Natur hatte ihm die Form eines V gegeben, und er fragte sich, ob dieses Muttermal schon bei ihrer Geburt so deutlich gewesen war und Henry Duvall möglicherweise dazu veranlaßt hatte, seinem Kind einen Namen zu geben, dessen erster Buchstabe ein V war. Nun, darauf würde es wohl keine Antwort mehr geben – wie auch auf vieles andere nicht. Henry Duvall war tot, und mit seinem Dahinscheiden waren gleichzeitig auch alle Hoffnungen, die Valerie sich hinsichtlich COTTON FIELDS gemacht hatte, begraben worden.

Valerie schien seine Gedanken, die ihm beim Betrachten ihres ungewöhnlichen Muttermals gekommen waren, erraten zu haben, denn unvermittelt sagte sie: »Noch ist COTTON FIELDS nicht verloren für mich.«

Er verzog das Gesicht. »Bist du immer noch nicht darüber hinweg, mein Liebling?«

Sie öffnete die Augen. »Ich habe nicht die Absicht, jemals darüber hinwegzukommen, Matthew.«

»Warum quälst du dich, statt dich damit abzufinden, daß du an den Tatsachen nichts mehr ändern kannst?« sagte er mit einem sanften Vorwurf. »Ich verstehe ja, daß es für dich ein harter Schlag gewesen ist, nach all dem, was du hast erdulden müssen. Aber so liegen die Dinge nun mal, und du bist einfach zu jung, um verpaßten Gelegenheiten nachzutrauern.«

»Mit Nachtrauern hat das nichts zu tun«, erwiderte sie, »sondern mit Nicht-aufgeben-wollen.«

»Was man nie besessen hat, kann man nicht zurückgewinnen wollen.«

»Mein Vater wollte aber, daß ich COTTON FIELDS erbe, und das ist für mich Grund genug, um mich mit der gegenwärtigen Lage nicht einfach abzufinden.«

»Ach, Valerie«, seufzte er geplagt. »Warum mußt du dir nur selbst das Herz so schwermachen? Was macht es für einen Unterschied, ob du diese Baumwollplantage nun besitzt oder nicht? Ich schwöre dir, ich werde dir alles geben, was dein Herz begehrt.«

Sie lächelte. »Ich weiß, daß du in der Lage bist, deine Drohung wahrzumachen.«

Er hob die Augenbrauen. »Drohung?«

Sie nickte. »Sosehr es wohl jede Frau liebt, sich schamlos verwöhnen zu lassen, so müssen doch einige Wünsche immer offenbleiben, findest du nicht auch?«

Er grinste. »Ein, zwei kleine vielleicht... wie COTTON FIELDS etwa.«

Valerie ging nicht auf den Scherz ein. »Es geht nicht darum, sich irgend etwas mit Geld zu kaufen, Matthew. Es geht um mehr. Um viel mehr. Vielleicht fällt es dir schwer, mich zu verstehen, aber ich habe irgendwie das Gefühl, daß es meine Pflicht ist, nicht aufzugeben.«

»Aber, Liebling! Womit willst du den Duvalls denn Schwierigkeiten machen?«

»Mit Bruce French«, erwiderte sie wie aus der Pistole geschossen. »Sie haben ihn beauftragt, mich zu ermorden. Ich glaube nicht, daß sie darüber lachen werden, wenn Bruce French droht, damit vor Gericht zu gehen.«

Er lächelte milde. »Das setzt voraus, daß wir Bruce French erst einmal finden *und* ihn dazu bringen, sich gegen seine ehemaligen Auftraggeber zu stellen. Was das Auftreiben dieses Sklavenjägers betrifft, hege ich allerdings große Hoffnungen.«

»Der Wunderheiler hört sich nach ihm um, nicht wahr?«

Er sah sie erstaunt an. »Woher weißt du das?«

»Weil du nicht der Mann bist, der eine solch günstige Gelegenheit ungenutzt verstreichen läßt. Immerhin kommt Calhoun viel herum.«

Er schmunzelte. »Du bist nicht nur hübsch, sondern auch überaus gescheit, eine gefährliche Mischung bei einer Frau, wie man zu sagen pflegt.«

»Das behaupten nur diejenigen Männer, die sich davor fürchten, daß die Frauen ihre eigene Mittelmäßigkeit durchschauen«, sagte Valerie schlagfertig.

»Ich hoffe, du kommst mir nicht allzu schnell auf die Schliche, welch simplen Gemütes ich bin«, scherzte Matthew, wurde dann aber gleich wieder ernst. »Zurück zu Bruce French. Früher oder später kriegen wir ihn am Kragen, da bin ich mir sicher. Aber ich bezweifle stark, daß er so dumm sein wird, sich vor Gericht selbst zu belasten.«

»Das kommt ganz darauf an, wie man die Sache anfaßt«, meinte Valerie.

Matthew wurde des Gespräches langsam müde. Er streckte sich neben ihr aus. Jetzt spürte er die Müdigkeit. Ein Gähnen mühsam unterdrückend, sagte er: »Warten wir doch erst einmal ab, bis wir den Kerl geschnappt haben. Dann sehen wir weiter, einverstanden?«

Sie beugte sich zu ihm hinüber und küßte ihn. »Aye, aye, Captain Melville. Ganz, wie Sie befehlen.«

»So ist's schon besser«, murmelte er schläfrig. »Du mußt entschul-

digen, mein Schatz, aber ich glaube, ich brauch' jetzt eine Mütze voll Schlaf. War eine verdammt lange Nacht... und ein recht heftiger Tagesanbruch.«
»Schlaf nur, Matthew«, flüsterte sie ihm zärtlich zu und wartete, bis sein ruhiger, gleichmäßiger Atem ihr verriet, daß er eingeschlafen war.
Ganz vorsichtig verließ sie nun das Bett. Sie fühlte sich seltsamerweise überhaupt nicht müde, sondern im Gegenteil erfrischt und munter. Sie ging ins Nebenzimmer, um sich in aller Ruhe zu waschen und anzuziehen. Sie schlüpfte in weiße Spitzenwäsche, zog ein zartes Mieder an und entschied sich nach einem Blick auf den herrlich sonnigen Spätseptembermorgen für ein duftiges Kleid aus fliederfarbenem Organdin. Dazu legte sie die wunderbare Perlenkette um, die Matthew ihr einen Tag nach ihrer Fahrt zur Plantage geschenkt hatte. Zwei hübsche Perlmuttkämme steckte sie sich über den Ohren ins schwarze Haar.
Als sie die Privatquartiere verließ und auf den Mittelgang des Oberdecks hinaustrat, traf sie auf Timboy, der sie anstrahlte, als hätte sie ihm gerade ein unglaublich schönes Geschenk gemacht. Sie konnte sich nicht erinnern, ihn bisher auch nur einmal mit trüber Miene gesehen zu haben. Für jeden hatte er ein Lächeln.
Er begrüßte sie auf seine überschwengliche Art, ohne es dabei ihr gegenüber jedoch an Respekt mangeln zu lassen. »Hätte nie gedacht, daß 'ne schöne Frau wie Sie mit jedem Tag noch schöner aussehen kann, Miß Valerie. Massa Melville ist wirklich ein verdammter Glückspilz, was er hoffentlich auch weiß.«
Sie lachte fröhlich. »Du kannst ihn ja mal fragen.«
Er schüttelte heftig den Kopf. »Er würde mir eins zwischen die Augen geben«, übertrieb er mit einem breiten Grinsen. »Soll ich dem Steward Bescheid sagen, daß er Ihnen im Salon das Frühstück serviert?«
»Nein, es ist ein so wunderbarer Tag, daß ich draußen auf dem Sonnendeck frühstücken werde. Allein. Sorg dafür, daß Matthew nicht gestört wird. Er braucht nach dieser langen Nacht seinen Schlaf.«
»Sie können sich ganz auf mich verlassen«, versicherte Timboy und eilte davon.
Valerie begab sich auf das Sonnendeck und atmete die aromatische Luft genüßlich ein. Sie liebte den Geruch des Wassers. Und da die

RIVER QUEEN am Ende eines langen Anlegesteges lag, abseits der Piers, wo die Fischerboote anlegten, blieben sie hier von Moder- und Fäulnisgerüchen verschont, die an heißen Tagen in den Hafenbecken zur Plage wurden, wo das Wasser stillstand und sich Abfälle ansammeln konnten.

Der Hafen von New Orleans war schon längst zu hektischem Leben erwacht, als Valerie sich ihrem leichten Frühstück widmete. Sie konnte sich an diesem vielfältigen Treiben nicht sattsehen. Es gab immer wieder Situationen und Menschen, die ihre Aufmerksamkeit weckten. Erregte Dispute zwischen zwei Geschäftsleuten, Abschiedsszenen von Matrosen oder Passagieren, ein Gaukler, der eine leere Kiste als Bühne benutzte und ein Dutzend Schwarze als Publikum hatte, Schiffsagenten, die mit Papieren in den Händen geschäftig hin und her eilten, stoische Kutscher, die sich von dem Lärm und Geschrei nicht im mindesten beeindrucken ließen, ja sogar einen Taschendieb beobachtete sie einmal bei seinem kriminellen Tun. Das Leben und Treiben am Hafen und auf dem Fluß war wie ein buntes Kaleidoskop, das immer wieder neue faszinierende Bilder bot.

Als Valerie Timboys kräftige Stimme von der Gangway hörte, wandte sie den Kopf. Ein offener Landauer mit einem prächtigen Rotfuchs im Geschirr stand auf der Pier. Sie hatte gar nicht bemerkt, daß jemand vom nahen Mietstall, wo Matthew seine Pferde und Wagen eingestellt hatte, den Landauer zur RIVER QUEEN gebracht hatte.

»Okay, ich schau', was ich machen kann, Kelly!« rief Timboy einem der Maschinisten zu, der ihm offenbar etwas aufgetragen hatte.

Valerie legte die Hände an den Mund und rief zu ihm hinunter: »Timboy! ... Wo fährst du hin?«

»In die Stadt! ... Heut ist Markttag!« schallte es von unten zurück.

»Nimmst du mich mit?«

»Wüßte nicht, was ich lieber täte!«

»Wartest du einen Augenblick? Ich hole nur noch meinen Parasol. Bin sofort unten!«

»Keine Eile, Miß! Der Captain schläft. Da geht alles ein bißchen langsamer!« spottete er und erntete bei den Männern, die gerade das Deck schrubbten, herzliches Gelächter.

Valerie eilte in ihr Quartier und wählte unter dem guten Dutzend Sonnenschirmen einen aus, der in der Farbe zu ihrem Kleid paßte. Wenig später saß sie im Landauer.

»Gibt es was Bestimmtes, das Sie einkaufen möchten, Miß?« erkundigte sich Timboy, während der Wagen über die Bohlen der Anlegestelle rumpelte.
»Nein, ich schaue mich nur gern auf dem Markt um, während du deine Einkäufe tätigst, Timboy.«
Timboy nickte und lenkte den Landauer an den Lagerhallen vorbei auf die Decatur Street, die parallel zum Hafen entlanglief. Sie kamen am Jackson Square vorbei. Auf der Höhe des Ursulinen-Konvents fuhr er schließlich rechts ab zum French Market, auf dem schon seit den frühen Morgenstunden ein buntes Treiben herrschte. Verkaufsstände mit Obst, Gemüse, Käse, Fleisch und Backwaren reihten sich aneinander. Andere boten Stoffe, Blumen, Spielzeuge, billigen Tand und Waren an, die aus aller Herren Ländern kamen. Das Geschrei der Marktfrauen und die Rufe der Kutscher, die sich einen Weg durch das Gewimmel zu bahnen versuchten, erfüllten die Luft. Elegant gekleidete Frauen standen in kleinen Gruppen zusammen und unterhielten sich angeregt, während ihre schwarzen Köchinnen mit den Händlern und Marktfrauen feilschten und ihre Waren einer kritischen Prüfung unterzogen.
Timboy stellte den Landauer zwischen zwei Markthallen ab, wo schon viele andere Kutschen und Fuhrwerke standen, band die Zügel um einen eisernen Pfosten und tätigte seine Einkäufe, während Valerie an den Ständen vorbeischlenderte und den Trubel auf sich wirken ließ. Ihr besonderes Interesse galt den schwarzen Matronen, die farbenfrohe Gewänder trugen und kultische Dinge feilboten, die die Schwarzen für ihre Voodoo-Riten benutzten.
Eine gute halbe Stunde war vergangen, als Valerie jenseits der Stände auf der Straße plötzlich eine Frau bemerkte, deren Gang ihr irgendwie vertraut war. Sie wurde begleitet von einer sehr rundlichen Schwarzen, die ein schneeweißes Kopftuch und einen vollgepackten Korb trug.
Valerie stutzte, sah den roten Haarschopf und dann das Profil ihres Gesichts, als die Frau den Kopf drehte und irgend etwas zu ihrer Begleiterin sagte.
Fanny!
Der Schock des Erkennens traf sie wie ein unerwarteter Schlag und ließ sie auf der Stelle erstarren. Diese Frau dort drüben war ihre Zofe Fanny Marsh, die Bruce French zusammen mit ihr in Havanna entführt hatte.

Fanny lebte!
Der freudige Schock war so überwältigend, daß sie tatenlos dastand und den beiden nachblickte, wie sie auf eine wartende Kutsche zugingen.
Dann aber schüttelte sie den Bann ab. »Fanny!« schrie sie, ohne sich um die verwunderten, teilweise auch mißbilligenden Blicke der Umstehenden zu kümmern. »Fanny!... Fanny!... Ich bin es, Valerie!... Warte!«
Doch so laut sie auch schrie, ihre Stimme drang bei dem allgemeinen Lärm, der über dem Markt lag, nicht bis zu ihrer Zofe hinüber, die nun die Kutsche bestieg.
Ein Gefühl wie Panik erfaßte Valerie. Sie erkannte, daß sie die Kutsche zu Fuß niemals würde einholen können, und unternahm auch keinen derartigen Versuch. Doch sie durfte Fanny nicht aus den Augen verlieren! Sie wußte jetzt, daß Bruce French Wort gehalten hatte und Fanny lebte. Aber wenn sie aus ihrem Blickfeld entschwand, konnte es sein, daß sie niemals herausfinden würde, wo sie wohnte.
»Timboy!« schrie sie. »Timboy, komm schnell!«
Der Schwarze, der gerade mit einem Käsehändler verhandelte, blickte zögernd zu ihr herüber. »Einen Augenblick, Miß Valerie.«
»Nein, komm sofort!... Vergiß den Käse! Es ist dringend!« rief sie.
Timboy entnahm ihrer aufgeregten Stimme, daß Eile geboten war, worum es auch gehen mochte. Und so ließ er das schwere Käserad, das er gerade begutachtet hatte, einfach fallen, kümmerte sich nicht um den Protest des Händlers und eilte zu ihr. »Was ist passiert?« fragte er verwundert.
»Siehst du die dunkelgrüne Kutsche mit den schwarzen Zierleisten?« stieß sie atemlos vor Aufregung hervor und deutete die Straße hinunter.
»Ja, sicher...«
»Wir müssen sie einholen, Timboy!« drängte Valerie, packte ihn am Arm und lief mit ihm zum Landauer. »Koste es, was es wolle.«
»Aber warum?« wollte er wissen, während er die Zügel vom Pfosten losband.
»Frag jetzt nicht! Es hängt für mich viel davon ab. Beeil dich! Fünf Dollar, wenn du sie einholst!«
Lachend sprang er auf den Sitz und riß die Peitsche aus dem Sockel. »Das werden leicht verdiente fünf Dollar sein! Na los, Foxy, zeig

uns, was in dir steckt!« Er ließ die Peitsche knallen, und der Landauer schien förmlich einen Satz nach vorn zu machen, als der Rotfuchs angaloppierte.
»Die Kutsche ist um die Ecke gebogen!« rief Valerie.
»Hab's gesehen! Keine Sorge, die holen wir schon ein – wie Sie's gesagt haben: koste es, was es wolle!« erwiderte Timboy vergnügt und jagte den Landauer in geradezu halsbrecherischem Tempo über die belebte Straße. Die vielen anderen Fuhrwerke, Kutschen, Reiter und Männer, die Karren hinter sich herzogen, beeindruckten ihn nicht. Laut brüllend hielt er den Wagen in rasender Fahrt auf der Mitte der Fahrbahn und dachte nicht daran, das Pferd zu zügeln. Wie ein Lebensmüder trieb er Foxy an – und zwang alle anderen, ihm auszuweichen.
Wütende Stimmen und drohende Gebärden kamen von allen Seiten, und so manches Mal passierte er ein anderes Gespann so haarscharf, daß wohl bestenfalls noch eine Zeitung zwischen beide Wagen gepaßt hätte. Mehrere Pferde bäumten sich im Geschirr auf und drohten durchzugehen, als Timboy den Landauer auf der Straßenkreuzung nach links riß. Doch all das kümmerte ihn wenig. Er hielt den Blick nur auf die Kutsche gerichtet, die vielleicht noch zwanzig, dreißig Längen vor ihnen lag.
Valerie wurde durchgeschüttelt und fürchtete, daß es jeden Moment passieren würde und sie mit einem anderen Gefährt zusammenstoßen mußten, als Timboy in wilder Fahrt der Kutsche folgte. Wie ein Schiff in aufgewühlter See schwankte der Landauer hin und her. Doch die Kollision blieb aus, und schnell holten sie die Kutsche ein.
»Bring sie zum Halten!« rief Valerie ihm zu.
»Nichts leichter als das!« kam Timboys fröhliche Antwort. Er jagte den Wagen an der Kutsche vorbei, überholte sie und drängte die beiden Schimmel an den Straßenrand, so daß dem bulligen Kutscher auf dem Bock nichts anderes übrigblieb, als die Zügel zu ziehen und zur Bremse zu greifen.
»Verdammter Nigger!« schrie der Kutscher, der selbst ein Schwarzer war. »Hast du denn keine Augen in deinem hohlen Schädel? Ich werde dir einfältigem Sambo das Fell gerben, daß du aussiehst, als hättest du eine Woche auf einem Gitter zugebracht!«
»Weg mit der Peitsche, Mann!« fuhr Valerie den Kutscher an und sprang in ganz unschicklicher Weise vom Landauer. Sie gab jetzt

nichts auf die entrüsteten Blicke der Passanten, die stehengeblieben waren.

Der Schlag der Kutsche ging auf, und Fanny streckte ihren roten Schopf heraus. »Ronnie, was geht hier vor ...« Sie brach mitten im Satz ab, als sie Valerie erblickte. Ihr Gesicht, das längst nicht mehr so rundlich und pausbäckig war, wie Valerie es in Erinnerung hatte, verlor seine frische Farbe und wurde blaß. Mit weit aufgerissenen Augen starrte sie Valerie an, als wäre ihr ein Geist erschienen.

»Fanny!«

Die Zofe stieß nun einen spitzen Schrei aus und taumelte aus der Kutsche. »Miß Valerie?« flüsterte sie.

»Ja, ich bin's wirklich, Fanny!«

»O mein Gott!« rief Fanny, überwältigt vor Freude. Die Tränen schossen ihr in die Augen, als sich die beiden Frauen in die Arme flogen. »Sie leben!... Sie leben!... Sie leben!...« murmelte sie immer wieder, als könnte sie noch nicht glauben, daß dies kein Traum war.

»Ja, ich lebe... und du auch«, stammelte Valerie, nicht minder von der Freude des Wiedersehens erschüttert. Auch ihr liefen jetzt die Tränen über das Gesicht, und sie schämte sich dessen nicht.

Fanny Marsh, nur sechs Jahre älter als sie, war ihr stets viel mehr gewesen als nur eine treue Zofe. Seit ihrem zwölften Lebensjahr hatte Fanny sich um sie gekümmert, war ihr eine gute Freundin gewesen und hatte alle Nöte und Freuden mit ihr geteilt. Nicht eine Sekunde hatte Fanny gezögert, als es darum gegangen war, ob sie ihre Mistress nach Amerika begleiten wollte.

»Miß Valerie, ich kann es noch gar nicht fassen«, sagte die Zofe, die von kleiner, untersetzter Figur und immer noch recht mollig war, obwohl sie seit ihrer Trennung doch einige Pfunde abgenommen hatte. Ihr lockiges rotes Haar paßte wunderbar zu ihrem noch mädchenhaft ansprechenden Gesicht.

»Ich auch nicht, Fanny!«

»Ich hatte solche Angst um Sie, Miß Valerie! Dieser gräßliche Mister French. Ich dachte, ich würde Sie nie wiedersehen... Was er Ihnen angetan hat! Aber Sie leben, dem Himmel sei's gedankt«, sprudelte die Zofe in Aufregung hervor und wischte sich die Tränen aus den Augenwinkeln.

Das grobflächige Gesicht der Schwarzen tauchte im Fenster auf. Verständnislos und mit in Falten gelegter Stirn blickte sie auf sie hinunter. »Hab' ja nichts dagegen, wenn Sie sich darüber freuen, eine Bekannte wiedergetroffen zu haben«, nuschelte sie ungehalten. »Aber der Missus wird es kaum gefallen, wenn wir zu spät zurückkommen, nur weil Sie hier einen langen Schwatz auf der Straße gehalten haben.«

»Das ist nicht irgendeine Bekannte, Beth, sondern meine Mistress!« erwiderte Fanny stolz. »Du weißt, ich hab' dir von ihr erzählt.«

»Missus Trudeau ist Ihre Mistress!« widersprach die Schwarze zurechtweisend.

»Nicht mehr!« sagten Fanny und Valerie wie aus einem Mund, sahen sich verdutzt an und brachen dann in ein fast hysterisches Gelächter aus.

»Kommen Sie jetzt, oder kommen Sie nicht, Fanny?« fragte die Schwarze wütend.

Valerie legte ihrer Zofe eine Hand auf den Arm, um ihr zu verstehen zu geben, daß sie die Angelegenheit zu regeln gedachte, und trat an den Kutschenschlag. »Bitte richte Madame Trudeau aus, daß ich die Unannehmlichkeiten bedaure, die sich als Folge unseres Wiedersehens für sie ergeben«, sagte sie, während sie in ihrem Beutel nach ein paar Münzen suchte und sie der Schwarzen zusteckte. »Aber Fanny ist acht Jahre lang meine Zofe gewesen und nur in die Dienste deiner Herrin getreten, weil schwerwiegende Umstände, auf die ich jetzt weder eingehen kann noch möchte, uns für einige Monate gegen unseren Willen getrennt haben. Daß ich Fanny jetzt natürlich wieder in meine Dienste nehme, dürfte nur zu verständlich sein, nicht wahr?«

Das Geld hatte Beth versöhnlich gestimmt, und der grimmige Ausdruck war von ihrem Gesicht verschwunden. »Kann nicht behaupten, daß ich was dagegen hätte, Missus«, sagte sie höflich. »Aber meiner Herrschaft wird es wohl gar nicht gefallen, besonders nicht der Madame.«

»Ich fürchte, ihr wird nichts anderes übrigbleiben, als sich damit abzufinden«, erklärte Valerie. »Bitte veranlaß, daß Fannys Sachen umgehend auf die RIVER QUEEN gebracht werden. Der Raddampfer liegt an der Verlängerung der St. Louis Street. Du kannst ihn gar nicht verfehlen. Ich werde dich für deine Dienste auch großzügig entlohnen.«

»Ich werde mich persönlich darum kümmern«, versprach Beth und war nun ganz zuversichtlich. »Missus Trudeau wird vielleicht gar

nicht so traurig sein, daß Fanny aus dem Haus ist. Ich glaube, sie hat für Engländer nicht viel übrig.«
Valerie lächelte. »Gut. Ich erwarte dich dann später auf der RIVER QUEEN.«
»Ich werde mich beeilen!«
Valerie stieg mit Fanny in den Landauer und bat Timboy, sie zum Raddampfer zurückzubringen.
»Sie leben auf einem Dampfer?« wollte Fanny wissen, der so viele Fragen auf der Zunge lagen, daß sie kaum wußte, womit sie beginnen sollte.
»Ja, die RIVER QUEEN ist ein schwimmendes Spielkasino, und weißt du, wer ihr Besitzer ist?«
»Wie könnte ich das wissen?«
»Erraten könntest du es!... Captain Melville!«
»Nein!«
»O doch!« Valerie lachte über das verdutzte Gesicht ihrer Zofe. »Fanny, ich hab' dir ja so viel zu erzählen. Aber laß uns damit warten, bis wir auf dem Schiff sind und es uns bequem machen können. Es wird eine lange Geschichte.«
»Ich habe Ihnen auch viel zu erzählen, Miß Valerie. Doch das Wichtigste ist, daß Sie gesund sind und ich endlich wieder bei Ihnen bin.«
Valerie drückte ihre Hand.
Fanny staunte, als Valerie sie wenig später auf die RIVER QUEEN führte. Sie war von der Größe des Schiffes und der Eleganz der Ausstattung genauso beeindruckt, wie sie es gewesen war, als Matthew ihr alles gezeigt hatte. Doch für einen ausgiebigen Rundgang hatten sie jetzt keine Zeit. Sie begaben sich in einen der gemütlichen Salons, und Valerie trug dem Steward auf, ihnen kühle Limonade und Schalen mit Gebäck und Süßigkeiten zu bringen, wußte sie doch, daß dies Fannys große Leidenschaft war.
»Nun erzählen Sie!« drängte Fanny, die ihre Neugier kaum noch bezähmen konnte. »Worum ging es in Havanna überhaupt? Ich habe nie verstanden, was dieser Schurke von Ihnen überhaupt wollte. Ging es ihm um ein Lösegeld?«
Valerie schüttelte den Kopf. »Nein, er hatte eigentlich den Auftrag, mich umzubringen.«
Erschrocken sah Fanny sie an. »Umbringen? Sie? Aber, um Gottes willen, warum?«

»Ich bin hier geboren, Fanny, nicht weit von New Orleans, auf einer Baumwollplantage namens COTTON FIELDS. Mein Vater war der Besitzer der Plantage – und meine Mutter eine Sklavin, die er liebte«, eröffnete sie ihr.

Fassungslosigkeit breitete sich auf dem Gesicht der Zofe aus, und sie vergaß, die Praline, die sie gerade aus einer der zierlichen Silberschalen genommen hatte, in den offenen Mund zu stecken. »Miß Valerie!«

Valerie nickte. »Ja, du hast richtig gehört, Fanny, ich bin der Bastard einer hellhäutigen Sklavin und eines reichen weißen Pflanzers aus Louisiana, und Charles und Ruth wußten es. Sie waren Freunde meines leiblichen Vaters. Zufällig weilten sie hier, als ich zur Welt kam«, berichtete sie und begann ihr nun die Geschichte ihrer Herkunft und die Hintergründe, die zu ihrer Entführung auf Kuba geführt hatten, zu erzählen.

Fanny unterbrach sie anfangs immer wieder, weil es ihr schwerfiel, zu glauben, was sie da hörte. Doch allmählich legte sich ihr ungläubiges Staunen, und sie begriff die Zusammenhänge. Mit schweigendem Entsetzen lauschte sie dann, als Valerie von ihrem langen Leidensweg erzählte, der schließlich im PALAIS ROSÉ ein glückliches Ende gefunden hatte. Nur einmal mußte sie ihren ergreifenden Bericht unterbrechen, als Beth auf die RIVER QUEEN kam, um Fannys wenige Sachen abzuliefern und sich ihren Lohn dafür abzuholen, der wie versprochen äußerst großzügig ausfiel.

Als Valerie geendet hatte, blickte Fanny schweigend vor sich hin. Ihre Augen schimmerten feucht. »Wenn ich das in Havanna nicht selbst miterlebt hätte, ich würde es nicht glauben«, murmelte sie zutiefst bestürzt. »Was haben Sie nur erdulden müssen. Es ist grauenvoll! Wäre ich an Ihrer Stelle gewesen, ich hätte es sicherlich nicht überlebt. Mein Gott, daß man so kaltblütig und verbrecherisch sein kann wie dieser Bruce French und diese Duvalls ...«

»Das Böse auf der Welt kennt keine Grenzen«, seufzte Valerie, »das Schöne aber auch nicht. Doch nun erzähl du endlich, wie es dir ergangen ist. Wie bist du überhaupt nach New Orleans gekommen? Und wie hat dich Bruce French behandelt?«

Fanny verzog das Gesicht. »Nicht gerade wie eine Prinzessin, aber doch anständig, wenn Sie verstehen, was ich meine. Ich weiß nicht mehr, wie lange er mich in dieser Kammer gefangengehalten hat, es waren wohl an die zwei Wochen. Dann hat man mir die Augen verbunden, mich ins Landesinnere gebracht, mir ein bißchen Geld zugesteckt und mich freigelassen. Ich wußte gar nicht, wo ich war, und verstand ja auch die Sprache nicht. Ich fand dann eine Unterkunft und Arbeit auf einem großen Gut. Ich hatte nur auf zwei kleine Kinder aufzupassen, und die Mistress war gütig. Sie hatte Mitleid mit mir und steckte mir etwas Geld zu, als ich ihr klarmachte, daß ich nach Havanna mußte... In Havanna hab' ich versucht, Sie ausfindig zu machen, und ich hab' so lange herumgefragt, bis ich an einen Schiffsausrüster gelangte, der für Captain Melville gearbeitet hatte und Englisch verstand. Ich glaube, er hat mich für ein bißchen verrückt gehalten, als ich ihm das mit der Entführung erzählte. Aber er verschaffte mir zumindest eine Passage nach New Orleans. Ich hoffte, Captain Melville dort zu finden, doch als ich hier ankam, erfuhr ich, daß die ALABAMA schon wieder ausgelaufen war. Daß er noch diesen Raddampfer besitzt, wußte ich ja nicht... Geld hatte ich kaum noch, deshalb habe ich die erste Stellung, die sich mir bot, angenommen – und zwar bei Madame Trudeau. Ich hätte es kaum schlechter treffen können. Sie ist eine launische, geizige und vor allem ungerechte Person. Ihr konnte man nichts recht machen. Dauernd nörgelte sie an mir herum, besonders an meiner Aussprache, die sie ordinär fand, stellen Sie sich das einmal vor! Dabei spricht sie ein so grauenhaftes Mischmasch aus Amerikanisch und Creolen-Französisch, daß es einen schaudert, wenn man sie hört. Sie behauptet, von einem alten französischen Adelsgeschlecht abzustammen, aber ich glaube ihr kein Wort. Sie ist eine von diesen unmöglichen Personen, die sich ständig wichtigmachen wollen. Was bin ich froh, daß das nun vorbei ist!« Sie gab einen Seufzer der Erleichterung von sich. »Endlich bin ich wieder bei Ihnen!«

»Ich kann dir nicht sagen, wie erleichtert und glücklich ich bin«, erwiderte Valerie.

Fannys Gesicht verlor auf einmal den Ausdruck strahlender Freude, und Schmerz trat in ihre Augen. Valerie entging dieser Wechsel, weil sie damit beschäftigt war, Limonade in ihre Gläser zu gießen. Nach dem vielen Reden hatte sie einen ganz trockenen Hals.

»Als ich nach New Orleans kam«, sagte Fanny mit veränderter Stimme, »und hier weder von Ihnen noch von Captain Melville eine Spur fand, schrieb ich Ihren Eltern, um ihnen von Ihrer entsetzlichen Verschleppung zu berichten. Ich hielt es für meine Pflicht und hegte dabei die Hoffnung, von Ihren Eltern möglicherweise Aufklä-

rung über Ihr Verschwinden zu erhalten, denn ich konnte ja nicht ausschließen, daß es Bruce French um ein hohes Lösegeld für Sie gegangen war.«
»Es war richtig, daß du ihnen geschrieben hast, auch wenn dein Brief sie wohl in Angst und Schrecken versetzt hat«, sagte Valerie bedrückt. »Hast du schon Antwort erhalten?«
»Ja, vor drei Tagen kam ein Brief aus Bath!« Fanny stand auf, ging zu ihren Sachen und zog einen zerknitterten Brief hervor. »Aber er ist nicht von Ihren Eltern.«
Valerie sah sie verwirrt an. »Nicht? Aber von wem dann?«
Fanny biß sich auf die Lippen, wich ihrem Blick aus und sagte dann mit belegter Stimme: »Von Mister Bailey, dem Anwalt Ihres Vaters. Es tut mir so schrecklich leid, daß ich...« Sie führte den Satz nicht zu Ende, schluckte schwer und hielt ihr das Schreiben hin: »Bitte, lesen Sie selber.«
Ein ungutes Gefühl erfaßte Valerie, als sie den Brief entgegennahm. »Ist etwas passiert?«
Fanny nickte stumm.
Mit zitternden Händen entfaltete sie den Kanzleibogen und las, was Mister George Bailey ihrer Zofe geantwortet hatte. Eine eisige Klaue schien nach ihrem Herzen zu greifen und ihre scharfen Krallen in ihr warmes Fleisch zu bohren. Grenzenloser Schmerz zeichnete ihr Gesicht, das beim Lesen zu einer starren Maske wurde.

Verehrte Miß Marsh,
mir fehlen die Worte, Ihnen mein Erschrecken und meine unsägliche Bestürzung zu schildern, die Ihr Schreiben bei mir – und nicht nur bei mir – ausgelöst hat. Miß Valerie entführt und auf Kuba spurlos verschwunden! Mein Geist hat sich lange geweigert, diese unfaßliche Nachricht als grausame Wahrheit zu akzeptieren. Ich werde selbstverständlich alles in meiner Macht Stehende tun, um dieses Verbrechen aufzuklären und zu versuchen, Miß Valerie lebend aus den Händen dieses Verbrechers zu befreien. Noch heute werde ich Verbindung mit den Behörden auf Kuba und mit Captain Melville aufnehmen, was aber ganz ohne Zweifel eine sehr zeitraubende und im Ergebnis unsichere Sache ist. Deshalb werde ich außerdem jemanden, der mit Nachforschungen dieser Art berufsmäßig vertraut ist, beauftragen, weder Kosten noch

Mühen zu scheuen, Miß Valeries Schicksal aufzuklären. Ich bete zu Gott, daß diese meine Aktivitäten möglichst bald Erfolg haben und uns von unserer Angst um Miß Valeries Leben befreien werden.
Sie werden sich vermutlich schon verwundert gefragt haben, wieso ich Ihnen auf Ihr Schreiben geantwortet habe und nicht Mister oder Missis Fulham. Es ist meine traurige Pflicht, Sie vom Ableben beider unterrichten zu müssen. Mister Fulham erlag eine knappe Woche nach seiner Rückkehr von der Fahrt nach Bristol einem Gehirnschlag. Es war ein gnädiger Tod, der ihn jäh aus dem Leben und dem Kreis seiner Geliebten riß. Ein Verlust, den wir, seine Freunde, nur mit großem Kummer ertragen, der seiner getreuen Gattin jedoch einen zu großen Schmerz bereitete, so daß sie ihm schon sechs Wochen später gefolgt ist. Nach Mister Fulhams Beerdigung verließ sie ihr Bett nicht mehr. Sie war nicht organisch krank, wie uns Doktor Tanner versicherte, doch die seelischen Schmerzen raubten ihr den Lebenswillen, und es gab nichts, was Doktor Tanner oder wir tun konnten. Mit dem Tod ihres so innig geliebten Mannes war auch ein Teil von ihr gestorben, wohl der lebenswichtigste, und so verließ auch sie uns.
So bitter es klingen mag, doch nach dem Eintreffen Ihres Briefes, Miß Marsh, kann ich mich des Gedankens nicht erwehren, daß es gut so ist, nun, da Miß Valerie spurlos verschwunden zu sein scheint. Der Kummer um ihre Tochter hätte ihnen ganz sicher das Leben zur Qual gemacht. Möge Gott ihnen allen gnädig sein. Doch ich will die Hoffnung nicht aufgeben, daß Miß Valerie noch am Leben ist. Bitte unterrichten Sie mich unverzüglich, sollten Sie etwas über sie in Erfahrung bringen. Es fällt mir schwer, angesichts dieser Tragödie davon zu sprechen, doch es gibt nach dem Tod von Mister und Missis Fulham auch zahlreiche juristische Formalitäten zu erledigen, da Miß Valerie nun Alleinerbin eines nicht unbeträchtlichen Vermögens geworden ist.
Voller Bestürzung und Trauer, doch mit unerschütterlicher Hoffnung und Vertrauen verbleibe ich als

Ihr

George Bailey

Eine Träne fiel auf den Briefbogen, rollte über drei Zeilen, verwischte die gestochen scharfe, leicht verschnörkelte Handschrift des Anwalts und versickerte in der vierten Zeile. Die Hände, die das Schreiben gehalten hatten, sanken wie kraftlos in den Schoß.
Ihre Eltern waren tot.
Valerie war wie betäubt.
Fanny erhob sich aus ihrem Sessel und kam auf sie zu. Auch ihre Augen waren feucht, und aufrichtiges Mitgefühl lag in ihrem traurigen Blick.
»Miß Valerie, es tut mir ja so schrecklich leid. Ihre Eltern waren so wunderbare, warmherzige Menschen und . . .«
»Schon gut, Fanny«, unterbrach Valerie sie mit gebrochener Stimme. »Bitte sei so lieb und laß mich allein. Ich muß jetzt allein sein.«
Fanny zögerte. Es widerstrebte ihr, ihre Mistress ausgerechnet in einer so kummervollen Stunde allein zu lassen, kaum daß sie wieder zueinandergefunden hatten.
»Mach dir keine Sorgen«, sagte Valerie mühsam beherrscht. »Doch bitte geh jetzt.«
»Nur ungern, Miß Valerie«, sagte die Zofe, tat jedoch wie befohlen. Leise zog sie die Tür zum Salon hinter sich ins Schloß.
Valerie brach nicht in Tränen aus, als sie allein mit sich und ihrem Kummer war. Auf eine merkwürdige Art und Weise fühlte sie sich wie betäubt und zugleich doch auch klar, als wäre sie eine zweigeteilte Person und als könnte die klarsichtige die wie betäubt dasitzende Valerie beobachten. Die Nachricht vom Tod ihrer geliebten Eltern war ein dermaßen großer Schock, daß der herzzerreißende Schmerz erst viel später kommen und sie zusammenbrechen lassen würde.
Still saß sie auf dem Sofa, vergaß den Mississippi und New Orleans und kehrte in Gedanken zurück ins Elternhaus in Bath. Sie überließ sich dem Strom der Erinnerungen, der in ihr anschwoll und glückliche Bilder der Vergangenheit heraufbeschwor, als wüßte ihr Unterbewußtsein, daß diese Erinnerungen an eine glückliche Kindheit und Jugend das beste Mittel gegen den ohnmächtigen Kummer und Schmerz waren, der sich tief in ihr zusammenzuballen begann.
Ruth und Charles Fulham. Wieviel Liebe und Geborgenheit hatten sie ihr gegeben, wieviel Verständnis, Wärme und Lebensfreude! Ein anderer Mann mochte sie gezeugt und eine andere Frau sie geboren haben, doch ihre leibliche Elternschaft war ein Nichts, war ein

Staubkorn im Wind verglichen mit der seelischen Elternschaft von Charles und Ruth, deren Fürsorge und Liebe sie zu dem gemacht hatten, was sie war.
Und nun waren sie tot, lagen schon seit Monaten unter kühler Erde und waren im Tode wieder vereint, wie sie es im Leben gewesen waren. Es stimmte, was George Bailey geschrieben hatte. Ein Leben ohne Charles hatte für Ruth keinen Sinn gehabt, und umgekehrt wäre es nicht anders gewesen. Sie hatten einander geliebt und gebraucht, und die Leere, die das Dahinscheiden des einen hinterlassen hatte, war unerträglicher gewesen als alles andere. In den kalten Armen des Todes hatten sie wieder zueinandergefunden. Ja, es war gut so. Mochten sie in göttlichem Frieden ruhen.
Der Salon verschwamm vor ihren Augen, als ihr nun die Tränen übers Gesicht rannen. Salzig legten sie sich auf ihre Lippen, näßten ihre Wangen und fielen auf ihre Hände, während sie regungslos dasaß und den Blick in die Vergangenheit gerichtet hielt.
»Valerie.«
Sie wandte nicht den Kopf, als sie seine Stimme hörte. Sie hatte ihn nicht gehört, aber doch gespürt, hatte gewußt, daß er kommen und an ihrer Seite sein würde, wenn der Schmerz mit unerbittlicher Schärfe einsetzte und sie zu zerreißen drohte. Und so war es auch.
Matthew nahm sie in seine Arme, bettete ihren Kopf an seine Brust und gab ihr das, was sie in diesem Moment tiefster Seelenpein am notwendigsten brauchte, nämlich seine Gegenwart, wortlosen Trost und die Wärme lebendigen Fleisches.
Er unternahm keinen Versuch, sie mit Worten trösten zu wollen. Er hatte mit Fanny gesprochen und alles erfahren, und er wußte, daß weder ein gesprochenes noch ein geschriebenes Wort den Schmerz lindern konnte. Angesichts der Endgültigkeit des Todes mußte jeglicher verbale Trost zu leeren Phrasen werden, zu Worthülsen, deren hohler Klang die Hilflosigkeit nur noch betonte.
Valerie vermochte sich später nicht mehr daran zu erinnern, daß Matthew sie in ihr Schlafzimmer getragen und aufs Bett gelegt hatte. Ein gnädiger Schleier sollte für immer in ihrer Erinnerung über diesem zweiten Teil des Tages liegen, der so wunderbar mit den Wonnen der Liebe begonnen und dann die Kälte des Todes in ihr Herz getragen hatte.
Diese Nacht ließ Matthew sie nicht allein, weil er ahnte, daß dies die kritischste Zeitspanne war. Und als der Schmerz sie in einen heftigen

Weinkrampf fallen ließ, kämpfte er mit seiner Zärtlichkeit dagegen an.
Sie liebten sich in dieser Nacht auf eine wilde, verzweifelte Art, als stände ihnen beiden im Morgengrauen der Gang zum Schafott bevor und als müßten sie noch einmal von dem Zauber des Lebens und Liebens kosten.
Als sie sich in der Ekstase der Lust wand, lag glühende Lebensfreude und Hingabe in ihren erstickten Schreien, aber auch Schmerz über den Verlust ihrer Eltern und ohnmächtiger Zorn. Denn ohne sich dessen in aller Klarheit bewußt zu sein, spürte sie doch instinktiv, daß die letzte Nabelschnur durchtrennt war, daß ihre Jugend nun unwiderruflich ein Ende gefunden hatte und es keinen sicheren Hort mehr gab, in den sie sich schutzsuchend zurückziehen konnte. Sie war nun erwachsen, eine Frau, die für sich selbst zu sorgen und zu kämpfen hatte. Nicht die Verschleppung und Versklavung hatten sie dazu gemacht, auch nicht Matthews Liebe, wenn all das auch entscheidende Etappen gewesen waren. Der Tod hatte die letzte Sicherungsleine gekappt. Sie schwamm nun allein im Meer des Lebens.
Mit diesem Gefühl versank sie, vom wilden Sturm der Liebe und des Kummers erschöpft, in einen traumlosen, totenähnlichen Schlaf, aus dem sie erst lange nach Sonnenaufgang des nächsten Tages erwachte. Der Schmerz war noch immer da, doch es war mehr ein stiller, tiefer Schmerz, den es mit Bewußtsein zu ertragen galt und der sie noch lange Zeit begleiten würde, bis daraus die Wehmut und Abgeklärtheit des Alters wurde.
»Was wirst du tun?« fragte Matthew, als sie ruhig genug war, um mit ihm über alles zu reden.
Sie zuckte die Achseln.
»Zuerst einmal wirst du wohl Mister Bailey schreiben müssen«, meinte er, »damit er sich keine weiteren Sorgen mehr um dich macht und seine Nachforschungen einstellt.«
»Ja, ich werde ihm heute noch schreiben«, stimmte sie ihm zu. »Obwohl es eigentlich nichts schaden könnte, wenn dieser Mann, den er beauftragen wollte, auf seine Weise herauszufinden versucht, wer mein Entführer gewesen ist.«
»Ich weiß nicht, ob das eine so gute Idee ist, aber von Bedeutung ist dieser Punkt augenblicklich wohl nicht. Viel wichtiger ist, was du tun wirst. Du hast ein beträchtliches Vermögen geerbt, wie der

Anwalt geschrieben hat, und du wirst vermutlich nach England reisen wollen...«
Sie schüttelte energisch den Kopf. »Nein, das werde ich nicht tun«, erklärte sie. »Zumindest nicht jetzt. Später ganz sicherlich, denn ich möchte ihre Gräber besuchen. Aber ich könnte nach all dem, was geschehen ist, nicht Monate von dir getrennt sein.«
Er machte einen erleichterten Eindruck, denn er hatte insgeheim schon mit einer sechs-, siebenmonatigen Trennung gerechnet. Eine Zeitspanne, die ihm ohne ihre Gegenwart wie eine Unendlichkeit erschienen war. »Ich hätte dich auch nur widerwillig reisen lassen«, sagte er. »Ja, wenn die ALABAMA schon zurück wäre, hätten wir sofort nach England aufbrechen können. Doch als Passagier, der zur Untätigkeit verdammt ist, auf dem Schiff eines anderen zu reisen wäre eine Qual für mich.«
»Nein, das ist auch nicht nötig, Matthew. Ich bleibe hier«, sagte sie ernst. »Was interessiert mich das Geld?«
»Es ist dein Erbe.«
»Auch COTTON FIELDS ist mein Erbe«, erwiderte sie ungewöhnlich heftig.
»Das ist etwas anderes«, erwiderte Matthew gelassen. »Das eine ist dir sicher und steht dir auch juristisch zu, während das andere nichts weiter war als der Wunschtraum eines Mannes, der mit seinem Leben und mit seiner Familie uneins war.«
Valerie ging nicht darauf ein. »Gibt es keine Möglichkeit, daß ich die nötigen Unterschriften zur Testamentsvollstreckung hier leiste?«
Matthew überlegte kurz. »Theoretisch müßte es möglich sein. Seit ein paar Monaten haben wir in New Orleans ja so etwas wie eine britische Gesandtschaft, wenn auch inoffiziell, die sich hauptsächlich für die politische Entwicklung hier im Süden interessiert, bezieht England den größten Teil seiner Wolle doch von uns. Du könntest deine Unterschriften also da leisten und beglaubigen lassen. Es wäre zwar eine zeitaufwendige Angelegenheit, weil die Papiere per Schiff hin und her geschickt werden müßten, aber möglich müßte es eigentlich sein.«
»Zeit spielt keine Rolle«, entschied Valerie. »Und so werde ich es auch machen.« Sie konnte jetzt einfach nicht weg aus New Orleans. Irgend etwas würde passieren, das spürte sie. Und sie wollte hiersein, wenn es passierte, was immer es auch sein mochte!

6.

Die RIVER QUEEN erstrahlte im festlichen Glanz der zahllosen Laternen, die bei Anbruch der Dunkelheit auf allen drei Decks entzündet worden waren, und schien mit dem Funkeln der Sterne wetteifern zu wollen, die am klaren Oktoberhimmel glitzerten, als hätte jemand Tausende Diamanten aller Größen über ein riesiges schwarzes Samttuch verstreut.

Es herrschte Hochbetrieb im schwimmenden Spielkasino, aber nicht nur dort. Ganz New Orleans schien einem Fieber geschäftlicher und geselliger Betriebsamkeit verfallen zu sein. Es war ein gutes Jahr für die Farmer und Pflanzer gewesen, und die Ernte hatte alle Erwartungen übertroffen. Die Lagerhallen am Hafen vermochten kaum noch einen Ballen Baumwolle, einen Sack Reis oder ein Faß mit Zuckerrohrmelasse zu fassen, und Schiffe aller Nationalitäten drängten sich im Hafen und warteten darauf, die Waren an Bord zu nehmen. Es war eine aufregende, geschäftige Zeit des Kaufens und Verkaufens. Es gab in den guten Hotels der Stadt kaum noch ein freies Zimmer, da alles nach New Orleans strömte, um das Geschäftsjahr mit einem guten profitablen Handelsabschluß zu beenden. Plantagenbesitzer, Zwischenhändler, Aufkäufer aus dem Norden und aus Übersee, Spekulanten und Schiffsbroker saßen tagsüber hart feilschend am Verhandlungstisch und amüsierten sich nachts in den feinen Etablissements oder an den Spieltischen der RIVER QUEEN.

Der Strom der Männer und Frauen, die kamen und gingen, riß nicht ab. Wurde an einem Spieltisch ein Platz frei, war er im nächsten Moment schon wieder besetzt. Und an der Bar drängten sich die Menschen genauso wie im Saal, wo eine Kapelle zum Tanz aufspielte. Viele der Kabinen waren von Gästen belegt, die von außerhalb der Stadt kamen, aber auch von Frauen, die wußten, daß die zumeist zahlungskräftigen Männer nicht allein Zerstreuung und Unterhaltung am Spieltisch suchten.

Es ging schon auf Mitternacht zu, als Valerie sich unter die Menge im Kasinodeck mischte. Sie trug ein herrliches Kleid aus blaßrosa Seide, das mit pastellblauer Spitze abgesetzt war. So manch ein bewundernder Blick folgte ihr, während sie an den Spieltischen entlangschlenderte, den Angestellten ein freundliches Lächeln schenkte und dann Matthew bei einem der Roulettetische bemerkte.

Als er ihren zärtlichen Blick auffing, kam er sofort zu ihr. »Du siehst hinreißend aus, wie immer«, sagte er und fügte flüsternd hinzu: »Egal, ob nackt oder angezogen. Und im Moment wüßte ich nicht, was ich davon vorziehen würde, mein Liebling.«

»Du kannst beides haben«, erwiderte sie, und Verlangen lag in ihrer Stimme. »Bis zum Bett haben wir es zum Glück ja nicht weit.«

Er seufzte. »Ich fürchte, damit werden wir noch etwas warten müssen. Du siehst ja, was heute nacht hier los ist. Die Leute spielen wie besessen.«

»Eine Vergnügungssucht, die du natürlich zutiefst verabscheust«, spottete sie.

»Es ist erschreckend, wie gut du manchmal meine Gedanken lesen kannst. Aber ich werde mir selbstverständlich nicht anmerken lassen, wie unangenehm es mir ist, diesen Leuten ihr Geld abzunehmen«, ging er auf ihren Scherz ein. »Doch ich muß gestehen, es wäre mir im Augenblick viel lieber, es wäre weniger Betrieb, damit ich dich in meinen Armen halten könnte.«

Sie lächelte. »Ich habe heute nachmittag lange geschlafen, Matthew, und bin noch nicht müde. Ich werde noch wach sein, wenn du kommst, ganz bestimmt«, versprach sie. »Ich warte auf dich.« Sie formte die Lippen zur Andeutung eines Kusses und gab seine Hand frei.

Matthew blickte ihr mit einer Mischung aus Stolz und Begehren nach. Das Glück, das er mit ihr erlebte, versetzte ihn täglich aufs neue in Erstaunen. Und er wünschte, seine Gäste würden schon bald die RIVER QUEEN verlassen, damit er mit ihr zusammensein konnte. Aber leider war das nicht der Fall, und so wandte er seine Aufmerksamkeit wieder seinen Aufgaben zu, in der Hoffnung, daß die Zeit schnell verging.

Valerie trat auf das Deck hinaus, um noch etwas frische Luft zu schöpfen. Die Nacht war noch milde, trug jedoch schon die Ahnung des nahenden Winters mit sich. Sie lehnte sich auf die Reling und schaute versonnen über den Strom, auf dem vereinzelte Lichter dahinglitten, die Positionslichter der wenigen Schiffe, die zu dieser Stunde noch unterwegs waren.

»Entschuldigen Sie, mir ist so, als wären wir uns schon einmal begegnet«, sprach eine Stimme sie plötzlich von der Seite an.

Valerie schreckte aus ihren Gedanken auf und wandte den Kopf. Neben ihr stand ein junger Mann, nach dem letzten Schrei der Mode

gekleidet, fast ein wenig zu elegant für sein Alter, denn er konnte kaum älter als sie sein. Der helle Anzug, das Rüschenhemd, die Krawatte, alles war von allerbester Qualität.
»Wie bitte?« fragte sie.
»Ich sagte, ich hätte den Eindruck, daß wir uns schon einmal irgendwo begegnet sind«, wiederholte er, »vermag mich jedoch weder an Ort noch Zeit zu erinnern.«
Sie musterte ihn flüchtig. Er war von schlanker Gestalt, hatte dichtes schwarzes Haar und ein ebenmäßiges Gesicht, das fast schön zu nennen war, doch auf eine etwas feminine Art. »Ich bedaure, aber da müssen Sie sich irren«, erwiderte sie höflich, doch distanziert. Es geschah nicht selten, daß ein Mann ihre Bekanntschaft auf diese wenig einfallsreiche Art zu machen versuchte.
»Nein, nein, eine so bezaubernde Frau, wenn Sie mir diese Untertreibung der Wahrheit erlauben, eine so bezaubernde Frau wie Sie kann niemals das schnöde Objekt eines Irrtums sein!« versicherte er mit einem dick aufgetragenen Pathos, das er selbst wohl für entwaffnenden Charme hielt.
Valerie hätte ihm am liebsten eine kühle Abfuhr erteilt, zwang sich jedoch aus Rücksicht auf Matthews geschäftliche Interessen zu einem Lächeln, das eher geringschätzig als ermutigend war. »Da Ihnen offenbar nichts anderes eingefallen ist, werde ich Ihnen diese Bemerkung erlauben, doch ich hoffe, Sie werden es bei dieser einen belassen. Wenn Sie mich jetzt entschuldigen würden.« Sie wandte sich von der Reling ab und wollte sich entfernen. Der Lichtschein einer nahen Laterne fiel dabei auf ihr Gesicht.
Der Mann stieß einen Laut der Überraschung aus. »Mein Gott, jetzt weiß ich wieder, wo wir uns begegnet sind!«
Valerie zog unwillig die Augenbrauen hoch. »So?«
Ein breites Grinsen zeigte sich nun auf seinem Gesicht. »Die Umstände waren vielleicht nicht so, daß Sie unsere Begegnung gern in Erinnerung behalten hätten, zumal es auch eine sehr flüchtige Begegnung war«, sagte er mit einem fast schon vertraulichen Tonfall, »was ich sehr bedauert habe.«
Eine dunkle Ahnung keimte in ihr auf, als sie ihm ins Gesicht schaute. Jetzt war ihr auch so, daß sie dieses Gesicht schon einmal gesehen hatte. »Ich weiß wirklich nicht, wovon Sie reden!«
»Ich rede vom PALAIS ROSÉ, Süße«, sagte er mit einem anzüglichen Grinsen.

Valerie zuckte wie unter einer Ohrfeige zusammen und faßte hinter sich nach der Reling, als die Erkenntnis sie traf, wo und wie sie sich schon einmal begegnet waren. Sie brauchte einen Halt, weil ihr die Knie vor Schreck weich wurden.
»Ich sehe, du erinnerst dich.«
»Ich... ich...« Hilflos brach sie ab, unfähig, einen klaren Gedanken zu fassen. Deutlich sah sie ihn wieder vor sich, wie er damals betrunken in das Zimmer gekommen war, sie für eine von Madame Rosés Freudenmädchen gehalten und versucht hatte, sie mit Gewalt zu nehmen. Von der Droge geschwächt, die Calhoun und die Bordellbesitzerin ihr gegeben hatten, hatte sie sich kaum zu wehren vermocht. Er hatte ihr das Nachthemd vom Leib gerissen, und fast wäre ihm die Vergewaltigung gelungen, wenn er die glühende Zigarre nicht in ihrer Reichweite auf den Nachttisch gelegt hätte. Zwei schmerzhafte Verbrennungen hatten ihm damals jede Lust genommen. Er hatte derart gebrüllt, daß Madame Rosé und ihr Rausschmeißer hatten eingreifen müssen. Die Bilder standen so deutlich vor ihren Augen, als wäre es erst gestern geschehen.
»Du warst verdammt hitzig zu mir... buchstäblich sogar!« Er lachte rauh und fuhr sich mit der Zungenspitze über die Lippen. Sein Blick verweilte einen Augenblick auf ihrem Busen.
»Lassen Sie mich in Ruhe!« stieß Valerie hervor, und flammende Röte überzog ihr Gesicht.
»Nur nicht so hastig, meine Kleine. Ich hab' dir ja überhaupt keinen Vorwurf gemacht, daß du mir in der Hitze des Gefechts diese häßlichen Brandwunden zugefügt hast«, erklärte er hastig. »Ich nehm's dir wirklich nicht übel. Einer rassigen Frau wie dir kann ich gar nichts übelnehmen.«
»Ich habe nicht die Absicht, mit Ihnen darüber zu reden. Und jetzt geben Sie bitte den Weg frei, wenn Sie nicht wollen, daß ich Sie von Bord werfen lasse!« drohte Valerie und konnte sich nur mühsam beherrschen.
Er ließ sich davon nicht beirren. »Mein Gott, es tut mir wirklich leid. Konnte ja nicht wissen, daß du für die Nacht schon vergeben warst. Das hätte mir Madame Rosé auch eher sagen können. Okay, ich bin nicht eben sanft mit dir umgesprungen und hab' das mit der verdammten Zigarre wohl auch verdient gehabt. Hatte einfach ein paar Gläser zuviel getrunken. Aber das ist doch kein Grund, mich jetzt zu schneiden. Eigentlich bin ich ein recht verträglicher Mensch... und

großzügig dazu. Oh, ich hab' mich ja noch gar nicht vorgestellt. Ich heiße Duvall, meine Schöne, Stephen Duvall.«

Valerie starrte ihn fassungslos an. Sie konnte nicht glauben, daß sie richtig gehört hatte. *Stephen Duvall?* Das war unmöglich. Er konnte nicht *der* Stephen Duvall sein. Ein Schwindelgefühl packte sie, und ihre Stimme klang rauh, als sie fragte: »Wer sind Sie?«

Verwundert über ihre Reaktion runzelte er die Stirn. »Wie ich schon sagte, Stephen Duvall. Ich hab' eine große Baumwollplantage und kann dir was bieten, falls du gedacht haben solltest, ich sei nur an billigen Vergnügungen interessiert. Sag mir deinen Preis, und wir werden handelseinig. Ich möchte dich haben.«

»Ich... ich habe einen hohen Preis, einen sehr hohen«, erwiderte Valerie wie unter Zwang, während sich die Gedanken hinter ihrer Stirn jagten. Das Schicksal hatte ihr einen von denjenigen über den Weg geführt, die das Mordkomplott gegen sie geschmiedet und Bruce French auf sie gehetzt hatten. Dies war ihre Chance, auf die sie gewartet hatte. Sie durfte sie nicht ungenutzt verstreichen lassen. Sie mußte die Gelegenheit beim Schopf packen und sie zu ihrem Vorteil nutzen. So stark ihr Ekel und ihr Haß auch waren, sie durfte sich jetzt davon nichts anmerken lassen.

»Ich hab' Geld genug. Wie heißt du überhaupt? Madame Rosé wollte mir deinen Namen nicht sagen.«

Valerie zögerte kurz. »Val.«

Er hob die Brauen. »Vel wie Velvet, ja? Ein hübscher Name. Er paßt zu dir. Ich erinnere mich noch sehr gut daran, daß sich deine Haut wirklich wie Samt angefühlt hat. Mach einen Vorschlag, wo wir hingehen sollen. Ich hab' ein Haus in der Stadt.«

Sie schüttelte den Kopf. »Nein, wir... wir machen es hier.«

Er grinste verständnisvoll. »Schau an, du arbeitest jetzt wohl auf eigene Rechnung, ja?«

»Ja, auf eigene Rechnung«, versicherte sie und zwang sich zu einem Lächeln, doch ihre Augen blieben hart und eisig.

»Wärst auch schön dumm, wenn du bei Madame Rosé geblieben wärst. Sie zahlt ihre Mädchen bestimmt nicht schlecht, aber jemand wie du braucht so eine nicht. Du kannst dir nehmen, was du willst. Komm, laß uns gehen. Wo hast du deine Kabine?«

»Folge mir unauffällig«, sagte Valerie. »Ich möchte nicht, daß man uns zusammen sieht. Du verstehst.«

»Und ob!« Er lachte rauh.

Valerie stieg die Treppe hinauf, und ihr Herz jagte vor Aufregung, als sie auf das dritte Deck gelangten. Sie betete inständig, daß ihr weder Fanny noch Timboy im Gang begegneten. Doch der Flur lag wie ausgestorben vor ihnen. Schnell führte sie ihn in die Kabinenflucht, die sie mit Matthew bewohnte.
Stephen Duvall stieß einen leisen Pfiff der Anerkennung aus, als er die Einrichtung sah. »Mein Gott, du hast es in den wenigen Wochen, seit ich dich im PALAIS ROSÉ sah, aber weit gebracht. Hast wohl einen stinkreichen Mäzen, der dir diese Suite bezahlt, was?«
»Was hat dich das zu interessieren?« fragte sie ungehalten und wies ihm den Weg ins Schlafzimmer.
»Gar nichts, du hast recht«, erwiderte er lachend und legte das Jackett ab. Dann trat er zu ihr und wollte sie in seine Arme ziehen.
»Nur keine Eile!«
»He, was ist? Ich denke, wir beide wissen, was wir wollen, Vel?«
»Keine Sorge, ich weiß sehr wohl, was ich will... und unter anderem will ich nicht, daß du mein Kleid zerknitterst«, log sie. »Du kriegst schon, was dir zusteht. Laß dir nur etwas Zeit.«
»Okay, okay, so eilig hab' ich's nun auch wieder nicht. He, wo willst du hin?«
Valerie drehte sich in der Tür um. »Ich ziehe mir nur etwas Bequemeres an, Stephen. Du magst es doch bestimmt aufregend, nicht wahr?«
Ein lüsternes Grinsen glitt über seine femininen Züge. »Es kann gar nicht aufregend genug sein.«
»Ich verspreche dir, daß ich dich nicht enttäuschen werde«, sagte Valerie.
»Ich bin verdammt froh, dich wiedergetroffen zu haben«, sagte er und löste seine Krawatte.
»Ich auch«, erwiderte sie und zog die Tür hinter sich zu. Sie lehnte sich einen Moment gegen den Rahmen, weil sie sich ganz zittrig fühlte. Dann lief sie schnell hinüber in Matthews Arbeitskabine. Sie hatte gesehen, daß er in der obersten Schreibtischlade stets eine kleine Pistole liegen hatte, eine doppelläufige Derringer, wie Privatdetektive oder Frauen sie zu ihrem Schutz in unsicheren Gegenden mit sich trugen, wie Matthew ihr erzählt hatte. Sie war so klein, daß sie auch in die kleinste Tasche paßte.
Valerie zog die Schublade auf und fand sie auch gleich – zusammen mit einer Schachtel Patronen. Ihre Hände zitterten, als sie den

Doppellauf aufklappte, zwei Patronen hineinschob und ihn wieder einrasten ließ.
»Du wirst das Wunder deines Lebens erleben, Stephen Duvall!« murmelte sie in wilder Entschlossenheit, atmete tief durch und kehrte dann zu ihm ins Schlafgemach zurück. Die Hand mit der gespannten Derringer hielt sie hinter ihrem Rücken verborgen.
Er hatte sich schon bis auf die seidene Unterwäsche entkleidet und saß mit sichtlich freudiger Erwartung auf dem Bett. »Ich dachte, du wolltest dich umziehen?« fragte er verwundert.
Lächelnd kam sie um das Bett herum. »Ich habe es mir anders überlegt, aber aufregend wird es für dich dennoch werden«, sagte sie und richtete die Derringer auf ihn.
Erschrocken fuhr er zusammen. »Was soll das?« stieß er hervor. »Bist du verrückt geworden? Glaubst du vielleicht, du könntest mich ausrauben?«
»Es ist nicht dein Geld, das ich will. Ich habe eine ganz andere Rechnung zu begleichen, die du mit Geld nicht bezahlen kannst!« fauchte sie.
»Du mußt wirklich verrückt sein!« keuchte er. »Ich hab' dir doch vorhin schon gesagt, daß es mir leid tut, was da im PALAIS ROSÉ passiert ist. Mein Gott, ich war etwas betrunken. Dir ist doch nichts passiert. Und wenn. Du treibst es doch ständig mit Männern und ...«
»Um deinen widerlichen Vergewaltigungsversuch geht es auch nicht«, fiel sie ihm kalt ins Wort. »Es geht um das, was du dir mit deiner Mutter und deiner Schwester ausgedacht hast, um mich aus der Welt zu schaffen, mich, ... deine Halbschwester Valerie!«
Die Farbe wich schlagartig aus seinem Gesicht. Fassungslos starrte er sie an, ungläubig und entsetzt zugleich. »Nein ...«, kam es in einem Krächzen aus seiner Kehle.
»Du freust dich ja gar nicht, daß wir uns endlich einmal kennenlernen«, höhnte sie. »Ach, ich vergaß. Ihr hieltet mich ja schon längst für aus dem Weg geräumt und tot, nicht wahr? Es ist Bruce French, wie sich euer gedungener Mörder mit dem verbrannten Gesicht genannt hat, auch nicht leichtgefallen, mich nicht wie verabredet zu ermorden. Dummerweise rettete ich ihm das Leben, und da fühlte er sich mir trotz allem doch ein wenig verpflichtet. Wie auch immer, du siehst, daß aus eurem feinen Plan nichts geworden ist!«
»Du kannst uns gar nichts beweisen!« stieß Stephen mit verzerrtem

Gesicht hervor. »Gar nichts kannst du beweisen, du verdammter Niggerbastard!«
»Tu deinen Gefühlen keinen Zwang an«, erwiderte Valerie gelassen, von einer eisigen Ruhe und Entschlossenheit erfüllt. »Wenn ich mit dir fertig bin, wirst du mir alles erzählt haben, was ich von dir wissen will, das schwöre ich dir!«
Langsam kehrte die Farbe wieder in sein Gesicht zurück. »Du wirst es nicht wagen, auf mich zu schießen! Mir gehört eine der größten Plantagen von Louisiana, und man wird dich hängen, wenn du mich umbringst! Das Leben eines Niggers, der sich an einem Weißen vergreift, ist keinen lausigen Cent mehr wert!«
Valerie lächelte ihn kalt an. »Da täuschst du dich! Ich werde schießen! Ich bin Valerie Fulham, englische Staatsbürgerin. Meine Papiere beweisen das. Und es wird mir nicht schwerfallen, der Polizei glaubhaft zu machen, daß du versucht hast, mich zu vergewaltigen. So oder so, du wirst von dem, was dann passiert, nichts mehr mitbekommen, weil du ein Loch im Schädel haben wirst!«
Unsicherheit zeigte sich in seinem Blick, doch dann schüttelte er den Kopf, glitt vom Bett und griff zu seiner Hose, während Valerie schnell zwei Schritte zurück machte, ohne die Waffe jedoch zu senken.
»Du versuchst mich nur einzuschüchtern, Niggerbastard! Aber darauf falle ich nicht rein!«
Sie ließ es zu, daß er auch sein Hemd wieder anzog. Dann befahl sie: »Das reicht! Rühr dich nicht mehr von der Stelle. Du wirst dieses Zimmer nicht verlassen, bevor du mir nicht den richtigen Namen des Mannes gesagt hast, den ihr als Killer gedungen habt! Und das ist erst der Anfang!«
Verächtlich sah er sie an. »Schieß doch!« Er machte einen Schritt auf sie zu.
Valerie schwenkte die Hand ein klein wenig nach rechts und krümmte den Zeigefinger um den ersten Abzughahn. Der Schuß löste sich, und es krachte gedämpft, als hätte jemand eine Flasche Champagner nach heftigem Schütteln geöffnet. Die Kugel schlug hinter ihm in die Wand.
Stephen schrie zu Tode erschrocken auf und faßte sich an den linken Oberarm. Das Geschoß hatte sein Hemd aufgefetzt und seine Haut minimal angeritzt. Nun stand unverhohlene Angst in seinen Augen. »Du hast Glück gehabt! Das war meine letzte Warnung! Ich werde

dich töten, wenn du mich dazu zwingst!« fuhr Valerie ihn an und hoffte, daß er es ihr glaubte, denn sosehr sie ihn auch haßte, sie würde dazu doch nie fähig sein. »Ich bin ein schlechter Schütze, aber auf die Entfernung werde ich deine Brust immer treffen!«
Völlig verstört wankte er zum Bett zurück. Von seiner Arroganz und Selbstsicherheit war nichts mehr zu spüren. Der flackernde Blick seiner Augen verriet, daß er um sein Leben fürchtete. »Tu es nicht!« keuchte er mit zitternder Stimme und streckte die Hände aus, als könnte er sich so vor der zweiten Kugel retten. »Ich... ich... habe... mit der... ganzen Sache nichts zu tun gehabt!... Du mußt mir glauben!... Es war nicht meine Idee!«
»Natürlich nicht! Schuld haben immer die anderen, nicht wahr? Wer hat denn die Idee zu diesem Mordkomplott gehabt?« verlangte sie zu wissen.
»Es war meine Mutter!« stieß Stephen angstschlotternd hervor. »Sie hatte Entwürfe des Briefes gefunden, den Vater dir geschickt hat. Sie war es, die sagte, daß es unser Recht sei, mit allen Mitteln zu verteidigen, was uns gehört. Sie hat nicht lange nach meiner Meinung gefragt.«
»Aber Einwände hast du auch nicht erhoben!«
»Ich... ich hab' nicht darüber nachgedacht«, beteuerte er.
Valerie sah ihm an, daß er log. In diesem Moment war er vermutlich bereit, jeden Verrat zu begehen, um seine Haut zu retten. Sie empfand tiefe Abscheu für ihn. »Ich glaube dir kein Wort, aber letztlich ist es auch egal. Ihr habt euch alle verrechnet, wenn ihr geglaubt habt, den Letzten Willen eures Vaters, *unseres* Vaters, durch einen kaltblütigen Mord zunichte machen zu können! Aber darüber wird später noch zu reden sein. Nun will ich wissen, wie der Mann wirklich heißt und wo ich ihn finde. Und glaub ja nicht, mich anlügen zu können! Ich werde dich so lange hier auf der RIVER QUEEN festhalten, bis ich die Nachricht erhalten habe, daß deine Angaben auch stimmen. Und nun nenne mir den Namen!«
Stephen Duvall wand sich förmlich. »Nur meine Mutter kennt seinen richtigen Namen! Ich habe den Mann nur einmal gesehen, als wir...« Er brach ab und fuhr hastig fort: »Er hat sich uns nicht vorgestellt. Ich kann dir nicht sagen, wie er heißt! Es ist die Wahrheit.«
Valerie preßte die Lippen zusammen, und ihr Zeigefinger bewegte sich um den Abzugbügel.

»Nein! Nicht!« schrie er zu Tode entsetzt. »Schieß nicht! Ich weiß seinen Namen wirklich nicht. Ich würde ihn dir sagen, wenn ich ihn wüßte.«
»Dann werden wir eben deine Mutter...«, begann Valerie, kam jedoch nicht mehr dazu, den Satz zu beenden, denn im selben Moment flog die Tür hinter ihr auf, und Matthew stand im Raum.
»Was hat das zu bedeuten?« rief er mit scharfer Stimme und blickte mit ärgerlicher Verwirrung von Valerie zu Stephen Duvall, der immer noch mit offenem Hemd neben dem Bett stand. »Valerie, was tust du da mit der Derringer? Himmelherrgott, was geht hier vor?«
Valerie wußte, wie mißverständlich ihm diese Situation erscheinen mußte: ein fremder Mann halb ausgezogen in ihrem Schlafgemach. Daran änderte auch die Waffe in ihrer Hand nichts. Und bevor er noch etwas sagen konnte, was er hinterher bereuen würde, sagte sie mit spöttischem Tonfall: »Darf ich dir meinen Halbbruder Stephen Duvall vorstellen?«
Verblüfft blieb Matthew stehen. »Sie sind Stephen Duvall?« fragte er grimmig.
»Jawohl, und dieses Niggerflittchen...«
Mit einem schnellen Satz war Matthew bei ihm und schlug ihm den Handrücken so hart ins Gesicht, daß Stephens Kopf zurückflog. »Wagen Sie es nicht noch einmal, Miß Fulham zu beleidigen, Sie Dreckskerl!« herrschte er ihn an.
Stephen Duvall hielt sich die brennende Wange. »Dafür verlange ich von Ihnen Genugtuung!« rief er mit schriller Stimme.
»Satisfaktion gewähre ich nur Gentlemen, zu denen Sie ohne jeden Zweifel nicht zählen. Aber ich will Ihnen den Gefallen dennoch gerne tun!«
»Matthew! Nein! Du darfst dich nicht mit ihm duellieren!« rief Valerie bestürzt.
Er machte eine unwillige Handbewegung und fixierte sein Gegenüber scharf. »Sie haben mich herausgefordert, also steht mir die Wahl der Waffen zu.«
Stephen nickte steif.
»Gut, dann wähle ich die Fäuste, Mister Duvall. Kommen Sie, wir können das gleich an Deck hinter uns bringen!«
»Fäuste? Das ist nicht die Waffe eines Ehrenmannes!« protestierte Stephen, der nur einen flüchtigen Blick auf den muskulösen Kör-

perbau seines Gegners zu werfen brauchte, um zu wissen, daß er in einem Faustkampf gegen ihn chancenlos war. »Ich bestehe...«
Matthew schnitt ihm das Wort ab. »Die Fäuste sind neben dem Knüppel die einzige Waffe, die einem gewissenlosen Schurken Ihres Schlages allein angemessen ist! Akzeptieren Sie, oder lassen Sie es bleiben!«
»Ich denke nicht daran, mich wie ein... Nigger zu prügeln!« stieß Stephen hervor, mühsam um einen letzten Rest Haltung bemüht.
»Dann machen Sie, daß Sie von meinem Schiff verschwinden, und kommen Sie mir bloß nie wieder unter die Augen, wenn Sie nicht die Prügel Ihres Lebens beziehen wollen!«
»Matthew! Du darfst ihn nicht einfach so laufenlassen!« protestierte Valerie.
»Gib mir die Derringer«, sagte Matthew nur und nahm ihr die Waffe ab.
Stephen Duvall griff schnell nach Krawatte und Jackett. Er warf Valerie einen höhnischen, triumphierenden Blick zu. »Du solltest besser zu Madame Rosé zurückkehren. Da gehörst du hin!« zischte er.
»Raus!« brüllte Matthew.
Stephen machte, daß er zur Tür kam. Doch bevor er hinauseilte, rief er noch einmal voller Verachtung über die Schulter zurück: »Verdammter Niggerbastard!«
Zornbebend sah Valerie Matthew an. »Weißt du überhaupt, was du da getan hast? Du hast den Mann laufenlassen, der für all das, was mir widerfahren ist, mitverantwortlich ist!«
»Und weißt du, was du getan hast?« hielt er ihr ärgerlich vor. »Du hast einen freien, bestimmt nicht ganz einflußlosen Pflanzer mit der Waffe bedroht. Wer weiß, was noch passiert wäre, wenn ich nicht rechtzeitig aufgetaucht wäre! Du hättest dich damit an den Galgen bringen können.«
»Unsinn! Ich hatte die Situation unter Kontrolle!« widersprach sie heftig. »Er hätte mir alles erzählt, was ich wissen wollte.«
»Das ist doch Unsinn!« Matthew ging wütend auf und ab. »Du hättest dich nur in Schwierigkeiten gebracht. Was hätte es dir denn genützt, wenn er dir den Namen von Bruce French genannt hätte? Überhaupt nichts! Zumindest hätte es dich nicht viel weitergebracht, als wenn du abgewartet hättest. Wir werden dem Sklavenjäger auch so auf die Spur kommen. Mein Gott, Valerie, ich kann ja

verstehen, was du empfunden hast, als er dir hier auf der RIVER QUEEN über den Weg gelaufen ist. Aber mit Waffengewalt erreichst du doch nichts.«

»Ich glaube nicht, daß du mich verstehst«, sagte Valerie bitter. »Zumindest nicht, was COTTON FIELDS angeht. Ich habe dir gesagt, daß ich nicht bereit bin, mich einfach damit abzufinden, so, wie die Dinge jetzt liegen, und mir scheint, daß dir das irgendwie nicht recht ist.«

»Sag doch nicht so etwas«, bat Matthew, und seine Stimme nahm einen versöhnlichen Klang an. »Ich will doch wirklich nur dein Bestes.«

»Was du für mein Bestes hältst.«

Er atmete tief durch, als müßte er sich zur Geduld zwingen. »Willst du mir einmal verraten, wie du die Duvalls von COTTON FIELDS vertreiben willst? Das ist es doch, was dir vorschwebt, nicht wahr?«

»Ich weiß es nicht, aber du machst es mir nicht leicht, es herauszufinden«, erwiderte sie vorwurfsvoll. »So eine Chance wie eben wird sich mir auf jeden Fall so schnell nicht wieder bieten.«

»Mach dir doch nichts vor, Valerie«, sagte er beschwörend. »Ich bin bestimmt der letzte, der dich dazu überreden will, zu vergessen, was die Duvalls und vor allem dieser Bruce French dir angetan haben. Aber sich an dem Sklavenjäger zu rächen und ihn möglicherweise vor Gericht zur Rechenschaft zu ziehen ist eine Sache. Eine ganz andere Sache aber ist COTTON FIELDS. Man hat dich ganz sicherlich darum betrogen, aber es gibt einfach keinen Weg, das wieder rückgängig zu machen. Sogar wenn du vor Gericht eine Verurteilung von Bruce French erreichen solltest, was noch sehr fraglich ist, wird man dir die Plantage noch lange nicht zusprechen. Die Duvalls werden alles abstreiten, und da du keine wirklichen Beweise gegen sie in der Hand hast, wirst du ihnen nichts anhaben können. Es wird vielleicht einen Skandal geben, und man wird hinter ihrem Rücken munkeln und wissen, daß sie in diese Geschichte verwickelt waren, aber das ist auch alles. Das einzige, was du damit erreichst, ist, daß du dich in New Orleans zum Gespött der Leute machst.«

Sie sah ihn scharf an. »Fürchtest du dich vielleicht davor, daß herauskommt, daß ich ein Niggerbastard bin?«

Ihre Anklage schmerzte ihn sichtlich. »Du verletzt mich damit,

Valerie«, sagte er leise. »Du solltest eigentlich wissen, daß ich alles für dich tun würde. Es muß nur vernünftig sein und Sinn haben. Dir ist doch nicht damit geholfen, daß ich dich noch darin bestärke, weiterhin gegen Windmühlen anzukämpfen.«
»Es tut mir leid«, murmelte Valerie, und sie fühlte sich plötzlich schrecklich leer und müde. Sie sank auf die Bettkante und verbarg das Gesicht in ihren Händen. »Ich wollte dich nicht verletzen, Matthew, aber ich fürchte, daß wir in dieser Angelegenheit einfach zwei grundverschiedene Ansichten haben.«
Matthew warf die Derringer hinter sich auf einen Sessel und kam zu ihr. Er legte seinen Arm um ihre Schultern und zog sie an sich. »Ich möchte mich nicht mit dir streiten, Valerie. Ich liebe dich, und ich möchte dich glücklich sehen, nicht verbittert und von unerfüllten Rachegefühlen zerfressen.«
»Ach, Matthew«, seufzte sie, und Zweifel an der Richtigkeit ihres Handelns überkamen sie. Vorhin hatte sie alles noch so klar gesehen, doch nun fragte sie sich, ob sie sich nicht wirklich in etwas verrannt hatte, was für sie in unerreichbarer Ferne lag.
»Vergiß, was geschehen ist«, bat er zärtlich, legte ihr eine Hand unter das Kinn und küßte sie, während seine andere Hand ihr Kleid im Rücken aufzuknöpfen begann.
Seine Zärtlichkeiten verfehlten ihre Wirkung bei ihr nicht, und sie gab sich der Liebe hin, die für eine kostbare Zeitspanne alles andere bedeutungslos werden ließ.
Doch der Zauber ihrer leidenschaftlichen Vereinigung währte nicht ewig. Als sich ihre erhitzten Körper voneinander lösten und Matthew nach einer Weile einschlief, kehrten ihre Gedanken zurück zu Stephen Duvall, zu Bruce French und zu COTTON FIELDS. Sie lag noch lange wach und starrte in die Dunkelheit. Matthew mochte in vieler Hinsicht recht haben, und sie würde versuchen, vernünftig zu sein. Doch eines, das wußte sie mit felsenfester Überzeugung, würde sie nie können: vergessen und aufgeben!
»Niemals!« flüsterte sie.

7.

In halsbrecherischem Galopp jagte Stephen Duvall die Eichenallee entlang. Schaum flog in dicken Flocken vom Maul des reinrassigen Hengstes CAESAR, und schweißnaß glänzten seine Flanken. Den Reiter kümmerte es nicht, daß der Hengst, der schon einen langen, anstrengenden Ritt von vielen Stunden hinter sich hatte, die Grenze seiner Leistungskraft erreicht hatte. Er stieß ihm die Sporen in die blutigen Seiten, als ginge es bei diesem Ritt um Leben und Tod. Wenn der Hengst dabei auch zuschanden geritten wurde, es berührte ihn nicht mehr als das Wohlbefinden der Sklaven.

Er sprengte aus der Allee hinaus auf die Einfahrt vor dem Herrenhaus und hätte beinahe zwei Schwarze über den Haufen geritten, die vor der Treppe den Kies harkten, wenn sie nicht im letzten Moment zur Seite gesprungen wären.

Stephen Duvall riß an den Zügeln, daß der Hengst vor Schmerz wieherte, als sich die Gebißstange in sein wundes Maul preßte. Kies spritzte zur Seite weg, als CAESAR aus vollem Lauf zum Stehen kam. Seine Flanken zitterten.

Schweißüberströmt sprang Stephen aus dem Sattel. »Bringt ihn in den Stall und reibt ihn sorgfältig ab!« rief er den beiden Sklaven barsch zu, die sich unter seinem unfreundlichen Blick zu ducken schienen.

»Yassuh, Massa Duvall«, beeilte sich der Ältere von ihnen zu sagen und griff nach den Zügeln des Pferdes, das sichtlich am Ende seiner Kräfte war.

Stephen Duvall nahm die Stufen zur Veranda mit einem Satz. Seine Stiefel polterten über die Bohlen. Ungeduldig stieß er die Tür auf, als ihm der schwarze Butler öffnete.

»Wo sind meine Schwester und meine Mutter?« fragte er herrisch und schleuderte die Reitpeitsche mit einer wütenden Gebärde in die Ecke.

Der Butler ließ sich nicht anmerken, daß er diese grobe Art, die der junge Master an den Tag legte, nicht gewohnt war und eines Plantagenbesitzers für unwürdig hielt. »Die Missy ist noch nicht aufgestanden, soviel ich weiß. Und Ihre Mutter weilt noch immer auf DARBY PLANTATION, Massa Ste...«

»Schick sofort jemanden rüber!« fiel Stephen ihm ungeduldig ins

Wort. »Er soll meiner Mutter ausrichten, daß ich sie dringend sprechen muß... und zwar umgehend, hast du mich verstanden?«
Der Butler neigte den Kopf. »Ich werde mich umgehend darum kümmern. Möchten Sie, daß ein Bad für Sie vorbereitet und frische Kleidung herausgelegt wird?« erkundigte er sich. »Allem Anschein nach haben Sie einen äußerst anstrengenden Ritt hinter sich.«
»Ja«, brummte Stephen unfreundlich. »Aber zuerst schickst du den Boten zur DARBY PLANTATION!«
»Wie Sie wünschen.«
»Dann beweg dich endlich!« fuhr Stephen ihn unbeherrscht an und stürmte in den Salon, wo die Hausbar untergebracht war. Er goß sich ein Glas vom besten Brandy ein und nahm einen großen Schluck. Doch auch der Alkohol vermochte den widerlichen Geschmack nicht aus seinem Mund zu spülen, der sich seit der vergangenen Nacht dort festgesetzt zu haben schien. Er zitterte vor Wut, als er an die Demütigung dachte, die Valerie ihm auf der RIVER QUEEN bereitet hatte.
»Verfluchte Niggerhure!« zischte er und füllte sein Glas wieder auf. Sie würde dafür bezahlen, daß sie ihn so erniedrigt hatte. Doch seine Mutter und Rhonda durften nichts davon erfahren. Es reichte, daß er wußte, welch einen jämmerlichen Anblick er dort in ihrem Schlafzimmer geboten hatte. Sie, ein Niggerbalg, hatte es gewagt, ihn mit einer Pistole zu bedrohen und ihn um Gnade betteln zu lassen. Er würde sie dafür auspeitschen lassen! Wie er das anstellen sollte, wußte er im Augenblick noch nicht, doch ihm würde bestimmt etwas einfallen, wie er sie in seine Gewalt bekommen könnte. Die Peitsche – das war die richtige Strafe für einen Bastard wie sie. Doch vorher würde er sie zwingen, sich ihm hinzugeben. Denn ob nun Bastard oder nicht, ihr Körper war von einer unglaublichen, erregenden Schönheit. Nie würde er vergessen, wie sie ausgesehen und sich angefühlt hatte, als er im PALAIS ROSÉ in ihr Zimmer eingedrungen war. Er wollte ihren Körper besitzen – und das würde er auch!
Er kippte den Brandy hinunter, verließ den Salon und lief die herrschaftliche Treppe in das erste Stockwerk hinauf. Er war innerlich so aufgewühlt, daß er jetzt einfach mit jemandem reden mußte, bevor er sich beim Bad ein wenig zu entspannen versuchte. Bis ihre Mutter von DARBY PLANTATION zurück war, würden ein, zwei Stunden vergehen.
Stephen hielt sich nicht damit auf, an der Tür zu den Räumen seiner

Schwester zu klopfen. Er stieß sie einfach auf und stürmte in ihr Schlafzimmer, das in mittägliches Dämmerlicht getaucht war.
Rhonda fuhr erschrocken auf, als die Tür zu ihrem Zimmer aufflog.
»He, was soll das?« rief sie empört.
»Los, raus aus den Federn!« rief er, schritt zum Fenster und riß die Vorhänge auf, so daß das Sonnenlicht nun ungehindert in den Raum fluten konnte.
Geblendet von der plötzlichen Helligkeit schloß Rhonda die Augen.
»Bist du verrückt geworden?« schrie sie. »Zieh sofort wieder die Vorhänge zu und mach, daß du aus meinem Zimmer verschwindest! Ich bin noch müde!«
Stephen betrachtete seine zwei Jahre jüngere Schwester, die aufrecht im Bett saß. Deutlich zeichnete sich unter dem dünnen Nachthemd ihr Busen mit den rosa Brustwarzen ab, deren Nippel durch den Stoff stachen. Seine Schwester war hübsch, wenn auch nicht halb so hübsch wie dieser Bastard Valerie. Doch was das Herumhuren betraf, war seine Schwester bestimmt nicht besser.
»Hast es wieder wild hinter den Büschen getrieben, was?« spottete er. »Wer ist denn im Augenblick der Hengst, von dem du dich decken läßt, Schwesterherz? Der junge Finkley? Oder bist du den schon leid geworden? Also irgendwann solltest du es mal mit einem richtigen Mann probieren. Vielleicht wirst du dann in der Auswahl deiner Lustknaben ein bißchen wählerischer.«
»Halt du bloß dein dreckiges Maul!« zischte sie und blinzelte ihn wütend an, während sie schnell die Decke vor die Brust zog. »Du hast doch nicht ein einziges von den Niggermädchen ausgelassen. Oder hast du vergessen, warum Vater dich von der Plantage jagen wollte?«
Sein Gesicht verzog sich zu einem bitteren Grinsen. »Dazu ist es ja nicht mehr gekommen.«
»Zu deinem Glück!«
»Zu deinem aber auch«, erwiderte er, »denn irgendwann wäre er auch dahintergekommen, daß du nicht das hübsche unbedarfte Püppchen bist, als das du dich immer gegeben hast.«
»Komm du mir nicht mit Moral!«
Er hob die Hände. »Okay, ist ja schon gut, Schwesterherz. Wir haben eben beide unsere kleinen Schwächen«, sagte er grinsend. »Nur solltest du besser aufpassen, daß dir Mutter nicht auf die Schliche kommt... und Edward Larmont, dieser aufgeblasene Gok-

kel. Der hält dich doch immer noch für eine unschuldige Südstaatenschönheit. Wenn ihm auch nur die Spur eines Gerüchtes zu Ohren kommt, daß du schon längst mit dem, was Männer in der Hose tragen, vertraut bist, wird er dich wie eine heiße Kartoffel fallen lassen.«

Ein geringschätziger Ausdruck glitt über ihre puppenhaft hübschen Züge. »Wer sagt denn, daß ich darauf versessen bin, jemanden wie Edward zu heiraten? Ich heirate doch keinen Mann, der sich nur für diese blöde Politik interessiert und schon so alt ist.«

»Er ist gerade dreißig.«

»Eben! So, und jetzt mach, daß du rauskommst. Ich bin wirklich noch müde.«

»Ich auch, Rhonda. Ich hab' diese Nacht nicht eine Minute geschlafen. Und ich wette, daß du gleich hellwach sein wirst, wenn ich dir sage, warum ich aus New Orleans zurückgekommen bin.«

Gelangweilt zuckte Rhonda mit den Schultern und gähnte ungeniert. »Steht die Stadt in Flammen?« spottete sie.

»Nein, aber ich habe Valerie getroffen!«

»Wen?« fragte Rhonda und stutzte dann. »Hast du *Valerie* gesagt?«

Er nickte.

»Vaters Bastard?« stieß Rhonda hervor.

»Schau an, wie groß und wach deine Augen aussehen!«

»Stephen! Mach nicht solche idiotischen Witze mit mir. Valerie ist tot!«

Er lachte freudlos auf. »Ja, das dachte ich bis gestern nacht auch. Aber leider ist Vaters Bastard lebendig, Rhonda, verflixt lebendig sogar, und sie weiß mehr, als uns lieb sein kann.«

»Das ist unmöglich! Das kann nicht sein!«

»Ich wünschte, du hättest recht, leider ist dem aber nicht so. Ich habe schon jemanden zu den Darbys geschickt, damit Mutter umgehend nach Hause kommt«, sagte er und ging zur Tür. »Wir werden einiges zu besprechen haben, und ich sage dir, daß es keine erfreuliche Besprechung sein wird. Also sieh zu, daß du aus dem Bett kommst.«

Verstört blickte Rhonda ihren Bruder an. »Stephen! Warte! Du kannst doch jetzt nicht einfach gehen! Was ist genau passiert? Und wo hast du diese Valerie getroffen? Erzähl doch!« rief sie protestierend, als er Anstalten machte, ihr Zimmer zu verlassen. Von Schläfrigkeit konnte bei ihr jetzt tatsächlich keine Rede mehr sein.

Er grinste ihr spöttisch zu. »Du bist doch so müde. Außerdem genügt es, wenn ich die Geschichte einmal erzähle. Du wirst nachher schon alles erfahren. Also übe dich in Geduld, Goldlocke«, sagte er und zog zufrieden die Tür hinter sich zu. Er wußte, daß seine Schwester jetzt vor Neugier und Ungeduld zergehen würde, und das gönnte er ihr. Sollte sie ruhig vor innerer Aufregung zappeln und sich ängstigen, was ihnen nun drohte.

Als Stephen seine Gemächer betrat, war Phyllis schon dabei, die Badewanne im geräumigen Waschkabinett mit heißem Wasser zu füllen.

»Schön, daß Sie wieder zurück sind, Massa Stephen«, begrüßte sie ihn mit einem halb scheuen, halb erwartungsvollen Blick. Sie war ein dralles, junges Ding mit einem recht ansprechenden Gesicht. »Wir haben Sie alle sehr auf COTTON FIELDS vermißt.«

Er warf ihr einen spöttischen Blick zu. »Ich schätze, du wohl mehr als alle anderen«, sagte er und setzte sich auf einen Schemel. Phyllis hatte sich ihm immer sehr willig gezeigt und gehofft, seine Gunst zu erringen, so daß ihr eine besondere Stellung unter den Sklaven von COTTON FIELDS zukäme. Er hatte sie auch in dem Glauben gelassen, obwohl er nicht im Traum daran dachte, ihr eine Sonderstellung einzuräumen. Er würde sich ihrer bedienen, wie es ihm paßte, und wenn sie ihm Schwierigkeiten machen sollte, würde sie sich schnell draußen bei den Feldsklaven wiederfinden, fern des Herrenhauses mit all seinen Annehmlichkeiten.

»Ja, Massa.«

»Hilf mir bei den Stiefeln!«

Sie kniete sich vor ihn hin und half ihm, die Reitstiefel auszuziehen. Dabei beugte sie sich vor, so daß sein Blick ungehindert in ihren Ausschnitt fallen und er ihre hohen Brüste bewundern konnte.

»Kann ich sonst noch etwas für Sie tun, Massa Stephen?« fragte sie. Er wußte genau, worauf diese Frage gerichtet war, doch er hatte es nicht eilig. »Ja, hol mir einen Brandy. Du weißt ja, wo Glas und Flasche stehen.«

»Gern, Massa Stephen.«

Phyllis eilte aus dem Waschkabinett, und er entkleidete sich rasch, stieg in die Badewanne und streckte sich mit einem wohligen Seufzer aus. Kurz darauf brachte Phyllis ihm den Drink.

»So läßt es sich aushalten«, sagte er mehr zu sich selbst, als er am Brandy nippte und sie unaufgefordert damit begann, ihn einzusei-

fen. Ihre Hände glitten über seine Brust und dann immer weiter hinunter, berührten immer wieder kurz seine Männlichkeit.
»Dein Kleid wird naß, Phyllis.«
»Darf ich es ausziehen, Massa?«
»Das dürfte wohl angebracht sein.«
Sie streifte ihr Kattunkleid von den Schultern und fuhr dann fort, ihn mit ihren Händen zu verwöhnen und zu erregen. Als er die Anspannung nicht länger ertragen konnte, erhob er sich aus der Badewanne, ließ sich von ihr abtrocknen und sagte knapp: »Komm mit!«
Im Schlafzimmer warf er sie aufs Bett und nahm sie ohne jegliches zärtliches Vorspiel. Sie war bereit für ihn und stöhnte lustvoll auf, als er in sie drang. Doch als sie ihre Arme um ihn legte und ihn auf die Brust küßte, stieß er unwillig hervor: »Laß das und bleib still liegen!«
Es war schnell vorbei, und als er sich von ihr löste, sah er die Enttäuschung auf ihrem Gesicht, und Zorn wallte in ihm auf. »Schau mich nicht so an, als hättest du sonst etwas erwartet! Ich hab' andere Dinge im Kopf, als ein Niggermädchen zu befriedigen! Wenn es dir so nicht paßt, brauchst du es bloß zu sagen!« sagte er grob zu ihr, ging ins Waschkabinett und warf ihr das Kleid zu. »Zieh dich an, und leg mir frische Sachen raus. Und sag Theda, daß ich gleich ein ordentliches Frühstück erwarte!« Dann schlug er die Tür hinter sich zu.
Als er eine Viertelstunde später wieder herauskam, lagen Unterwäsche, Socken, Hemd und Hose sorgfältig auf dem Bett ausgebreitet, das nun wieder wie unberührt aussah.
Stephen lächelte zufrieden. Man mußte diesen Schwarzen nur deutlich zu verstehen geben, wer hier Master und wer Sklave war, dann lief auch alles wie am Schnürchen. Sentimentalitäten, wie sein Vater sie sich gegenüber den Sklaven erlaubt hatte, führten nur dazu, daß dieses Niggerpack aufmüpfig wurde und Forderungen stellte. Er war jetzt der Herr auf COTTON FIELDS, und das würden die Schwarzen zu spüren bekommen.
Der gedeckte Frühstückstisch erwartete ihn auf der oberen Galerie, als er sich angezogen hatte und auf die schattige Veranda hinaustrat. Er war schon fast fertig, als Rhonda sich zu ihm gesellte. Sie drang natürlich in ihn und versuchte ihn zum Erzählen zu bewegen, doch er zeigte sich unerbittlich und speiste sie mit Gemeinplätzen ab, die ihr die Zornesröte ins Gesicht trieben.

Endlich tauchte die Kutsche auf, die ihre Mutter nach COTTON FIELDS zurückbrachte. Stephen und Rhonda gingen hinunter, um sie zu begrüßen.

Ein unwilliger Ausdruck lag auf Catherine Duvalls blassem Gesicht, das sie unter keinen Umständen der Sonne auszusetzen pflegte. Gebräunte Haut war ordinär und ein Zeichen dafür, daß man nicht zu den Damen der besseren Gesellschaft zählte. Nur den Männern, die mehr Zeit zu Pferd auf den Plantagen zubrachten und zur Jagd ausritten, war eine gewisse Sonnenbräune zuzubilligen. Doch bei ihren Frauen und Töchtern galt getönte Haut als äußerst unfein.

»Gut, daß du endlich hier bist, Mutter!« sagte Stephen erleichtert und bot ihr seinen Arm, den sie jedoch ignorierte.

Ihr aquamarinblaues Seidenkleid raschelte, als sie energischen Schrittes die Stufen hinaufstieg. Sie fixierte Stephen mit einem scharfen Blick von der Seite. »Ich hoffe, du hast einen sehr triftigen Grund, warum du mich zu einem so überstürzten Aufbruch von den Darbys veranlaßt hast!«

»Keine Sorge, den habe ich«, erwiderte er.

»Hast du vielleicht wieder Spielschulden?« fragte sie ungnädig.

»Im Verhältnis zu dem, was ich dir und Rhonda zu berichten habe, wäre das eine lächerliche Lappalie.«

Sie verzog das Gesicht. »Deine Hemmungslosigkeit beim Glücksspiel könnte auch der großzügigste Mensch wohl kaum als Lappalie bezeichnen.«

Stephen unterdrückte seinen Ärger über diese Zurechtweisung, die er für völlig unangemessen hielt, vor allem in Gegenwart seiner Schwester, die ihm einen schadenfrohen Blick zuwarf.

»Ich glaube nicht, daß meine angeblichen Fehler heute zur Debatte stehen«, erwiderte er kühl und nahm sich vor, seine Mutter bei passender Gelegenheit nachdrücklich darauf hinzuweisen, daß mit dem Tod seines Vaters er nun der uneingeschränkte Herr der Plantage war und er es sich verbat, von ihr wie ein ungehorsames Kind abgekanzelt zu werden. Er hatte ihr zwar eine ganze Menge zu verdanken, aber das änderte nichts an der Tatsache, daß COTTON FIELDS nun sein alleiniger Besitz war. »Eher geht es darum, welchen schwerwiegenden Fehler *du* dir geleistet hast!«

»Werde bitte nicht unverschämt!«

»Gehen wir nach oben, wo wir ungestört sind«, sagte er gereizt und

gab Rhonda mit einem warnenden Blick zu verstehen, daß sie den Mund zu halten hatte.
Sie stiegen die Treppe hinauf und begaben sich in den privaten Salon, der neben der Bibliothek lag, die Henry Duvall eingerichtet hatte und die seit seinem Tod nur noch von repräsentativem Wert war.
Kaum hatten sich die Doppelflügel der Tür hinter ihnen geschlossen, als Catherine ihren Sohn zur Rede stellte. »Was hatte diese taktlose Bemerkung unten in der Halle zu bedeuten, Stephen?«
Stephen trat zum Kamin, öffnete eine Zedernholzschachtel, entnahm ihr eine Zigarre und setzte sie mit aufreizender Ruhe in Brand. »Du hast alles unter Kontrolle... das waren doch damals deine Worte, als du uns von der Geschichte mit Vaters Niggerbastard erzählt hast, nicht wahr?« sagte er dann sarkastisch.
»Ja, und?« fragte seine Mutter knapp zurück.
Er stieß einen Rauchring aus und beobachtete, wie er zur Kassettendecke aufstieg und sich dann in blaue Rauchfäden auflöste. »Du hast zuviel versprochen, Mutter, und offenbar den falschen Mann mit dieser... heiklen Mission namens Valerie beauftragt.«
»Was soll das Gerede?« fragte Catherine unwirsch. »Ich verstehe überhaupt nicht, was das alles soll.«
Rhonda konnte sich jetzt einfach nicht länger zurückhalten. »Diese Valerie ist nicht tot, sie lebt noch, zumindest behauptet Stephen das!« platzte sie heraus.
Stephen lachte grimmig auf. »Ich behaupte es nicht, ich weiß es.«
Catherine schüttelte den Kopf. »Ich weiß nicht, wie du auf so einen unsinnigen Gedanken kommen kannst, aber was du da behauptest, ist einfach lächerlich. Diese Valerie ist tot! Schon seit Monaten, und...«
»Verdammt noch mal, sie lebt!« unterbrach Stephen seine Mutter aufbrausend und schleuderte die gerade angerauchte Zigarre in den Kamin. »Sie ist sogar verflucht lebendig, diese Valerie Fulham! Dieser Schweinehund, den du uns als so verläßlichen Mann angepriesen hast, hat uns belogen. Zwar hat er sie auf Kuba vom Schiff entführt, aber er hat sie nicht getötet!«
Ungläubig blickte Catherine ihren Sohn an. »Das kann ich nicht glauben.«
»Dann geh nach New Orleans und überzeuge dich mit deinen eigenen Augen«, sprudelte Stephen wütend hervor. »Vaters Bastard lebt mit diesem Captain Melville zusammen, dem nicht nur die

ALABAMA gehört, sondern auch der Raddampfer RIVER QUEEN, eines der besten Spielkasinos.«
»Nein, sie kann nicht leben«, murmelte Catherine Duvall, wankte zu einem Sessel und sank hinein. »Er kann uns nicht so betrogen haben. Er ist ein Ehrenmann.«
Stephen verzog das Gesicht zu einer höhnischen Grimasse. »Ja, ein Ehrenmann, der dieser Valerie sein Leben verdankt. Ich weiß nicht genau, wie es geschehen ist, doch sie muß ihm auf der Überfahrt wohl einmal das Leben gerettet haben. Deshalb hat er sie auch nicht umgebracht.«
Catherine wurde kalkweiß im Gesicht. »O mein Gott!«
»Aber das ist noch nicht alles«, fuhr Stephen fort und bog die Wahrheit nun zu seinen Gunsten zurecht. »Sie hat mich auf dem Schiff angesprochen und mich unter einem Vorwand in eine freie Kabine gelockt. Dort hat sie mich dann mit einer Pistole bedroht. Sie wollte den Namen des Mannes aus mir herauspressen, den wir beauftragt hatten, sie zu töten. Bruce French hatte er sich auf der ALABAMA genannt. Aber das ist nicht sein richtiger Name, nicht wahr?«
Catherine schüttelte den Kopf, Bestürzung auf dem Gesicht. »Nein, er heißt anders... und zwar Bertram Flaubert. Aber ich kann das noch immer nicht fassen. Ich habe ihn fürstlich bezahlt, und sein Ruf ist makellos«, murmelte sie betroffen.
»Jetzt wohl nicht mehr«, sagte Stephen wütend. »Dein ehrenwerter Mister Flaubert hat unser Geld genommen und uns übers Ohr gehauen. Und dieser Bastard Valerie scheint jetzt wildentschlossen zu sein, uns Ärger zu machen. Ich bin ihr nur knapp entkommen. Aber ich gehe jede Wette ein, daß wir noch von ihr hören werden.«
Verstört blicke Rhonda von einem zum anderen. »Aber was tun wir denn jetzt bloß? Hat sie eine Chance, uns COTTON FIELDS streitig zu machen?«
Catherine straffte sich. »Niemand wird uns COTTON FIELDS streitig machen, schon gar nicht dieser Niggerbastard!« erklärte sie energisch. »Sie hat doch nichts in der Hand, womit sie irgendeinen Anspruch auch nur im Ansatz begründen könnte.«
Stephen zog die Augenbrauen hoch. »Bist du dir da so sicher, wie du dir Mister Flauberts ehrenhafter Dienste sicher warst?« fragte er spöttisch.
»Ja!« Sie funkelte ihren Sohn zornig an. »Außer diesem Brief eures

Vaters, in dem er Valerie ihre Herkunft geschildert und ihr COTTON FIELDS versprochen hatte, gibt es kein Schriftstück, das ihr irgendeinen Anspruch sichern könnte. Diesen Brief hat Mister Flaubert mir nach seiner Rückkehr übergeben, und ich habe ihn auf der Stelle verbrannt. Es gibt also nichts, was wir fürchten müßten... auch wenn sie bedauerlicherweise doch noch am Leben ist.«

»Da würde ich mir aber nicht so sicher sein. Erinnerst du dich noch an die beiden Besucher, die im September unangemeldet hier aufgetaucht sind, als keiner von uns im Haus war?«

»Ja, Albert hat von einem attraktiven Mann gesprochen, der in Begleitung einer schwarzhaarigen schönen Frau war!« rief Rhonda spontan. »Ich hab' sie nur um zehn Minuten verpaßt. Das müssen sie gewesen sein, Valerie und der Captain.«

»Möglich«, räumte Catherine ein. »Aber ich verstehe den Zusammenhang nicht.«

»Den kann vielleicht Samuel herstellen«, meinte Stephen.

Catherine stutzte. »Wie meinst du das?«

Er zuckte die Achseln. »Ich glaube, keiner von uns hat sich viel dabei gedacht, als Samuel sich vor ein paar Wochen plötzlich abgesetzt hat. Warum sollte er auch nicht nach Baton Rouge gehen, wo er doch ein freier Nigger ist. Aber jetzt bin ich von der Bedeutungslosigkeit seines Tuns nicht mehr so überzeugt. Am Nachmittag tauchen Valerie und der Captain auf COTTON FIELDS auf, und in der Nacht verschwindet Samuel von der Plantage. Das ist der Zusammenhang, der mir nicht gefällt.«

»Du meinst, Samuel ist gar nicht nach Baton Rouge gegangen, sondern nach New Orleans, um Kontakt mit dieser Person aufzunehmen?« fragte Rhonda bestürzt.

»Für möglich halte ich es schon«, sagte Stephen.

»Aber was könnte er wissen, was wir nicht wissen?«

Er zuckte die Achseln. »Mir wäre wohler zumute, wenn ich diese Frage beantworten könnte«, knurrte er. »Wer weiß, was Vater ihm alles anvertraut hat. Ich habe ja nie verstanden, daß er Samuel stets mehr ins Vertrauen gezogen hat als uns. Aber für Nigger hatte er ja eine große Schwäche, wie wir alle wissen.«

»Das ist kein Thema, das ich noch zu erörtern wünsche, auch nicht im kleinsten Familienkreis!« wies Catherine ihren Sohn mit aller Schärfe zurecht.

»Wir haben alle darunter gelitten, nicht nur du allein«, gab er unwillig zurück. »Und wenn es nicht so gewesen wäre, hätten wir den ganzen Ärger jetzt auch nicht am Hals. Du wirst dich also schon damit abfinden müssen, daß wir zumindest unter uns darüber reden, was Vater uns durch seine wahnwitzige Idee, die Plantage seinem Bastard zu vermachen, eingebrockt hat. Und ich bin sicher, daß er Samuel davon unterrichtet hat. Dieser Nigger ist garantiert nicht abgehauen, um sein Glück in der Stadt zu versuchen, Mutter. Er wird einen gewichtigen Grund gehabt haben, warum er COTTON FIELDS so Hals über Kopf verlassen hat, ohne vorher mit uns darüber gesprochen zu haben!«

»Stephen hat recht«, stimmte Rhonda ihm zu.

»Ich sage ja nicht, daß Samuel nichts weiß«, räumte Catherine widerstrebend ein. »Doch ich glaube nicht, daß er *genug* weiß, um zu einer echten Gefahr für uns zu werden. Denn dann hätte Valerie erst gar nicht versucht, dich mit der Waffe in der Hand zum Reden zu bringen.«

»Wer sagt denn, daß Samuel sie schon gefunden hat?« wandte er ein. »Denn als die beiden hier waren, haben sie Albert keine Adresse hinterlassen, wie du dich ja vielleicht noch erinnern wirst.«

»Wir müssen unbedingt etwas unternehmen!« verlangte Rhonda beunruhigt.

»Das werden wir auch«, versicherte Catherine energisch. »Ich werde Bertram Flaubert zur Rede stellen.«

»Das wirst du nicht, Mutter«, widersprach Stephen. Er hatte ein sehr eigenes Interesse, mit dem Sklavenjäger allein zu sprechen und mit ihm etwas auszuhandeln, das seinen Wünschen gerecht wurde. »Ich werde ihn aufsuchen. Ich denke, das ist jetzt Männersache, nachdem er uns so betrogen hat. Gib mir nur seine Adresse. Ich reite dann nachher gleich zu ihm und werde ihm die freudige Nachricht überbringen.«

Catherine zögerte kurz, dann zuckte sie kaum merklich die Achseln. »Also gut, sprich du mit Mister Flaubert. Ich fahre dann nach New Orleans.«

»Was willst du denn da?« fragte Stephen.

»Ich werde mich mit Valerie treffen!«

Verdutzt sahen ihre Kinder sie an.

Sie lächelte selbstsicher. »Ihr könnt ganz beruhigt sein, ich weiß schon, was ich tue. Ich werde herausbekommen, wieviel sie weiß ... und was ihr Wissen wert ist. Jeder hat seinen Preis, und Valerie wird da keine Ausnahme sein. Außerdem ist es nie falsch, zu wissen, mit welcher Art von Gegner man es zu tun hat. Das erleichtert die Wahl der Waffen!«

8.

Die Verkäuferin legte Valerie den samtenen Umhang mit dem hohen, schützenden Kragen um, während die etwas mollige Besitzerin des Modegeschäftes zur Tür eilte. Fanny nahm die beiden Schachteln an sich.

»Lassen Sie sich mit den Kleidern ruhig Zeit, Madame Leclaire«, sagte Valerie in der Tür noch einmal. »Wichtiger sind die beiden Capes und das Reitkostüm.«

»Sie werden nicht einen Tag länger zu warten brauchen, als ich Ihnen versprochen habe«, beteuerte Madame Leclaire, deren Geschäft zu den exklusivsten der Stadt zählte. »Capes und Kostüm sind nächste Woche fertig, Miß Fulham.«

Valerie nickte. »Dann bis nächste Woche, Madame.«

»Empfehlung an Captain Melville, und besten Dank für Ihren Besuch, den wir sehr zu schätzen wissen«, bedankte sich Madame Leclaire formvollendet und bedachte die Zofe ihrer Kundin mit einem höflichen Nicken.

Der Kutscher des Mietgefährts, das vor dem Geschäft auf der Royal Street gewartet hatte, hielt ihnen den Schlag auf. Bevor Valerie einstieg, blickte sie kurz zum blauen, leicht bewölkten Nachmittagshimmel hoch. Das schöne, milde Spätherbstwetter würde vorerst noch so bleiben.

»Zurück zur RIVER QUEEN bitte, aber fahre uns vorher noch einmal gemütlich durch das Viertel«, trug Valerie dem Kutscher auf, einem noch recht jungen Schwarzen.

»Yassuh, Missus!«

»Das wäre aber wirklich nicht nötig gewesen, Miß Valerie«, sagte Fanny halb beschämt, halb freudig. »Ich habe noch genug zum Anziehen gehabt.«

»Zum Anziehen hast du gewiß einiges gehabt, doch zum Anschauen recht wenig, wenn du mir diese Bemerkung gestattest, Fanny«, erwiderte Valerie, die den größten Teil des Tages damit zugebracht hatte, mit Fanny von Geschäft zu Geschäft zu fahren und sie vollkommen neu einzukleiden. Bruce French hatte ihre Kleider auf Kuba ja mit all ihren anderen persönlichen Dingen verschwinden lassen. Und die Garderobe, die sie sich in New Orleans zugelegt hatte, war zwangsläufig sehr dürftig ausgefallen, denn ihre Herrin hatte sie nicht gerade mit Lohn überhäuft. »Diese Madame Trudeau, bei der du angestellt warst, hat dich wirklich reichlich knapp gehalten.«

»Sie war ein Geizkragen«, stimmte Fanny ihr zu. »Aber deshalb hätten Sie mir doch nicht all diese schönen Sachen kaufen müssen.«

»Es hat mir aber Freude gemacht, Fanny«, sagte Valerie herzlich. »Ich kann doch nicht zulassen, daß du schlechter gekleidet herumläufst als so manches Küchenmädchen. Hauptsache, du freust dich.«

»Und wie ich mich freue!« versicherte Fanny mit leuchtenden Augen und konnte es nicht erwarten, die Sachen, die sie gekauft hatten, auszupacken, zu befühlen und vor dem Spiegel anzuprobieren.

»Dann ist ja alles gut«, sagte Valerie und blickte aus dem Fenster. Ein merkwürdiges Gefühl der Wehmut, das sie selbst schlecht zu deuten vermochte, verdrängte die freudige Stimmung in ihr. Versonnen beobachtete sie das Leben und Treiben auf den Straßen.

»Haben Sie etwas, Miß Valerie?« fragte Fanny auf einmal besorgt.

»Ich? Wieso?«

»Weil Sie plötzlich so schweigsam und nachdenklich geworden sind.«

»Ach, es ist nichts«, sagte Valerie ausweichend.

Fanny schüttelte den Kopf. »Mir können Sie doch nichts vormachen, Miß Valerie. Dafür kenne ich Sie schon zu lange. Es war immer etwas, wenn Sie in diesem Tonfall ›Ach, es ist nichts, Fanny!‹ gesagt haben.«

Valerie schmunzelte. »Na ja, du weißt doch, wie das so ist. Manchmal hat man so seine Stimmungen. Aber das wird sich wieder geben.«

»Es ist wegen der RIVER QUEEN, nicht wahr?«

Verwundert sah sie ihre Zofe an. »Wie meinst du das?«

»Die RIVER QUEEN ist ganz sicherlich ein wunderbarer Raddampfer, auf dem man gern mal einen Abend verbringt oder eine Reise auf dem Mississippi macht, aber auf die Dauer bestimmt nicht die geeignete Umgebung für Sie, Miß Valerie«, sagte Fanny ihr auf den Kopf zu. »Versuchen Sie gar nicht erst, das abstreiten zu wollen. Ich bin jetzt acht Jahre in Ihren Diensten, und ich weiß, was Sie brauchen, um sich zu Hause zu fühlen. Die RIVER QUEEN mit all ihrem Trubel kann Ihnen das nicht geben.«

Valerie war verblüfft, wie gut Fanny wußte, wie es in ihr aussah. »Kannst du Gedanken lesen?«

»Wenn man Sie kennt, braucht man kein Gedankenleser zu sein«, erwiderte Fanny und fügte kritisch hinzu: »Captain Melville sollte inzwischen auch schon dahintergekommen sein, daß Sie eine andere Umgebung als ein schwimmendes Spielkasino brauchen, um sich wohl zu fühlen.«

»Sei nicht ungerecht!« nahm Valerie Matthew sofort in Schutz. »Er hat so viel für mich getan, und eigentlich haben wir ja Räume genug. Wir haben das oberste Deck ganz für uns allein, und an Komfort mangelt es wahrlich nicht.«

»Machen Sie sich selber doch nichts vor, Miß Valerie. Es ist doch nicht die Zahl der Räume oder die Einrichtung, um die es hier geht. Die RIVER QUEEN ist nun mal ein Vergnügungsdampfer und kann einer Lady wie Ihnen nie das behagliche Zuhause bieten, wie Sie es all die Jahre in England gewohnt waren«, blieb Fanny hart. »Sich ständig von Spielern, Trinkern... und Frauen zweifelhaften Charakters umgeben zu wissen, stört Sie doch, wenn Sie ehrlich sind.«

Valerie schwieg einen Augenblick. Fanny hatte ausgesprochen, was sie in letzter Zeit bedrückte, ohne daß es ihr so klar zu Bewußtsein gekommen war wie in diesem Moment. Sie fühlte sich auf der RIVER QUEEN wirklich nicht zu Hause, sondern eher wie ein Dauergast in einer Umgebung, die ihr von Woche zu Woche weniger zusagte. Und es war nicht allein der Amüsierbetrieb, der sie störte. Die Tatsache, daß sie sich auf dem Raddampfer im Hafen irgendwie isoliert vorkam, wie in einem goldenen Käfig, machte ihr viel mehr zu schaffen. Ein spontaner Spaziergang, ein Geschäftsbummel oder ein Ausritt, wie sie es früher gewohnt gewesen war, war nicht möglich. Sie mußte immer erst jemanden zum Mietstall schicken, wenn sie das Hafengebiet nicht zu Fuß durchqueren wollte. Es war einfach etwas anderes, auf einem Schiff zu wohnen als in einem Haus in der Stadt. Aber sie wollte nicht undankbar sein. Sie liebte Matthew nicht nur mit jeder Faser ihres Körpers, sondern wußte auch, daß er alles tat, was in seiner Macht stand, um ihr das Leben so angenehm wie

möglich zu machen. Sie hegte auch keine moralischen Bedenken oder verurteilte gar, daß er durch Glücksspiel hohe Profite machte. Es war nun einmal ihr Schicksal, daß sie für einen Captain, der auch das Spielen im Blut hatte, in rückhaltloser Liebe entflammt war.
»So schlimm ist es nun auch wieder nicht«, sagte sie schließlich. »Hauptsache, ich bin mit Matthew zusammen.«
»Das könnten Sie in einem Haus, das nicht zu weit vom Hafen liegt, auch sein«, ließ Fanny nicht locker.
»Bitte, laß es gut sein«, bat Valerie, die das Gefühl hatte, undankbar zu sein. »Ich werde gelegentlich mit Matthew darüber sprechen.«
»Gelegentlich!« Fanny seufzte.
Valerie war froh, daß sie den Anlegesteg erreicht hatten, was ihrem Gespräch ein natürliches Ende bereitete. Sie entlohnte den Kutscher und rief einen von der Besatzung der RIVER QUEEN heran, damit er Fanny half, die Pakete und Schachteln an Bord zu tragen. Und als Matthew sie mit einem zärtlichen Kuß begrüßte und sich interessiert erkundigte, wie ihr Tag in der Stadt gewesen war, erwähnte sie dieses Thema, das sie mit Fanny besprochen hatte, mit keinem Wort. Jetzt, wo er bei ihr war, erschien ihr das alles auch als völlig unbedeutend.
Am Abend desselben Tages hatte sie jedoch ein unerfreuliches Erlebnis, das ihr mit Nachdruck bewußt machte, wie recht Fanny eigentlich hatte.
Sie flanierte über das untere, hell erleuchtete Deck, als ein schon reichlich beschwipster Gast sie ansprach und mit ihr anzubändeln versuchte. Die höfliche Abfuhr, die sie ihm erteilte, hatte bei ihm keinerlei Wirkung. Da sie nicht in männlicher Begleitung war, schien er felsenfest davon überzeugt zu sein, daß sie auf der RIVER QUEEN weilte, weil sie ein Abenteuer suchte.
Glücklicherweise tauchte Matthew in dieser unangenehmen Situation auf und bewahrte sie vor weiteren Nachstellungen. »Es tut mir leid«, bedauerte er, als er sie zu ihren Privatquartieren führte. »Aber du solltest in Zukunft besser nicht allein abends auf dem Kasinodeck spazierengehen.«
»Ich hätte nichts dagegen, wenn du mir dabei Gesellschaft leisten würdest«, sagte sie nicht ohne Vorwurf in der Stimme.
Er seufzte. »Ich weiß, es ist zur Zeit nicht einfach für dich, weil ich soviel um die Ohren habe. Aber ich verspreche dir, daß es besser wird. Bin gerade dabei, mich nach einem zweiten Kasino-Manager

umzusehen, aber es ist nun mal nicht so leicht, jemanden zu finden, der genug vom Glücksspiel versteht, gleichzeitig aber auch vertrauenswürdig ist. Aber ich habe da ein paar vielversprechende Kontakte.«

»Es wäre wirklich schön, wenn du etwas mehr Zeit für mich hättest«, räumte Valerie ein und hoffte, daß es nicht unzufrieden klang.

»Abend, Fanny«, grüßte Matthew ihre Zofe, als sie in den Salon traten und Fanny über eine Handarbeit gebeugt sitzen sahen.

»Guten Abend, Captain Melville«, grüßte sie höflich.

Matthew führte Valerie ins Nebenzimmer. »Vorhin ist ein Bote an Bord gekommen und hat einen Brief für dich gebracht. Deshalb habe ich dich auch gesucht.«

»Einen Brief?« fragte Valerie verwundert. »Von wem?«

»Du wirst es nie erraten«, sagte Matthew mit einem grimmigen Gesichtsausdruck und reichte ihr einen Umschlag, der unter dem Aufdruck der Adresse des HOTEL ROYAL in New Orleans den Namenszug Catherine Duvall trug.

Verblüfft starrte Valerie auf den Namen. »Catherine Duvall? Was will sie denn von mir?«

»Mach ihn auf, dann wissen wir es«, forderte er sie auf, genauso begierig wie sie, zu erfahren, was Catherine Duvall veranlaßt hatte, ihr zu schreiben.

Valerie riß den Umschlag auf und zog die Briefkarte heraus. Verwundert las sie:

> Nach Ihrer Begegnung mit meinem Sohn Stephen scheint mir ein Treffen zwischen Ihnen und mir angebracht zu sein. Wenn Sie an der Klärung gewisser Punkte interessiert sind, erwarte ich Sie morgen um elf Uhr im Andrew-Jackson-Salon des HOTEL ROYAL zu einem Gespräch unter vier Augen.
>
> Catherine Duvall

Matthew hatte ihr über die Schulter geblickt und mitgelesen. »Noch nicht einmal eine höfliche Anrede!« erboste er sich. »Was denkt sich diese Person überhaupt, mit wem sie es zu tun hat!«

»Ich weiß nicht, was sie sich dabei gedacht hat«, entgegnete Valerie nachdenklich, »aber sie wird schon einen guten Grund haben, warum sie mit mir sprechen möchte.«

»Sag bloß, du gehst morgen hin?«

Sie sah ihn an. »Warum sollte ich denn nicht hingehen?« fragte sie zurück.
»Weil sie vermutlich die treibende Kraft hinter dieser verbrecherischen Intrige gewesen ist! Und du willst dich mit so einer Person an einen Tisch setzen?«
»Warum nicht? Ich beabsichtige ja nicht, mit ihr zu dinieren, Matthew. Ich möchte herausfinden, was sie zu diesem ungewöhnlichen Schritt bewogen hat«, sagte sie und hob die Briefkarte hoch.
Er machte ein verdrossenes Gesicht. »Sie will sich wohl kaum mit dir treffen, um sich bei dir zu entschuldigen. Ganz im Gegenteil. Diese Duvalls haben bestimmt irgendeine andere Gemeinheit ausgebrütet und versuchen nun, dich in ihr Netz zu kriegen.«
Sie zuckte die Achseln. »Das ist anzunehmen, aber dennoch lasse ich mir die Gelegenheit nicht entgehen, diese Frau kennenzulernen. Denn was immer sie auch vorhaben mag, Matthew, dieser Brief hier ist ein Zeichen von Schwäche.«
»Bist du dir da so sicher?« meinte er skeptisch. »Ich nehme eher an, daß sie dir das bloß suggerieren wollen.«
Valerie schüttelte den Kopf. »Nein, das glaube ich nicht. Wenn sie sich ihrer Sache so sicher wären, hätte Missis Duvall nicht im Traum daran gedacht, ein Gespräch unter vier Augen vorzuschlagen. Du darfst nicht vergessen, daß ich für sie ein Niggerbastard bin, mit dem sie sich freiwillig wohl kaum an einen Tisch setzen würde. Daß ausgerechnet sie das Treffen vorschlägt, beweist, daß sie sich *gezwungen* sehen, mich zur Kenntnis zu nehmen. Und ich werde herausfinden, warum das so ist!«
»Mach dir keine zu großen Hoffnungen«, versuchte Matthew ihren Optimismus zu dämpfen. »Die angebliche Schwäche, die du zu erkennen glaubst, kann ein übler Trick sein. Den Duvalls ist jede Gemeinheit zuzutrauen.«
Sie nickte. »Richtig, aber diesmal bin ich vorbereitet, Matthew.«
»Trotzdem gefällt es mir nicht, daß du dich morgen allein mit ihr treffen willst. Laß mich dann wenigstens mitkommen«, schlug er vor.
»Das ist lieb von dir, wird aber nicht nötig sein. Oder glaubst du im Ernst, daß sie versuchen werden, mich ausgerechnet in einem vielbesuchten Hotel wie dem ROYAL zu entführen oder mir irgend etwas anderes anzutun? Außerdem kann ich mich nicht für den Rest meines Lebens hinter dir verstecken.«

Er seufzte resigniert. »Ich gebe auf, Valerie. Was du dir einmal in den Kopf gesetzt hast, läßt du dir ja von keinem mehr ausreden. Timboy wird dich jedoch zum Hotel bringen und dort auf dich warten, darauf bestehe ich!«
»Du sollst deinen Willen haben, Massa«, sagte Valerie neckend, stellte sich auf die Zehenspitzen, küßte ihn auf die Lippen und flüsterte zärtlich: »Laß es heute nicht zu spät werden, Liebling. Ich brauche Kraft für morgen, und du weißt, wie du sie mir geben kannst.«
»Gib mir eine halbe Stunde, dann bin ich bei dir«, antwortete er.
»Und das Kasino?«
»Zum Teufel mit dem Kasino, wenn ich dich in meinen Armen halten kann«, sagte er, küßte sie noch einmal und ging.
Catherine Duvalls Aufforderung zu einem Treffen hatte Valeries trübe Gedanken verdrängt und sie regelrecht in Hochstimmung versetzt. Sie war fest davon überzeugt, daß die Duvalls einen triftigen Grund haben mußten, der sie zu diesem Schritt bewogen hatte. Stephens Nachricht, daß sie noch lebte, mußte sie reichlich geschockt haben. Aber das allein hätte Missis Duvall kaum dazu veranlaßt, in einem direkten Kontakt allein schon ihre Existenz anzuerkennen. Es mußte irgend etwas geben, was sie fürchteten.
»Passen Sie morgen bloß auf sich auf!« beschwor Fanny sie. Valerie hatte ihr von dem Brief und dem Treffen erzählt, nachdem sie sich für die Nacht fertiggemacht hatte und sich nun das Haar auskämmen ließ.
»Ich glaube nicht, daß ich diejenige bin, die in Zukunft aufpassen muß«, erwiderte Valerie zuversichtlich.
»Da bin ich aber ganz anderer Meinung... und zwar nicht nur im Hinblick auf diese Duvall-Familie«, sagte Fanny.
»So? Wobei denn noch?«
»Es steht mir nicht zu, Kritik an Ihrem Lebenswandel zu üben...«, begann die Zofe ausweichend.
»Was dich aber nie daran gehindert hat, sie auszusprechen«, warf Valerie mit gutmütigem Spott ein. »Also tu dir auch jetzt keinen Zwang an. Was ist es, das dir so mißfällt?«
»Hat Captain Melville Sie schon darum gebeten, seine Frau zu werden?« fragte sie direkt.
Der unbeschwerte Ausdruck verschwand von Valeries Gesicht. »Mußt du jetzt davon anfangen?«

»Es wäre mir gewiß lieber, wenn ich das nicht tun müßte. Aber wie die Dinge nun mal liegen, muß es einer ja tun. Er hat Ihnen also noch keinen Heiratsantrag gemacht!« stellte Fanny fest.
Valerie zuckte nur mit den Achseln.
»Ich weiß, wie sehr Sie ihn lieben, aber wenn er Ihre Gefühle auch nur zur Hälfte erwidert, wird er wissen, was er zu tun hat... und worauf Sie einen Anspruch haben, nämlich auf den Schutz und Segen der Ehe!« erklärte Fanny nachdrücklich. »Es geht einfach nicht an, daß Sie weiterhin so mit ihm leben, als wären Sie nur seine Geliebte.«
»Fanny!«
Trotzig reckte die Zofe das Kinn. »Nichts liegt mir ferner, als Sie verletzen zu wollen, Miß Valerie!« beteuerte sie, doch ohne ihrer Stimme die unnachgiebige Härte zu nehmen. »Ganz im Gegenteil. Ich möchte Sie glücklich sehen. Doch ich kenne Sie viel zu gut, als daß Sie mir vormachen könnten, dieser unsichere Zustand wäre das, was Sie sich erträumt haben. Ich breche über Frauen, die die Geliebten eines Mannes sind, nicht den Stab. Ich verstehe nur nicht, warum ausgerechnet *Sie* sich damit abfinden, Miß Valerie.«
»Wer hat denn gesagt, daß ich mich damit abfinde?« erwiderte Valerie, und die Heftigkeit ihrer Reaktion verriet, wie gut Fanny mal wieder den wunden Punkt ihrer Seele gefunden hatte. »Matthew liebt mich, wie ich ihn liebe.«
»Dann sollten Sie schon längst einen Ring am Finger tragen. Oder liegt Ihnen nichts daran, Ihrer aufrichtigen Liebe einen ehrbaren Rahmen zu geben, der von der Gesellschaft geachtet wird?«
Valerie seufzte. »Sicher möchte ich das, Fanny. Aber Matthew ist nun mal in vielen Dingen anders.«
»Er liebt Sie, ist unverheiratet und verfügt über die finanziellen Möglichkeiten, Ihnen ein standesgemäßes Leben zu bieten – das sind die drei wichtigsten Voraussetzungen für eine Ehe«, erklärte Fanny ungehalten. »Er erfüllt sie alle. Doch statt die Konsequenzen zu ziehen, genießt er nur die Annehmlichkeiten der Liebe, ohne sich jedoch um die Pflichten zu kümmern, die ein wahrer Gentleman gegenüber einer Lady an allererste Stelle setzt.«
»Du nimmst dir wahrlich kein Blatt vor den Mund, Fanny«, kam Matthews bissige Stimme von der Tür und ließ die beiden Frauen erschrocken zusammenfahren. Keine hatte gehört, daß er das Quartier betreten hatte, und wie lange er ihrem Gespräch schon zugehört

hatte, wußten sie auch nicht zu sagen. »Du gehst sehr hart mit mir ins Gericht.«
Fanny wurde hochrot im Gesicht, schluckte betroffen, wich seinem Blick jedoch nicht aus. »Ich habe nichts Ungehöriges über Sie gesagt, Captain. Es käme mir auch nie in den Sinn, es Ihnen gegenüber an Respekt mangeln zu lassen.«
»Wie beruhigend«, murmelte er spöttisch.
»Doch Miß Valerie ist meine Mistress«, fuhr sie unbeirrt fort, »und ihr gehört zuallererst meine Loyalität. Ich habe nur gesagt, wie es ist, und davon nehme ich auch kein Wort zurück!«
»Ist schon gut, Fanny«, griff Valerie besänftigend ein. »Matthew wird dich deshalb schon nicht fressen. Und jetzt geh in deine Kabine. Ich brauche dich heute nicht mehr.«
»Sehr wohl, Miß Valerie.« Mit hocherhobenem Haupt verließ Fanny den Schlafraum.
Valerie sah ihn ein wenig beklommen an. »Es tut mir leid, daß du das mit angehört hast.«
Er grinste schief. »Der Lauscher an der Wand hört seine eigene Schand – so heißt es doch, nicht wahr?«
»Fanny ist einfach nur um mich besorgt, das ist alles. Ihre Worte darfst du nicht auf die Goldwaage legen. Sie hat schon immer geglaubt, wie eine zweite Mutter auf mich aufpassen zu müssen«, wiegelte sie ab.
»Diese Rolle spielt sie in der Tat recht gut.«
»Matthew, sie hat nichts Ungehöriges gesagt, und das weißt du auch. Vergiß, was du gehört hast. Es war nicht für deine Ohren bestimmt. Komm lieber zu mir, ich hab' schon so sehnsüchtig auf dich gewartet«, sagte sie mit versöhnlich-zärtlicher Stimme und erhob sich von ihrem Stuhl vor der Frisierkommode. Sie warf den Morgenmantel ab. Darunter trug sie ein reizendes aprikotfarbenes Negligé.
Der ungehaltene Ausdruck verschwand von seinem Gesicht, als er zu ihr kam. Liebevoll ruhte sein Blick auf ihr. Seine Hände legten sich auf ihre nackten Oberarme. »Es mag nicht für meine Ohren bestimmt gewesen sein, aber es beschäftigt dich wohl ohne Frage, nicht wahr, mein Liebling?« fragte er ruhig.
Sie blickte ihn offen an. »Sicher, es beschäftigt mich, Matthew, doch es beunruhigt mich nicht. Ich liebe dich, und ich habe nie Forderungen an dich gestellt. Doch ich müßte lügen, wollte ich

sagen, daß es mich gleichgültig läßt, ob ich nur so mit dir zusammenlebe... wie deine Geliebte... oder ob ich deine Frau bin«, gestand sie.

»Ich habe dich nie als meine Geliebte gesehen«, versicherte er.

»Aber auch nicht als deine Ehefrau.«

Ein gequälter Zug glitt flüchtig über sein Gesicht, dann hatte er sich wieder unter Kontrolle. »Du mußt mir nur vertrauen und mir noch etwas Zeit lassen«, bat er eindringlich.

»Ist dir der Gedanke, mit mir verheiratet zu sein, so widerwärtig?«

»Bitte sag so etwas nicht.«

»Aber du mußt doch einen Grund haben, Matthew.«

»Er hat nicht mit dir zu tun.«

»Es ist wegen dieser Frau, die dich damals in Kalifornien betrogen hat?«

»Ich hatte mir damals geschworen, nie zu heiraten«, gestand er nach kurzem Zögern. »Inzwischen ist mir klar, wie unsinnig dieser Schwur ist. Doch ich brauche einfach noch etwas Zeit, um mich daran zu gewöhnen.«

»Ich werde dich nicht drängen, Matthew«, sagte Valerie leise. »Doch hast du schon einmal daran gedacht, daß ich schwanger werden könnte?«

»Unser Kind wird meinen Namen tragen!« erklärte er mit fester Stimme. »Reicht dir das für jetzt?«

Sie nickte. »Ja, das reicht mir. Und nun laß uns nicht länger davon sprechen. Komm.« Sie nahm seine Hand und zog ihn zum Bett.

Rasch entkleidete er sich. Er war in dieser Nacht so zärtlich und leidenschaftlich, daß es Valerie fast die Sinne raubte. Als sie schließlich erschöpft in seinen Armen einschlief, war ihr letzter Gedanke, daß sie sich nicht wundern würde, wenn sie in dieser Nacht ein Kind von ihm empfangen hätte.

9.

Um Punkt elf Uhr lenkte Timboy die Kutsche in die Auffahrt zum HOTEL ROYAL. Ein livrierter Boy eilte dienstbeflissen herbei und öffnete den Schlag.

Valerie stieg aus und warf einen kurzen Blick auf die beeindruckende Fassade des dreistöckigen Hotels, das mit seinem kleinen Park einen halben Häuserblock auf der Bienville Street einnahm. Alle Balkone waren mit wunderbaren schmiedeeisernen Gittern versehen, die in einem frischen Cremeweiß leuchteten, und wurden von blaßblauen Markisen vor Regen und Sonne geschützt. Das HOTEL ROYAL zählte zu den exklusivsten der Stadt, und sie erinnerte sich daran, daß ihr Vater Henry Duvall hier ein Zimmer für sie reserviert hatte, weil er beabsichtigt hatte, sich an diesem Ort mit ihr zu treffen. Welch eine Ironie des Schicksals, daß sie in diesem Hotel nun mit ihrer Todfeindin Catherine Duvall zusammentreffen würde.

»Ich werde hier auf Sie warten, Miß Fulham«, versicherte Timboy.

Valerie nickte ihm zu und schritt die Stufen zum Portal hinauf. Man öffnete ihr die schwere Tür, deren Rahmen aus poliertem Messing war, und sie trat in die hohe, mit braunem Marmor ausgelegte Halle.

Ein elegant gekleideter Empfangschef kam auf sie zu und verbeugte sich höflich. »Womit kann ich Ihnen dienen, Mademoiselle?« erkundigte er sich.

»Ich bin mit... Madame Duvall im Andrew-Jackson-Salon verabredet.«

Er deutete erneut eine Verbeugung an. »Sehr wohl. Wenn Sie mir folgen wollen, Mademoiselle.« Er führte sie durch die Halle nach links zu einem breiten Wandelgang mit gewölbter Decke. Hohe Glastüren gingen in einen herrlich gepflegten Garten mit exotischen Blumen und Sträuchern hinaus, während ein Rundbogen auf der rechten Seite in einen großen Raum führte, der die Atmosphäre eines vornehmen Clubraumes besaß. Die Wände waren bis auf Brusthöhe holzgetäfelt und gingen dann in dunkle Tapeten über, die einen rotgrünen Schimmer hatten. Kolorierte Stiche, die Motive aus dem Süden zeigten, waren in der Auswahl der Farben und Rahmen ganz den Tapeten angepaßt. Sitzgruppen aus Leder waren in aufgelockerter Form über den Raum verteilt. An der hinteren Längswand gab es ein halbes Dutzend offene Séparées, deren U-förmige lederne Sitzbänke jeweils vier Personen Platz boten. Schabracken über den Nischen und geraffte Vorhänge aus schwerem Samt an den Seiten erweckten den Eindruck höchster Intimität.

Der Empfangschef wandte sich dem Séparée ganz rechts zu, das vom Eingang her nicht einzusehen war. Erst als Valerie um eine Sitzgruppe herumging und nur noch drei, vier Schritte von der Nische entfernt war, bemerkte sie die Frau, die dort saß.
Sie hatte Catherine Duvall noch nie in ihrem Leben gesehen, erkannte sie jedoch auf den ersten Blick. Ihr Sohn war ihr wie aus dem Gesicht geschnitten. Sie trug ein schwarzes, höchst elegantes Seidenkleid mit grauen Paspelierungen, das jedoch bis zum Hals geschlossen war. Eine Diamantbrosche schloß den gerafften Kragen aus grauer Seide. Aufrecht und fast bewegungslos wie eine Statue saß sie da. Ihre Haltung drückte Unnahbarkeit aus, und ihr Gesicht, das sich nun ihr zuwandte, hätte auch nicht starrer sein können, wenn es aus Stein gemeißelt gewesen wäre. Nur in ihren Augen war Leben, brannte ein kaum gezügeltes Feuer von Haß und Verachtung.
»Mademoiselle«, sagte der Empfangschef und wies mit einer dezenten Handbewegung in Richtung des Séparées. »Madame Duvall. Darf ich Ihnen jetzt das Cape abnehmen?«
»Ja, danke.« Valerie nahm sich Zeit, die Schließe zu öffnen, und wandte sich von Catherine Duvall halb ab. Als der Hotelbedienstete ihr das Cape abnahm, bemerkte Valerie aus den Augenwinkeln, wie ihre Widersacherin sie kritisch musterte.
Valerie verkniff sich ein spöttisches Lächeln. Sie wußte sehr wohl, warum Catherine sie ausgerechnet in dem vornehmsten Hotel am Platze hatte treffen wollen. Vermutlich hatte sie damit gerechnet, daß sie sich in diesem exklusiven Rahmen unsicher und deplaziert vorkommen würde. Doch sie war derart vornehme Hotels von England her gewöhnt, wußte sich in dieser Umgebung selbstsicher zu bewegen und fühlte sich ganz Herr der Situation.
Sie hatte zusammen mit Fanny auch lange überlegt, was sie zu diesem Treffen anziehen sollte. Sie waren schließlich beide darin übereingekommen, daß das smaragdgrüne Taftkleid mit seinem eleganten und gleichzeitig doch aufregenden Schnitt wohl am besten geeignet war, um Catherine Duvall nachdrücklich vor Augen zu führen, daß sie nicht nur eine junge Dame war, sondern eine Dame von außergewöhnlicher Schönheit und sicherem Auftreten. Dazu hatte sie eine wunderbare Perlenkette und Perlenohrringe angelegt, die ihr exquisites Aussehen unterstrichen, ohne jedoch aufdringlich zu wirken.

Als Valerie sich nun zu der Wartenden umdrehte, bemerkte sie den flüchtigen Ausdruck von Überraschung auf Catherine Duvalls Gesicht. Dieser erste Punkt ging zweifellos an Valerie.
»Missis Duvall«, sagte Valerie knapp und setzte sich ihr gegenüber an den Tisch. Ungerührt erwiderte sie den Blick, als Catherine Duvall sie einen Augenblick feindselig anstarrte. »Bitte, was haben Sie auf dem Herzen?«
Diese beiläufige Frage, mit der Valerie ihr die Rolle der Bittstellerin zuteilte, traf Catherine völlig unvorbereitet. Wut blitzte in ihren Augen auf. »Glaub ja nicht, daß du mich mit deiner dreist-frechen Art täuschen kannst, Valerie!« stieß sie hervor. »Ich habe gar nichts *auf dem Herzen*!«
Valerie hob in scheinbarer Verwunderung die Augenbrauen. »So? Ich kann mich jedenfalls nicht erinnern, daß ich dich um dieses Treffen gebeten hätte.«
»Ich bin für dich Madame Duvall!« zischte sie.
»Und ich bin Miß oder Mademoiselle Fulham!« konterte Valerie augenblicklich. »Wenn Ihnen das nicht paßt, dann brauchen wir erst gar keine Zeit zu verschwenden.«
Catherine preßte die Lippen aufeinander. »Sie haben meinen Sohn mit der Waffe bedroht!« sagte sie völlig unvermittelt.
»Das Benehmen, das die von ihm bevorzugten Freudenmädchen hinnehmen mögen, entsprach nicht ganz dem, was ich von Gentlemen gewöhnt bin«, gab Valerie gelassen zurück. »Aber vermutlich ist er ihnen ja auch nicht zuzurechnen, sondern wohl eher den gewissenlosen Burschen eines ...«
»Ich verbitte mir diesen unflätigen Ton!« fiel Catherine ihr wutentbrannt ins Wort.
»Und ich verbitte mir Ihre selbstgefällige, heuchlerische Art!« fuhr Valerie sie kalt an. »Es ist lächerlich, daß Sie hier die vornehme Dame spielen und so tun, als hätte es Ihr Mordkomplott nicht gegeben. Sie und Ihre Kinder haben einen Killer angeheuert, um mich umbringen zu lassen!«
»Beweisen Sie das doch!«
»Es geht hier nicht darum, ob ich Ihr gemeines Verbrechen beweisen kann oder nicht, sondern darum, daß wir beide wissen, was Sie auf dem Gewissen haben. Wenn Sie diese Tatsache jedoch leugnen wollen, sehe ich keine Veranlassung, auch nur eine Minute länger hier sitzen zu bleiben!«

»Was ich getan habe, kann ich vor meinem Gewissen sehr wohl verantworten!« erwiderte Catherine eisig.
»Ihr Gewissen interessiert mich nicht. Ich weiß auch so, was ich von Ihnen zu halten habe.«
»Mein Mann hatte kein Recht, einem Bastard wie Ihnen COTTON FIELDS vermachen zu wollen.«
»Ich warne Sie zum letztenmal, Missis Duvall! Ich bin zwar das uneheliche Kind Ihres Mannes, doch aus Ihrem Mund, dem einer Verbrecherin, werde ich die beleidigende Bezeichnung nicht hinnehmen!« Ihre Stimme war von schneidender Schärfe. »Wenn Sie sich nicht in der Lage sehen, Ihren Haß unter Kontrolle zu halten und zur Sache zu kommen, werde ich gehen. Es liegt ganz bei Ihnen. Das mit dem Treffen war nicht mein Vorschlag. Also überlegen Sie es sich. Ich bin an diesem Gespräch nicht interessiert!«
Catherine Duvall biß sich auf die Lippen, und ihr Gesicht schien blutleer zu sein. Es fiel ihr sichtlich schwer, sich darauf einzustellen, daß nicht sie den Ton angab. »So? Warum sind Sie dann gekommen?« fragte sie schließlich.
»Aus reiner Neugier.«
Catherine holte tief Atem, als müßte sie sich zur Ruhe zwingen. »Also gut, kommen wir zur Sache. Ich bin hier, um Sie vor einem fatalen Trugschluß zu bewahren.«
»Wie rücksichtsvoll von Ihnen!«
»Sie sind ... das beschämende Produkt einer Entgleisung meines Mannes, bevor ich ihn heiratete«, fuhr sie mühsam beherrscht fort. »Es ist lächerlich, daraus einen wie auch immer gearteten Anspruch auf einen Teil des Erbes abzuleiten. Sie haben überhaupt keinen Anspruch. COTTON FIELDS steht einzig und allein meinem Sohn, dem rechtmäßigen Erben meines Mannes, zu.«
Valerie lächelte kühl. »Mein Vater war da anderer Meinung, sonst hätte er mich nicht kommen lassen und mir geschrieben, an wen die Plantage nach seinem Tod fallen sollte. Die Tatsache, daß Sie diesen Verbrecher engagiert haben, beweist ja wohl zur Genüge, daß Sie sich Ihrer Sache, was die Erbfolge betrifft, ganz und gar nicht sicher waren.«
In Catherines Augen blitzte es zornig auf. »Mein Mann ist tot, und es existiert kein Testament, das Sie in irgendeiner Form auch nur erwähnt!« antwortete sie, doch in ihrer Stimme schwang ein fragender Unterton mit, der Valerie aufhorchen ließ.

»Sind Sie sich da so sicher?« Die Frage war ein reiner Versuchsballon.
»Wenn Sie glauben, ich falle auf Ihre Taktik herein, dann irren Sie sich. Samuel kann Ihnen sonstwas erzählt haben. Er ist nur ein Nigger und sonst nichts. Wenn Sie glauben, mit ihm eine Trumpfkarte in der Hand zu halten, dann kann ich nur lachen. Kein Richter wird auf seine Aussage etwas geben!« entfuhr es Catherine Duvall unbedacht, weil sie Stephens Verdacht, Samuel habe sich mit Valerie in Verbindung gesetzt, aufgrund von Valeries Gegenfrage bestätigt glaubte.
Valerie verbarg die freudige Erregung, die Catherines Worte in ihr bewirkten. Es gab also wirklich etwas, was die Duvalls fürchteten, und das war offenbar ein Schwarzer namens Samuel, wer immer das sein mochte. Doch das würde sie herausfinden. Catherine war ihr ahnungslos ins Netz gegangen!
»Wieviel sein Wissen wert ist, wird ja die Zukunft zeigen«, erwiderte sie nun vage.
»Sie werden COTTON FIELDS nie bekommen!«
»Ich werde bekommen, was mir zusteht.«
Catherine Duvall nagte nervös an ihrer Unterlippe. »Ich bin überzeugt, daß Sie gar nichts bekommen werden, aber dennoch bin ich bereit, Ihnen entgegenzukommen!« überwand sie sich schließlich.
Valerie gab sich keine Mühe, ihr Erstaunen zu verbergen. »Sie bieten mir, dem im Streit um COTTON FIELDS aussichtslosen Bastard, ein Geschäft an?«
»Ja!« sagte Catherine wütend.
»Mildtätigkeit kann ich mir bei Ihnen schlecht vorstellen«, sagte Valerie sarkastisch.
»Mit Mildtätigkeit hat das nichts zu tun«, zischte ihre zornbebende Widersacherin, die sich geradezu zwingen mußte, diesen für sie so beschämenden Dialog fortzuführen. »Mir geht es allein darum, daß meine Familie vor Ihnen Ruhe hat, und um den guten Ruf meines verstorbenen Mannes. Ich möchte verhindern, daß sein Name von Ihnen vor Gericht durch den Dreck gezogen wird und meine Kinder unter dem Klatsch der Gesellschaft zu leiden haben. Damit erkenne ich Ihre wahnwitzigen Ansprüche nicht im geringsten an. Sie würden einen Prozeß mit Gewißheit verlieren, aber dazu will ich es nicht kommen lassen.«
»Sie bieten mir also Geld, damit ich einen angeblich von vornherein

aussichtslosen Prozeß erst gar nicht anstrenge. Habe ich Sie richtig verstanden?« fragte Valerie mit aufreizender Ruhe.
»Ja, das haben Sie!«
Valerie lehnte sich zurück und gab sich den Anschein, als würde sie über dieses Angebot nachdenken. Sie nickte dann und sagte: »Nun, ich müßte lügen, würde ich behaupten, daß mich Ihr Angebot nicht interessierte.«
Sosehr Catherine Duvall sich auch bemühte, es gelang ihr doch nicht ganz, ihre Erleichterung zu verbergen. Ihre Haltung entspannte sich sichtlich, meinte sie Valerie doch dort zu haben, wo sie sie haben wollte.
»Das ist auch sehr vernünftig von Ihnen. So schlagen Sie wenigstens noch eine beträchtliche Summe aus der Entgleisung meines Mannes«, sagte sie mit grimmiger Zufriedenheit.
»Dürfte ich erfahren, welche Höhe diese beträchtliche Summe, die Sie mir in Aussicht stellen, hat?« erkundigte sich Valerie fast freundlich.
»Mit fünftausend Dollar sind Sie zweifellos über Gebühr gut abgefunden. Doch ich verlange, daß Sie bei meinem Anwalt ein entsprechendes Schriftstück unterzeichnen, in dem Sie sich verpflichten, nie wieder irgendwelche Ansprüche anzumelden oder uns sonstwie zu belästigen.«
Scheinbar zustimmend neigte Valerie den Kopf. »Fünftausend Dollar«, sagte sie sinnierend. »Das ist in der Tat keine geringe Summe für den Bastard einer Sklavin. Das dürfte gut fünfmal soviel sein, wie meine Mutter auf dem Sklavenmarkt erzielte, als mein Großvater sie kaufte und meinem Vater zum Geburtstag schenkte.«
»Ich weiß nicht, was das mit unserer geschäftlichen Abmachung zu tun hat!« sagte Catherine gereizt.
Valerie ging nicht darauf ein. Im selben ruhigen Tonfall fuhr sie fort: »Andererseits geht es hier ja nicht allein darum, daß ich Ihren verstorbenen Mann, meinen Vater, Sie und Ihre Kinder vor einem Skandal bewahre.«
»Ich wüßte nicht, worum es sonst noch gehen könnte«, erwiderte Catherine Duvall ungeduldig.
Valerie lächelte. »Dann erlauben Sie, daß ich Ihrer Erinnerung auf die Sprünge helfe. Bei diesem Prozeß, den Sie verhindert wissen möchten, würde nicht nur die Beziehung meines Vaters zu meiner Mutter zur Sprache kommen, sondern ganz sicher auch die Rolle, die

Sie, Ihre Kinder und Ihr gedungener Killer bei dem Versuch gespielt haben, mich aus dem Weg zu räumen. Ich glaube, das wäre sogar der interessanteste Teil des Prozesses. Und ich könnte mir vorstellen, daß sich so manch einer von Ihren Unschuldsbeteuerungen nicht beeindrucken lassen wird, nachdem ich die ganze Geschichte erzählt habe.«

»Eine Geschichte, die Sie nicht mit Beweisen untermauern können!«

»Ich habe nicht allein die Aussage meiner Zofe und von Captain Melville«, gab Valerie zu bedenken und spielte auf Samuel an, ohne zu wissen, wer er war und was es mit ihm auf sich hatte. »Wie das Gericht entscheidet, will ich jetzt mal völlig dahingestellt sein lassen, Missis Duvall, aber die Öffentlichkeit wird keinen Zweifel haben, daß Sie die drohenden Schwierigkeiten durch einen kaltblütigen Mord aus der Welt schaffen wollten. Sie wissen ja, wie die Leute sind. Die verruchtesten, unglaublichsten Geschichten sind genau das, was sie lieben.«

»Also gut, ich zahle Ihnen siebentausend Dollar«, stieß Catherine Duvall hervor.

»Ich glaube nicht, daß diese Summe reicht. Es war eine entsetzliche Zeit in diesem lichtlosen Kerkerloch auf Kuba. Es ist ein Wunder, daß ich da nicht gestorben bin«, sinnierte Valerie.

Ohnmächtige Wut blitzte in Catherine Duvalls Augen auf. »Sie wollen Ihren Preis hochtreiben!« Verachtung schwang in ihrer Stimme mit.

Valerie schüttelte den Kopf. »Nein, ich überlege nur laut, wieviel Geld diese Leiden, die Sie mit zu verantworten haben, wert sind.«

»Zehntausend und keinen Cent mehr!«

»Wenn ich zwanzigtausend verlangen würde, könnten Sie sich glücklich schätzen!« erwiderte Valerie scharf.

Catherine riß die Augen auf. »Zwanzigtausend Dollar? Haben Sie den Verstand verloren? Diese Summe ist absolut lächerlich! Ich denke gar nicht daran, mich von Ihnen erpressen zu lassen. Mein Angebot. . . .«

»Nichts liegt mir ferner, als Sie erpressen zu wollen. Sie haben damit angefangen«, gab Valerie kühl zurück. »Ich bin auf Ihr Blutgeld nicht angewiesen. Ich denke, damit sollten wir das Treffen abbrechen.«

»Sie sind gerissen, das muß man Ihnen lassen, und Nerven haben

Sie auch«, sagte Catherine Duvall grimmig. »Ich gebe mich geschlagen. Sie bekommen die verlangten zwanzigtausend Dollar.«
Valerie lehnte sich zurück. »Zwanzigtausend Dollar«, sagte sie sinnierend. »Sie sind also wirklich bereit, einem Niggerbastard so viel Geld zu zahlen?«
»Ja«, sagte Catherine knapp und wich ihrem Blick aus. Dann fügte sie noch schnell hinzu: »Aber nur unter den vorhin erwähnten Bedingungen.«
»Zwanzigtausend Dollar sind eine hübsche Stange Geld. Ich bin Ihnen wirklich dankbar für das Angebot«, sagte Valerie hintersinnig.
Catherine Duvall bemerkte die Doppeldeutigkeit nicht. Sie war insgeheim unendlich erleichtert, die Gefahr, die COTTON FIELDS in Gestalt von Valerie drohte, ein für allemal gebannt zu haben. Zwanzigtausend Dollar waren zwar ein stolzer Preis, doch zu verschmerzen und auf jeden Fall leichter zu ertragen als ein skandalöser Prozeß mit ungewissem Ausgang.
»Ich wußte, daß Sie vernünftig sein würden. Sie haben Ihre Position geschickt genutzt. Sie sind jetzt eine finanziell unabhängige Frau.«
»Sie irren. Ich bin ein vermögender Bastard, auch ohne Ihr Blutgeld.«
Catherine Duvall erhob sich. »Um so besser für Sie. Wenn Sie jetzt mit mir zu meinem Anwalt kommen würden? Ich habe die nötigen Schriftstücke schon vorbereiten lassen.«
Valerie hob spöttisch die Augenbrauen. »Sie waren sich Ihrer Sache so sicher?«
»Ich war vorbereitet und vertraute darauf, daß Ihr gesunder Menschenverstand Ihnen sagen würde, wie einzigartig großzügig mein Angebot ist.«
Valerie sah sie eindringlich an und fragte sich, wie diese Frau nur so kaltschnäuzig sein konnte, zu glauben, mit Geld alles aus der Welt schaffen zu können. Es war ihr ein Rätsel, woher Catherine Duvall die Arroganz nahm, ihr überhaupt noch in die Augen zu blicken, nachdem ihr Mordkomplott gescheitert war. »Ich habe eine erstklassige Erziehung genossen, Missis Duvall, und weiß, was sich gehört«, antwortete sie zweideutig.
Ein verächtlicher Zug trat auf Catherines Gesicht, doch sie verkniff sich einen Kommentar. Ungeduldig sagte sie: »Kommen Sie, ich möchte diese Angelegenheit hinter mich bringen.«

»Ich an Ihrer Stelle würde wohl nicht weniger ungeduldig sein«, sagte Valerie und machte nicht die geringsten Anstalten, sich zu erheben.
»Was haben Sie?« fragte Catherine verständnislos. »Ich habe Ihnen doch gesagt, daß Sie das Geld nur erhalten, wenn Sie diese Verzichtserklärung unterschreiben.«
Valerie nickte. »Richtig, das haben Sie, Missis Duvall. Doch in Ihrem verständlichen Eifer, mich zu kaufen, ist Ihnen völlig entgangen, daß ich Ihr Angebot nicht angenommen habe.«
Verdutzt starrte Catherine sie an. »Natürlich haben Sie das! Was soll der Unsinn? Wollen Sie den Preis vielleicht noch höher treiben? Aber da haben Sie sich verschätzt! Wie eine Zitrone lasse ich mich nicht von Ihnen auspressen. Sie bekommen die zwanzigtausend Dollar und nicht einen Cent mehr!«
»Ihr Geld interessiert mich nicht!« erwiderte Valerie kalt und machte der Verstellung ein Ende. »Nicht einmal für hunderttausend Dollar würden Sie mich kaufen können!«
»Sie sind eine Lügnerin!« stieß Catherine hervor.
Valerie zeigte verächtliche Gelassenheit. »Sie sollten in Zukunft besser zuhören. Ich habe nicht einmal gesagt, daß ich bereit bin, auf Ihren Handel einzugehen«, erklärte sie. »Ich habe nur gesagt, daß ich aus reiner Neugier gekommen bin – und daß mich Ihr Angebot interessiert!«
»Das... das...« Catherine Duvall suchte fassungslos nach Worten.
Valerie fuhr lächelnd fort: »Und interessiert hat es mich wirklich. Es war sehr aufschlußreich, zu sehen, wie erstaunlich bereitwillig Sie mit dem Preis hochgegangen sind. Zwanzigtausend Dollar wollen Sie mir zahlen, um mich zum Schweigen zu bringen, nachdem Sie mit Ihrem Killer wenig Glück gehabt haben. Sie müssen wirklich mächtig Angst vor mir haben – und das zu Recht!«
»Sie müssen verrückt geworden sein!« keuchte Catherine Duvall. »Angst? Wovor sollten wir Angst haben? Sie können uns nichts beweisen! Ich wollte nur Gerede vermeiden! Weiter nichts.«
»Ich glaube Ihnen kein Wort!«
»Zwanzigtausend sind mein letztes Angebot!« stieß Catherine beschwörend hervor.
»Keinen Cent nehme ich von einer gewissenlosen Person Ihres Schlages! Jedes Freudenmädchen würde sich weigern, Ihnen auch

nur die Hand zu geben! Machen Sie, daß Sie mir aus den Augen kommen!«
Ungezügelter Haß verzerrte Catherine Duvalls Gesicht. »Die Pest über dich, du dreckiger Niggerbastard! Du gehörst zu Tode gepeitscht oder ersäuft wie eine Katze!«
Valerie hatte sich in der Gewalt und zeigte sich unbeeindruckt von Catherines Haßtirade. »Diese Ausdrücke passen besser zu einer Verbrecherin wie dir als dieses aufgeblasene vornehme Getue, hinter dem sich nur ein mieser Charakter verbirgt.«
Ein schrilles Lachen drang aus Catherines Kehle. »Du bist wirklich größenwahnsinnig geworden! Du glaubst wirklich, daß du noch eine Chance hast, COTTON FIELDS zu bekommen, ja?«
»Ich glaube es nicht, ich weiß es.«
»Du wirst die Plantage nie bekommen! Nichts wirst du bekommen – außer dem Tod!« zischte sie. »Verflucht sollst du sein!«
»Ich werde Herrin auf COTTON FIELDS sein!« erwiderte Valerie mit fester Stimme. »Wie mein Vater es gewünscht hat!«
Catherine Duvall spuckte ihr mitten ins Gesicht. »Dreckstück! Du wirst noch den Tag deiner Geburt verfluchen!« Abrupt wandte sie sich um und stürzte aus dem Raum, als wäre sie auf der Flucht.
Valerie wischte sich den Speichel von der Wange. Erst jetzt spürte sie, wie sehr diese Konfrontation sie mitgenommen hatte. Sie hatte sich nichts anmerken lassen, als Catherine noch im Raum gewesen war. Doch nun zitterten ihre Hände, und sie hatte ein schrecklich flaues Gefühl im Magen. Aber sie verspürte auch ein Gefühl des Triumphes. Sie hatte Catherine aus der Reserve gelockt und sie dazu verleitet, diesen Namen zu nennen – Samuel. Nun hegte sie nicht mehr den geringsten Zweifel, daß sie doch noch eine reelle Chance hatte, eines Tages ihr Erbe auf COTTON FIELDS anzutreten.
Valerie gönnte sich einige Minuten der Ruhe, wartete, bis sich das Zittern gelegt hatte, und verließ dann das Séparée. Ein Hotelbediensteter eilte augenblicklich mit ihrem Cape herbei.
Mit einem zufriedenen Lächeln auf dem Gesicht schritt sie durch die Halle des HOTEL ROYAL und trat dann hinaus in den kühlen, aber sonnigen Oktobertag.
Sie ging auf die Kutsche zu, die rechts neben dem Gebäude auf einem von Bäumen gesäumten Gelände stand. Timboy grinste breit, als er sie über die Auffahrt kommen sah, machte jedoch keine Anstalten, vom Kutschbock zu klettern, was er sonst immer tat.

Doch er brauchte ihr den Schlag nicht aufzuhalten, denn als sie die Kutsche erreicht hatte, wurde die schmale Tür von innen geöffnet.
»Matthew!« rief sie freudig überrascht. »Was machst du denn hier?«
»Auf dich warten, Liebling.«
»Aber hast du nicht gesagt, du hättest heute noch einige wichtige Geschäfte zu erledigen?« fragte sie verwundert und stieg zu ihm.
»Es ging alles so glatt über die Bühne, daß ich schon früher als erwartet fertig war«, erklärte er gutgelaunt und klopfte mit dem Knauf seines Spazierstocks gegen die Vorderwand, damit Timboy losfuhr. »Ich bin dann natürlich sofort hierhergeeilt. Es scheint zwischen dir und Catherine Duvall ja hoch hergegangen zu sein.«
»Woher weißt du das?«
Er lachte vergnügt. »Ich habe gesehen, wie sie aus dem Hotel herausgestürzt kam. Ihr wutverzerrtes Gesicht sprach Bände. Was hast du ihr nur an den Kopf geworfen?«
Valerie schmunzelte. »Sie hat mir zwanzigtausend Dollar angeboten, und ich habe ihr deutlich zu verstehen gegeben, daß sie sich das Geld sonstwohin stecken könnte.«
»Du hast zwanzigtausend Dollar ausgeschlagen?« wiederholte er verblüfft.
»Ja, und wenn es hunderttausend gewesen wären, meine Antwort wäre dieselbe gewesen.«
»Das muß ja ein höchst interessantes Gespräch gewesen sein. Erzähle bitte der Reihe nach, Valerie«, forderte er sie auf.
Valerie kam seiner Bitte nur zu bereitwillig nach und berichtete ihm ausführlich, wie das Treffen zwischen ihr und Catherine Duvall abgelaufen war.
»Ich wußte doch, daß sie einen triftigen Grund hatte, mich sprechen zu wollen«, sagte sie schließlich. »Sie sind sich ihrer Sache nämlich nicht so sicher, wie sie sich geben, Matthew. Sie haben Angst. Offenbar gibt es irgend etwas, was ihnen gefährlich werden könnte.«
»Dieser Samuel«, sagte Matthew nachdenklich.
»Richtig. Er muß irgend etwas wissen, was ihnen so viel wert ist, daß sie mir zwanzigtausend Dollar bieten, damit ich diese Verzichtserklärung unterschreibe«, sagte Valerie aufgeregt. »Jetzt müssen wir nur noch herausfinden, wer dieser Samuel ist, wo er sich aufhält und was es ist, das den Duvalls so gefährlich erscheint.«
»Das ist leichter gesagt als getan«, meinte Matthew zurückhaltend. »Dieser Samuel muß in irgendeiner vertrauten Beziehung zu mei-

nem Vater gestanden haben, das liegt ja wohl auf der Hand. Und er ist ein Schwarzer.«

»Aber das ist auch schon alles, was du über ihn weißt.«

»Vermutlich hat er auf COTTON FIELDS gearbeitet, befindet sich jetzt jedoch nicht mehr dort, denn in dem Fall hätten die Duvalls ihn bestimmt schon längst zum Schweigen gebracht. Ich hatte das Gefühl, als sei Catherine davon überzeugt, Samuel habe sich schon bei mir gemeldet.«

»Hat er aber nicht.«

»Was aber noch kommen kann.«

Matthew machte eine skeptische Miene. »Das sind natürlich alles Mutmaßungen und Hoffnungen, Valerie. Ich weiß nicht, ob du nicht klüger beraten gewesen wärst, wenn du die zwanzigtausend Dollar angenommen hättest.«

Enttäuscht über seine Zurückhaltung sah sie ihn an. »Aber verstehst du denn nicht, daß die Zeit für mich arbeitet? Sie hätte mir doch nie diese enorme Summe angeboten, wenn es da nicht etwas gäbe, was meinen Anspruch auf COTTON FIELDS untermauert. Gut, ich weiß noch nicht, um was es sich da handelt, aber das werde ich herausbekommen, verlaß dich darauf!«

»Ich will dich ja nicht entmutigen«, sagte er einlenkend. »Nur kommt mir die ganze Angelegenheit sehr vage vor. Wir haben ja noch nicht einmal herausgefunden, wer sich wirklich hinter Bruce French verbirgt. Aber das ist noch nicht einmal das Schlimmste. Sorgen bereitet mir etwas ganz anderes.«

»Was denn?«

»Wenn wirklich ein Dokument existieren sollte, das deinen Erbanspruch beweist, dann schwebst du in allerhöchster Gefahr«, sagte er besorgt. »Besonders jetzt, nachdem du Catherine Duvalls Angebot ausgeschlagen hast. Sie werden kaum tatenlos zusehen, wie du ihnen langsam das Wasser abgräbst. Und es ist völlig belanglos, ob du dich nun tatsächlich im Besitz eines solchen Dokuments befindest oder nicht. Es reicht, daß sie davon ausgehen.«

»Ich werde schon auf mich achtgeben«, versuchte Valerie ihn zu beruhigen. »Ich bin ja jetzt gewarnt.«

Er schüttelte den Kopf. »Dennoch gefällt mir das alles nicht. Ich weiß, daß dir meine Einstellung dazu nicht paßt, aber ich bleibe dabei, daß COTTON FIELDS es nicht wert ist, dein Leben dafür aufs Spiel zu setzen. Diese Plantage ist zwar ein wunderbarer Besitz, um den es sich zu kämpfen lohnte, wenn wir es mit ehrenwerten Gegnern zu tun hätten, die sich auf die gewöhnliche Art der Intrige und des anwaltschaftlichen Ränkespieles beschränkten. Doch die Duvalls schrecken vor keinem Verbrechen zurück, mein Liebling. Und keine noch so wunderbare Plantage ist es wert, daß du dich dafür in tödliche Gefahr begibst. Dein Leben ist unbezahlbar, und ich könnte den Gedanken nicht ertragen, daß dir wegen ein paar tausend Morgen Baumwollfelder etwas Schreckliches zugestoßen ist. Verstehst du das denn nicht?«

»Doch, das verstehe ich sehr wohl«, sagte sie bewegt. »Aber du mußt auch verstehen, daß ich nicht einfach kampflos aufgeben kann, nur weil sie vor keiner Gemeinheit zurückschrecken. Das hieße sich dem Unrecht tatenlos beugen, und ich weiß jetzt schon, daß ich mir das später nie verzeihen, daß ich mir Feigheit vorwerfen würde.«

»Das hat mehr mit Vernunft als mit Feigheit zu tun«, erwiderte er. »Als Sophie damals mit deinem Gold und einem anderen Mann durchgebrannt ist, hast du ihre Verfolgung aufgenommen, obwohl du gewußt hast, daß du dich damit in Gefahr begeben würdest, nicht wahr?«

»Schon«, räumte er widerwillig ein.

»Und du würdest heute nicht anders handeln! Sei ehrlich!«

Er druckste herum. »Ich würde heute sicher bedachter vorgehen.«

»Aber du würdest *handeln* und nicht sagen: ›Okay, sie hat mich schändlichst betrogen, aber soll sie doch damit glücklich werden.‹ So würdest du doch bestimmt nicht denken, oder?« beharrte Valerie.

Er seufzte. »Mein Gott, warum mußt du immer nur so hartnäckig sein. Also gut, du hast recht. Ich würde natürlich versuchen, sie zu schnappen und ihr eine Lektion zu erteilen, die sie ihr Leben lang nicht vergißt. Aber das ist doch etwas völlig anderes!«

»Du meinst, weil du ein Mann bist, während ich nur eine wehrlose Frau bin«, sagte sie spöttisch.

»Ja, und ob es dir nun gefällt oder nicht, diese Tatsache macht nun doch einen gewaltigen Unterschied«, entgegnete er knurrig. »Ich habe mein Leben lang mit Schurken und Halsabschneidern jeder Art zu tun gehabt und weiß mich darauf einzustellen. Aber du bist wirklich wehrlos.«

»Auch ein Mann ist nicht unverwundbar, wie erfahren er auch sein

mag«, wandte sie ein. »Wer dich erledigen will, kann das ebenso leicht tun wie mit mir. Gegen einen Schuß aus dem Hinterhalt bist du genausowenig gefeit. Und Kriege gewinnt man doch nicht allein aufgrund zahlenmäßiger Überlegenheit, sondern weil man eine geschicktere Taktik und Strategie anwendet als der Gegner.«
»Mußt du immer das letzte Wort haben?« stöhnte Matthew scheinbar gequält auf.
»Nur wenn ich der Meinung bin, daß ich einen guten Grund habe.«
Er wurde ungeduldig. »Es gefällt mir ganz und gar nicht, Valerie. Kein bißchen gefällt mir dein verbissener Kampf um COTTON FIELDS. Aber du willst ja nicht auf mich hören.«
»Mach mir einen Vorschlag, wie ich es den Duvalls gefahrlos heimzahlen und sie zur Rechenschaft ziehen kann, und ich werde dir lammfromm aufs Wort folgen«, erwiderte sie schlagfertig.
»Ich sehe schon, ich werde noch mehr auf dich aufpassen müssen, als ich es bisher schon getan habe«, seufzte er, doch der unwillige Tonfall war aus seiner Stimme gewichen.
»Ich hoffe, du beläßt es nicht allein beim Aufpassen«, sagte sie zärtlich und legte eine Hand auf seinen Oberschenkel. »Ich wüßte noch so vieles, was ich liebend gerne von dir haben möchte... und zwar nicht nur ruhend, sondern auch sehr aktiv.«
»Du Luder! Jetzt willst du mich mit deinen Reizen vom Thema abbringen!« rief er, doch in seinen Augen blitzte es vergnügt auf. »Es ist unfair, die Waffen einer liebeshungrigen, atemberaubend schönen Frau ins Feld zu führen!«
Sie tat ganz erstaunt. »Waffen? Ich denke, wir Frauen wären für euch tapfere, gestandene Männer wehrlose Wesen, die ständigen Schutzes bedürfen?«
Er verzog das Gesicht. »Ich hätte damals in Bristol schon gewarnt sein müssen, als du mitten auf der Straße mit der Peitsche nach mir geschlagen hast!« klagte er. »Ich hätte die Finger von dir lassen sollen.«
»Doch jetzt ist es zu spät.«
Er nickte. »Ja, jetzt ist es zu spät«, pflichtete er ihr bei, zog sie an sich und küßte sie.
»Du hast mich noch nie in einer Kutsche geliebt«, raunte sie ihm verschmitzt zu, als seine Hand unter ihr Cape fuhr und ihre Brüste durch den Stoff ihres Kleides hindurch liebkoste. »Ich könnte mir das sehr erregend vorstellen.«

»Und reichlich unbequem«, sagte er lachend.
»Welch eine romantische Antwort auf den Antrag einer Frau, die sich nach ihrem Geliebten verzehrt!«
»Du bist wirklich unverbesserlich und könntest mich glatt dazu verführen. Aber du wirst dich noch etwas bezähmen müssen. Wir sind nämlich gleich da«, sagte er.
Valerie zog den Vorhang vom Fenster zurück und sah zu ihrer Verwunderung, daß sie sich nicht am Hafen befanden, sondern in einer ruhigen Wohngegend. »Wo fährst du mit mir hin?«
»Ein befreundetes Ehepaar besitzt hier ein Haus«, erklärte er. »Sie sind zu ihrem Sohn nach Jamaika gezogen. Der hat dort eine Zuckerrohrplantage. Ich habe mich bereit erklärt, während ihrer Abwesenheit dann und wann nach dem Rechten zu sehen.«
»Eine schöne Gegend«, sagte sie bewundernd und fügte gedankenlos hinzu: »Hier könnte es mir auch gefallen.«
»Besser als auf der RIVER QUEEN?«
»So habe ich es nicht gemeint«, schwächte sie schnell ab. »Die RIVER QUEEN ist ein wunderbarer Raddampfer mit allem Komfort, aber ich bin nun mal nicht auf dem Deck eines Schiffes groß geworden so wie du.«
Er schmunzelte.
Wenig später kam die Kutsche zum Stehen. Matthew öffnete den Schlag und half ihr heraus. Sie standen vor einem hübschen, zweistöckigen Haus mit zwei Erkern im oberen Stockwerk und einer schönen Veranda. Es lag von der Straße ein wenig zurückversetzt und war von einem gepflegten Garten umgeben. Eine Ziegelsteinmauer mit einem schmiedeeisernen Tor umgab das Anwesen. Der Zufahrtweg führte vor das Haus und dann nach links zu einem Stall, der nach einer Kutschenremise aussah. Hinter dem Haus standen mehrere Eichen und einige Obstbäume und bildeten einen natürlichen Sichtschutz zum dahinterliegenden Grundstück.
Matthew öffnete einen Flügel des schmiedeeisernen Tores und bot Valerie seinen Arm.
»Du meinst, deine Freunde haben nichts dagegen, wenn du mich mit in ihr Haus nimmst?« fragte sie.
»Ganz und gar nicht.«
Eine adrett gekleidete Schwarze, die um die Fünfzig sein mochte, erwartete sie schon an der Tür, als sie die Stufen zur Veranda hinaufstiegen.

»Emily, das ist Miß Fulham«, sagte Matthew freundlich zu ihr, und zu Valerie gewandt: »Emily ist die Haushälterin der Simsons gewesen.«
»Guten Tag, Miß Fulham«, grüßte Emily zuvorkommend, und Valerie empfand es als höchst wohltuend, daß Emily nicht diesen primitiven Neger-Slang sprach, der aus jeder Miß offenbar zwangsläufig eine Missy machte, eine Missis zur Missus verunstaltete und jedem Gentleman die Anrede Massa verpaßte.
Als sie in die Eingangshalle traten, tauchte ein junges, etwas hageres Mädchen mit einem scheuen Blick auf. Sie knickste vor ihnen.
»Und das ist Liza«, stellte Matthew sie Valerie vor, »sie geht Emily in der Küche zur Hand, kümmert sich aber auch um sonst alles im Haus. Sie ist so tüchtig, wie sie schüchtern ist.«
Liza errötete unter dem Lob bis zum Haaransatz, knickste noch einmal, murmelte dann eine Entschuldigung und huschte lautlos wie ein Schatten davon.
»So, dann wollen wir mal einen Gang durchs Haus machen«, schlug Matthew vor.
»Soll ich Sie begleiten, Captain?« fragte Emily.
»Nein, danke, ich kenne mich ja aus«, wehrte er ab und führte Valerie durch die Räume.
Sie war von dem Haus, seiner Aufteilung und der Einrichtung auf Anhieb begeistert. Auf der rechten Seite des Erdgeschosses befand sich ein kleiner, gemütlicher Salon, von dem man durch einen Rundbogen in ein großes, geschmackvoll eingerichtetes Eßzimmer gelangte. Auf der linken Seite gab es noch einen Salon, der jedoch so groß war wie die beiden gegenüberliegenden Zimmer, die alle einen Kamin besaßen. Im großen Salon brannte schon ein wärmendes Feuer und unterstrich den gemütlichen Charakter des Raumes. Hier und da verrieten helle Flecken an der Tapete oder auf der Holztäfelung, daß dort mal ein Bild gehangen hatte, und das eine oder andere Möbelstück fehlte. Doch die behagliche Atmosphäre, die das Haus ausstrahlte, minderte das nicht.
Im oberen Stockwerk gab es einen weiteren, etwas intimeren Salon sowie vier Schlafzimmer, von denen zwei sehr geräumig waren und nach hinten zum Garten hinausgingen.
Ein wehmütiger Seufzer entfuhr Valerie, als Matthew sie in eines der beiden großen Schlafgemächer führte, zu dem auch ein Waschkabinett gehörte. Ein Himmelbett mit Baldachin stand so an der Wand,

daß man vom Bett aus in den Garten hinausschauen konnte. Das Bettzeug war aus feinstem, perlgrauem Satin. Geschmackvoll dezent waren auch die Bezüge der kleinen Sitzgruppe, die Gardinen, Vorhänge und Teppiche. Auch hier brannte ein kleines Feuer im Kamin. Leise knisterten die Holzscheite im flackernden Flammenschein.

»Dir scheint es hier ja sehr zu gefallen«, sagte Matthew mit sanftem Spott.

»Ja, es erinnert mich irgendwie an zu Hause««, gestand sie. »Obwohl unser Haus in Bath doch um einiges größer war. Aber die Größe allein macht es ja nicht. Es ist der Charakter, der gute Geist des Hauses, wie meine Mutter immer zu sagen pflegte.«

»Das klingt so, als würdest du nichts dagegen haben, die Kabinenflucht auf der RIVER QUEEN mit diesem Domizil auf festem Grund und Boden zu vertauschen«, sagte er mit hochgezogenen Brauen.

Sie zögerte kurz, weil sie ihm nicht weh tun wollte, und antwortete dann diplomatisch: »Das hier ist ein wunderbares Haus, und die RIVER QUEEN ist ein wunderbares Schiff.«

Er lachte. »Aber du bist nun mal in einem Haus groß geworden und nicht an Deck eines Schiffes, ich weiß«, neckte er sie, ging zur Tür und drehte den Schlüssel im Schloß um.

»Was machst du da?« fragte sie verwundert.

Er kehrte zum Bett zurück und schlug die Decke auf. »Komm her zu mir, Valerie«, bat er.

Sie trat mit einem Stirnrunzeln zu ihm. »Du hast doch wohl nicht allen Ernstes vor, hier im Haus deiner Freunde mit mir ins Bett zu gehen?« flüsterte sie.

Er spreizte die Beine, legte seine Arme um ihre Taille und zog sie an sich. »Hast du mir nicht vorhin vorgeschlagen, dich in der Kutsche zu lieben?«

»Aber das ist doch etwas ganz anderes, als es im Bett deiner Freunde zu tun, die dir vertrauen«, wandte sie ein.

»Das ist nicht mehr das Bett meiner Freunde«, erwiderte er und begann ihr Kleid im Rücken aufzuknöpfen. »Von nun an ist es unser Bett, Liebling.«

Verständnislos sah sie ihn an. »Unser Bett?«

Er lächelte sie verschmitzt an. »Ja, und das Bettzeug ist brandneu. Ich dachte, es würde dir gefallen.«

»Jetzt verstehe ich gar nichts mehr!«

»Ich habe dir vorhin nicht die ganze Wahrheit gesagt. Es stimmt zwar, daß meine Freunde nach Jamaika gezogen sind, doch sie beabsichtigen nicht, in ihrem Alter noch einmal nach New Orleans zurückzukehren. Deshalb haben sie das Haus ihrem Anwalt zum Verkauf übergeben – und ich habe heute einen Mietvertrag mit Kaufoption unterschrieben«, eröffnete er ihr und weidete sich an ihrem verblüfften Gesichtsausdruck. »Ich wollte keine vollendeten Tatsachen schaffen, sondern erst einmal sehen, ob es dir auch gefällt. Wenn du also lieber auf die RIVER QUEEN zurück oder dich nach einem anderen Haus umsehen möchtest, dann brauchst du es nur zu sagen.«

»Matthew!«

Er grinste. »Ja?«

»Mein Gott, ich weiß nicht, was ich sagen soll!« rief sie von Freude überwältigt. Sie fiel ihm um den Hals und küßte ihn stürmisch. »Und wie ich dieses Haus liebe! Es ist zauberhaft! Das ist genau das, was ich mir gewünscht habe!«

»Dann bin ich ja beruhigt.«

»Aber woher hast du das gewußt?« wollte sie wissen, überglücklich, daß dies nun ihr neues Heim werden sollte. »Hast du etwa mit Fanny gesprochen?«

»Ich mag zwar ein rauher Seebär sein und nicht viel von den geheimen Sehnsüchten bildhübscher, junger englischer Ladies verstehen«, spottete er, »aber ich habe doch noch Augen im Kopf und kann sehen, daß du dich auf der RIVER QUEEN nach den ersten Wochen nicht mehr allzu wohl gefühlt hast.«

»Es ist nicht so, daß ich auf dem Schiff unglücklich wäre«, schränkte Valerie ein. »Es ist nur so, daß ich nie das Gefühl habe, einmal wirklich mit dir allein zu sein und so leben zu können, wie ... wie ich es gewohnt war.«

»Du brauchst gar nichts zu erklären, mein Liebling«, versicherte er. »Es hat ein wenig gedauert, aber dann habe ich verstanden, warum du dich nicht so wohl gefühlt hast, wie ich es mir für dich wünschte. Jede Nacht diese wilde Meute an Bord mit ihrem Lärmen und Treiben ist wirklich nicht das Richtige für dich. Deshalb habe ich mich entschlossen, sozusagen meinen Anker hier an Land auszuwerfen. Emily und Liza habe übrigens ich angestellt. Der Anwalt hat sie mir wärmstens empfohlen. Was die Einrichtung des Hauses betrifft, kannst du natürlich mit freier Hand walten und schalten. Schmeiß raus, was dir nicht gefällt. Du hast zwar heute zwanzigtausend

Dollar verschenkt, aber deshalb nagen wir noch längst nicht am Hungertuch.«
»Ich wüßte nicht, was ich rausschmeißen sollte. Ach, Matthew, ich kann es noch immer nicht fassen, daß wir von nun an in diesem Haus wohnen!« rief Valerie begeistert, sah ihn dann aber ernst an. »Du wirst doch auch hier wohnen, oder?«
Er nickte. »Hast du vergessen, daß ich versprochen habe, ein Auge und noch einiges andere auf dich zu halten? Ich habe einen guten zweiten Manager eingestellt, so daß ich von nun an nicht mehr jede Nacht an Bord sein muß. Ich werde mich darauf beschränken, unangemeldet zu erscheinen und Kontrollen zu machen. Das sollte genügen, um sie davon abzuhalten, zuviel in die eigene Tasche zu stecken. Du wirst dich also an den Gedanken gewöhnen müssen, das breite Bett fast jede Nacht mit mir zu teilen.«
Sie lächelte glücklich. »Ich schwöre dir, daß ich mich nie darüber beklagen werde.«
»Was hältst du nun davon, unser neues Heim auf die einzig wahre Art einzuweihen?« fragte er, den letzten Knopf ihres Kleides öffnend.
»Um den guten Geist dieses Hauses zu beschwören?« fragte sie.
»Ja, und unsere Liebe.«
Valerie trat kurz zurück, schlüpfte aus dem Taftkleid und hatte Mieder und Unterrock im Handumdrehen ausgezogen, während auch Matthew sich rasch entkleidete. Er war es, der ihr das Spitzenhöschen abstreifte.
Zärtlich streichelten sie einander, ließen ihre Hände über glatte Haut und erregende Rundungen gleiten, Lippen suchten und fanden sich und brachten Entzücken, als sie sich voneinander lösten und jeweils eigene Wege der Zärtlichkeit und Liebkosung gingen.
Leise knisterte das Feuer im Kamin, während das Feuer der Leidenschaft unter dem seidenen Baldachin des Himmelbettes immer stärker aufloderte. Höher und höher schlugen die Flammen der Begierde, ergriffen von ihrem ganzen Körper Besitz und umhüllten sie mit der verzehrenden Glut der Lust.
Warm und zärtlich liebkoste sein Mund ihre Brüste, spielte seine Zunge mit ihren harten Knospen, als ihre Körper miteinander verschmolzen. Ein sinnliches Staunen lag auf ihrem Gesicht, als sie spürte, wie weit und stark er in sie drang und sie ausfüllte. Sie schlang ihre Arme um seinen muskulösen Körper, der in völligem

Einklang mit ihren Bewegungen war, die von ihrer wachsenden Erregung bestimmt wurden.
Fast selbstvergessen gaben sie sich dem sinnlichen Rausch ihrer Liebe hin, wälzten sich in inniger Vereinigung über das kühle Laken und gewährten einander ein Höchstmaß an Lust. Als sie fast gleichzeitig die Erfüllung fanden, war Valerie, als würde ein Lavastrom durch ihren Körper branden und sie verglühen lassen.
Mit verklärten Augen blickte sie ihn an. »Es ist mir immer wieder ein Rätsel, wie man so glücklich sein und einen Menschen so lieben kann«, flüsterte sie mit nach Atem ringender Stimme.
Zärtlich strich er ihr das Haar aus dem Gesicht. »Über Wunder soll man nicht grübeln, mein Liebling, sondern dankbar sein, daß sie geschehen, und du bist ein Wunder«, erwiderte er und küßte sie.
»Ich liebe dich, Matthew.«
»Und ich liebe dich, Valerie.«

10.

Die Bewölkung kam am Abend. Es waren dunkle Gewitterwolken, die aus Nordosten heraufzogen und sich am Himmel zusammenballten. Ein Gewitter lag in der Luft.
Matthew saß in dem kleinen Raum hinter dem Ruderhaus der RIVER QUEEN und hielt einen Plausch mit Scott McLain, dem offiziellen Captain und besten Mississippi-Lotsen, den er kannte. Scott McLain konnte seine irische Abstammung nicht verleugnen. Er war von stämmiger, untersetzter Gestalt mit einem etwas grobflächigen Gesicht, hatte rotblondes Haar, das er eines Kammes nicht für nötig erachtete, und konnte Unmengen von Whisky in sich hineinschütten, ohne daß sich bei ihm auch nur die geringste Wirkung zeigte.
Scotts Vater war schon Lotse auf dem *Ol' Man River* gewesen, dem Strom der Ströme, und Scott hatte ihn von Kindesbeinen an begleitet. Er kannte jede Flußbiegung, jeden Strudel und jede Untiefe zwischen New Orleans und St. Louis.
Sie tranken gut abgelagerten Whisky und nebelten den kleinen Raum mit den würzigen Rauchwolken ihrer dicken Zigarren ein, die Matthew mit dem Whisky gebracht hatte.

»Noch eine Woche, und wir haben November«, sagte Scott McLain. Matthew nickte nur, obwohl er genau wußte, worauf der Flußlotse hinauswollte.
»Auf den Plantagen ist jetzt alle Baumwolle geerntet, die Geschäfte sind unter Dach und Fach. Die Fremden werden die Stadt verlassen«, sagte Scott und nippte an seinem Whisky.
»Ja, das bekomme ich schon zu spüren«, pflichtete Matthew ihm bei. Auf seinem Rundgang durch die Spielräume auf seinem Raddampfer hatte er nicht übersehen können, daß man sich schon längst nicht mehr so an den Tischen drängte wie noch vor zwei Wochen. Der Strom der Spieler hatte spürbar nachgelassen, und es würden bald noch weniger werden.
»Ich schätze, es wird bald Zeit, Mister Melville.«
Matthew grinste verständnisvoll. »Sie können es gar nicht mehr erwarten, nicht wahr?«
»Sie kennen mich doch«, sagte Scott McLain achselzuckend.
Matthew lachte. »Also gut, sehen Sie zu, daß die RIVER QUEEN ausreichend Brennstoff und Vorräte an Bord nimmt, und sagen Sie dem Chefsteward, daß er noch einige Stewards anheuert.«
»Wir gehen also wieder auf Fahrt!« freute sich Scott McLain.
»Sie sagen es. Scott, auf eine gute zweite Saison!« Matthew stieß mit ihm an.
Es war jedes Jahr dasselbe Ritual. Mit Beginn des Winters, wenn die RIVER QUEEN als schwimmendes Kasino nicht mehr ausgelastet war, reihte sie sich in die Zahl derjenigen Raddampfer ein, die zwischen New Orleans, Memphis und St. Louis hin und her pendelten. So wurde die Kabinenkapazität und das Kasino besser genutzt. Sie blieben dann in jeder Hafenstadt ein paar Tage liegen, weil die Ankunft der RIVER QUEEN für alle Spieler, die keine Gelegenheit gehabt hatten, nach New Orleans zu kommen, stets ein großes Ereignis war.
»Ich werde alles Notwendige veranlassen. Werden Sie die erste Fahrt mitmachen?«
Matthew dachte daran, daß er erst vor knapp einer Woche mit Valerie in das Haus in der Monroe Street eingezogen war. Er konnte es ihr einfach nicht antun, sie jetzt schon für mehrere Wochen allein zu lassen. »Das wird nicht möglich sein, Scott. Sie haben die RIVER QUEEN vorerst ganz für sich. Ich denke, das wird Ihnen nach der langen Liegezeit bestimmt nicht ganz unwillkommen sein.«

Scott McLain versuchte gar nicht erst, einen gegenteiligen Eindruck zu erwecken. Er respektierte Matthew Melville nicht nur als Besitzer der RIVER QUEEN, sondern auch als Captain. Doch zu leugnen, daß es ihm lieber war, allein das Kommando zu führen, wäre unaufrichtig gewesen, und Matthew Melville hätte ihm das auch nicht abgenommen. »Stimmt schon«, gab er deshalb offen zu. »Wird mir ganz gut tun.«
Es klopfte an der Tür.
»Ja?« rief Matthew.
Timboy trat ein. »Da ist jemand, der Sie unbedingt sprechen möchte, Massa.«
»Und wer? Hat es Ärger mit einem der Spieler gegeben?«
Timboy schüttelte den Kopf. »Wie ein Spieler sieht der Bursche nicht aus. Lewis, der doch an der Gangway steht, wollte ihn erst gar nicht an Bord lassen, weil er so einen merkwürdigen Eindruck macht. Der Kerl ist mit einem bunt bemalten Kastenwagen vorgefahren. Offenbar ist er ein verdammter Quacksalber, der Ihnen wohl irgendwas aufschwatzen will.«
»Ein Quacksalber?« fragte Matthew überrascht. »Ist sein Name vielleicht Donald Calhoun?«
Timboy nickte. »Ja, stimmt.«
Matthew sprang auf. Der Wunderheiler mußte etwas über Bruce French herausgefunden haben! »Wo ist er?«
»Unten an Deck bei Lewis.«
»Entschuldigen Sie mich, Scott. Eine wichtige Privatangelegenheit. Wir reden morgen weiter.«
»Schon in Ordnung.«
Matthew eilte die Stiegen hinunter. Donald Calhoun saß neben der Gangway auf einer dicken Taurolle. Als er Matthew erblickte, verzog er das Gesicht zu einem breiten Grinsen. »Mächtig feines Schiff, diese RIVER QUEEN, Captain. Wohl ein bißchen zu fein für einen einfachen Kräuterdoktor wie mich, was?«
»Haben Sie etwas herausgefunden?« kam Matthew sofort zur Sache.
»Bin bestimmt nicht hier, um mein sauer verdientes Geld am Spieltisch loszuwerden, auch wenn man mich ließe«, erwiderte Calhoun spöttisch.
Matthew bedeutete ihm mit einer Kopfbewegung, ihm zu folgen. Sie gingen nach vorn zum Bug des Schiffes, wo sie ungestört reden konnten. »Erzählen Sie!«

Calhoun rieb sich das Kinn, auf dem ein Stoppelbart sproß. »Hab' mich die letzten Wochen in der Gegend um Lafayette herumgetrieben und natürlich Augen und Ohren offengehalten, aber trotz aller Anstrengungen nichts über diesen Burschen, von dem Sie mir erzählt haben, herausfinden können. Bin dann über Napoleonville zurück nach New Orleans, um mal kurz bei Madame Rosé reinzuschauen.«
»Mein Gott, machen Sie es nicht so spannend«, sagte Matthew ungeduldig. »Ich bezahle Sie nicht fürs Geschichtenerzählen.«
»Die kriegen Sie ohne Aufpreis«, erwiderte Calhoun ungerührt. »Hab' dann drüben bei Marrero die Fähre über den Fluß genommen – und da hab' ich ihn dann gesehen, in Gesellschaft von drei Kerlen, die nicht gerade den Eindruck machten, verträgliche Gesellen zu sein. Sie hatten eine ganze Meute von Bluthunden dabei und waren ausgelassener Stimmung, als kämen sie gerade von einer erfolgreichen Sklavenjagd.«
»Sind Sie sich auch sicher, daß es Bruce French war?«
»Absolut. Ich hab' ihn an den Verbrennungen und seiner merkwürdig kraftlosen Stimme erkannt. Es war der Mann, den Sie mir beschrieben haben, Captain. Zwei Sklavenjäger, auf die Ihre Beschreibung zutreffen könnte, wird es ja wohl kaum geben. Seine Freunde haben ihn jedoch nicht mit Bruce French, sondern mit Bertram angesprochen. Ich sage Ihnen, das ist Ihr Mann.«
»Sind Sie ihnen gefolgt?«
Donald Calhoun bedachte ihn mit einem beleidigten Blick. »Für wen halten Sie mich? Denken Sie, ich laß fünfundsiebzig Dollar sausen? Klar bin ich ihnen gefolgt. Er ist mit seinen Freunden zu einem Haus am Fluß geritten, einem Freudenhaus wie das PALAIS ROSÉ, nur ein paar Klassen mieser. In der Nähe gibt es ein Sägewerk, und die Flößer verkehren dort auch. Eine Menge rauhes Volk, das sich dort trifft. Ich hab' meinem Gaul die Peitsche gegeben, um so schnell wie möglich zu Ihnen zu kommen.«
»Wir machen uns sofort auf den Weg!« entschied Matthew, ohne lange zu überlegen. »Den Kerl schnappe ich mir!«
»Wäre aber angebracht, dort nicht mit leeren Händen zu erscheinen«, meinte der fahrende Wunderheiler. »Ist eine rauhe Gegend, wie ich schon sagte, und die Sklavenjäger waren bewaffnet. Glaube nicht, daß er freiwillig mit Ihnen geht.«
»Keine Sorge, wir werden dort nicht mit leeren Händen auftau-

chen!« versicherte Matthew. »Warten Sie bei Ihrem Wagen. Ich besorge Pferde und Waffen!«
»Soll mir recht sein, wenn Sie nur nicht meine Dollars vergessen, die Sie mir versprochen haben.«
»Die kriegen Sie, wenn Sie uns zu diesem Haus geführt haben«, sagte Matthew und winkte Timboy heran. »Lauf zum Mietstall und sieh zu, daß sechs Pferde so schnell wie möglich gesattelt werden. Es müssen gute Pferde sein. Wir haben einen scharfen Ritt vor uns, und es kann sein, daß nachher die Luft bleihaltig wird. Bist du mit von der Partie, Timboy?«
Der Schwarze grinste. »Mit Vergnügen, Massa!«
»Dann beweg dich!«
Timboy eilte von Bord, während Matthew drei zuverlässige Männer von der Mannschaft zusammenrief und ihnen kurz erklärte, worum es ging. »Es ist nicht ganz ungefährlich«, räumte er ein. »Aber ich habe auch nicht die Absicht, das Bordell im Sturmangriff zu nehmen.«
»Und was springt dabei für uns raus?« fragte einer der Männer.
»Was fändest du angemessen, Rory?« fragte Matthew zurück.
Rory zuckte die Achseln. »Zehn Dollar pro Kopf?« schlug er fragend vor.
»Einverstanden«, sagte Matthew, ohne lange zu handeln. Es war eine großzügige Prämie, die von den drei Männern mit einem breiten Grinsen angenommen wurde, aber das war es ihm auch wert, endlich Bruce French in die Hände zu bekommen. Er holte schnell zwei Schrotflinten, ein Gewehr und drei Revolver aus seiner Kabine, genügend Munition, und verteilte die Waffen.
Zehn Minuten später saßen die sechs Männer im Sattel und galoppierten unter Donald Calhouns Führung nach Südwesten aus der Stadt. Die letzten Häuserblocks fielen schnell hinter ihnen zurück, und sie folgten nun einer Landstraße, die sich in Ufernähe parallel zum Fluß erstreckte. Hier und da standen schäbige Hütten am Straßenrand.
Nach einer guten halben Stunde scharfen Rittes gelangten sie zu der kleinen Ortschaft Mirabeau. Grau hob sich der Kirchturm der Siedlung vor dem dunklen Himmel ab. Donnergrollen rollte aus der Ferne heran. Sie preschten über den Marktplatz, dann lenkte Donald Calhoun sein Pferd nach links, hinunter zum Fluß. Mehrere Schuppen und einzelnstehende Häuser tauchten vor ihnen auf.

Der Wunderheiler hob die Hand, als sich die Ruine eines niedergebrannten Hauses aus der Dunkelheit schälte, und die anderen Männer folgten seinem Beispiel. Sie brachten die Pferde zum Stehen.
»Das Freudenhaus liegt jenseits der Ruine hinter einer wilden Hecke«, erklärte Donald Calhoun. »Es wird besser sein, wenn wir die Pferde hier im Schutz der Gemäuer anbinden und Sie sich ein Bild von der Lage des Hauses machen, Captain.«
Matthew stimmte ihm zu. »Okay, abgesessen, Männer. Wir lassen die Pferde hier zurück.«
Sie glitten aus den Sätteln, führten die Tiere über Bauschutt, der zum Teil von Unkraut und Gesträuch überwuchert war, und banden sie dann im Innern der Ruine an einem verkohlten Balken fest. Dann nahmen sie die mitgeführten Waffen an sich und vergewisserten sich, daß sie geladen waren.
Donald Calhoun führte Matthew hinaus in den ehemaligen Garten des niedergebrannten Hauses, der jetzt verwildert war. Schon bevor sie zur besagten Hecke gelangten, sah er den schwachen, rötlichen Lichtschein des Hauses.
»Das ist es«, sagte der Wunderheiler leise, als sie im Schutz eines hohen Strauches standen.
Das Freudenhaus war ein einfaches Gebäude, dem man auch noch im Dunkeln ansah, daß sein Besitzer ihm wenig Pflege angedeihen ließ. Oben an der Giebelfront hatten sich einige Bretter gelöst, und im Geländer der Veranda fehlten mindestens ein halbes Dutzend Verstrebungen. Hinter allen Fenstern brannte Licht. Doch die zugezogenen weinroten Vorhänge ließen nur wenig Helligkeit nach draußen in den ungepflegten Garten dringen. Einzig die beiden Laternen auf der Veranda erhellten den sandigen Weg, der etwa fünfzig Yards links von ihnen durch die wilde Hecke führte und vor dem Haus endete. Auf der anderen Seite, die von ihrer Position aus schlecht einzusehen war, befand sich ein Unterstand, wo mindestens ein Dutzend Pferde angebunden waren. Ein kleiner hinkender Mann mit krummem Rücken machte sich zwischen den Pferden zu schaffen, der wohl die Tiere versorgte und bewachte. Lautes, scharfes Hundegebell kam von der Rückfront des Freudenhauses.
Matthew roch die Nähe des Flusses und blickte besorgt zum Himmel. Hoffentlich ließ sich das Gewitter noch etwas Zeit.
»Er ist bestimmt noch im Haus«, raunte Calhoun. »Hören Sie die Bluthunde?«

»Ja.«
»Also, wo sind die fünfundsiebzig Dollar?«
»Erst will ich wissen, ob der Kerl auch wirklich da drin ist!«
»Wenn Sie da reinmarschieren, wird er sofort wissen, warum Sie gekommen sind, und Sie umlegen!« warnte Calhoun. »Das ist sein Territorium, Captain!« Er deutete mit dem Kopf auf das Haus.
»Ich bin nicht so dumm, das zu versuchen«, brummte Matthew und wandte sich zu seinen Männern um, die hinter ihm standen und seine Befehle erwarteten. »Rory!«
»Ja, Captain?«
»Schnapp dir dein Pferd, schlag einen Bogen und komm dann zurück. Ich möchte, daß du dich da drüben nach einem Mann umschaust, hinter dem ich her bin«, trug Matthew ihm auf und beschrieb ihm den Sklavenjäger.
»Ich sollte ihn besser begleiten«, mischte sich Donald Calhoun ein.
»Ich komm' schon allein klar«, blaffte Rory den Quacksalber an.
»Das bezweifle ich gar nicht. Nur wird er möglicherweise Mißtrauen erregen, wenn er da als Fremder kurz auftaucht, sich umschaut und wieder verschwindet«, wandte Calhoun ein. »Ich dagegen bin überall und nirgendwo zu Hause und war schon ein paarmal in dieser üblen Spelunke. Hab' versucht, den Mädchen was von meinen Wundermitteln zu verkaufen. Wenn wir gemeinsam auftauchen, an der Bar ein, zwei Drinks kippen, wie zwei gute Kumpel, dann wird sich keiner was dabei denken. Die Mädchen erwarten auch nicht, daß ich mit ihnen aufs Zimmer gehe, weil sie genau wissen, daß ich dafür keinen Cent ausgebe.«
Matthew nickte zustimmend. »Das macht Sinn. Also gut, Sie begleiten ihn. Und du tust so, als wärst du dick mit ihm befreundet, okay, Rory?«
»Wenn zwei freie Drinks dabei herausspringen, warum nicht«, erklärte sich Rory einverstanden.
»Noch etwas!« sagte Matthew zu Calhoun. »Wenn Bruce sich noch da drinnen aufhält, schlagen Sie Rory freundschaftlich auf die Schulter, wenn ihr wieder herauskommt, verstanden?«
»Ganz, wie Sie wollen, Captain, wenn Sie nur die versprochene Prämie für mich bereithalten«, erwiderte dieser und schlich mit Rory zu den Pferden zurück.
Es dauerte eine ganze Weile, bis die beiden Reiter endlich auf dem Zufahrtsweg erschienen. Matthew beobachtete, wie der kleine

Mann vom Unterstand zu ihnen eilte, die Zügel der Pferde und wohl auch eine Münze von Calhoun entgegennahm und sie vom Haus wegführte, während die beiden Männer das Freudenhaus betraten. Matthew wartete voller Ungeduld. Die Minuten verrannen, als wären es Stunden.
»Die lassen sich ja ganz schön Zeit«, sagte der bullige Kevin, der zu den Maschinisten der RIVER QUEEN gehörte. »Scheinen sich mit zwei kurzen Drinks wohl nicht zufriedenzugeben.«
»Bist wohl neidisch, daß nicht du drinnen an der Theke stehen und einen Blick auf die Mädchen werfen kannst, was?« spottete Frank, der wie Kevin an den Kesseln arbeitete und es mit ihm an Muskelkraft aufnehmen konnte.
Kevin grinste. »Du etwa nicht?«
»Seid still!« zischte Matthew. »Ich glaube, da kommen sie!«
Die Tür wurde aufgestoßen, und zwei Männer traten unter lautem Gelächter auf die Veranda. Es waren wirklich Rory und Calhoun. Der Wunderheiler schlug dem Mann von der RIVER QUEEN kräftig auf die Schulter.
»Na also«, sagte Matthew erleichtert. »Wir sind also nicht zu spät gekommen.«
Zehn Minuten später tauchten Rory und Calhoun wieder bei ihnen auf.
»Ich hab' ihn gesehen, den Mann mit der vernarbten Gesichtshälfte«, berichtete Rory. »Er ist in Gesellschaft von vier recht übel aussehenden Burschen, die alle bewaffnet sind. Sie haben Gewehre und tragen Revolver am Gürtel. Kurz bevor wir verschwunden sind, haben sie sich in ein Hinterzimmer zum Pokerspiel zurückgezogen.«
»Wie sieht es jetzt mit der Prämie aus?« fragte Calhoun.
Matthew drückte ihm die vorher schon abgezählten fünfundsiebzig Dollar in die Hand. »Sie haben Ihre Sache gut gemacht, Calhoun. Wir brauchen Sie jetzt nicht mehr.«
»Ich werde aber noch bleiben, wenn Sie nichts dagegen haben«, sagte Calhoun und steckte das Geld ein. »Bin gespannt, wie Sie sie schnappen wollen, ohne ein Blutbad anzurichten.«
»Ja, wie gehen wir jetzt vor, Captain?« wollte Rory wissen. »Den Laden zu stürmen wäre reiner Selbstmord. Wir werden uns etwas einfallen lassen müssen, wenn das hier nicht zum Himmelfahrtskommando werden soll.«
»Wir könnten versuchen, unbemerkt durch den Hintereingang ins

Haus zu gelangen und die Pokerfreunde schachmatt zu setzen, bevor sie noch dazu kommen, zu ihren Waffen zu greifen«, schlug Kevin vor.
»Was auch immer noch zu riskant ist«, meinte Matthew kopfschüttelnd. Er wollte nicht das Leben seiner Männer aufs Spiel setzen, um Bertram zu erwischen. Es mußte einfacher und weniger gefährlich möglich sein.
»Sich mit 'ner Bande Sklavenjäger anzulegen ist nun mal gefährlicher als 'n Stück Kautabak von der Rolle abzubeißen«, spottete Frank, der ein Draufgänger war. »Ich bin dafür, wir blasen die Hintertür mit 'ner geballten Salve Schrot aus den Angeln und marschieren mit den Ballermännern in der Hand geradewegs in das Zimmer, wo das heiße Pokerspiel stattfindet. Die werden doch nicht so hirnrissig sein, die Hände vom Tisch zu nehmen. Mit dem Überraschungseffekt haben wir die besseren Karten in der Hand.«
»Es sei denn, sie sind genauso kaltblütig wie du«, wandte Rory grimmig ein, »und dann hast du vielleicht ein Loch im Schädel, bevor du auch nur guten Abend sagen kannst.«
»Kommt nicht in Frage. Wir bleiben hier und warten, bis sie herauskommen«, entschied Matthew. »Dann nehmen wir sie in die Zange. Wenn sie die Treppe herunterkommen und zu ihren Pferden wollen, stehen sie völlig ungedeckt auf dem Platz, während sie uns nicht sehen können. Wenn sie dann unbedingt auf einer Schießerei bestehen, was ich jedoch stark bezweifle, können sie sie meinetwegen haben.«
»Richtig, wir könnten sie von hier aus abschießen wie die Flaschen auf 'nem Schießbalken«, pflichtete Frank ihm grinsend bei.
»Klingt alles sehr vernünftig, aber es fragt sich nur, wie lange es dauert, bis sie da herauskommen«, wandte Rory ein.
»Das kann unter Umständen Stunden dauern. Und wenn es dann noch zu regnen anfängt...«
»Dann verdoppele ich eure Prämie«, schnitt Matthew ihm das Wort ab. »Also, entscheidet euch! Ich will keinen zwingen, mit mir zu warten. Wem das zu langweilig und ungemütlich ist, der soll sein Pferd nehmen und auf die RIVER QUEEN zurückkehren. Ich würde es ihm auch nicht nachtragen.«
»Ich bin fürs Warten«, sagte Frank.
»Ich auch«, sagte Kevin.
»Ich bleibe auch, und eigentlich hätte ich jetzt gegen ein bißchen

Regen nichts mehr einzuwenden«, meinte Rory mit einem breiten Grinsen.

Matthew nickte. »Gut, dann ist das ja geklärt. Und jetzt schlag' ich vor, daß wir uns aufteilen. Rory und Frank, ihr schleicht um das Grundstück und nehmt auf der anderen Seite des Hofes Aufstellung. Paßt auf, daß euch der Pferdeknecht nicht entdeckt.«

Rory winkte lässig ab. »Der Alte ist doch schon halb taub und blind, verdient ja wohl bloß noch sein Gnadenbrot. Der ist so gefährlich wie eine zahnlose Ratte.«

»Seid trotzdem vorsichtig. Ihr greift erst ein, wenn ich die Männer angerufen habe. Dann feuert einer von euch einen Warnschuß vor ihnen in den Boden. Aber zielt nicht zu knapp. Es soll eine Warnung sein und kein Treffer, nicht einmal ungewollt, verstanden?« schärfte Matthew ihnen ein.

»Klar, Captain«, versicherte Rory, und Frank nickte zustimmend. Sie nahmen ihre Gewehre auf und waren im nächsten Moment in der Dunkelheit untergetaucht.

Donald Calhoun setzte sich auf einen Erdhügel in der Nähe der Hecke und wartete geduldig. Dann und wann zog er seine Taschenuhr hervor, ließ den Deckel aufschnappen und warf einen Blick auf das Zifferblatt.

Eine halbe Stunde verstrich. Dann begann es zu regnen. Nicht heftig, doch beständig. Schließlich räusperte sich der Wunderheiler. »Captain?« rief er.

Wütend fuhr Matthew zu ihm herum. »Nicht so laut, verdammt noch mal!« zischte er. »Wollen Sie uns verraten?«

»Das ist nicht nötig, Captain«, erwiderte Calhoun, ohne seine Stimme zu dämpfen. »Das habe ich schon längst getan.«

Matthew starrte ihn ungläubig an, war dann mit einem Satz bei ihm und riß ihn an seiner bunten Flickenjacke hoch. »Wenn das ein Witz sein soll, haben Sie sich dafür den denkbar schlechtesten Zeitpunkt ausgesucht!« fuhr er ihn an. Doch wenn es die Wahrheit ist, ist Ihr Leben keinen müden Cent mehr wert!«

»Sparen Sie sich Ihre Drohungen, Captain Melville. Sie müßten längst wissen, daß Sie mich nicht einschüchtern können«, antwortete Calhoun ruhig. »Sie sind auf mich angewiesen, wenn Ihnen was am Leben von Miß Fulham liegt.«

»Es stimmt also!« stieß Matthew wutbebend hervor. »Sie haben uns wirklich verraten!«

»Das sagte ich doch. Und nun lassen Sie mich los, und schicken Sie Ihren Mann zu den Pferden. Ich möchte mit Ihnen reden. Allein!«
Matthew zögerte.
»Nun tun Sie schon, was ich gesagt habe!«
Mit einer heftigen Bewegung stieß er Donald Calhoun auf den Erdhügel zurück. »Geh zu den Pferden, Kevin!« Seine Stimme klang mühsam beherrscht. »Es scheint, als hätte uns dieser Mistkerl reingelegt.«
Kevin nahm eine drohende Haltung ein. »Er wird dafür bezahlen, Captain! Überlassen Sie ihn nur mir.«
»Blas dich nicht unnötig auf, Junge«, sagte Calhoun gelassen. »Der Captain weiß, daß ich mich vor Typen wie dir nicht fürchte.«
»Ich werd' dir...«, begann Kevin aufbrausend.
»Du wirst auf der Stelle zu den Pferden gehen und sonst gar nichts!« befahl Matthew.
»Wie Sie meinen«, brummte Kevin.
»So, und jetzt raus mit der Sprache, Calhoun! Was für ein dreckiges Spiel haben Sie mit uns gespielt?« stieß Matthew hervor. »Wo ist Bertram?«
»Er hat das Freudenhaus mit seinen Komplizen schon lange verlassen. Sie haben nie Poker gespielt, sondern sich durch die Hintertür verdrückt, als ich noch mit Rory an der Theke stand«, eröffnete er ihm gelassen.
»Sie Schweinehund! Das Ganze war also eine abgekartete Sache?«
Der Wunderheiler nickte. »Sie haben es erfaßt. Und lassen Sie ruhig Ihren Revolver stecken, Captain. Sie können mir das Ding meinetwegen zwischen die Augen setzen, wie Sie das ja schon einmal getan haben – ohne Erfolg, wie Sie sich wohl erinnern werden. Solche Drohungen lassen mich kalt. Ich weiß, daß Sie auf mich angewiesen sind, und Sie wissen es auch.«
Matthew steckte den Revolver ins Holster zurück, weil er einsah, daß er sich mit dieser drohenden Gebärde nur lächerlich machte. Calhoun ließ sich nicht bluffen, dazu wußte er viel zu gut, daß er am längeren Hebel saß. »Sie haben mich also von Anfang an angelogen.«
»Nicht ganz. Immerhin habe ich Wort gehalten: Ich habe ihn aufgestöbert und Sie zu ihm geführt. Das war vereinbart gewesen.«
»Kommen Sie mir nicht mit Haarspalterei!« fuhr Matthew ihn wütend an. »Doch das ist im Augenblick völlig unwichtig. Sagen Sie mir, was mit Valerie ist!«

»Bleiben Sie ruhig, Captain! Ich mag zwar ein Halsabschneider sein, doch ich verstehe mich auf das Geschäft mit der Täuschung. Sie werden sich schon in Geduld üben und mich anhören müssen. Wenn Sie jetzt durchdrehen, mir etwas antun oder kopflos nach New Orleans zurückreiten, haben Sie Miß Fulham für immer verloren! Also überlegen Sie sich genau, was Sie tun!« warnte Calhoun ihn und zog wieder seine Uhr hervor, als wollte er einen Zeitplan überprüfen, den nur er kannte.

Matthew hatte Mühe, die wilde Mordlust, die in ihm tobte, unter Kontrolle zu halten. »Also gut«, preßte er hervor. »Sagen Sie, was Sie zu sagen haben!«

»Die Geschichte, daß ich Bertram auf der Fähre getroffen habe, ist gelogen. Ich bin bei Baton Rouge auf seine Spur gekommen und dachte mir, daß sich aus einem Geschäft doch leicht drei machen ließen«, berichtete Calhoun mit aufreizender Ruhe. »Ich hab' ihm erzählt, daß Sie hinter ihm her sind. Schauen Sie mich nicht so wütend an, Captain. Was habe ich mit Ihrer privaten Fehde zu tun? Ich halte mich da heraus.«

»Ja, das sehe ich!« zischte Matthew. »Sie haben sich auch von ihm bezahlen lassen! Los, weiter!«

»Warum auch nicht? Bertram hatte die Idee mit diesem Freudenhaus, und es lief ja alles auch wie geschmiert«, fuhr Calhoun fort. »Er wollte Sie aus der Stadt haben, denn wie Sie ja wissen, interessiert er sich brennend für Miß Fulham. Ich schätze, daß sie sich jetzt in seiner Gewalt befindet.«

Matthew ballte die Fäuste. »Wenn Valerie etwas zustößt, bringe ich Sie um, das schwöre ich Ihnen!«

Calhoun nickte gelassen. »Das dachte ich mir. Deshalb habe ich mich auch abgesichert. Ich weiß, wohin Bertram sie bringen wird, und für dieses Wissen werden Sie bezahlen, Captain. Bei der Gelegenheit können Sie sich auch gleich den Sklavenjäger schnappen.«

»Sie verfluchter Idiot!« schrie Matthew außer sich vor Wut und Angst um Valerie. »Wissen Sie denn nicht, daß er sie töten wird?«

Der Wunderheiler schüttelte lächelnd den Kopf. »Das wird er nicht. Ich sagte Ihnen doch, daß ich mich auf das Geschäft der Täuschung verstehe. Nicht nur Sie sind darauf hereingefallen, auch Bertram. Ich habe nämlich zur Bedingung unseres Geschäftes gemacht, daß ich noch Gelegenheit bekomme, ein nettes Schäferstündchen mit ihr zu verbringen.«

»Sie Schwein!«
»Damit habe ich ihr Leben gerettet«, erwiderte Calhoun scharf, »denn er wird es nicht wagen, ihr etwas anzutun, bevor ich nicht am vereinbarten Treffpunkt aufgetaucht bin.«
»Und wer sagt Ihnen, daß er sein Wort hält?«
»Sie vergessen, daß ich weiß, wer er ist und wie er heißt. Ich kenne nicht nur seinen Vornamen, Captain. Ich könnte ihn an den Galgen bringen. Außerdem ist da auch noch dieser aufgeblasene Fatzke Stephen Duvall, der ein Interesse daran hat, daß Miß Fulham am Leben bleibt. Sie sehen also, ich halte die Fäden in der Hand.«
»Wo finde ich Valerie?« drängte Matthew.
»Alles der Reihe nach. Kommen wir zuerst einmal zum Geschäft. Ich verlange zweihundertfünfzig Dollar von Ihnen dafür, daß ich Sie zum Versteck führe. Ich lasse mich nicht herunterhandeln und habe schon alles vorbereitet«, sagte er, zog ein beschriebenes Blatt und einen Stift hervor und reichte ihm beides. »Ein Wechsel, den Sie bitte jetzt unterschreiben werden, da Sie ja sicherlich nicht so viel Bargeld bei sich haben. Aber so ein Wechsel ist bei Ihrem guten Ruf als Geschäftsmann ja bares Geld wert.«
Matthew überflog schnell den Text, legte das Blatt auf sein gebeugtes Knie und setzte seine Unterschrift darunter. Er wußte, daß Calhoun ihn in der Hand hatte. »Ich hoffe, Sie haben nicht zu hoch gereizt«, stieß er hervor. »Denn sonst kostet es Ihr Leben!«
»Darüber war ich mir von Anfang an klar, Captain«, entgegnete Donald Calhoun gelassen, überprüfte die Unterschrift und steckte den Wechsel ein. »Sie mögen es als Hohn empfinden, Captain, doch meine Sympathien liegen ganz klar auf Ihrer Seite. Doch von Sympathien kann man sich nicht zur Ruhe setzen. Ich bin jetzt lange genug durch die Lande getingelt, habe es aber nie zu einer ordentlichen Summe gebracht, die es mir erlaubt hätte, mich irgendwo sorglos niederzulassen. Männer wie Sie sind vom Glück begünstigt und machen im Handumdrehen ein Vermögen. Was sind für Sie ein paar hundert Dollar? Sie werden es vielleicht nicht verstehen, aber ich konnte mir diese Gelegenheit einfach nicht entgehen lassen.«
»Verschonen Sie mich mit Ihren lächerlichen Rechtfertigungsversuchen!« fuhr Matthew ihn an, fast verrückt vor Angst um Valerie. »Brechen wir endlich auf!«
Donald Calhoun stand auf und klopfte sich den Dreck von der

Hose. »Rufen Sie Ihre Leute zusammen, Captain. Ich bin bereit«, sagte er spöttisch.
Matthew hätte sich am liebsten auf ihn gestürzt und ihm das spöttische Lächeln aus dem Gesicht geprügelt. Doch dafür würde später noch Zeit sein, wenn er Valerie in Sicherheit wußte.
Doch was war, wenn Calhoun den Sklavenjäger unterschätzt hatte und Valerie... Nein, er konnte diesen entsetzlichen Gedanken nicht zu Ende denken! Doch die Angst saß wie ein Eisklumpen in seiner Brust. Es war eine grauenvolle Angst, wie er sie noch nie in seinem Leben empfunden hatte – noch nicht einmal, als er in die Revolvermündung von Sophies Geliebtem gestarrt hatte.

11.

Gleichmäßig trommelte der Regen auf das Dach, während im Kamin ein anheimelndes Feuer brannte, das eine behagliche Wärme im Schlafzimmer verbreitete. Das monotone Geräusch des Regens verstärkte in Valerie nur noch das wohlige Gefühl der Geborgenheit, das dieses Haus ihr vom ersten Augenblick an vermittelt hatte.
Umgeben von weichen Kissen, saß sie im Himmelbett und las einen romantischen Roman, der in Venedig zur Zeit des Marco Polo spielte. Fanny war noch bis vor wenigen Minuten bei ihr im Zimmer gewesen, um mit ihr über die Ereignisse des Tages zu klatschen und über das, was sie am Morgen zu tun gedachten. Dann hatte sie ihr eine gute Nacht gewünscht und sich zum Schlafen in ihr Zimmer begeben.
Valerie wollte noch wach sein, wenn Matthew von der RIVER QUEEN kam. Er hatte ihr versprochen, spätestens um elf zurück zu sein. Die französische Standuhr auf dem Kaminsims zeigte zwanzig nach zehn. Er mußte also bald kommen.
Sie ließ das ledergebundene Buch sinken und seufzte zufrieden. Seit sie in diesem Haus wohnten, hatte sich vieles zum Besseren verändert. Sie fühlte sich hier wirklich zu Hause und nicht mehr wie ein Ehrengast in einer Umgebung, in die sie nicht paßte. Und Matthew hatte sein Versprechen gehalten. Er war nun nicht mehr jede Nacht bis zum Morgengrauen in den Spielsalons der RIVER QUEEN anzu-

treffen. Er zeigte sich auf seinem Schiff nur noch gelegentlich für ein paar Stunden. Die letzten beiden Nächte hatte er überhaupt keinen Fuß vor die Tür gesetzt, sondern mit ihr verbracht. Welch eine wunderbare Erfahrung war das gewesen.

›Wenn Matthew mich jetzt noch offiziell zu seiner Frau machen würde‹, dachte Valerie sehnsüchtig, ›dann wäre ich wirklich wunschlos glücklich. Nichts wünsche ich mir mehr auf der Welt, als seine Frau zu sein, Missis Valerie Melville, und Kinder von ihm zu bekommen.‹

Wäre sie dann wirklich wunschlos glücklich?

Was war mit COTTON FIELDS?

Valerie sann darüber nach, während das Feuer im Kamin knisterte. Ein Stück Glut fiel durch den Rost, und die Scheite darüber sackten nach. COTTON FIELDS brauchte sie nicht zu ihrem Glück. Ihr Glück hieß Matthew Melville. Das bedeutete jedoch nicht, daß sie aufgeben würde, darum zu kämpfen. Das verbot ihr schon ihr Stolz und Gerechtigkeitssinn. Die Duvalls durften nicht ungeschoren davonkommen, das hatte sie sich geschworen, und sie würde sich auch nicht einschüchtern lassen. Doch sollten all ihre Anstrengungen letztlich erfolglos bleiben, würde das nicht das Ende ihrer Welt bedeuten und sie nicht ins Unglück stürzen. Wichtig war allein ihre Liebe, aus der sie die Kraft für alles andere schöpfte. Und sie hoffte inständig, daß Matthew seine Vorbehalte gegen die Ehe bald überwinden würde und sie zu seiner Frau machte.

Aber sie durfte nicht undankbar sein und nicht zuviel auf einmal von ihm verlangen. Die RIVER QUEEN zu verlassen hatte für ihn schon ein großes Opfer bedeutet. Sie mußte ihm nur die Zeit lassen, um die er sie gebeten hatte.

Ein zuversichtliches Lächeln glitt über ihr Gesicht, und sie hob wieder das Buch, um weiterzulesen. Doch dann lauschte sie in die regnerische Nacht. Schneller Hufschlag und das wilde Rattern von eisenbeschlagenen Rädern auf Kopfsteinpflaster drangen von der Straße zu ihr ins Zimmer und ließen sie die Stirn runzeln. Da hatte es jemand offenbar sehr eilig. Doch Matthew war es sicherlich nicht.

Valerie erwartete, daß das Geräusch sich entfernen und verklingen würde. Doch im nächsten Moment gab es einen lauten Knall, verbunden mit einem heftigen Gepolter. Schrilles Pferdewiehern, Flüche und Schreie vermischten sich mit dem Bersten von Holz. Türen schlugen im Haus.

Valerie warf die Bettdecke zurück, stand auf und legte sich schnell ihren Morgenmantel um, während sie in den Flur an eines der Fenster lief, das zur Straße hinausging. Und da sah sie die Bescherung.
Ein Fuhrwerk, das mit leeren Fässern hoch beladen gewesen sein mußte, war direkt vor ihrem Tor umgestürzt und hatte seine Ladung über die Straße verstreut. Die beiden Pferde versuchten vergeblich, sich aufzurichten. Am Boden lag auch einer der beiden Kutscher. Sie sah, wie Emily aus dem Haus gelaufen kam, zum Tor ging und mit den beiden Männern redete. Dann lief sie wieder ins Haus zurück.
Fanny tauchte hinter ihr auf. »Was ist passiert?«
»Ein Fuhrwerk ist direkt vor unserem Haus umgestürzt.«
»Miß Fulham...! Miß Fulham!« Emily hastete die Treppe zu ihr herauf.
»Ich hab' es schon gesehen, Emily.«
»Einer der Kutscher hat sich bei dem Sturz wohl verletzt. Er hat was an der Schulter und meint, auch einige Rippen gebrochen zu haben. Was sollen wir tun?« fragte sie. »Wir können den Mann doch nicht da draußen im Regen liegen lassen, oder?«
»Natürlich nicht, Emily«, sagte Valerie, ohne zu zögern. »Sag seinem Gefährten, er soll ihn in die Küche tragen. Und mach ihnen eine heiße Brühe. Wenn es nötig ist, soll Liza den Arzt holen.«
»Ja, danke, Miß«, sagte Emily, sichtlich erleichtert, etwas für die beiden Kutscher tun zu können, und eilte wieder hinunter. Sie rief nach Liza und forderte sie auf, mit ihr nach draußen zu kommen, um, falls es nötig wäre, beim Transport des Verletzten mit anzupacken.
»Ich weiß nicht, ob das so vernünftig ist, Fremde ins Haus zu lassen«, sagte Fanny stirnrunzelnd. »Sie wissen doch, was Captain Melville Ihnen aufgetragen hat.«
»Aber das sind doch zwei schwarze Kutscher, die nun mal zufällig vor unserem Haus mit ihrem Fuhrwerk verunglückt sind«, erwiderte Valerie.
»Wer weiß, ob das wirklich so zufällig war«, erwiderte Fanny skeptisch. »Und Fremde bleiben Fremde.«
»Du siehst in letzter Zeit wirklich überall Gespenster.«
»Man kann bei den Duvalls nie vorsichtig genug sein, Miß Valerie! Und ich möchte mich gern mit meinen eigenen Augen von der Ungefährlichkeit dieser beiden Männer da unten überzeugen, bevor Sie sie ins Haus lassen.«

»Also gut, wenn es dich beruhigt, unterzieh sie einer kritischen Prüfung. Aber sei bitte nicht zu hartherzig, wenn einer wirklich verletzt ist und Schmerzen hat«, bat Valerie.
»Zuerst muß ich an Ihre Sicherheit denken!« beharrte die Zofe und holte schnell ihren Umhang.
Valerie wandte sich vom Fenster ab, als ein kühler Luftzug durch die offenstehende Tür ins Haus drang und von unten die Haupttreppe hochkam. Sie trug unter dem Morgenmantel nur ihr dünnes Nachtgewand, und das war zu wenig, um hier am Fenster zu stehen.
Schnell eilte sie in ihr warmes Zimmer zurück – in die Arme von Bruce French. Als sie die schwarzgekleidete Gestalt hinter der Tür bemerkte und erkannte, war es schon zu spät. Sie kam nicht einmal dazu, einen Schrei auszustoßen.
Bruce French sprang sie wie eine Raubkatze an, blitzschnell und beinahe lautlos. Mit dem Fuß stieß er die Tür zu, preßte ihr von hinten eine Hand auf den Mund und setzte ihr die scharfe Klinge eines Messers an die Kehle.
»Gib nur einen Ton von dir, und du erstickst an deinem eigenen Blut!« zischte er.
Valerie war vor Entsetzen wie gelähmt. Die Gedanken jagten sich hinter ihrer Stirn. Bruce French! Der Sklavenjäger! Der Mann, den die Duvalls engagiert hatten, um sie umzubringen. Der Mann, dem sie im Sturm das Leben gerettet und der sie entführt, gemartert und in die Sklaverei verkauft hatte. Bruce French war zurückgekommen! Fannys Mißtrauen war begründet gewesen. Der Umsturz des Fuhrwerks war beabsichtigt gewesen, um die Aufmerksamkeit der Bewohner abzulenken und ihm Gelegenheit zu geben, unbemerkt ins Haus zu gelangen. Catherine Duvall hatte ihre Drohung also wahr gemacht und war nicht davor zurückgeschreckt, noch einmal zu versuchen, sie zu ermorden!
»Ich warne dich, Valerie. Diesmal werde ich nicht zögern, dich umzubringen, wenn du mir einen Anlaß dazu gibst!« raunte er ihr zu. »Ich stehe nicht mehr in deiner Schuld! Diesmal steche ich zu. Denk daran, wenn ich gleich die Hand von deinem Mund nehme. Nicke, wenn du mich verstanden hast!«
Valerie nickte.
Er nahm seine Hand von ihrem Mund und faßte in ihre langen, schwarzblauen Haare. Er gab ein leises, höhnisches Lachen von sich. »Alle Achtung. Hast dich wirklich hübsch rausgemacht, Valerie.

Als ich dich das letzte Mal sah, auf der Sklavenauktion in Baton Rouge, hast du wie der Tod ausgesehen. Geschwüre im Gesicht, ausgezehrt, den Kopf kahlgeschoren und hager wie eine Vogelscheuche. Und nun bist du wieder die Schönheit, die du an Bord der ALABAMA warst. Verstehe sehr gut, warum Stephen Duvall so darauf versessen ist, dich wiederzusehen ... unter für ihn günstigeren Umständen, wie du schon erraten haben wirst.«
»Hören Sie ...«, begann Valerie mit angstzitternder Stimme. »Meine Eltern in England sind gestorben, ich bin nun sehr vermögend, und was immer Ihnen die Duvalls geboten haben, ich zahle Ihnen das Dreifache.«
»Du weißt doch, daß ich nicht bestechlich bin. Wenn ich erst einen Auftrag angenommen habe, führe ich ihn auch aus«, erwiderte er.
»Mit Ihrer Hilfe könnte ich die Duvalls ruinieren – und Sie zum reichen Mann machen!« stieß Valerie hastig hervor und hoffte, durch dieses Angebot Zeit zu gewinnen und damit ihr Leben zu retten. »Wenn wir beide zusammenarbeiten, hätten wir die Duvalls in der Hand! Wir könnten sie an den Galgen bringen, doch wir werden sie anders bluten lassen.«
»Du würdest ausgerechnet mit mir zusammenarbeiten?« fragte er spöttisch.
»Sie interessieren mich nicht«, log sie. »Ich will nur COTTON FIELDS. Das andere Vermögen der Duvalls können Sie haben. Und es ist ein Vermögen, das weiß ich!«
»Welch ein verlockendes Angebot«, sagte er mit seiner merkwürdig kraftlos klingenden Stimme.
Schritte kamen die Haupttreppe herauf und näherten sich ihrer Tür.
Er packte ihr Haar fester und setzte ihr die Messerspitze unter das Kinn. »Laß keinen ins Zimmer. Sag, du wärst ausgezogen oder was weiß ich. Wenn du jemanden reinläßt, werde ich ihn umbringen!« zischte er.
Es klopfte.
»Ja? ... Was ... was ist?« rief Valerie.
»Kann ich reinkommen, Miß Valerie?«
»Nein, Fanny. Das geht jetzt nicht. Was willst du?« fragte sie und gab sich betont gereizt, was sonst gar nicht ihre Art war. Vielleicht schöpfte ihre Zofe Verdacht.
»Ich habe mir die beiden angesehen ...«

»Und?«
»Sie arbeiten im Hafen, sind zwei einfältige Burschen. Aber wirklich verletzt scheint sich keiner zu haben, auch wenn der eine jammert, als ginge es mit ihm zu Ende.«
»Dann ist ja... alles in Ordnung.«
»Sag ihr, daß sie schlafen gehen und dich nicht mehr stören soll! Auch das andere Personal nicht!« raunte der Sklavenjäger ihr ins Ohr. »Na los, mach schon.«
»Ja, es sieht so aus...«, antwortete die Zofe.
»Dann geh endlich schlafen und laß mich in Ruhe, Fanny!« befahl Valerie ihr scheinbar unwirsch. »Und sag auch Emily und Liza, daß ich nicht mehr gestört werden will!«
»Ganz, wie Sie wollen, Miß Valerie«, kam Fannys geknickte Stimme von jenseits der Tür, und ihre Schritte entfernten sich.
»Braves Mädchen«, höhnte er und lockerte seinen Griff etwas. »Jetzt können wir zur Sache kommen.«
Valerie drehte sich um und sah nun das Seil und die Strickleiter, die neben der Tür lagen. »Machen Sie mit mir gemeinsame Sache, dann werden Sie ein reicher Mann!« beschwor sie ihn.
»Keine Sorge, das werde ich auch ohne deine Hilfe, Valerie«, erwiderte er und schlug unvermittelt zu. Das schwere Ende des Messergriffs traf sie am Hinterkopf und schien dort eine Explosion auszulösen. Bewußtlos sackte sie zusammen. Daß er sie auffing, merkte sie nicht mehr.

12.

Die alte Blockhütte stand auf der anderen Seite des Flusses, keine fünf Meilen von COTTON FIELDS entfernt. Umgeben von Wald und einigen verwilderten Feldern, war sie das perfekte Versteck.
Licht brannte in der Hütte, und Rauch stieg aus dem schiefen Kamin in die regenfeuchte Dunkelheit. Hinter der Blockhütte standen zwei angebundene Pferde.
Unruhig ging Stephen Duvall unter dem vorgezogenen Dach auf und ab, blickte immer wieder zum nahen Wald hinüber, durch den ein schmaler Weg führte, und horchte in die Nacht.

Wo blieb Bertram Flaubert? Hatte auch alles so geklappt, wie sie es geplant hatten?
Stephen vermochte seine Ungeduld kaum zu zügeln. Seit Tagen lebte er nun schon in diesem Zustand innerer Anspannung. Er konnte es einfach nicht erwarten, Valerie in seiner Gewalt zu haben. Rhonda und seiner Mutter hatte er nichts davon erzählt, was er mit Bertram Flaubert abgemacht hatte. Es brauchte sie auch nicht zu interessieren. Valerie würde sterben, das war sicher, und damit wären endlich alle Probleme der Duvalls aus der Welt geschafft. Aber es gab keinen Grund, das zu überstürzen. Es blieb noch Zeit genug für seine ganz private Rache.
Er blieb stehen, als er ein Geräusch vernahm. Das mußte der Sklavenjäger sein!
Er spähte mit zusammengekniffenen Augen zum Wald hinüber, und Augenblicke später tauchte ein kleines Fuhrwerk auf dem Weg auf, das rasch näher kam.
»Hat alles geklappt?« fragte Stephen aufgeregt, als Bertram Flaubert den Wagen vor der Blockhütte zum Stehen brachte, und warf einen schnellen Blick auf die Ladefläche. Er sah nur ein paar Holzkisten und einen kleinen Berg leerer Säcke. Darunter mußte sich Valerie befinden, wenn alles gutgegangen war.
»Sie haben es nicht mit einem Anfänger zu tun, Mister Duvall«, antwortete Bertram selbstgefällig und sprang vom Kutschbock.
»Das weiß ich«, gab Stephen kühl zurück. »Doch Sie haben sich schon einmal nicht an die Abmachung gehalten.«
»Ich habe Ihnen erklärt, daß ich damals nicht anders handeln konnte«, antwortete Flaubert grimmig. »Und ich konnte ja nicht ahnen, daß sie soviel Glück haben und entkommen würde. Aber das wird diesmal nicht geschehen.«
»Ganz sicher nicht!« pflichtete Stephen ihm bei. »Wie ist es gelaufen?«
»Reibungslos. Dieser Melville ist dem Quacksalber auf den Leim gegangen, und die beiden Nigger haben ihre Sache auch bestens gemacht. Hatte keine Schwierigkeiten, ins Haus zu kommen und Valerie zu überwältigen. Es hat auch keiner gemerkt, daß ich sie aus dem Haus gebracht habe. Captain Melville wird eine böse Überraschung erleben – in zweifacher Hinsicht.«
»Aber was ist mit diesem Calhoun?« fragte Stephen. »Mir gefällt nicht, daß er in alles eingeweiht ist.«

Bertram Flaubert lächelte. »Er wird den nächsten Sonnenaufgang nicht erleben, Mister Duvall. Er müßte eigentlich bald hiersein.«
»Sind Sie sicher, daß er kommt?«
»Er ist nicht weniger verrückt nach diesem Bastard als Sie, Mister Duvall«, erwiderte der Sklavenjäger mit einem geringschätzigen Unterton. »Er wird kommen – und sich eine Kugel einfangen.«
»Gut«, sagte Stephen und sah zu, wie Bertram Flaubert nun die Säcke zurückschlug. Darunter kam Valerie zum Vorschein, geknebelt und gefesselt, Qual und Angst in den Augen.
Als Valerie zu sich gekommen war, war das erste, was sie gespürt hatte, die Kälte gewesen, die ihr durch den Körper gekrochen war, dann erst die bohrenden Kopfschmerzen. Alle Versuche, sich von den Fesseln zu befreien, waren erfolglos geblieben.
Sie wußte nicht, wie lange sie bewußtlos gewesen war und wie lange sie gefahren waren, doch es war ihr wie eine Ewigkeit erschienen – eine Ewigkeit der Qualen, denn sie hatte bei ihrer spärlichen Bekleidung nicht nur unter der Kälte gelitten, sondern vor allem unter dem sie würgenden Knebel. Wie oft hatte sie gedacht, daran zu ersticken. Zumal die nassen Säcke, die sie bedeckten, das entsetzliche Gefühl des Erstickens noch verstärkt hatten.
Sie zitterte am ganzen Leib, als die beiden Männer sie nun grob von der Ladefläche zerrten und in die Blockhütte trugen. Die Wärme, die ihr entgegenschlug, war eine Wohltat nach der klammen Kälte auf der Ladefläche. Sie setzten sie auf einen harten Holzstuhl. Der Sklavenjäger zückte sein Messer und durchtrennte den breiten Streifen Bettlaken, der den Knebel in ihrem Mund gehalten hatte. Valerie spuckte ihn aus und rang röchelnd nach Luft. Dann fielen auch die Fesseln an Händen und Füßen, die ganz taub waren.
»Wir sollten die Geschichte schnell abschließen«, sagte Flaubert trocken. »Sie hat schon genug Ärger gemacht. Je eher sie verschwindet, desto besser.«
»Sie wird keinen Ärger mehr machen, Flaubert«, versicherte Stephen. »Lassen Sie mich jetzt mit ihr allein. Ich komm' schon mit ihr klar.«
Bertram Flaubert warf ihm einen spöttischen Blick zu. »Na, dann viel Spaß. Ich warte draußen und passe den Narren von Wunderheiler ab. Werde ihm eine von meinen unverdaulichen Bleipillen verpassen«, sagte er und zog die Tür hinter sich zu.
»So trifft man sich wieder«, sagte Stephen nun höhnisch zu Valerie.

Wortlos vor Angst schaute sie zu ihm auf.
»Du enttäuschst mich, weißt du das? Ich hatte dich viel hitziger und selbstsicherer in Erinnerung, du Bastard!« Er gab ihr eine schallende Ohrfeige. »Das ist dafür, daß du mit der Pistole auf mich losgegangen bist. Du bist ein bißchen voreilig gewesen, und es ist ausgesprochen dumm von dir gewesen, das Angebot meiner Mutter auszuschlagen. Du hättest mit deiner Frechheit, einen Anspruch auf COTTON FIELDS anzumelden, einen Haufen Geld herausschlagen können. Die Chance hast du verspielt!«
Valerie hielt sich die brennende Wange. Sie zitterte noch immer am ganzen Leib, obwohl das Kaminfeuer den Innenraum der Blockhütte gut aufgeheizt hatte. Sie hatte Mühe, sich nicht von Entsetzen und Panik überwältigen zu lassen. Es war eine Gratwanderung entlang eines bodenlosen Abgrunds, die all ihre Selbstbeherrschung und Willenskraft erforderte. Ließ sie sich nur einen Augenblick gehen, war sie verloren. Dann würde die Todesangst sie mit sich reißen wie ein tosender Wasserfall und sie in die Tiefe schleudern, ins Verderben.
Was Matthew vorhergesehen und sie für unwahrscheinlich gehalten hatte, war eingetroffen. Die Duvalls hatten erneut ein Verbrechen geplant. Und ihr war klar, daß man ihr Leben diesmal nicht verschonen würde. Doch die Tatsache, daß man sie zu dieser einsam gelegenen Blockhütte gebracht und Stephen hier auf sie gewartet hatte, gab Anlaß zur Hoffnung. Sie glaubte zu wissen, was Stephen von ihr wollte, und sie hatte Angst davor. Doch es war andererseits auch eine Chance, am Leben zu bleiben, ein Zeitaufschub, der vielleicht die Möglichkeit zur Flucht in sich barg. So groß ihre Angst auch war, aufgeben würde sie nicht, das wußte sie.
»Warum sagst du denn nichts? Ist die freudige Überraschung so groß?« fragte Stephen spöttisch. »Sicher hast du nicht damit gerechnet, mich so schnell wiederzusehen, nicht wahr?«
»Nein«, sagte Valerie und zwang sich zum Reden. »Es war wirklich dumm von mir, daß ich das Geld ausgeschlagen habe.«
Er verzog das Gesicht. »Deine größte Dummheit war, daß du mich auf der RIVER QUEEN zum Narren gemacht hast!« Er trat zum Tisch, auf der eine Flasche Brandy und ein Becher standen. Er goß sich ein und nahm einen kräftigen Schluck.
»Was... was wirst du mit mir tun?« fragte sie stockend.
Er musterte sie lüstern. »Das hängt ganz von dir ab, Valerie. Wenn

du wieder die unnahbare Raubkatze spielst, überlasse ich dich Flaubert. Der wartet nur darauf, dir das Gehirn aus dem Schädel zu blasen.«
»Und ... und ... wenn ich das nicht bin?« Es fiel ihr nicht sonderlich schwer, ihn völlig eingeschüchtert und verängstigt anzusehen und den Eindruck zu erwecken, daß sie zu allem bereit war, um ihr Leben zu retten.
Ein breites Grinsen glitt über seine Züge, glaubte er sie doch schon da zu haben, wo er sie haben wollte. »Wenn du alles tust, was ich von dir verlange, und du dich dabei ein bißchen anstellig zeigst, dann lasse ich mit mir reden. Dann kommst du mit dem Leben davon«, log er, denn ihr Tod war beschlossene Sache. Sie hatte bestenfalls noch eine Woche hier in Gefangenschaft zu leben, falls er ihrer nicht schon eher überdrüssig wurde.
»Du läßt mich dann laufen?« fragte Valerie und gab sich voll naiver Hoffnung, obwohl sie wußte, daß er gelogen hatte. Aber sollte er nur glauben, daß seine Lüge bei ihr verfangen hatte. Vielleicht machte ihn das weniger aufmerksam.
»Natürlich nicht so ohne weiteres. Du mußt erst die Verzichtserklärung unterschreiben, jedoch ohne auch nur einen Cent zu bekommen«, sagte er und beglückwünschte sich im stillen, daß ihm diese vernünftig klingende Lüge eingefallen war. »Hast du den Wisch unterzeichnet, hast du für uns jegliches Interesse verloren. Wie gesagt, es liegt also ganz bei dir.«
Valerie schluckte mehrmals und fuhr sich nervös über die Lippen, als müßte sie sich zu einer Entscheidung durchringen. Dann sagte sie, den Blick gesenkt, mit leiser Stimme: »Ich ... ich werde alles tun, und ... und ich werde versuchen, so anstellig wie möglich zu sein. Du mußt mir nur sagen, was ich tun soll.«
Ihre scheinbare Willfährigkeit brachte sein Blut noch mehr in Wallung.
»So gefällst du mir schon besser«, kostete er seine Macht über sie aus und füllte sein Glas wieder auf. »Nigger, die nicht wissen, wo ihr Platz ist, kann ich auf den Tod nicht ausstehen. Und du bist doch ein Niggerbastard, nicht wahr?«
»Ja«, sagte Valerie leise.
»Ich bin ein Niggerbastard! Sag es laut und deutlich. Ich verstehe dich sonst nicht!«
Valerie blickte zu Boden, weil er nicht den kalten Haß sehen durfte,

der in ihren Augen stand. Und scheinbar gedemütigt wiederholte sie: »Ich bin ein Niggerbastard.«
»Nicht schlecht«, spottete er. »Und nun zieh diesen feuchten Fetzen aus. Los, steh auf dabei!«
Valerie erhob sich vom Stuhl und öffnete langsam den Gürtel des Morgenmantels, der an vielen Stellen durchnäßt war. Während sie ihn auszog, erfaßte ihr Blick die spärliche Einrichtung der Blockhütte: ein primitives Bett, daneben eine Kommode ohne Schubladen, ein Tisch, zwei Stühle, Sackleinen vor den Fenstern, Kamin mit Herdstelle, verstaubte Bretterregale an den Wänden. Kurzum ein Blockhaus, das schon lange nicht mehr bewohnt wurde – und keinen Hinterausgang hatte. Der Weg in die Freiheit führte also nur durch diese eine Tür, vor der Flaubert wartete.
Stephens Augen leuchteten auf, als der Morgenmantel zu ihren Füßen auf den Boden fiel und sie sich ihm nur in ihrem zarten Nachtgewand darbot. Ihr nackter erregender Körper schimmerte durch den dünnen Stoff hindurch. Verlangend glitt sein Blick über ihre Brüste, hinunter zu ihrem dunklen Haarbusch. Er konnte sich nicht erinnern, jemals eine schönere Frau gesehen zu haben.
»Zieh es aus!« stieß er mit rauher Stimme hervor. Er verschwendete nicht einen Gedanken daran, daß Valerie seine Halbschwester war. Das war für ihn einfach ohne Bedeutung. Sie war ein Niggerbastard, und das gab ihm das Recht, mit ihr zu tun, was ihm beliebte.
Valerie zog die Satinbänder auf, die das Negligé zusammenhielten. Sie zwang sich, nicht darüber nachzudenken, daß er sie so sah, wie es eigentlich nur Matthew zustand. Sie mußte ihre aufgewühlten Gefühle mit aller Macht unterdrücken. Angst und Scham durften jetzt auf keinen Fall die Oberhand gewinnen, dann war sie verloren. Die Vernunft und ein messerscharf arbeitender Verstand mußten ihr Handeln bestimmen.
Er verschlang sie förmlich mit seinen Augen, als sie nackt vor ihm stand. »Los, geh zum Bett rüber!« forderte er sie auf und nahm Flasche und Glas.
Valerie wich rückwärts gehend zurück, bis sie die harte Bettkante an ihren Kniekehlen spürte. Regungslos stand sie da, während er den Brandy auf die Kommode stellte, noch einen Schluck aus dem Becher nahm und dann seine Hände auf ihren nackten Körper legte. Sie zwang sich, unter seinen groben, wollüstigen Berührungen nicht zusammenzuzucken und keinen Ekel zu zeigen, was ihre ganze

Überwindungskraft erforderte und nur angesichts des drohenden Todes möglich war.
»Das gefällt dir, nicht wahr?« Stephen schob ihr seine Hand zwischen die Beine. Doch was er für erregende Berührungen hielt, tat ihr in Wirklichkeit weh. Aber sie zeigte es nicht. Im Gegenteil. Valerie brachte es fertig, so etwas wie ein verlegenes Lächeln auf ihr Gesicht zu zwingen. »Ja, es... es regt mich sehr auf«, sagte sie mit belegter Stimme. »Darf ich vorher auch einen Schluck Brandy nehmen?«
Er hob die Augenbrauen. »Mußt dir wohl erst Mut antrinken, was?«
»Nein, das nicht... aber ich bin von der langen Fahrt so ausgekühlt.«
Er deutete mit dem Kopf auf die Flasche. »Meinetwegen, bedien dich«, sagte er und umfaßte ihr Gesäß. Er war verrückt nach ihr und konnte es nicht erwarten, sie zu besitzen.
Valerie packte die Flasche am Hals und schlug sie blitzschnell gegen die Kante der Kommode. Sie zerplitterte in der Mitte. Und bevor Stephen wußte, wie ihm geschah, preßte sie ihm die scharf gezackte Glaskante seitlich an die Kehle. »Rühr dich nicht von der Stelle, oder ich schlitz' dir die Kehle auf!« fuhr sie ihn an. »Und nimm deine Hand da weg!«
Entsetzt verdrehte er die Augen, wagte es jedoch nicht, den Kopf zu bewegen. Die Haut spannte sich unter den scharfen Glaszacken. »Du... du... Miststück hast mich reingelegt!« keuchte er ungläubig.
»Man soll eben nicht zu früh über einen Niggerbastard triumphieren, du ekelhafter Stümper!« zischte sie und stellte sich hinter ihn, als sie Stiefelschritte auf den Bohlen vor der Tür hörte. »Ein falsches Wort oder eine hastige Bewegung, und ich bringe dich um, vergiß das nicht.«
»Du kommst hier nicht raus!« stieß Stephen verstört hervor. »Flaubert wird dich umlegen.«
»Möglich, aber du wirst dann schon mit aufgeschlitzter Kehle in deinem eigenen Blut liegen!«
»He, was war das, Mister Duvall?« rief der Sklavenjäger von draußen und pochte gegen die Tür.
»Es... es war nur die Flasche, Flaubert!« rief Stephen. »Sie ist vom Tisch gefallen.«
»Ist auch alles in Ordnung?«

»Ja.«
»Okay«, brummte der Sklavenjäger.
Valerie überlegte fieberhaft, wie sie nun vorgehen sollte. Sie hatte schon längst festgestellt, daß Stephen keine Waffe bei sich trug. Er war sich seiner Sache und der erfahrenen Dienste dieses skrupellosen Slavenjägers wohl sicher gewesen. Sie wünschte, es wäre anders gewesen, dann hätte sie jetzt einen Revolver oder ein Gewehr besessen. So aber hatte sie nur die gesplitterte Flasche. Für Stephen Duvall stellte sie zwar eine tödliche Bedrohung dar, nicht jedoch für Bruce French alias Flaubert. Aber damit mußte sie sich abfinden.
Sie horchte auf die Schritte, die sich etwas von der Tür entfernten. Dann raunte sie Stephen zu. »Zur Tür! Aber ganz langsam und leise. Wenn du versuchst, ihn zu warnen, werde ich nicht eine Sekunde zögern, dich zu töten. Vergiß nicht, daß ich nichts mehr zu verlieren habe. Ich weiß, daß du mich angelogen hast. Du hättest mich umgebracht – so oder so!«
»Das stimmt nicht«, stieß er leise hervor. »Ich wollte dich nur...«
»Halt den Mund und geh zur Tür!« schnitt sie ihm das Wort ab. Ihr Blick fiel auf den am Boden liegenden Morgenmantel. Sie hätte ihn gern übergeworfen, aber ihn aufzuheben wäre zu riskant gewesen. Stephen lauerte bestimmt nur auf eine Gelegenheit, ihr die primitive Waffe aus der Hand zu schlagen.
Ganz langsam ging Stephen auf die Tür zu.
Valeries Herz schlug vor Aufregung wie verrückt. Sie würde alles auf eine Karte setzen müssen. Sie legte ihm von hinten den linken Arm um die Brust und krallte ihre Hand so fest sie konnte in sein Hemd, damit er sich nicht so leicht von ihr losreißen konnte. Sie brauchte ihn als lebenden Schutzschild.
»Jetzt öffne die Tür vorsichtig und wende dich Flaubert zu, wenn wir draußen sind! Wenn dir dein Leben lieb ist, befiehlst du ihm, die Finger von seinem Revolver oder Gewehr zu lassen und sich mit dem Gesicht auf den Boden zu legen!« schärfte sie ihm ein.
»Du wirst nicht weit kommen!« zischte er.
»Abwarten! Los jetzt!«
Er öffnete die Tür, und sie preßte sich an seinen Rücken, als sie vor die Hütte traten. Bertram Flaubert stand an der rechten Hausecke.
»Schon fertig?« fragte er spöttisch, wirbelte dann aber erschrocken herum, als er Valerie hinter Stephen bemerkte. Das Gewehr in seinen Händen ruckte hoch.

»Nicht schießen!« gellte Stephen. »Sie bringt mich um! Runter mit dem Gewehr, Flaubert!«
Der Sklavenjäger zögerte. »Verdammt, Sie haben sich von ihr übertölpeln lassen!« fluchte er.
»Bleiben Sie, wo Sie sind!« befahl Valerie. »Eine Bewegung von Ihnen, und ich schlitze ihm die Kehle auf. Ich glaube nicht, daß seine Mutter Ihnen das verzeihen wird! Weg mit dem Gewehr! Nun machen Sie schon!« Sie bewegte sich rückwärts und zog Stephen mit sich.
»Ich sollte euch beide umlegen!« stieß Bertram Flaubert hervor. »Das wird das Beste sein!«
Stephen bemerkte im selben Augenblick eine Bewegung drüben am Waldrand und dann die Umrisse von mehreren Gestalten, die aus der Schwärze der Bäume gestürmt kamen.
»Flaubert!« schrie er.
Und dann überschlugen sich die Ereignisse.
Ein Schuß krachte, und eine Stimme schallte zum Blockhaus herüber: »Flaubert! ... Duvall! ... Runter mit den Waffen!« Es war Matthew.
Valerie war so überrascht, daß sie ihren Griff lockerte. Stephen Duvall nutzte die Chance augenblicklich. Sein rechter Arm schoß nach hinten und bohrte sich Valerie in die Seite, ließ sie zurücktaumeln. Schon war er frei. Er dachte gar nicht daran, sich einem Kampf zu stellen, sondern wirbelte herum, schlug Valerie zu Boden, ohne zu ahnen, daß er ihr damit das Leben rettete, und rannte davon, um das Blockhaus herum zu den Pferden.
Bertram Flaubert hatte gesehen, wie Stephen sich von Valerie befreit hatte, sofort das Gewehr hochgerissen und gefeuert. Doch der Schuß ging über sie hinweg, während sie stürzte.
Zu einem zweiten Schuß kam er nicht mehr. Matthew und seine Männer eröffneten sofort das Feuer auf ihn. Der Hagel der Geschosse schleuderte ihn rücklings gegen die Wand des Blockhauses. Von mehreren Kugeln tödlich getroffen, sackte er in sich zusammen und begrub sein Gewehr unter sich.
Matthew war als erster bei ihr. »Valerie!« rief er, als sie sich aufrappelte. »Bist du verletzt?«
»Nein, mir ist nichts geschehen ... oh, Matthew, es war so entsetzlich!« Vorbei war es mit ihrer Selbstbeherrschung. Nun, da sie sich in Sicherheit wußte, entlud sich die Angst und Verzweiflung der

letzten Stunden in einem heftigen Weinkrampf. Er hielt sie fest und führte sie schnell in die Hütte, während Rory, Kevin und Frank um das Haus stürmten, um Stephen Duvall zu fassen. Doch dieser war schon auf sein Pferd gesprungen und hetzte in wildem Galopp davon. Die Schüsse, die Matthews Männer ihm hinterherschickten, verfehlten ihn, und er entkam.

Es dauerte eine ganze Weile, bis Valerie sich wieder so weit unter Kontrolle hatte, daß sie Matthew berichten konnte, wie Bertram Flaubert es zuwege gebracht hatte, ins Haus zu gelangen und sie zum zweitenmal zu entführen.

»Du hättest auf mich und Fanny hören sollen«, machte er ihr Vorwürfe. »Habe ich dir nicht gesagt, daß sie es wieder versuchen würden? Mein Gott, Valerie, das kann so nicht weitergehen! Was ist das für ein Leben, wenn wir täglich Angst haben müssen, daß dir wieder etwas zustößt. Wenn Calhoun nicht so gerissen gewesen wäre, hätte ich dich bestimmt nicht gefunden – zumindest nicht lebend. Und auch so wären wir beinahe noch zu spät gekommen.«

»Es tut mir leid, Matthew«, sagte Valerie mit tränenerstickter Stimme und zog das Nachthemd über, das er ihr reichte.

Es klopfte an die Tür. »Captain?«

»Augenblick!« Matthew hob den Morgenmantel auf und legte ihn Valerie um. Dann ging er zur Tür. »Was ist, Rory?«

»Der andere Kerl ist uns entkommen«, sagte Rory bedauernd. »Und dieser Calhoun hat die Gelegenheit genutzt, um sich abzusetzen.«

»Calhoun ist nicht mehr wichtig, und um Stephen Duvall kümmere ich mich später«, sagte Matthew. »Wir machen besser, daß wir von hier verschwinden.«

»Und was wird mit der Leiche?«

Matthew zuckte die Achseln. »Dafür haben wir keine Zeit. Holt die Pferde. Wir brechen sofort auf.«

»Aye, aye, Captain.«

»Wir nehmen am besten das Fuhrwerk«, sagte Matthew zu Valerie gewandt und zog die Decken vom Bett. »Hüll dich darin ein, damit du dich nicht noch erkältest. Wir müssen zurück über den Fluß.«

Er löschte das Feuer in der Hütte, schmiß die leeren Kisten und Säcke von der Ladefläche des Fuhrwerks, und Valerie stieg zu ihm auf den Kutschbock, eingewickelt in die Decken. Es hatte mittlerweile aufgehört zu regnen, doch die Luft war noch immer kühl und feucht.

Sie sprachen auf der Fahrt nicht viel. Valerie war auch viel zu mitgenommen und erschöpft, als daß ihr nach Reden zumute gewesen wäre. Doch sie spürte deutlich seine Verstimmung und den Vorwurf, der in seinem beharrlichen Schweigen lag. Sie konnte ihm die Verärgerung nicht einmal verdenken. Es war genau so gekommen, wie er es vorausgesagt hatte. Und diesmal hätte wirklich nicht viel gefehlt und Stephen Duvall hätte sein Ziel erreicht.
Sie fröstelte unter den Decken, als sie darüber nachsann, daß Bertram Flaubert sie vermutlich wirklich erschossen hätte – sie *und* Stephen Duvall. Nun war der Sklavenjäger tot. Doch damit waren die Probleme nicht aus der Welt geschafft. Bertram Flaubert war nur das Werkzeug der Duvalls gewesen, und Männer wie ihn, die für Geld zu töten bereit waren, gab es sicherlich genug. Die Duvalls hatten in dieser Nacht eine empfindliche Schlappe erlitten, aber das war auch alles. Nichts war ihnen nachzuweisen, und sie würden nicht aufhören, ihr nach dem Leben zu trachten. Eher traf das Gegenteil zu. Sie würden ihre Lehre aus dieser Niederlage ziehen und sich das nächste Mal kaum mit einer riskanten Entführung abgeben, sondern sie aus dem Hinterhalt ermorden lassen.
Valerie biß sich auf die Lippen. Sie hatte allen Grund, Angst zu haben, und sie fragte sich verzweifelt, ob sie auf ihrem Schwur beharren durfte. Hatte Matthew nicht völlig recht, wenn er ihr vorwarf, egoistisch zu handeln? Sie wollte Rache und COTTON FIELDS – aber war das noch mit ihrer Liebe zu ihm zu vereinbaren? Konnte sie ihm das zumuten? Und war sie nicht selber schlecht beraten, wenn sie darauf beharrte, die Duvalls von COTTON FIELDS vertreiben zu wollen? Ein Leben in ständiger Angst würde ihr Glück auf Dauer ohne Zweifel zerstören.
Sie gelangten auf die Uferstraße und erreichten wenig später die Stelle, wo die Fähre, die Donald Calhoun vorsorglich für dieses nächtliche Unternehmen organisiert hatte, auf ihre Rückkehr wartete. Matthew hatte dem Schiffer eine satte Prämie versprochen und ihm seine goldene Uhr als Pfand zurückgelassen.
Es war nur ein sehr kleines Dampfschiff mit einem winzigen Ruderhaus. Es faßte höchstens ein Dutzend berittener Passagiere, für die nicht einmal ein Aufenthaltsraum zur Verfügung stand. Bei Regen fanden sie nur unter dem überdachten Teil des kleinen Decks Schutz.
Sie führten die Pferde über die Rampe auf das Boot. Den Wagen

ließen sie am Ufer zurück. Dann wurde die Rampe hochgezogen, und das Schaufelrad am Heck setzte sich schwerfällig in Bewegung, während die Dampfmaschine ein beängstigendes Ächzen und Stöhnen von sich gab, als wollte der Kessel jeden Moment explodieren. Matthew wies den bärtigen Schiffer an, sie zum Hafen zu bringen und am Pier anzulegen, wo die RIVER QUEEN vertäut lag.
Rory, Kevin und Frank standen bei den Pferden und unterhielten sich angeregt über die Ereignisse der Nacht, die nicht nur einen Hauch von Abenteuer und Aufregung in ihr ansonsten eintöniges Bordleben gebracht, sondern sie auch um die für sie stolze Summe von zwanzig Dollar reicher gemacht hatten. Das war mehr als eine Monatsheuer.
Valerie und Matthew saßen auf der Holzbank, die neben der Tür zum Ruderhaus festgeschraubt war.
»Frierst du?« fragte er, als das Schweigen zwischen ihnen zu bedrükkend wurde.
»Nicht sehr«, sagte sie und blickte ihn von der Seite an. »Matthew...«
»Ja?«
»Es tut mir wirklich leid«, sagte sie niedergeschlagen. »Du hast ja so recht gehabt...«
»Es geht nicht darum, wer recht hat und wer nicht«, sagte er ernst und blickte auf den Fluß hinaus. Es mußte mittlerweile auf zwei Uhr zugehen. »Wir beide haben diese Nacht mehr Glück als Verstand gehabt, Valerie. Donald Calhoun hat hoch gepokert und wirklich alles riskiert – dein Leben eingeschlossen. Es hätte böse ins Auge gehen können. Wenn Stephen Duvall nicht so darauf versessen gewesen wäre, dich zu mißbrauchen, wärst du jetzt schon lange tot.«
»Ja, ich weiß...«
»Das hast du schon wissen müssen, als du Catherine Duvalls Angebot ausgeschlagen hast«, hielt er ihr unerbittlich vor. »Aber du hast nichts darum gegeben und geglaubt, diesem Verbrechergesindel die Stirn bieten zu können. Ich hoffe, du hast inzwischen eingesehen, wie naiv das war.«
»Das habe ich«, versicherte Valerie und wünschte, er würde nicht gerade jetzt so hart mit ihr ins Gericht gehen. Sie wollte, daß er sie in seine Arme nahm und ihr sagte, wie sehr er sie liebte.
Matthew dachte jedoch nicht daran, so zu tun, als wäre alles wieder gut. Er wollte den Schock, unter dem Valerie immer noch stand,

nutzen, um sie von ihrem Vorhaben, um jeden Preis um COTTON FIELDS zu kämpfen, abzubringen.
»Ich hoffe, du bist endlich von dem gefährlichen Irrtum kuriert, es mit skrupellosen Mördern aufnehmen zu können«, sagte er eindringlich.
»Müssen wir jetzt darüber reden, Matthew?« fragte sie verletzt.
»Glaube nicht, daß mir dieses Gespräch Freude bereitet, aber es muß wohl sein, Valerie. Du hattest dich da in etwas verrannt, was nicht nur dich beinahe ins Verderben gestürzt hätte. Wenn dir etwas zugestoßen wäre, hätte ich es mir bis ans Ende meiner Tage nicht verzeihen können«, sagte er. »Du mußt endlich erkennen, daß du nicht länger nur für dich allein verantwortlich bist... und du mußt dich fragen, woran dir mehr liegt: an mir oder an COTTON FIELDS.«
»Stellst du mir ein Ultimatum?« fragte Valerie bestürzt über seine Worte.
Matthew kam nicht mehr dazu, ihr darauf eine Antwort zu geben. Denn in dem Augenblick rief Rory aufgeregt vom Bug der Fähre: »Captain!... Kommen Sie!«
»Was ist, Rory?«
»Sehen Sie sich die RIVER QUEEN an!« schrie Rory. »Es muß ein Feuer an Bord gegeben haben!«
Matthew sprang von der Bank auf und stürzte zu seinen Männern an die Reling. Valerie faßte die Decke, die sie sich um die Schultern geworfen hatte, fester und folgte ihm.
Vor ihnen lag der Hafen, der größtenteils in Dunkelheit getaucht war. Doch die RIVER QUEEN war hell erleuchtet und bot einen erschreckenden Anblick. Fast die ganze Backbordseite war rauchgeschwärzt. Das Feuer, das hier getobt hatte, hatte bis zum Steuerstand hinaufgeleckt, die Farbe von der Verkleidung gefressen und einen Teil der Reling vernichtet. Mehrere Kabinen und Salons waren völlig ausgebrannt und wirkten neben den noch intakten hellen Leuchten wie häßliche schwarze Höhlen. Noch immer stieg hier und da Qualm auf.
Matthew hieb mit der Faust auf die Reling. »Diese Schweine! Diese gottverfluchten Schweine!« stieß er mit heiserer Stimme hervor.
Valerie wurde beim Anblick der so übel zugerichteten RIVER QUEEN kalkweiß im Gesicht. Sie gab sich die Schuld, daß der Raddampfer beinahe ausgebrannt wäre. Daß der Brand auf das Konto von Bertram Flaubert und Stephen Duvall ging, war für sie keine

Vermutung, sondern eine Tatsache. Wegen ihr hätte Matthew fast sein Schiff verloren.

Sie wollte etwas zu ihm sagen, fand jedoch nicht die passenden Worte, und so blickte sie in betroffenem Schweigen auf das Bild der Verwüstung.

Kurz darauf legte die Fähre neben der RIVER QUEEN an. Scott McLain, der Matthew erkannt hatte, eilte ihnen entgegen, das Gesicht rußverschmiert und von ohnmächtigem Zorn gezeichnet.

»Wir haben getan, was wir konnten, Mister Melville, und gerade noch das Schlimmste verhindern können. Wenn der Regen nicht gewesen wäre...«

»Wie und wann ist es passiert?« fragte Matthew schroff.

Scott McLain fuhr sich mit einer Geste, die Müdigkeit verriet, über die Augen. »Kurz nach elf ist es passiert. Ich habe es nicht gesehen, doch ein Liebespärchen, das sich zu dieser Zeit auf dem Hauptdeck an Backbord aufhielt, hat alles beobachtet.«

»Es war Brandstiftung, nicht wahr?«

Scott McLain nickte. »Zwei dunkel gekleidete Männer in einem Ruderboot. Sie hatten sich maskiert, und während sie sich an der RIVER QUEEN vorbeitreiben ließen, warfen sie über ein Dutzend Brandfackeln an Bord. Einige davon flogen durch die Fenster im untersten Salon, setzten augenblicklich die Vorhänge in Brand und lösten eine Panik unter den Gästen aus. Statt das Feuer zu bekämpfen, lief alles wild durcheinander und behinderte meine Männer. Zum Glück hat es keine Toten gegeben, nur ein halbes Dutzend leichte Verletzungen, zumeist Brandwunden. Der vordere Salon und neun Außenkabinen sind so ziemlich ausgebrannt. Der Schaden auf den oberen Decks hält sich in Grenzen, aber es ist schlimm genug.«

»Und die Brandstifter sind natürlich entkommen«, mutmaßte Matthew, das Gesicht wutverkniffen.

»Ja, leider. Als wir merkten, was da passierte, war das Ruderboot schon unten zwischen den anderen Schiffen verschwunden.«

»Scott, rufen Sie zwei Männer und sorgen Sie dafür, daß Miß Fulham sicher nach Hause kommt!« befahl er ihm. »Kein Fremder darf das Haus betreten, haben Sie mich verstanden? Sagen Sie ihnen, daß sie mir mit ihrem Leben für Miß Fulhams Sicherheit bürgen.«

»Aye, aye, Mister Melville!«

Matthew wandte sich zu Rory, Kevin und Frank um. »Ihr habt jetzt die Chance, eure Prämie zu verdoppeln. Interesse?« fragte er knapp. Die drei Männer sahen sich kurz an und nickten. »Diesmal brauchen Sie nicht einen Cent zu zahlen, Captain«, sagte Rory und sprach damit auch für seine Freunde.
»Matthew! Was hast du vor?« fragte Valerie erschrocken.
»Du gehst mit Mister McLain!« sagte Matthew hart und schob sie von Bord der Fähre. »Es wird wohl etwas dauern, bis ich zurück bin.« Er gab dem Schiffer ein Handzeichen, die Rampe wieder hochzuziehen.
»Mein Gott, wo willst du hin?« rief Valerie ihm zu, als sich das Schaufelrad rückwärts drehte und die Fähre vom Pier ablegte.
»Nach COTTON FIELDS!«

13.

Stephen Duvalls Hände zitterten, als er die Karaffe vom Silbertablett nahm und eines der schweren Kristallgläser randvoll mit Brandy füllte. Als er das Glas an die Lippen setzte, schwappte etwas über den Rand und lief über seine Finger. Er achtete nicht darauf. Er trank gierig und in der Hoffnung, damit seine aufgepeitschten Nerven beruhigen zu können. Als er das Glas absetzte, erblickte er sein Abbild im Spiegel über dem Kamin. Er sah erschreckend aus: eingefallen und erschöpft das Gesicht, blaß die Haut und verstört der Blick. Sein Haar war vom wilden Ritt zerzaust, und ein Ast, der ihm durch das Gesicht gepeitscht war, hatte einen blutigen Striemen quer über sein Gesicht gezogen. Rechts am Hals hatte er zwei kleinere Schnittwunden. Die hatte er sich zugezogen, als er Valerie von sich gestoßen hatte. Geronnenes Blut, Schweiß und Dreck hatten seinen weißen Hemdkragen beschmutzt. Stiefel, Hose und Jackett waren von Morast bedeckt. Er sah aus wie ein Landstreicher. In der Halle, auf der Treppe und hier in der Bibliothek hatten seine Stiefel häßliche Flecken hinterlassen. Er hatte es überhaupt nicht bemerkt, so verstört war er noch immer.
Es klopfte.
»Ja?« rief er.

Der Butler erschien in der Tür. »Madame Duvall und Mademoiselle Rhonda lassen ausrichten, daß sie sich gleich hier einfinden werden, Massa. Doch sie waren sehr ungehalten über die Störung zu so früher Stunde, wenn mir diese Bemerkung erlaubt ist. Es ist noch nicht einmal vier Uhr.«

»Das interessiert mich nicht!«

»Soll ich Theda wecken, damit sie Kaffee kocht und ein Frühstück richtet?« erkundigte sich der schwarze Butler.

»Nein!«

»Sollten Sie nicht besser die Stiefel ausziehen, Massa Stephen, und saubere Sachen anlegen?« fragte Albert Henson mit einem vorwurfsvollen Blick auf die Flecken auf den Teppichen.

»Verdammt noch mal, behandle mich nicht wie einen dummen Jungen, dem man sagen muß, wann er sich die Nase zu putzen hat!« fuhr Stephen den Butler an. »Und jetzt mach, daß du rauskommst. Ich will von euch Niggern keinen hier oben sehen, ist das klar?«

»Yassuh, Massa«, murmelte der Butler betroffen und machte schnell, daß er hinaus kam.

Stephen nahm die Karaffe und ließ sich in einen Sessel fallen. Die letzten Stunden erschienen ihm wie ein gräßlicher Alptraum. Noch nie in seinem Leben hatte er solche Angst gehabt wie in dieser Nacht. Wie von Furien gehetzt war er galoppiert, die Todesangst im Nakken, daß die Männer, bei denen es sich bestimmt um diesen Melville und seine Freunde handelte, die Verfolgung aufgenommen hatten. Er war einen großen Bogen um COTTON FIELDS geritten, hatte sein Pferd schließlich in einem entlegenen Feldschuppen untergestellt und dann seine Flucht zu Fuß fortgesetzt. Direkt zum Herrenhaus zurückzukehren, hatte er nicht gewagt. Zu groß war die Angst gewesen, seine Verfolger könnten dort irgendwo auf der Lauer liegen und nur darauf warten, daß er sich zeigte, um ihn niederzuschießen. Er war über morastige Felder gelaufen, hatte in Gräben, in denen das Wasser ihm bis zu den Knien reichte, Schutz gesucht und war durch das Unterholz geschlichen wie ein verdammter Nigger, der auf der Flucht war. Und stets diese Angst, im nächsten Moment von einem Schützen aus dem Hinterhalt niedergestreckt zu werden. Über eine halbe Stunde hatte er in Sichtweite des Hauses gelegen, ehe er den Mut gefunden hatte, sein Versteck zu verlassen und zum Haus zu laufen. Völlig ausgelaugt war er gewesen und mit den Nerven am Ende.

Ein Schauer durchfuhr ihn, als er daran dachte, wie knapp er dem Tod entkommen war – und zwar gleich dreimal. Dieser verdammte Bastard! Doch Bertram Flaubert war keinen Deut besser gewesen, dieser Verräter. Er hätte sie vermutlich beide über den Haufen geschossen und seiner Mutter hinterher weisgemacht, Valerie hätte ihn ermordet, bevor er sie hatte erledigen können. So gesehen hatte er noch Glück gehabt, daß die Männer aufgetaucht waren – auch wenn sie ihn beinahe noch aus dem Sattel geschossen hätten. Daß es Flaubert erwischt hatte, bedauerte er nicht eine Sekunde. Er war sogar froh, daß er nicht mehr bezeugen konnte, wie Valerie ihn übertölpelt hatte.

Ganz langsam wich die Anspannung von ihm, und auch das Zittern seiner Hände legte sich, was nicht zuletzt dem Brandy zuzuschreiben war, von dem er mittlerweile ein beträchtliches Quantum genossen hatte.

Die Tür ging auf, und Catherine und Rhonda traten in die Bibliothek, beide in elegante Morgenmäntel gekleidet. Rhonda gähnte und bedachte ihren Bruder mit einem mißmutigen Blick, während sie sich mit angezogenen Beinen auf die Couch setzte. »Das ist das letzte Mal, daß ich mich von dir aus dem Bett holen lasse«, maulte sie.

»Du stehst auf, wenn ich es für richtig halte!« fuhr er seine Schwester an und ging gleich in die Offensive. »Oder hast du vergessen, wer für euch die Drecksarbeit verrichten soll?«

»Du hast das wohl wörtlich genommen. Du siehst nämlich wie ein Stallknecht nach dem Ausmisten aus«, konterte sie und rümpfte die Nase. »Und du riechst auch so, da hilft auch der viele Brandy nicht.«

»Schluß jetzt!« rief Catherine scharf. Ihrem Gesicht war keine Schläfrigkeit anzusehen. Im Gegenteil. Sie machte einen hellwachen, angespannten Eindruck. Sie sah ihrem Sohn an, daß er eine schlechte Nachricht für sie parat hielt. Und sie kam ohne Umschweife zur Sache. »Was ist schiefgelaufen?«

Stephen verzog das Gesicht. »Was ist schiefgelaufen, was ist schiefgelaufen«, äffte er sie nach und wußte noch immer nicht, wie er sein eigenes Versagen am besten kaschieren sollte. »Mein Gott, so gut wie alles ist schiefgelaufen! Flaubert hat diesen Bastard gewaltig unterschätzt, und nicht nur Valerie, sondern auch diesen Wunderheiler. Ich hätte mich erst gar nicht auf dieses angebliche Ablenkungsmanöver einlassen sollen, aber Flaubert bestand darauf.«

Catherine sah ihn scharf an, und eine steile Falte grub sich in ihre

Stirn. »Ich verstehe überhaupt nicht, wovon du redest. Also bitte immer der Reihe nach!« verlangte sie.
Stephen blieb nichts anderes übrig, als Farbe zu bekennen. Er berichtete knapp von dem gelungenen Ablenkungsmanöver mit dem Freudenhaus und der erfolgreichen Entführung von Valerie aus ihrem Haus in der Monroe Street. Doch hier unterbrach seine Mutter ihn, wie er befürchtet hatte.
»Entführt?« fragte sie scharf. »Habe ich richtig gehört?«
»Ja, das hast du«, sagte er gereizt.
»Aber hatten wir uns nicht darauf geeinigt, sie ein für allemal aus dem Weg zu räumen?« fragte sie wütend.
»Ich hatte es mir eben anders überlegt, und Flaubert stimmte mir zu«, log er und vermied es, sie anzusehen. »Ich hatte ein Recht darauf, mich an Valerie zu rächen!«
Rhonda hob spöttisch die Brauen. »Bist du sicher, daß du dieses Flittchen nicht aus einem anderen Grund in deiner Gewalt haben wolltest?« fragte sie anzüglich.
»Halt den Mund!« zischte Stephen. »Du verstehst überhaupt nichts davon. Ich bin es doch, der die Kastanien für euch aus dem Feuer holt. Und ich lasse mir von niemandem Vorschriften machen, auch von dir nicht, Mutter!«
Catherine ballte die Fäuste. »Werde nicht unverschämt! Keiner von uns säße heute hier in diesem Haus, wenn ich eurem Vater nicht auf die Schliche gekommen wäre und die nötigen Gegenmaßnahmen getroffen hätte!« wies sie ihn zurecht. »COTTON FIELDS wäre schon längst in der Hand dieser Valerie! Du hast also absolut keinen Grund, dich so anmaßend zu geben, Stephen! Und es ist unverzeihlich, daß du deine... niederen Gelüste nicht hast bezähmen können!«
»Mutter!« protestierte Stephen. »Ich verbiete dir, so mit mir zu reden!«
Wut funkelte in ihren Augen. »Ich bin deine Mutter, und ich rede so mit dir, wie ich es für nötig erachte!« herrschte sie ihn an. »Glaubst du, ich könnte nicht eins und eins zusammenzählen? Ich habe Valerie mit eigenen Augen gesehen und brauche nicht viel Phantasie, um mir deine Beweggründe vorzustellen, die dich zu dieser idiotischen Idee mit der Entführung wohl veranlaßt haben.«
Das Blut schoß ihm ins Gesicht. »Ich weiß überhaupt nicht, wovon du redest!« blaffte er.

»Hältst du mich für so dumm, daß ich über deinen reichlich lockeren Lebenswandel nicht informiert bin? Ich habe es bisher nur für unter meinem Niveau gehalten, zu deinen zahllosen Amouren Stellung zu nehmen.«
»Dann halte dich auch in Zukunft daran!« stieß Stephen grimmig hervor. »Mein Privatleben geht dich nicht das geringste an!«
»Bisher mag das der Fall gewesen sein«, erwiderte Catherine eisig. »Wenn es sich jedoch um Valerie handelt, geht es uns sehr wohl etwas an. Du mußt den gesunden Menschenverstand verloren haben, wegen eines billigen Abenteuers mit diesem Bastard alles aufs Spiel zu setzen.«
»Wo sie doch auch noch deine Halbschwester ist«, warf Rhonda höhnisch ein. »Sie muß dich ja wirklich unheimlich beeindruckt haben, daß du so darauf versessen warst, bei ihr den starken Mann zu spielen... oder sollte ich besser Liebhaber sagen?«
Ihm war, als glühte sein Gesicht. »Ich werde mir diese bösartigen Unterstellungen nicht länger anhören!« stieß er hervor. »Von keinem von euch! Ihr wäret die letzten, von denen ich mir Moralpredigten halten lassen würde!«
Catherine schlug mit der geballten Faust auf das Rückenpolster eines Sessels. »Moral interessiert mich in diesem Zusammenhang einen Dreck! Hier geht es einzig und allein um die Zukunft von COTTON FIELDS und deine Verantwortungslosigkeit, wegen eines billigen Vernügens alles andere aufs Spiel zu setzen!« warf sie ihm aufgebracht vor. »Bist du denn so verbohrt, daß du nicht begreifst, was du da angerichtet hast? Flaubert war schon in ihrem Haus, wie du gesagt hast, und zwar unbemerkt. Er hätte sie dort gleich töten und genauso unbemerkt wieder verschwinden können. Damit wären all unsere Probleme schlagartig gelöst gewesen. Aber nein, du hast dich nicht auf das Wesentliche konzentrieren können, sondern auch noch lächerliche Gelüste befriedigen wollen. Und damit hast du alles zuschanden gemacht. Du hast versagt. Geht das nicht in deinen Schädel? Du hast eine todsichere, einzigartige Chance verspielt. Vielleicht unsere letzte!«
»Es war nicht allein meine Schuld«, versuchte sich Stephen herauszureden. »Die Entführung hatte ja geklappt, und aus der Blockhütte wäre Valerie auch nie mehr lebend herausgekommen. Es war ein perfekter Plan...«
»Ja, das sieht man«, stichelte Rhonda verächtlich.

»Ja, das war er auch!« donnerte Stephen. »Und nichts wäre schiefgelaufen, wenn Flaubert nicht Calhoun vertraut hätte. Calhoun hat uns nämlich an Captain Melville verraten, der uns dann mit mehr als einem Dutzend Männern überrascht hat. Sie haben ohne Warnung das Feuer auf uns eröffnet. Flaubert ist in ihrem Kugelhagel gestorben, und daß ich entkommen konnte, ist ein wahres Wunder. Wenn hier also jemand einen kapitalen Fehler gemacht hat, dann war das Flaubert!«
»Ich wünschte, ich könnte seine Version dazu hören«, sagte Catherine skeptisch.
»Glaube es, oder laß es bleiben«, murmelte Stephen wütend und füllte sein Glas wieder auf, ohne sich um den mißbilligenden Blick seiner Mutter zu kümmern.
»Eine schöne Bescherung«, sagte Rhonda verdrossen. »Was immer ihr auch unternehmt, Glück habt ihr wahrlich nicht. Jedesmal macht euch diese Valerie zum Narren. Daß ihr mit Vaters Bastard nicht fertig werdet, ist schon ein Armutszeugnis.«
»Bitte, wenn du dich von nun an darum kümmern würdest«, erwiderte Stephen bissig, »du bist herzlich eingeladen. Sicherlich wirst du alles besser machen!«
»Aber gewiß auch nicht schlechter als ihr, denn das ist ja wohl kaum noch möglich«, konterte sie.
»Halt bloß deine Zunge in Zaum, Schwester!« warnte er sie. »Vergiß nicht, daß ich COTTON FIELDS geerbt habe und hier der Master bin!«
»Der wirst du aber möglicherweise nicht bleiben, wenn du weiterhin eine so glückliche Hand beweist«, sagte Rhonda sarkastisch.
»Hört auf, euch zu streiten!« sagte Catherine scharf und setzte sich. »Ich habe Stephen deutlich zu verstehen gegeben, was ich von seinem Vorgehen halte. Aber damit reicht es. Was geschehen ist, ist geschehen. Sich deswegen gegenseitig anzugiften bringt uns nicht weiter. Jetzt muß uns in erster Linie daran gelegen sein, einen neuen Weg zu finden, das drohende Unheil von uns und COTTON FIELDS abzuwehren. Bedauerlicherweise können wir uns Flauberts Dienste nicht mehr bedienen. Bemühen wir uns also, eine Lösung zu finden. Habt ihr irgendwelche Vorschläge zu machen?«
Rhonda kaute auf ihrer Unterlippe, während Stephen finster in sein Glas starrte. Ratloses, bedrückendes Schweigen herrschte in der Bibliothek.

Matthew Melville ritt an der Spitze der kleinen Reiterkolonne, die sich im Galopp COTTON FIELDS näherte. Der Regen hatte die Landstraße an vielen Stellen aufgeweicht und große Pfützen hinterlassen. Morast und Wasser spritzten unter den trommelnden Hufen der Pferde auf.

Es war gut, daß die Fahrt mit der Fähre zurück ans andere Ufer und der Ritt zur Plantage mehrere Stunden in Anspruch genommen hatte. So hatte sich Matthews flammende Wut, die ihn zu einer Kurzschlußhandlung hätte hinreißen können, in einen beherrschten, eisigen Zorn verwandelt, der der Kontrolle seiner Vernunft unterlag.

Die Abzweigung zur Plantage tauchte auf. Matthew schwenkte nach links auf den Zufahrtsweg, der in die lange Allee überging, und zügelte sein Pferd, das schnaubend zum Stehen kam.

»Sind wir hier richtig, Captain?« fragte Kevin.

Matthew nickte.

»Will's doch auch hoffen, Mann«, schnaubte Rory und wischte sich mit dem Unterarm über die Stirn. »Hab' für meinen Geschmack lange genug auf einem Gaul gesessen und mich durchschütteln lassen. Mir tut jeder Knochen weh.«

»Du wirst nicht daran sterben«, meinte Frank, sah aber auch reichlich mitgenommen aus. »Und der Captain hält für unseren wunden Hintern ein ordentliches Trostpflaster bereit.«

Rory grinste breit. »Stimmt, aber ich bin nun mal Matrose und kein feiner Landjunker, der auf dem Rücken eines Pferdes groß geworden ist.«

»Was du nicht sagst«, spottete Frank. »Darauf wäre ich allein nie gekommen.«

»Absteigen, Männer«, sagte Matthew nach kurzem Überlegen. »Den Rest legen wir zu Fuß zurück.«

»Das ist ein Wort«, sagte Rory und schwang sich mit einem unterdrückten Aufstöhnen aus dem Sattel.

»Was ist mit den Pferden?« fragte Frank. »Lassen wir die hier zurück?«

»Nein, wir führen sie mit«, entschied Matthew. »Vielleicht brauchen wir sie, um uns schnell abzusetzen. Ich weiß nicht, was passieren wird.«

»Finden wir hier die Dreckskerle, die unser Schiff in Brand gesetzt haben?« fragte Kevin.

»Die werden wir vermutlich nie zu schnappen kriegen«, erklärte Matthew grimmig, »denn das waren garantiert bezahlte Handlanger, die nur einen Auftrag ausgeführt haben, ohne zu wissen, worum es dabei ging. Aber in dem Haus am Ende dieser Allee finden wir die Drahtzieher, die hinter dem Brandanschlag stehen.«
»Denen werden wir einheizen!« rief Rory entschlossen. »Am besten brennen wir ihnen die eigene Bude nieder und spicken sie mit Schrot, wenn sie aus ihrem Bau gerannt kommen!«
»Prächtige Idee!« sagte Frank begeistert.
»Ihr werdet tun, was ich euch sage, und sonst gar nichts!« schärfte Matthew ihnen ein. »Und wenn einer von euch meint, eine Extratour reiten zu können, dann hat er sich nicht nur um seine Prämie gebracht, sondern kriegt es auch noch mit mir zu tun, und zwar handgreiflich!«
»He, Captain, war ja nicht so gemeint«, wiegelte Rory schnell ab. »Sagen Sie, was Sie vorhaben, und wir tun unseren Part.«
»Es wird zu keinen Gewalttätigkeiten kommen, es sei denn, die anderen fangen damit an. Aber auch dann werdet ihr meine Befehle abwarten!«
»Aye, aye, Captain«, murmelten die Männer.
»Gut, dann los! Und seid leise. Geredet wird nur, wenn es sein muß!«
Matthew nahm sein Pferd am Zügel und führte es hinter sich her, während er sich in der Nähe der Eichen hielt, so daß sie mit der Dunkelheit verschmolzen. Vom feuchten Blätterdach perlte der Regen ab und tropfte auf sie nieder.
Als er den Lichtschein sah, der das Herrenhaus am Ende der Allee aus der Schwärze der Nacht hob, wunderte er sich nicht. Im Haus der Duvalls dachte jetzt wohl keiner mehr an Schlaf. Und sie würden auch keinen mehr bekommen, dafür würde er sorgen!
Matthew blieb stehen, als sie nur noch drei Baumreihen vom Vorplatz trennten. »Wir lassen die Pferde hier zurück«, sagte er und befestigte die Zügel an einem armlangen Aststumpf in Kopfhöhe. Kevin, Rory und Frank machten es ihm nach.
»Verdammt vornehmer Schuppen«, raunte Rory. »Bin noch nie in so einem Herrenhaus gewesen.«
»Gleich kriegst du Gelegenheit dazu«, erwiderte Matthew und zog die doppelläufige Schrotflinte aus dem Gewehrschuh. Auch die Matrosen nahmen ihre Waffen an sich.

Kevin hob spöttisch die Augenbrauen. »Schätze, daß sie uns freiwillig nicht reinlassen werden, Captain.«

»Wir kommen schon rein, verlaß dich darauf!« Er vergewisserte sich, daß er Ersatzpatronen in der Jackentasche hatte. »Und zwar ohne große Voranmeldung. Kommt mit!«

Geduckt schlichen sie um das Herrenhaus herum und vermieden den hellen Lichtschein, der auch aus einigen der unteren Räume zu ihnen in die Nacht drang. Matthew war überzeugt, daß der Dienstboteneingang auf der Rückfront nicht verschlossen sein würde. Und er behielt recht. Als sie die Tür unangefochten erreicht hatten und er den Knauf drehte, schnappte das Schloß sofort auf.

»Ihr bleibt hinter mir! Und Finger weg vom Abzug! Wir sind nicht hier, um ein Blutbad anzurichten und dafür am Galgen zu landen!« warnte er sie.

Matthew drückte die Tür auf und ging voran. Der Gang führte an mehreren Räumen vorbei und machte dann einen Knick nach rechts. Er mündete zehn Schritte weiter in die große Eingangshalle.

Als Matthew um die Ecke bog, stieß er beinahe mit Albert Henson zusammen.

Der Butler blieb abrupt stehen und gab einen Laut des Erschreckens von sich. Mit weit aufgerissenen Augen starrte er in die beiden Mündungen der Flinte.

»Ganz ruhig!« warnte Matthew ihn mit leiser Stimme. »Fang bloß nicht an zu schreien! Dir passiert nichts, wenn du die Nerven behältst. Es wird keinem in diesem Haus etwas geschehen!«

»Sir!« keuchte der Butler entsetzt, als er ihn nun wiedererkannte. »Was... was... hat das zu bedeuten?... Und wer hat Sie ins Haus gelassen?«

»Wir haben uns selbst Einlaß verschafft, um unnötige Aufregung zu vermeiden«, antwortete Matthew. »Und jetzt führ uns zu den Duvalls. Ich nehme an, daß sie auf sind.«

»Ja, aber...«, begann der Butler verstört.

»Tu, was ich dir gesagt habe!« forderte Matthew ihn ungeduldig auf. »Du hast nichts zu befürchten. Ich möchte nur ein paar Worte mit deiner Herrschaft wechseln. Und jetzt führe uns zu ihr!«

Der Butler schluckte heftig. »Ich beuge mich der Gewalt, Sir! Aber nur unter Protest!«

»Wir haben das zur Kenntnis genommen.« Matthew machte eine herrische Bewegung mit der Flinte. »Na los, wo sind sie?«

»Sie sind oben, in der Bibliothek«, murmelte der Schwarze und hastete die breite Treppe hinauf, gefolgt von den vier bewaffneten Männern.
Als sie vor der Tür zur Bibliothek standen, befahl Matthew dem Butler mit gedämpfter, aber eindringlicher Stimme: »Du bleibst hier im Flur stehen, rührst dich nicht von der Stelle und gibst keinen Ton von dir, wenn du nicht willst, daß ein Unglück geschieht. Hast du mich verstanden?«
Der Butler nickte stumm, Angst in den Augen.
Und zu seinen Männern gewandt raunte Matthew: »Ihr bleibt auch hier. Aber fangt bloß nicht an, loszuballern, wenn irgend jemand im Flur auftaucht. Notfalls zieht ihr euch zu mir in die Bibliothek zurück!«
»Soll nicht besser einer von uns mit Ihnen gehen?« wandte Rory ein.
»Nein, mit dieser feigen Brut werde ich allein fertig!« beschied Matthew ihn. »Dazu bräuchte ich nicht einmal eine Waffe.«
»Ich hoffe, Sie wissen, was Sie da tun«, brummte Rory skeptisch.
Matthew ging nicht darauf ein, sondern stieß die Tür zur Bibliothek auf, trat ein und warf die Tür hinter sich zu. Mit einem Blick vergewisserte er sich, daß sich nur die drei Duvalls im Raum aufhielten.
»Einen schönen guten Morgen!« rief er höhnisch. »Schon so früh auf den Beinen, um Kriegsrat zu halten? Ich schätze, ich kann zu Ihrer Unterhaltung die eine oder andere Anregung beitragen!«
Catherine, Rhonda und Stephen waren einen Augenblick wie gelähmt und starrten ihn an. Auf ihren Gesichtern zeigte sich erst Verblüffung und dann Erschrecken. Catherine und Rhonda waren ihm noch nie begegnet, wußten nach der ersten Schrecksekunde jedoch instinktiv, um wen es sich bei ihm handeln mußte. Allein in Stephens Augen stand vom ersten Moment an Angst.
Er ist gekommen, um sich zu rächen und mich zu töten! fuhr es ihm wie ein Blitz durch den Kopf, erfüllte ihn mit Todesangst und ließ ihn in panischem Schrecken reagieren. Als hätte er gegen Matthew, der mit der Flinte im Anschlag an der Tür stand, auch nur den Schimmer einer Chance, ließ er Karaffe und Glas fallen und warf sich nach rechts, um an sein Gewehr zu kommen, das er gegen den Kamin gelehnt hatte.
Als Stephen auf dem Boden aufprallte, noch eine ganze Körperlänge vom Gewehr entfernt, krachte Matthews Schrotflinte. Der Kugelha-

gel prasselte gegen den großen Spiegel über dem Kaminsims, der in tausend Stücke zersplitterte.

»Finger weg von dem Gewehr!« warnte Matthew mit durchdringender Stimme. »Die nächste Schrotladung richtet ein bißchen mehr Schaden an als ein paar Glasscherben!«

Stephen beachtete die Warnung nicht, zu groß war seine Panik. Das Gewehr erschien ihm als seine einzige Rettung. Wenn er schon sterben sollte, dann wollte er zumindest seinen Gegner mit in den Tod nehmen.

Matthew preßte die Lippen aufeinander, als er sah, daß Stephen Duvall sich nicht um seine Warnung kümmerte. Um seine Drohung nicht wahr machen zu müssen, sprang er vor, und er war bei ihm, als Stephen das Gewehr gerade an sich gerissen hatte.

Mit einem wuchtigen Stiefeltritt stieß er ihm das Gewehr aus den Händen und schlug ihm dann den Kolben seiner Flinte vor die Brust.

Stephen Duvall schrie auf, stürzte nach hinten und japste nach Luft, während Matthew sich schnell bückte und das Gewehr an sich nahm. All das hatte nur wenige Sekunden gedauert.

Die Tür wurde aufgerissen, und Rory stürzte geduckt herein, das Gesicht angespannt und das Gewehr schußbereit in seinen mächtigen Pranken. »Ärger, Captain?« rief er knapp.

»Schon gut, Rory. Ich hab' hier alles unter Kontrolle«, beruhigte Matthew ihn und warf ihm das Gewehr zu.

Rory fing es geschickt auf. »Klang aber gar nicht so.«

»Manche Leute brauchen eben erst einen Schuß vor den Bug, bevor sie einsehen, daß sie keine Chance haben, und beidrehen«, sagte Matthew spöttisch. »Geh wieder zu den anderen und paß auf, daß keinem die Nerven durchgehen. Der Schuß wird das ganze Haus aufgeweckt haben.«

»Aye, aye, Captain.« Rory zog sich wieder in den Flur zurück.

Catherine Duvall hatte mit fassungslosem Erschrecken beobachtet, wie der Fremde ihren Sohn in einer blitzschnellen Aktion entwaffnet und niedergeschlagen hatte. Der Schreck hatte sie für Augenblicke gelähmt. Doch nun schüttelte sie diese Lähmung ab und erhob sich mit einer jähen, von Wut bestimmten Bewegung.

»Wie können Sie es wagen, in dieses Haus einzudringen!« fuhr sie ihn in einer Mischung aus Zorn und Arroganz an. Sie trat auf ihn zu und ignorierte dabei die Flinte in seinen Händen. »Sie ver-

schwinden hier! Auf der Stelle! Sie werden sich für diesen... Überfall vor Gericht zu verantworten haben!«
Matthew fixierte sie scharf, als wollte er sich das Gesicht der Frau, die Valerie schon seit Monaten nach dem Leben trachtete und all diese Verbrechen geplant hatte, bis auf das kleinste Detail einprägen.
»Sie sind Missis Duvall.« Es war mehr eine Feststellung als eine Frage.
»*Madame* Duvall!« verbesserte sie ihn scharf.
»Bitte erlauben Sie, daß ich mich Ihnen vorstelle, *Madame Duvall*«, erwiderte Matthew eisig. »Mein Name ist Melville, Captain Matthew Melville, wie Sie ja vermutlich schon längst wissen.«
Sie funkelte ihn an. »Ich kenne keinen Captain Melville! Und ich fordere Sie zum letztenmal auf, das Haus zu verlassen!«
Matthew zog die Augenbrauen hoch. »So? Sie können sich nicht an meinen Namen erinnern? Sollten Sie so schnell senil geworden sein, *Madame*?« höhnte er.
»Die Beleidigungen, die mich treffen könnten, müßten schon von einem Gentleman kommen und nicht von einem Subjekt wie Ihnen!« sagte sie voller Standesdünkel und Verachtung.
Matthew reagierte darauf mit einer schallenden Ohrfeige.
Catherine schrie schrill auf, taumelte zurück und hielt sich die schmerzende Wange. Ein verstörter Ausdruck trat in ihre Augen.
»Mutter!« rief Rhonda entsetzt und sprang vom Sofa auf.
»Bleib, wo du bist, dann passiert dir nichts!« fuhr Matthew sie mit schneidender Stimme an und richtete die Flinte kurz auf Stephen, der sich mühsam aufgerichtet hatte und sich auf einem Sessel abstützte. »Und du setzt dich hin, wenn du mich nicht von meiner unangenehmsten Seite kennenlernen möchtest!«
»Sie haben es gewagt, meine Mutter zu schlagen!« stieß Stephen keuchend hervor.
»Ja, denn das war die einzig passende Antwort auf ihre unverschämte Art!« erwiderte Matthew hart. »Los jetzt! Hinsetzen!«
»Dreckskerl!« zischte Stephen, folgte jedoch dem Befehl.
Catherine hatte den Schock der Ohrfeige noch nicht überwunden. »Sie... Sie... haben mich geschlagen«, kam es stockend von ohnmächtiger Wut über ihre Lippen. »Noch nie in meinem Leben hat es jemand gewagt, die Hand gegen mich zu erheben! Noch nie!... Sie werden dafür...«
Matthew schnitt ihr das Wort ab. »Hören Sie auf, mir die vornehme

Madame vorspielen zu wollen, Missis Duvall. Diese Schmierenkomödie können Sie sich ersparen! Auch ich habe noch nie in meinem Leben die Hand gegen eine anständige Frau erhoben, egal, aus welcher Schicht. Aber Sie wissen nicht einmal, was das Wort Anständigkeit überhaupt bedeutet!«
Sie schnappte empört nach Luft.
»Sie haben den verdorbenen Charakter einer heruntergekommenen Puffmutter, die vor keinem noch so schändlichen Verbrechen zurückschreckt, jedoch anderen die Drecksarbeit überläßt. Sie mögen sich zwar vornehm kleiden und die Nase hochtragen, doch hinter dieser Maske verbirgt sich die abstoßende Fratze eines feigen Verbrechers!« schleuderte er ihr schonungslos ins Gesicht.
Catherine zuckte unter seinen Worten wie unter physischen Schlägen zusammen, und sie wurde ganz grau im Gesicht. Langsam wich sie vor ihm zurück, suchte nach einer passenden Erwiderung. »Sie... Sie... müssen verrückt sein!« Ihre Stimme versagte und war kaum mehr als ein krächzendes Flüstern. »Sie... haben... den Verstand verloren! Sie wissen wohl nicht, mit wem Sie es zu tun haben.«
Ein bitteres Lächeln huschte über sein Gesicht. »Oh, ich weiß leider nur zu gut, mit wem ich es zu tun habe – und zwar mit der hinterhältigen Duvall-Brut, die nichts unversucht läßt, um Valerie zu ermorden.«
»Sie reden wirres Zeug!« stieß Catherine hervor und bekam sich wieder unter Kontrolle. »Sie scheinen unter Verfolgungswahn zu leiden!«
Matthew trat auf sie zu. Sein Gesicht spiegelte seinen wilden Zorn wider. »Wiederholen Sie das, Missis Duvall!« zischte er drohend.
»Ich... ich denke nicht daran!« fauchte sie, doch ihr Blick begann unstet zu werden.
»Wollen Sie ernsthaft behaupten, Sie wüßten nicht, warum ich hier bin?« zischte Matthew. »Wollen Sie abstreiten, daß Sie Bertram Flaubert zweimal damit beauftragt haben, Valerie Fulham, das Kind von Henry Duvall, zu töten?«
»Ich sagte doch schon, Sie reden wirres...«
Catherine Duvall kam nicht mehr dazu, den Satz zu beenden. Eine zweite schallende Ohrfeige traf sie und schleuderte sie auf die Sitzbank.
»Ich warne Sie!« Matthews Zorn war wie ein brodelnder Vulkan,

der kurz vor dem Ausbruch stand. »Jetzt reicht es! Wenn ich von einem von Ihnen noch eine dieser unverschämten Lügen zu hören kriege, kann es passieren, daß ich mich vergesse!«

»Mein Gott, Mutter, er meint es ernst«, raunte Rhonda entsetzt.

»Und ob ich es ernst meine!« bekräftigte Matthew und ging zu Stephen hinüber. Er hielt ihm die Mündung der Flinte unter das Kinn. »Diesesmal bist du mit dem Leben davongekommen, aber das nächste Mal bist du reif für den Friedhof, das schwöre ich dir!«

Stephen wagte kaum zu atmen. Schweißperlen bedeckten sein eingefallenes Gesicht, das von nackter Angst gezeichnet war.

Catherine Duvall begriff nun, daß es nicht nur sinnlos, sondern zudem auch noch lebensgefährlich war, die Ahnungslosen zu spielen. »Also gut, wir wissen, wer Sie sind, Captain Melville«, räumte sie nun widerstrebend ein, und es kostete sie ungeheure Überwindung, ihm dieses Eingeständnis machen zu müssen. »Und wir wissen auch, worauf Sie anspielen. Aber Sie haben nicht den geringsten Beweis in der Hand.«

Matthew nahm die Flinte von Stephens Kinn. Ein kühles Lächeln zuckte um seine Mundwinkel. »Welch ein Fortschritt, daß wir endlich die gleiche Sprache sprechen und wissen, worum es geht. Und was den Beweis betrifft, von dem Sie sprechen, so interessiert mich der wenig.«

»So? Was interessiert Sie dann?« fragte Catherine verächtlich. »COTTON FIELDS? Dieser dreckige Bastard Valerie wird diese Plantage nie bekommen!«

Matthew kniff die Augen zusammen. »COTTON FIELDS interessiert mich im Augenblick überhaupt nicht, Missis Duvall. Ich bin hier, um Sie zu warnen. Und ich werde diese Warnung nicht wiederholen.«

Höhnisch verzog Catherine das Gesicht. »Sie wollen uns warnen?«

Matthew lächelte. »So ist es. Diese Nacht versuchten Sie durch Ihren Handlanger Bertram Flaubert und Ihren triebhaften Sohn zum zweitenmal, Valerie zu ermorden. Fast wäre es Ihnen gelungen – und Sie können sich glücklich schätzen, daß Valerie noch lebt. Denn wenn ihr etwas passiert wäre, hätten Sie jetzt teuer dafür bezahlt. Und zwar mit Ihrem eigenen Leben!«

»Bertram Flaubert ist tot!« erwiderte Catherine Duvall heftig. »Und Sie können uns vor Gericht nichts nachweisen. Absolut nichts!«

»Sie scheinen immer noch nicht verstanden zu haben, daß ich mich einen Dreck um Beweise und Gerichtsverfahren schere, Missis Duvall!« fuhr Matthew sie an. »Mir genügt es zu wissen, daß Sie hinter diesem Mordkomplott stehen, um Sie zur Rechenschaft zu ziehen!«

Stephen lachte spöttisch, es klang jedoch eher gequält. »Wollen Sie uns vielleicht damit drohen, uns zu ermorden?«

Matthew wandte sich ihm zu und sagte mit ruhiger Stimme: »Endlich begreifen Sie. Zweimal haben Sie versucht, Valerie umzubringen. Ein drittes Mal wird es nicht geben – es sei denn, Sie hätten mit Ihrem Leben abgeschlossen.«

Rhonda schüttelte ungläubig den Kopf. »Das... das ist doch verrückt!« stieß sie hervor.

»Dort, wo ich viele Jahre gelebt habe, galt und gilt das auch heute noch als absolut nicht verrückt«, erwiderte er entschlossen. »Beim nächsten Anschlag auf Valerie werde ich nicht zögern, einen von Ihnen umzulegen. Vermutlich werde ich mit Ihnen anfangen, Stephen.«

Stephen wurde kalkweiß im Gesicht.

»Sie sind wirklich wahnsinnig!« murmelte Catherine.

»Auge um Auge, Zahn um Zahn! Ich schwöre Ihnen bei allem, was mir heilig ist, daß ich das nächste Mal gnadenlos zurückschlagen werde. Und Sie können sich darauf verlassen, daß ich für die Tatzeit ein felsenfestes Alibi haben werde«, sagte Matthew mit kalter Entschlossenheit. »Ich lasse nicht mehr zu, daß Valerie auch nur das geringste zustößt und sie ständig in Angst vor Ihren Killern leben muß! Kämpfen Sie vor Gericht um COTTON FIELDS, und beschränken Sie sich auf anwaltliche Intrigen. Mir ist das egal, und Valerie wird sich darauf einzustellen wissen. Doch wenn Sie es mit Gewalt versuchen und eine blutige Fehde haben wollen, dann werde ich Sie vernichten. Und damit Sie nicht glauben, Sie befänden sich in Sicherheit, wenn Sie mich auch gleich mit umlegen, werde ich für den Fall meines Todes ein Kopfgeld auf Sie aussetzen. Ich habe genug Männer, die mir treu ergeben sind und auch ohne eine fette Prämie meinen Tod rächen werden. Um es noch einmal zu betonen: Von nun an gibt es kein Pardon mehr! Ich werde mit der doppelten Härte zurückschlagen, mit der Sie gegen Valerie oder mich vorgehen! Und wenn ich einem von Ihnen das Gehirn aus dem Schädel blase, wird es ein Akt der Gerechtigkeit sein, der mich nicht eine Sekunde meines Schlafes kosten wird! Also überlegen Sie es sich in

Zukunft gut, was Sie zu tun beabsichtigen – Sie könnten leicht Ihr eigenes Todesurteil fällen.«

Entsetztes Schweigen folgte seinen Worten.

Matthew blickte jeden einzelnen an, als wollte er sich noch einmal davon überzeugen, daß sie ihn verstanden hatten.

»Und noch etwas«, brach er schließlich die angespannte Stille, und es klang beiläufig: »Der Brandanschlag auf meinen Raddampfer hat diesen zwar nicht eingeäschert, jedoch einen nicht unerheblichen Schaden angerichtet.«

»Was für ein Brandanschlag?« fragte Catherine unwillkürlich.

»Oh, sollte Ihr Sohn in seinem Übereifer ohne Ihre Zustimmung gehandelt haben?« fragte Matthew mit beißendem Spott. »Nun, klären Sie diese Angelegenheit unter sich. Mich interessiert nicht, wer sich diesen teuren Scherz erlaubt hat. Hauptsache, Sie begleichen die Rechnung, die ich Ihnen für die Behebung der Schäden demnächst zusenden werde.«

»Machen Sie sich nicht lächerlich!« brauste Stephen auf. »Sie werden von uns nicht einen Cent zu sehen bekommen!«

Matthew lächelte ihn mitleidig an. »Ich bin sicher, daß Sie die Rechnung auf den Cent genau begleichen werden, Mister Duvall. Oder glauben Sie, daß nur Raddampfer das Opfer eines Brandanschlags werden können? Baumwollager und Herrenhäuser können genauso schnell in Flammen aufgehen. Also überlegen Sie es sich gut.« Er ging zur Tür, und bevor er die Bibliothek verließ, drehte er sich noch einmal zu ihnen um. »Sie sollten sich ein wenig Schlaf gönnen. Sie sehen alle sehr mitgenommen aus. Einen schönen Tag noch.« Er tippte mit den Fingerspitzen gegen einen nicht vorhandenen Hut und zog die Tür sanft hinter sich ins Schloß.

Einen Augenblick herrschte betroffenes Schweigen. Dann sagte Rhonda wie benommen: »Ich kann das einfach nicht glauben. Das ist verrückt! Unmöglich, daß er das ernst gemeint haben kann!«

»Hat er auch nicht!« stieß Stephen hervor, weil er die Wahrheit einfach nicht akzeptieren wollte. »Das war nur ein lächerlicher Bluff!«

»Redet doch nicht so dummes Zeug!« brach es nun unbeherrscht aus Catherine hervor, und sie hatte Tränen des Zorns und der Erniedrigung in den Augen. »Ihr wißt ganz genau, daß er nicht geblufft hat. Er wird uns mit unseren eigenen Waffen schlagen. Macht euch doch nichts vor! Du hast heute nacht unsere letzte Chance vertan, Stephen! Du hast alles verspielt. Tu jetzt nicht so großspurig, als könntest du dich oder einen von uns vor der Rache dieses Mannes schützen! Du hast ja nicht einmal verhindern können, daß er mich geschlagen hat!«

»Er hätte mich niedergeschossen!« verteidigte er sich. »Das hast du doch selbst gesehen!«

»Ja, das habe ich! Dieser Mann ist zu allem entschlossen. Also versuch mir nicht weiszumachen, er würde seine Drohung nicht wahr machen! Er wird nicht eine Sekunde zögern, dich umzubringen, wenn diesem verfluchten Niggerbastard etwas zustößt. Es wird daher keinen zweiten Bertram Flaubert geben, um das Problem Valerie aus der Welt zu schaffen. Das sind die Tatsachen, und damit müssen wir uns abfinden.«

»Soll das heißen, daß wir aufgeben?« fragte Rhonda fassungslos.

»Natürlich geben wir *nicht* auf!« erwiderte Catherine wutentbrannt. »Aber wir werden unsere Taktik ändern und uns damit abfinden müssen, daß wir dem Bastard mit Gewalt nicht mehr beikommen können.«

»Aber wie willst du sie dann unschädlich machen?« wollte Rhonda wissen.

»Sie wird einen Teil ihres Erbes bekommen!«

14.

Unruhig warf Valerie sich im Bett herum, krallte sich in das Kissen und kauerte sich schutzsuchend zusammen. Sie wimmerte leise im Schlaf, und ihre Züge verzerrten sich angesichts der gräßlichen Bilder ihres Alptraums.

Matthew fuhr ihr sacht über die Wange, streifte ihr das wallende Haar zurück. »Es ist ja gut, mein Liebling«, flüsterte er ihr zu. »Du brauchst keine Angst mehr zu haben. Jetzt ist alles gut.«

»Nein, nein... tu es nicht!« murmelte Valerie im Schlaf und warf sich herum. »Laß mich in Ruhe!... Geh weg damit!... Was habe ich dir getan?«

Matthew beugte sich über sie. »Valerie!... Wach auf!... Es ist nur ein Alptraum!« Wieder streichelte er zärtlich ihr Gesicht.

Sie versuchte sich seiner Berührung zu entziehen. »Rühr mich nicht an!« keuchte sie. »Ich bring' dich um!... Ich bring' dich um!«
Er rüttelte sie nun sanft an den Schultern, um sie von ihrem Alptraum zu befreien. Valerie wehrte sich und versuchte ihn von sich zu drücken. Doch dann öffneten sich ihre Augen, und benommen starrte sie zu ihm auf, noch ganz unter dem Eindruck des quälenden Alptraums.
»Matthew!« hauchte sie verwirrt.
Er nickte. »Du hast schlecht geträumt, mein Liebling. Aber es war nur ein Alptraum. Jetzt ist alles wieder in Ordnung, Valerie. Du brauchst dich nicht mehr zu ängstigen.«
Valerie richtete sich im Bett auf und lehnte sich gegen das handgeschnitzte Rückteil des Himmelbettes. Ihr Blick ging zu den Fenstern hinüber. Die schweren Vorhänge waren halb aufgezogen, und durch die Gardinen fiel blasses Morgenlicht ins Zimmer.
»Es ist schon Morgen«, murmelte sie.
»Ja, ein neuer Tag... und fast ein neues Leben«, sagte er zärtlich.
»Ich habe gar nicht gehört, daß du zurückgekommen bist«, sagte sie.
»Das konntest du auch gar nicht«, erwiderte er mit einem leichten Lächeln. »Ich bin ja eben erst zu dir unter die Decke gekrochen.«
Die Erinnerung an die entsetzlichen Ereignisse der vergangenen Nacht überfiel Valerie wieder, und sie umfaßte ihre Schultern mit den Händen, als ein Frösteln durch ihren Körper ging. Die Stunden, die sie gefesselt und geknebelt unter den nassen Säcken zugebracht hatte, gehörten zu den schlimmsten Erlebnissen ihres an Leiden nicht gerade armen Lebens. Und wie alt sie auch werden mochte, nie würde sie vergessen, wie Bruce French vom Kugelhagel förmlich gegen die Wand des Blockhauses genagelt, durchlöchert und mit zerschmettertem Schädel zu Boden gerissen worden war.
»Ich wünschte, ich könnte diese Nacht aus meiner Erinnerung löschen«, sagte sie niedergeschlagen. »Nein, ich wünschte, nichts von dem, was geschehen ist, wäre passiert. Dann hätte es auch keinen Brandanschlag auf die RIVER QUEEN gegeben.«
»So etwas wird nie wieder geschehen, und die Duvalls werden für den Schaden aufkommen. Du brauchst dir deswegen also keine Sorgen zu machen, Valerie.«
Die Benommenheit fiel schlagartig von ihr ab, und ihre Augen blickten ihn ohne Schläfrigkeit an, als sie halb erschrocken, halb aufgeregt rief: »Mein Gott, du warst ja auf COTTON FIELDS! Du hast

dich in deinem Zorn doch hoffentlich nicht dazu hinreißen lassen, etwas Verbotenes zu tun!«

»Ich hatte mich verdammt gut unter Kontrolle, aber ganz ohne Blessuren für die Duvalls ist mein Auftritt doch nicht über die Bühne gegangen. Aber mit einem zerschossenen Spiegel, zwei Ohrfeigen und einer leichten Rippenprellung sind sie eigentlich sträflich billig davongekommen«, erwiderte Matthew grimmig.

»Ein zerschossener Spiegel? Du bist also in das Haus eingedrungen?« fragte Valerie erschrocken.

»Ja«, sagte Matthew und berichtete ihr nun in groben Zügen, was sich in der Bibliothek zugetragen hatte. Als er von den beiden Ohrfeigen erzählte, die er Catherine Duvall gegeben hatte, leuchteten Valeries Augen auf.

»Hätte ich doch nur dabeisein können!«

»Am liebsten hätte ich dieses gemeine, arrogante Weibsstück windelweich geprügelt, aber vermutlich haben diese Ohrfeigen sie tiefer erschüttert, als es eine ordentliche Tracht Prügel vermocht hätte«, sagte Matthew und verschwieg Valerie die Schärfe seiner angedrohten Vergeltungsmaßnahmen, als er auf seine Drohungen zu sprechen kam. »Sie werden es von nun an nicht mehr wagen, dir nach dem Leben zu trachten. Du brauchst also keine Angst mehr zu haben. Der Alptraum hat jetzt ein Ende. Ich hätte den Duvalls schon viel eher auf die Bude rücken und ihnen einen Schuß vor den Bug verpassen sollen. Aber jetzt sind die Grenzen endlich abgesteckt, und ich bezweifle, daß sie sie überschreiten werden.«

Valerie streckte die Hand nach ihm aus. Tränen stiegen ihr in die Augen. »Du weißt gar nicht, wie schrecklich ich mich gefühlt habe, als deine Männer mich nach Hause brachten und ich dich allein da draußen wußte, unterwegs nach COTTON FIELDS, während es auf der RIVER QUEEN noch schwelte.«

»Es war eine schreckliche Nacht für uns alle, aber wir sind ja noch mal mit heiler Haut davongekommen«, tröstete er sie und streichelte ihre Hand. »So etwas wird nie wieder vorkommen.«

»Nein, das soll es auch nicht«, sagte Valerie. »Ich habe darüber nachgedacht, was du gesagt hast. Du hast recht, Matthew. Kein noch so schöner Besitz ist es wert, daß man dafür sein Leben und seine Liebe aufs Spiel setzt. Zweimal bin ich einem Mordanschlag nur um Haaresbreite entkommen. Ein drittes Mal darf es nicht mehr geben.«

Er hob die Augenbrauen. »Und was bedeutet das für COTTON FIELDS?«
Valerie atmete tief durch. »Du weißt, was ich mir geschworen habe...«
»Es gibt unvernünftige Schwüre, die geradezu danach schreien, gebrochen zu werden.«
Sie lächelte traurig. »Ja, und ich werde meinen Schwur wohl brechen, weil du mir einfach mehr bedeutest als COTTON FIELDS oder irgend etwas anderes. Der Gedanke, daß die Duvalls nun doch noch ihr verbrecherisches Spiel gewonnen haben, wird mich immer schmerzen. Aber ich werde versuchen, mich damit abzufinden und damit zu leben. Es darf einfach kein Blut mehr fließen. Und ich könnte es mir nie verzeihen, wenn dir wegen mir etwas zustoßen sollte. Unter diesen Umständen will ich lieber auf mein Erbe und auf Gerechtigkeit verzichten, auch wenn es mir sehr schwerfällt.«
Matthew war einen Moment lang versucht, ihr klarzumachen, daß ihr von nun an keine Gefahren für Leib und Leben mehr drohten, denn er hegte nicht den geringsten Zweifel, daß zumindest Catherine Duvall begriffen hatte, daß er nicht zögern würde, seine Drohung in die Tat umzusetzen.
Doch er ließ es bleiben, war es ihm doch ganz recht, wenn Valerie endgültig von dem Traum, eines Tages Herrin von COTTON FIELDS zu sein, Abschied nahm.
»Das ist eine sehr vernünftige Entscheidung, mein Liebling. Unsere Liebe ist wirklich wichtiger als alles andere«, versicherte er und zog sie in seine Arme.
»Ach, Matthew«, seufzte sie. »Küß mich und hab mich lieb. Ich möchte dich spüren... ganz nah und intensiv, mein Liebster. Ich möchte alles vergessen.«
Er verschloß ihren Mund mit seinen Lippen, und ihre Zungen trafen sich zu ihrem vertrauten Spiel der Zärtlichkeit, während ihre Hände einander liebkosten und erregten.
Ihre nackten Körper fanden bald zusammen und folgten dem Rhythmus ihres Verlangens. Die Wogen der Lust trieben sie mit sich fort, bis die Erregung unerträglich wurde und sie sich der heißen Flut der Erfüllung hingaben. Engumschlungen sanken sie schließlich auf das zerwühlte Laken und flüsterten sich Liebkosungen zu, während die Hitze ihrer Liebe noch immer in ihnen nachglühte.
Sie schliefen schließlich ein. Als Valerie wieder erwachte, lag Mat-

thew noch in tiefem Schlaf, eine Hand um ihre Taille gelegt, als wollte er sie auch im Schlaf nicht freigeben. Zärtlich blickte sie auf ihn hinab und hauchte einen Kuß auf seine Stirn. Er schlief den Schlaf der Erschöpfung, und sie hatte nicht das Herz, ihn zu wecken. Ganz vorsichtig entzog sie sich seiner Hand und stand auf. Sie trat ans Fenster und blickte hinaus in den Garten. Der Himmel hatte sich aufgeklärt und begrüßte sie mit einem strahlenden Blau. Sie atmete tief durch und hatte das wunderbare Gefühl, Matthew noch immer in sich spüren zu können. Wie beglückend das Leben doch war, wenn man so geliebt wurde! Matthews Liebe würde ihr helfen, alle Schwierigkeiten im Leben zu überwinden.

Und COTTON FIELDS?

Valerie seufzte und wandte sich ab. Sie begab sich ins Waschkabinett und kleidete sich dann an, ohne ihre Zofe zu sich zu bitten. Sie wollte nicht, daß ihre Stimmen Matthew weckten. Er brauchte seinen Schlaf.

Als sie ihre Schlafgemächer verließ, drangen aus den unteren Räumen des Hauses die Stimmen von Emily und Liza zu ihr herauf. Sicher wartete Emily schon ungeduldig darauf, daß sie zum Frühstück erschien.

Gerade wollte sie die Treppe hinuntergehen, als Fanny aus ihrem Zimmer kam. Das rundliche Gesicht ihrer Zofe strahlte vor Freude, als sie sie erblickte.

»Miß Valerie! Sie sind schon auf?« rief sie. »Warum haben Sie mich nicht gerufen?«

»Schst!« machte Valerie und legte einen Finger auf den Mund. »Matthew schläft. Weck ihn bitte nicht auf. Er ist erst vor kurzem zurückgekommen.«

»Ich weiß. Ich war schon auf, als er nach Hause kam. Ich hatte mir schon Sorgen gemacht, wo er doch die ganze Nacht weg war ... und ausgerechnet nach COTTON FIELDS ist er geritten!« Ein fragender, wißbegieriger Unterton schwang in ihrer Stimme mit.

»Komm, leiste mir beim Frühstück Gesellschaft«, forderte Valerie ihre treue und anhängliche Zofe auf, während sie die Treppe hinunterschritt. »Dann erzähle ich dir alles.«

Emily hatte ein herzhaftes Frühstück zubereitet, und Valerie aß mit großem Appetit, als sie Fanny berichtete, wie Matthew mit seinen Männern in das Herrenhaus eingedrungen war und den Duvalls wohl die Überraschung ihres Lebens bereitet hatte.

»Hätte ich da bloß Mäuschen spielen dürfen!« meinte Fanny begeistert, als sie von den Ohrfeigen erfuhr. »Doch eigentlich ist es eine himmelschreiende Ungerechtigkeit, daß sie dennoch nicht zur Rechenschaft gezogen werden. Was sind schon zwei Ohrfeigen im Vergleich zu den schändlichen Verbrechen, die sie gegen Sie ausgeheckt haben, Miß Valerie!«
Valerie zuckte die Achseln. »Es ist wohl sinnlos, gegen etwas anzurennen, was man nicht ändern kann. Ich brauche dir ja wohl nicht zu sagen, wie schwer es mir fällt, mich damit abzufinden, aber ich habe mich entschlossen, nichts mehr gegen sie zu unternehmen.«
Ungläubig sah Fanny ihre Mistress an. »Sie geben COTTON FIELDS auf?«
»Ja, das habe ich Matthew versprochen. Es ist genug Leid geschehen und Blut geflossen. Einmal muß damit ein Ende sein, so bitter es für mich auch ist.«
»Ja, aber...«
»Laß uns bitte nicht mehr darüber sprechen«, bat Valerie. »Je weniger wir in Zukunft darüber reden, desto schneller werde ich mich damit abfinden.«
»Natürlich, ganz, wie Sie wünschen«, sagte Fanny zögernd, doch mit sichtlicher Betroffenheit.
»Entschuldigen Sie, Miß...«
Valerie wandte den Kopf. Emily stand in der Tür. »Ja, was gibt es, Emily?«
Die Haushälterin trat näher. »Da ist etwas, was ich fast vergessen hätte.«
Valerie hob die Augenbrauen. »Ja, und was?«
»Gestern nacht, als die Männer das Fuhrwerk wieder aufrichteten und wir noch nichts davon ahnten, daß man Sie... entführt hatte, tauchte hier ein Mann auf und fragte nach Ihnen«, berichtete Emily.
Valerie runzelte die Stirn. »Ein Mann hat nach mir gefragt? Was für ein Mann?«
»Ein heruntergekommener Nigger«, sagte Emily abfällig, als wäre sie nicht ebenfalls von dunkler Hautfarbe. »Habe ihn erst für einen Bettler gehalten und ihm die Tür gewiesen. Doch er bestand darauf, Sie unbedingt sprechen zu müssen. Natürlich habe ich ihn nicht ins Haus gelassen, so abgerissen, wie er aussah. Aber er wollte einfach nicht gehen, Miß. Erst als ich ihm versprach, Ihnen auszurichten, daß er sie dringend wegen COTTON FIELDS sprechen müsse, hat er

sich endlich getrollt. Vermutlich hat er sich nur wichtig gemacht, und deshalb habe ich ihn auch vergessen. Aber ich dachte, Sie sollten zumindest davon wissen, wo doch so ungeheuerliche Dinge geschehen sind.«

Valerie blickte sie wie elektrisiert an. »Mein Gott, Emily! Hat der Mann einen Namen genannt?«

»Nein, er wollte mir seinen Namen nicht nennen und sagte, Sie würden ihn nicht kennen, doch es sei wichtig, was er Ihnen mitzuteilen habe... Ach ja, und daß er Ihrem Vater sehr nahegestanden habe.« Die Haushälterin verzog geringschätzig das Gesicht. »Natürlich eine plumpe Lüge, denn dann hätten Sie ihn ja kennen müssen. Dieser Nigger ist doch nie in England gewesen und...«

»Samuel!« rief Valerie und sprang auf. »Fanny, das muß dieser Samuel sein!«

Verdutzt blickte Emily sie an. »Sie kennen ihn also doch, Miß Fulham?«

Valerie ging nicht darauf ein. Sie war viel zu aufgeregt, um etwas auf die Verblüffung der Haushälterin zu geben. »Hat er eine Adresse hinterlassen, wo ich ihn erreichen kann? Einen Treffpunkt?«

Emily nickte und überlegte angestrengt, um sich an den Namen zu erinnern. »Ja, er nannte einen Namen... Lassen Sie mich nachdenken. Es war ein merkwürdiger Name, vermutlich eine üble Hafenspelunke... Ja, jetzt hab' ich's wieder! RONNIE'S RUM ROOSTER, das war der Name, den er genannt hat.«

»Ich brauche eine Kutsche!« sagte Valerie spontan.

»Aber Sie wollen doch nicht etwa zu dieser Spelunke!« erschrak Emily.

»Genau das habe ich vor. Und ich werde mich sofort auf den Weg machen. Begleitest du mich, Fanny? Oder ist dir nicht wohl bei dem Gedanken, solch eine Hafenkneipe aufzusuchen?« fragte Valerie spöttisch.

»Natürlich komme ich mit! Schon um auf Sie aufzupassen!« versicherte Fanny. »Und wenn es wirklich dieser Samuel war, dürfen Sie keine Zeit verlieren.«

Emily schüttelte mißbilligend den Kopf. »Wäre es nicht ratsam, Sie besprechen sich erst einmal mit Mister Melville? Ich glaube nämlich nicht, daß er es gutheißen wird, wenn Sie sich in dieses Hafenviertel begeben, wo sich eine anständige Frau freiwillig niemals zeigen würde!« beschwor sie ihre Herrin.

Valerie lachte nur über Emilys Befürchtungen, die bei aller gebotenen Vorsicht doch sehr übertrieben waren. »Ich habe mehrere Monate in dieser Gegend gewohnt, Emily, und zwar auf der RIVER QUEEN. Außerdem ist hellichter Tag. Es besteht wirklich kein Grund, etwas Schlimmes zu befürchten. Schick doch bitte Liza zur RIVER QUEEN, damit sie Timboy mit der Kutsche hierher bittet.«
Emily seufzte und sagte widerwillig: »Da brauche ich Liza erst gar nicht aus dem Haus zu schicken, denn Timboy sitzt unten in der Küche und hält sie vermutlich von der Arbeit ab. Er ist nämlich gleich hiergeblieben, als er Mister Melville vor einer Stunde brachte.«
Valerie strahlte. »Ausgezeichnet. Dann sag ihm Bescheid, daß wir gleich losfahren. Ich hole nur noch rasch meinen Umhang. Und in Timboys Begleitung braucht sich eine Frau ja nun wahrlich nicht zu fürchten.«
Die Haushälterin gab sich geschlagen und hob die Hände in einer resignierenden Geste. »Wenn Sie darauf bestehen, Miß... Ich bin kaum die geeignete Person in diesem Haus, Sie davon abzubringen.«
Wenige Minuten später saßen Valerie und Fanny in der Kutsche und befanden sich auf dem Weg zu RONNIE'S RUM ROOSTER. Timboy kannte die Hafenschenke und wußte, wo sie war, wenn er sie selbst auch noch nie betreten hatte. »Hat keinen guten Ruf«, hatte er gesagt, als Valerie ihm den Namen genannt hatte, dann aber achselzuckend hinzugefügt: »aber auch keinen so schlechten, daß man befürchten müßte, daß einem gleich die Kehle durchgeschnitten wird. Da verkehrt nur unsereins – Nigger.«
Valerie vermochte kaum ihre Ungeduld zu zügeln. »Es muß dieser Samuel sein, von dem Catherine Duvall gesprochen hat. Er muß etwas ganz Wichtiges wissen, denn sonst hätte sie sich nicht mit mir getroffen und mir dieses Angebot gemacht.«
Fanny warf ihrer Mistress einen spöttischen Seitenblick zu. »Ich dachte, Sie hätten beschlossen, COTTON FIELDS aufzugeben? Haben Sie das nicht auch Captain Melville versprochen?« fragte sie.
Valerie stutzte. »Ja, stimmt«, räumte sie zögernd ein. »Aber wer weiß, was Samuel uns mitzuteilen hat. Vielleicht ändert das alles.«
»Ja, es fragt sich nur, in welcher Beziehung«, erwiderte die Zofe zurückhaltend.
»Würdest du an meiner Stelle diese Gelegenheit ungenutzt verstreichen lassen?« fragte Valerie eindringlich. »Würdest du nicht auch

mehr über deine Herkunft und die gemeinen Machenschaften der Duvalls erfahren wollen?«

»Doch, das würde ich«, gab Fanny zu und nickte bekräftigend. »Es ist schon richtig, was Sie tun, Miß Valerie. Ich kann Sie gut verstehen und glaube, daß Sie gar nicht anders handeln können.«

»Das kann ich auch nicht«, sagte Valerie. »Matthew wird es verstehen. Außerdem geht es mir ja zuerst einmal darum, diesen Samuel kennenzulernen und zu erfahren, was er mir so dringend mitzuteilen hat. Alles andere wird sich dann später ergeben. Vielleicht hat der Schwarze sich auch nur wichtig gemacht und maßlos übertrieben, wer weiß...«

RONNIE'S RUM ROOSTER befand sich am flußabwärts gelegenen Ende der Hafenanlagen, wo die Lagerhäuser schon nicht mehr so dicht nebeneinanderstanden und an den wackeligen Piers keine stolzen Segelschiffe aus Übersee oder Dampfer anlegten, sondern bestenfalls einheimische Fischer. Weiter unterhalb lagen zahllose Hütten, die aussahen, als wären sie über Nacht aus Bauresten zusammengezimmert worden. Hier lebten viele der freien Schwarzen, die sich im Hafen ihren Lebensunterhalt verdienten.

Die Hafenschenke sah zumindest äußerlich etwas besser aus als die windschiefen Unterkünfte in ihrer Nähe. Bei dem Gebäude handelte es sich um ein ehemaliges Lagerhaus, das zu einer Kneipe mit Gästezimmern umgebaut worden war. Das Holz war von der Sonne ausgebleicht und von einem stumpfen Grau. Um so stärker war der Kontrast zu dem bunten Tavernenschild, das über dem Eingang von einem Stück Mastspitze hing. Es zeigte einen knallroten Hahn, der auf einem buntscheckigen Faß hockte, aus dessen Spundloch der Rum in einem hohen Bogen schoß.

Timboy hielt die Kutsche an und sprang vom Bock. »Es wird besser sein, wenn ich da allein hineingehe, Missy«, schlug er vor, als Valerie mit ihrer Zofe aussteigen wollte. »Sagen Sie mir nur, was oder wen Sie hier suchen. Den Rest erledige ich schon.«

Valerie hatte zwar keine Angst, eine Taverne zu betreten, in der nur Schwarze verkehrten, doch diese Lösung war ihr dennoch am angenehmsten. »Hier muß ein Mann sein, der mich dringend zu sprechen wünscht, Timboy. Vermutlich wohnt er hier sogar. Sein Name könnte Samuel sein, aber darauf würde ich nicht schwören wollen.«

»Werd' ihn schon finden«, versicherte Timboy, schob sich seinen ausgefransten Strohhut in den Nacken und betrat die Hafenschenke mit dem gewichtigen Gang eines Mannes, der sich seiner Bedeutung bewußt ist.

Valerie hielt es in der Kutsche nicht aus. Sie brauchte etwas Bewegung, stieg aus und ging unruhig vor der Taverne auf und ab.

Zehn Minuten vergingen. Dann kam Timboy wieder heraus, gefolgt von einem grauhaarigen Schwarzen, der schon mindestens sechzig sein mußte. Seine Kleidung war abgerissen und schäbiger als die eines gewöhnlichen Plantagensklaven. Und er machte einen irgendwie kranken Eindruck. Sein faltiges, von tiefen Linien durchzogenes Gesicht war eingefallen, und seine Augen schienen in tiefen Höhlen zu liegen.

Als er Valerie erblickte, blieb er stehen, als wäre er gegen eine unsichtbare Mauer gelaufen. Seine Augen wurden groß, und sein Mund öffnete sich. Dann trat ein warmes Lächeln auf sein Gesicht und vertrieb den kränklichen Ausdruck.

Zögernd trat er auf sie zu. »Valerie!« stieß er mit heiserer Stimme hervor. »Sie müssen Valerie Duvall sein, Missy!«

»Und du Samuel.«

»Ja, Missy, Samuel Spencer.«

»Ich habe dich schon mal gesehen«, erinnerte sich Valerie plötzlich. »Auf COTTON FIELDS. Du standest in der Halle. Das war vor zwei Monaten, nicht wahr?«

»Sie haben mich schon viel früher gesehen, werden sich jedoch nicht daran erinnern können«, sagte Samuel Spencer fast feierlich und sah sie mit einem Lächeln an, das Valerie berührte. »Es war vor über zwanzig Jahren, als Sie geboren wurden, Missy.«

»Du hast meine Mutter gekannt?« fragte Valerie aufgeregt.

»Ja, ich war schon Diener Ihres Vaters, als Sie noch nicht geboren waren, und ich habe Ihre Mutter Alisha genausowenig vergessen, wie Massa Henry sie vergessen konnte«, sagte er traurig.

»Bist du von COTTON FIELDS weggelaufen?«

»Ich bin ein freier Nigger, Missy!« entgegnete Samuel stolz und straffte seine Schultern. »Massa Henry hat mir schon vor Jahren die Freiheit geschenkt. Ich kann gehen, wohin ich will.«

»Du mußt mir viel über meine Mutter und meinen Vater erzählen«, sagte Valerie. »Doch deshalb wirst du kaum nach New Orleans gekommen sein. Also weshalb wolltest du mich so dringend sprechen?«

»Weil Sie wissen müssen, was auf COTTON FIELDS geschehen ist«, sagte er, »doch das ist eine lange Geschichte.«
»Steig ein, Samuel! Wir fahren zu mir. Dann sind wir ungestört«, schlug Valerie vor, die seine Geschichte nicht erwarten konnte.
»Bitte warten Sie einen Moment, Missy. Ich habe da etwas in meinem Zimmer versteckt, das ich erst noch holen muß.«
»Hat das nicht Zeit bis später?«
»Nein, Missy. Es ist eine Schatulle, und ich habe Massa Henry versprochen, sie wie meinen Augapfel zu hüten und sie nur Ihnen zu übergeben. Endlich ist der Tag gekommen, dem Herrn sei Dank!«

15.

Valerie hielt die Schatulle mit der wunderschönen Intarsienarbeit auf ihrem Schoß, während sie in die Monroe Street zurückkehrten. Das künstlerische Abbild des Herrenhauses zog ihren Blick immer wieder an. Was mochte die Schatulle enthalten? Barg sie den Schlüssel zu allen Geheimnissen und Problemen? Hielt sie damit das Sesam-öffne-Dich in ihren Händen?
Samuel saß ihr gegenüber und hielt sich steif wie ein Ladestock. Man konnte ihm ansehen, daß er es nicht gewohnt war, *in* einer Kutsche zu sitzen, und sich dementsprechend unwohl fühlte.
Valerie bedrängte ihn nicht mit Fragen, was ihr reichlich schwerfiel, weil sie wußte, daß dies dafür nicht der richtige Ort war.
»Ich fürchtete schon, ich würde Sie niemals finden«, sagte Samuel mit einem Seufzer der Erleichterung. »Wochenlang habe ich mich im Hafen und in der Stadt herumgetrieben.«
»Wochenlang?« fragte Valerie überrascht.
»Ja, seit Sie auf COTTON FIELDS waren, und wenn der Brand gestern nacht nicht gewesen wäre, hätte ich mein Versprechen, das ich Massa Henry gegeben hatte, vielleicht nie einlösen können, denn ich habe kaum noch genug Geld übrig, um das Zimmer für diese Woche zu bezahlen. Und ein alter Mann wie ich findet im Hafen keine Arbeit. Ich hätte nach COTTON FIELDS zurückkehren müssen... wenn mich der neue Massa überhaupt noch aufs Land gelassen hätte.«

»Wieso hat dich ausgerechnet der Brand zu mir geführt?« wollte Valerie wissen.
»Ich sah bei den Löscharbeiten zu und hörte zufällig, wie sich zwei Matrosen neben mir über den Captain des Raddampfers unterhielten... und über die Frau, mit der er zusammenlebt«, sagte er verlegen und vermied es, sie anzublicken.
»So«, sagte Valerie nur, und eine leichte Röte stieg in ihre Wangen. Sie konnte sich schon vorstellen, wie die Matrosen über sie geredet hatten. Sie war die Mätresse von Captain Melville, und nicht »die Frau, mit der er zusammenlebt«, wie Samuel sich schonend, aber sicherlich nicht der Wahrheit gemäß ausgedrückt hatte.
»Dabei fiel Ihr Name, Missy...«
»Bitte sag nicht Missy zu mir, Samuel!«
»Aber wie denn?«
»Miß Fulham, aber lieber noch Miß Valerie.«
Er neigte den Kopf. »Wie Sie wollen«, sagte er, räusperte sich umständlich und fuhr dann fort: »Tja, als dann Ihr Name fiel, habe ich Sie mir beschreiben lassen, und da wußte ich sofort, daß ich Sie gefunden hatte. Der Rest war ein Kinderspiel.«
»Da müßte ich den Duvalls für den Brandanschlag ja fast noch dankbar sein«, sagte Valerie unwillkürlich, während die Kutsche die Zufahrt zum Haus hinaufrollte.
Zorn stand in Samuels Augen. »Der Herr möge mir verzeihen, aber das Unglück begann an dem Tag, als Missus Catherine ihren Fuß auf COTTON FIELDS setzte. Nichts ist ihr heilig und...«
Timboy riß den Schlag auf.
»Laß uns drinnen weiterreden, Samuel«, sagte Valerie.
Emily und Liza machten große Augen, als sie Valerie und Fanny in Begleitung dieses alten, abgerissenen Schwarzen zurückkehren sahen. Und ihre Verwunderung verwandelte sich in Unverständnis, als Valerie Samuel in den Salon führte und ihn bat, mit ihr vor dem Kamin Platz zu nehmen.
»Sie werden sicherlich mit Samuel allein sein wollen«, sagte Fanny und wollte gehen.
Doch Valerie hielt sie zurück. »Bleib nur, Fanny. Du kannst ruhig zuhören. Es ist sogar dein gutes Recht, denn auch du hast bitter unter den Machenschaften zu leiden gehabt. Schließ die Tür und setz dich.«
Fanny nahm das Angebot gern an, war sie doch nicht weniger

gespannt, was diese Schatulle enthielt und was der alte Mann zu erzählen hatte.
»Hast du einen Schlüssel zu diesem Kästchen?« fragte Valerie und strich über das glatte Holz.
»Nein«, bedauerte Samuel. »Massa Henry wollte ihn mir noch geben, doch er kam nicht mehr dazu. An dem Tag, es war der zwölfte August, wurde er ermordet.«
»Ermordet?« riefen Valerie und Fanny entsetzt und wie aus einem Mund.
Zorn und Trauer beherrschten das Gesicht des alten Mannes. »Ja, er wurde ermordet... von Missus Catherine. Ich war Zeuge dieses Mordes.«
Blaß im Gesicht fragte Valerie: »Weißt du auch, was du da behauptest, Samuel?«
»O ja, ich weiß es nur zu gut, Miß Valerie. Und es ist nicht ein Tag vergangen, an dem ich nicht mit ohnmächtigem Zorn daran gedacht habe. Es war Ihr Geburtstag, und Massa Henry hatte sich nach dem Mittagessen hingelegt. Er fühlte sich den ganzen Tag schon nicht gut, weil er sich Sorgen machte«, berichtete Samuel und starrte dabei ins Feuer. »Seit Wochen wartete er auf eine Nachricht von Ihnen. Er verstand einfach nicht, warum Sie nicht an Bord waren, als die ALABAMA von ihrer Englandreise zurückkehrte. Sie müssen wissen, daß er herzkrank war. Ein Schlaganfall hatte ihn teilweise gelähmt, und er lebte nur für den Augenblick, wo er Sie wiedersehen und COTTON FIELDS in Ihre Hände geben konnte.«
»Man hatte mich und meine Zofe verschleppt, Samuel.«
Er nickte, als überraschte ihn das nicht. »An jenem Nachmittag war Massa Henry schwermütiger als sonst, und er war so in seinen Gedanken versunken, daß er mich völlig vergessen hatte, als Missus Catherine sein Zimmer betrat. Ich hielt mich jedoch im Waschkabinett auf. Und als sie begannen, sich zu streiten, hielt ich es für klüger, mich nicht zu zeigen und still im Kabinett auszuharren. Es waren die schrecklichsten Minuten meines Lebens.«
Mit fassungslosem Entsetzen lauschten Valerie und Fanny, als Samuel ihnen nun berichtete, wie Catherine Duvall vom Vorhaben ihres Mannes erfahren und wie sie ihm die möglicherweise lebensrettende Medizin, die auf dem Sekretär gestanden hatten, verwehrt hatte.
»Ich war wie gelähmt, und der Herr möge mir meine Angst verzei-

hen«, schloß er seinen erschütternden Bericht, und Tränen schimmerten in seinen Augen, »aber ich konnte mich nicht von der Stelle rühren. Und als ich etwas hätte tun können, war Massa Henry schon tot. Ich weiß, wie Sie jetzt von mir denken müssen, aber es ging so schnell... und ich hatte entsetzliche Angst.«
»Ich... ich mache dir keinen Vorwurf«, sagte Valerie mit stockender Stimme, aufgewühlt durch die Ungeheuerlichkeit von Catherine Duvalls Tat. Es überstieg ihr Begriffsvermögen, wie jemand so unbarmherzig handeln konnte. Und wieder flammte der unbändige Haß in ihr auf. Es war falsch gewesen, daß sie Matthew ein Versprechen gegeben hatte, das sie nie und nimmer einhalten konnte, ja nicht einhalten durfte!
»Ich hielt Sie für tot«, fuhr Samuel bedrückt fort, »bis ich Sie dann mit Captain Melville auf COTTON FIELDS sah. Und von dem Tag an kannte ich nur noch ein Ziel: Ihnen von dem abscheulichen Verbrechen an Massa Henry zu erzählen und dafür zu sorgen, daß Sie in den Besitz dieser Schatulle da kommen. COTTON FIELDS gehört Ihnen! Keinem anderen! Massa Henry hat es so gewollt. Und ich bin sicher, daß er auch für den Fall seines Todes dafür Vorsorge getroffen hat.«
»Wie bekommen wir die Schatulle auf?« überlegte Valerie. »Ich möchte sie ungern mit Gewalt aufbrechen.«
»Timboy ist doch geschickt in solchen Sachen«, meinte Fanny. »Vielleicht gelingt es ihm, die Schatulle ohne große Beschädigungen zu öffnen. Soll ich ihn fragen?«
»Ja, tu das!«
Timboy begutachtete wenig später das Schloß der Schatulle und grinste. »Kein großes Problem!« versicherte er. »Ein dünner, gebogener Nagel kann manchmal kleine Wunder vollbringen. Bin gleich zurück!«
Als er wiederkam, hatte er eine Zange und verschieden dicke und lange Nägel bei sich. Schon beim zweiten Versuch ließ sich der Deckel öffnen.
»Danke, Timboy«, sagte Valerie und wartete mit dem Begutachten des Schatulleninhalts, bis Fanny die Tür hinter ihm geschlossen hatte. Dann klappte sie den Deckel auf, schlug ein blaues Samttuch zurück und starrte auf ein dickes Geldbündel.
»Gütiger Gott!« stieß sie hervor, als sie das Bündel aus der Schatulle nahm. Es waren lauter Hundert-Dollar-Noten. Ein Vermögen,

was sie da in Händen hielt! Es mußten mindestens zehn-, wenn nicht gar zwanzigtausend Dollar sein!
Samuel wurde noch im nachhinein blaß, als er sah, was er da in seinem schäbigen Proviantsack über die Landstraße von COTTON FIELDS nach New Orleans geschleppt und anschließend in der Absteige am Hafen versteckt hatte. Hätte er das gewußt, hätte er keine ruhige Minute mehr gehabt.
»Ist das alles?« fragte Fanny gespannt.
»Nein, hier liegen noch ein Brief und ein kleines Medaillon mit Kette«, sagte Valerie, legte das dicke Geldbündel zur Seite und betrachtete den goldenen, ovalen Anhänger. Er ließ sich aufklappen, und als sie die feine Miniaturzeichnung eines Frauenkopfes sah, wußte sie sofort, daß dies ein Bildnis ihrer leiblichen Mutter war – Alisha, und sie erkannte sich darin wieder.
»Ja, das war Ihre Mutter«, bestätigte Samuel wehmütig, als Valerie ihm das Medaillon reichte. »Sie war eine Schönheit, wie Sie, Miß Valerie, und die sanftmütigste Frau, die mir je begegnet ist. Ich habe nie begreifen können, warum diese Wahnsinnigen damals meinten, ausgerechnet sie töten zu müssen. Haß, Alkohol und Voodoo-Zauber müssen ihnen den Verstand geraubt haben.«
»Du mußt mir mehr von ihr und meinem Vater erzählen, Samuel, doch später«, sagte Valerie und nahm den Brief heraus. Ihr Name stand in der ihr schon vertrauten Handschrift ihres Vaters auf dem Umschlag. Sie brach das Siegel auf der Rückseite, zog die beschriebenen Bögen hervor und begann zu lesen:

Meine liebe Valerie,
der Tod ist nicht unbedingt das Ende aller Dinge, aber er hat doch meinen Hoffnungen ein Ende gesetzt, Dich wenigstens noch einmal sehen, mit Dir reden und vielleicht sogar an mich drücken zu dürfen. Das Schicksal, dessen grausame Launen sich unserem begrenzten Menschenverstand entziehen, hat mir also meinen letzten und innigsten Wunsch auf Erden versagt – denn die Tatsache, daß Du diesen Brief in Händen hältst, bedeutet, daß ich schon tot und – möge der Herrgott es geben – bei Alisha bin.
Nun muß so vieles, was ich Dir hätte sagen wollen, ungesagt bleiben, denn ein Brief ist für einen Mann wie mich nicht die geeignete Form, um derlei Bewegendes, was mir auf der Seele

liegt, festzuhalten. Papier und Feder sind tote Dinge, und Worte, so, wie sie niedergeschrieben sind, scheinen augenblicklich ihre wahre Bedeutung zu verlieren und zu Floskeln oder Sentimentalitäten zu verblassen. Deshalb will ich auch nicht aufschreiben, was ich Dir hätte sagen wollen.

Das einzige, was ich jetzt noch für Dich tun kann, ist, Dir zu Deinem Erbe zu verhelfen. Nun, da ich meinen Willen nicht mehr persönlich vor Gericht beurkunden kann, wirst Du gewiß mit Schwierigkeiten zu kämpfen haben, denn Deine Halbgeschwister, Stephen und Rhonda, und ganz besonders meine Frau Catherine werden Dich aus tiefster Seele hassen und alles versuchen, um Dich um *Cotton Fields* zu bringen. Sie werden Dich der versuchten Erbschleicherei bezichtigen und Dir nicht einen Inch Boden von *Cotton Fields* freiwillig überlassen. Zu gut kenne ich meine Kinder aus meiner unseligen Ehe mit Catherine und weiß, daß sie den schlechten Charakter ihrer Mutter geerbt haben – und auch das versteinerte Herz dieser Frau. Doch im Gegensatz zu Catherine, die zu wahren Gefühlen gleich welcher Art nicht fähig scheint, dafür jedoch den Machthunger eines Potentaten und den Geschäftssinn eines Wucherers besitzt, im Gegensatz zu ihrer Mutter also sind Stephen und Rhonda oberflächliche Geschöpfe, die nur an ihrem Vergnügen interessiert sind – zu etwas anderem sind sie auch gar nicht in der Lage. Ich schreibe Dir das nicht, um meinem Zorn und meiner Trauer Luft zu machen, sondern um Dir ein erstes Bild von ihnen zu geben und Dich zu warnen. Denn wenn es um *Cotton Fields* geht, werden die drei wie eine Mauer zusammenstehen und für Dich zu einem höchst gefährlichen Feind. Laß Dich nur nicht täuschen! Sie werden nicht zögern, Dich mit den gemeinsten und hinterhältigsten Methoden um Dein Erbe zu bringen! Erwarte das Niederträchtigste, und Du wirst sehen, daß sie Deine Erwartungen noch übertreffen. Welch eine bittere Sache, so etwas über sein eigen Fleisch und Blut schreiben zu müssen, doch Du sollst wissen, worauf Du Dich einläßt.

Es liegt natürlich ganz bei Dir, ob Du das Erbe annehmen möchtest, Valerie. Aus diesem Grund habe ich mein Testament auch nicht öffentlich, sondern bei Mister William Crichton hinterlegt, dessen Anwaltskanzlei Du in der Vernon

Street findest. Er zählt zu den besten dieser Stadt, ja dieses Landes und wird Dir mit Rat und Tat zur Seite stehen. Solltest Du, aus welchen Gründen auch immer, das Erbe von *Cotton Fields* ausschlagen, so tritt automatisch die gesetzliche Erbfolge in Kraft, und mein Sohn Stephen wird Besitzer von *Cotton Fields*. Vermutlich wird er die Plantage innerhalb von wenigen Jahren heruntergewirtschaftet oder aber in den Freudenhäusern und an den Spieltischen der Stadt verspielt haben. Allein daran zu denken läßt mich verzweifeln, doch womöglich ist es genau diese Strafe, die ich verdient habe – einen Taugenichts als Sohn, der in kurzer Zeit vergeudet, was Generationen von Duvalls aufgebaut haben!
Aber die Entscheidung sollst und wirst allein Du fällen, und ich kann nur hoffen, daß Du erkennst, welchen Reichtum die Plantage darstellt, aber auch welch eine Verantwortung.
Die Kraft beginnt mich zu verlassen, wie Du meiner Handschrift wohl unschwer wirst entnehmen können, deshalb will ich schnell mit diesem meinem letzten Schreiben an Dich zum Ende kommen.
Da ich davon ausgehe, daß Du finanziell für einen Prozeß nicht gewappnet bist, habe ich diesem Brief 20 000 Dollar beigelegt. Es soll Dir hier in Deiner Heimat nicht an Komfort fehlen, und Du sollst die Möglichkeit haben, Dir den besten Anwalt (Mister Crichton!) zu nehmen. Und einen Anwalt wirst Du brauchen, trotz des Testaments, in dem ich Dich eindeutig als Erbin der Plantage einsetze. Ja, Du wirst noch so manch bittere Stunde erleben, mein Kind, doch ich versichere Dir, daß sich das Kämpfen lohnt, wenn die Sache eine gute ist und man sich nichts vorzuwerfen hat! Wenn Du eine echte Duvall bist – und daran hege ich keinen Zweifel –, dann wirst Du *Cotton Fields* nicht in die Hände von Stephen, Rhonda und meiner Frau fallen lassen, die nur darauf warten, daß es mit mir zu Ende geht. Zeige ihnen, daß nicht die Hautfarbe über den Wert eines Menschen entscheidet und seinen Charakter bestimmt, und zeige ihnen, daß Alisha und Henry Duvall ein Kind gezeugt haben, das ihnen in jeder Hinsicht überlegen ist – eben eine echte Duvall!
Zum Schluß noch ein Wort zu meinem so verläßlichen und getreuen Diener Samuel Spencer, von dem Du, wenn Gott

meine Vorsorge nicht durchkreuzt hat, diese Schatulle erhalten hast. Nimm Dich seiner an, denn einen besseren Freund als ihn hätte ich nicht haben können. Er ist zwar im Testament bedacht, doch *Cotton Fields* ist sein Zuhause, und alte Bäume verpflanzt man nicht mehr, wenn man sie am Leben halten möchte. Bitte zeig ein großmütiges Herz und nimm ihn in Deine Dienste. Du wirst es nie bereuen.
Möge der Herr Dich schützen und segnen und Dir zu der richtigen Entscheidung verhelfen.

Dein Dich allzeit liebender Vater
Henry Duvall

Cotton Fields, 15. Mai 1860

Valerie empfand tiefen Schmerz und Freude zugleich, als sie den Brief sinken ließ und gedankenverloren in das Feuer blickte. Henry Duvall hatte sie warnen wollen, doch er hatte nicht ahnen können, daß an dem Tag, an dem er diesen Brief abgefaßt hatte, ihr Leiden schon längst begonnen hatte. Wie recht er doch mit seinen bitteren Worten gehabt hatte: *Erwarte das Niederträchtigste, und du wirst sehen, daß sie Deine Erwartungen noch übertreffen.* Was mochte er gedacht haben, als er im Todeskampf zu Füßen seiner Frau gelegen hatte, die Medizin in Reichweite und für ihn doch unerreichbar?
Samuel Spencer räusperte sich und stemmte sich aus dem Sessel hoch. »Bin mächtig erleichtert, daß ich nun doch noch alles an Sie übergeben konnte, Miß Valerie. Es war schön, Sie noch einmal zu sehen. Doch jetzt wird es Zeit für mich, daß ich mich auf den Weg mache.«
Valerie fuhr aus ihren Gedanken auf, sah ihn an und fragte dann ruhig: »Wohin, Samuel?«
Er stutzte, als hätte er darüber noch nicht nachgedacht. »Nun, erst einmal zurück nach COTTON FIELDS ...«
»Man wird dich davonjagen, Samuel«, sagte Valerie bedauernd. »Catherine Duvall weiß, warum du die Plantage verlassen hast. Dorthin kannst du nicht zurück. Also, wo willst du hingehen?«
Er zuckte ratlos die Achseln. »Mir wird schon was einfallen, Miß...«
Valerie schüttelte nun energisch den Kopf. »Das kommt gar nicht

in Frage, Samuel. Du bleibst hier bei mir!« entschied sie. »In diesem Haus sind genug Zimmer frei, und ich werde dich anstellen, für einen guten Lohn.«

»Das ist zu gütig, Miß Valerie«, sagte er dankbar. »Doch ich weiß nicht, ob ich das annehmen kann.«

»Du bist ein freier Mann und kannst entscheiden, wie du es für richtig hältst. Doch ich bitte dich darum, mein Angebot anzunehmen. Wie könnte ich den treuesten Diener meines Vaters ziehen lassen? Also bleib, Samuel. Das war auch der Wunsch meines Vaters«, sagte Valerie.

»Der Herr möge Ihnen Ihre Güte vergelten«, murmelte der alte Mann gerührt. »Ich werde bei Ihnen bleiben, Miß Valerie. Ich werde COTTON FIELDS nie mehr wiedersehen.«

»Und mach dir wegen COTTON FIELDS keine Gedanken«, erwiderte Valerie mit fester Stimme. »Du wirst dorthin zurückkehren – und zwar zusammen mit mir!« Sie wandte sich ihrer Zofe zu. »Fanny? Sehe ich präsentabel für einen Besuch aus, oder sollte ich mich umziehen?«

»Sie sehen mehr als nur präsentabel aus! Das honiggelbe Seidenkleid steht Ihnen ausgezeichnet zu Gesicht, Miß Valerie«, erklärte Fanny mit uneingeschränkter Bewunderung. »Aber darf ich fragen, wem Sie einen Besuch abzustatten gedenken?«

Valerie lächelte. »Dem besten Anwalt der Stadt, ja des ganzen Landes!«

16.

Mister Dundee, der persönliche Sekretär von William Crichton, führte Valerie in einen kleinen, aber mit exquisiten Möbeln ausgestatteten Salon, der dem Anwalt in seiner Anwaltskanzlei in der Vernon Street als Wartezimmer diente.

»Haben Sie einen Termin mit Mister Crichton vereinbart, Madame?« erkundigte sich der junge Mann mit vollendeter Höflichkeit.

»Nein, dazu war keine Zeit mehr.«

Eine Sorgenfalte zeigte sich auf der Stirn des Privatsekretärs. »Ich möchte Sie nicht entmutigen, Madame, aber Mister Crichton ist ein

vielbeschäftigter Mann. Ich fürchte, daß er kaum Zeit finden wird, Sie ohne vorherige Terminabsprache zu empfangen.«
Valerie schenkte ihm ein entwaffnendes Lächeln. »Ich weiß, daß ich mich auf mein Glück verlasse. Und sollte Mister Crichton heute keine Zeit für mich finden, bin ich gern bereit, einen Termin zu vereinbaren. Doch ich bitte Sie, Mister Crichton zumindest von meiner Gegenwart zu unterrichten.«
»Das werde ich natürlich gern tun, Miß Fulham«, sagte der Sekretär. »Doch knüpfen Sie daran keine allzu großen Hoffnungen.«
»Bitte nennen Sie ihm meinen ganzen Namen... Valerie Fulham, und fügen Sie hinzu, daß ich in der Angelegenheit Henry Duvall gekommen bin.«
»Ich werde es ausrichten. Doch wie ich schon sagte, Mister Crichton ist mit dem Studium dringender Akten beschäftigt, so daß er kaum Zeit finden wird, sich Ihnen zu widmen, Madame.« Er machte eine bedauernde Geste und verschwand hinter einer hohen Kassettentür.
Augenblicke später bat ein sichtlich überraschter Privatsekretär Valerie in das Büro von William Crichton, das einen einladenden, sehr männlichen Charakter hatte. Zwischen vollgestellten Bücherwänden befand sich ein Glasschrank, der ein halbes Dutzend Gewehre beherbergte. Gemälde, die Jagdmotive zeigten, verrieten die Passion des Anwalts. Unter einem der beiden Doppelfenster stand ein vierbeiniges Gestell mit einem großen Globus. Der Schreibtisch daneben, auf dem sich Akten und Papiere türmten, war so schwer und beeindruckend wie der Anwalt selbst.
William Crichton war ein Koloß von einem Mann, was sowohl seine Größe als auch seine Breite betraf. Nur seinem Schneider – der dunkle Maßanzug mit dem feinen grauen Längsstreifen hatte sicher ein kleines Vermögen gekostet – hatte er es zu verdanken, daß seine Massigkeit nicht erdrückend wirkte, denn immerhin brachte er gut zweihundertfünfzig Pfund auf die Waage.
Sein Gesicht, das von einem kurz gestutzten, grauen Backenbart eingefaßt wurde, war fleischig, ohne jedoch aufgeschwemmt zu wirken, wie das bei vielen übermäßigen Genießern der Fall war. Die Gesichtszüge waren markant, die Augen hell und aufmerksam. Sein schwarzes Haupthaar war mit Grau durchzogen, was ihm ein interessantes Aussehen gab.
Valerie schätzte, daß er in den Fünfzigern sein mußte. Sie war erstaunt, wie behende er sich trotz seiner Leibesfülle bewegte, als

sein Sekretär die Tür zum Vorzimmer schloß und er hinter seinem Schreibtisch hervorkam, um sie zu begrüßen.
»Sie sind also Valerie!« sagte er mit einer Stimme, die so dunkel und voll klang, als käme sie aus der Tiefe der Erde. Er musterte sie, und ein merkwürdiges Lächeln glitt über sein Gesicht. Dann schüttelte er, offenbar irritiert über sich selbst, den Kopf, zog einen gepolsterten Lehnstuhl heran und machte eine einladende Handbewegung.
»Bitte, und entschuldigen Sie mein unmögliches Benehmen, Miß Fulham. Ich hatte nie die Gelegenheit, Ihre Mutter kennenzulernen, doch nun, da ich Sie gesehen habe, zweifle ich nicht mehr daran, daß sie die außergewöhnliche Schönheit war, als die Henry sie mir so manches Mal beschrieben hat.«
»Sie wissen also, wer ich bin, und vermutlich auch, weshalb ich gekommen bin.«
Der Anwalt kehrte hinter seinen Schreibtisch zurück und nickte.
»Ja, das weiß ich sehr wohl. Doch ich glaubte nicht mehr daran, Sie jemals in meiner Kanzlei zu sehen. Erwartete Ihr Vater Sie nicht schon im Frühjahr?«
»Ja, doch es hat auf der Reise... Verzögerungen gegeben«, antwortete Valerie vage. Noch war es zu früh, dem Anwalt alles zu erzählen. Henry hatte ihn offenbar sehr geschätzt, und er machte auf sie einen sympathischen, vertrauenerweckenden Eindruck. Dennoch war Vorsicht geboten. Es gab zudem keinen Grund, etwas zu übereilen.
Es klopfte, und der Sekretär trat ein. »Der Vorgang Fulham-Duvall, Sir«, sagte er respektvoll und reichte ihm einen großen, versiegelten Umschlag.
»Danke, Mister Dundee.«
Der Privatsekretär zog sich wieder zurück.
»Ich nehme an, Sie können sich als Valerie Fulham ausweisen?« fragte der Anwalt. »Es ist nur eine Formsache, aber ohne diese ist es mir nicht erlaubt, die Papiere zu öffnen und sie Ihnen zur Kenntnis zu bringen.«
»Selbstverständlich, Mister Crichton«, sagte Valerie und war froh, noch im letzten Moment daran gedacht zu haben.
Der Anwalt studierte ihre Papiere und machte sich Notizen. Dann gab er sie ihr wieder zurück und erbrach nun die drei roten, mit Bändern versehenen Siegel. Er zog ein Schriftstück heraus, das nochmals versiegelt war.

»Das Testament, Miß Fulham«, sagte er feierlich. »Es wurde hier in meiner Kanzlei aufgesetzt, von Ihrem Vater unterschrieben und von drei Gentlemen, die über jeden Verdacht erhaben sind, als Zeugen gegengezeichnet. Ich nehme an, Sie sind zumindest im groben über den Inhalt des Testaments informiert?«
Valerie schluckte, und ihre Stimme war eigentümlich belegt. »Er schrieb mir, daß er mir COTTON FIELDS vererben wolle«, sagte sie und verstand gar nicht, warum ihr Herz auf einmal so wild schlug.
Der Anwalt nickte. »Genau das hat er auch getan«, bestätigte er und eröffnete das Testament.
Valerie entnahm dem, was William Crichton ihr vorlas, daß Henry Duvall sie wahrhaftig zur Erbin von COTTON FIELDS eingesetzt hatte. Das Erbe umfaßte alles, was sich auf der Plantage befand, angefangen bei den Sklaven, über die Viehbestände bis hin zum Mobiliar des Herrenhauses.
»Es ist also wahr«, murmelte sie, ganz benommen vor Freude. »Und das Testament ist auch wirklich rechtsgültig?«
Ein Schmunzeln trat auf William Crichtons Gesicht. »Ich sagte Ihnen doch, daß dieses Testament in meiner Kanzlei aufgesetzt, unterschrieben und beglaubigt wurde. Es ist rechtskräftig, und Sie sind die Erbin, wenn Sie das Erbe annehmen. Ansonsten habe ich von Ihrem Vater den schriftlichen Auftrag, dieses Testament zu vernichten. Damit wären dann seine zweite Frau und seine Kinder aus dieser Ehe erbberechtigt.«
Valerie sah ihn verständnislos an. »Aus *dieser* Ehe? Wie meinen Sie das, Mister Crichton? Mein Vater hat doch nur einmal geheiratet – die jetzige Catherine Duvall.«
Der Anwalt furchte die Stirn. »Das stimmt nicht. Ja, wissen Sie das denn nicht, daß Ihr Vater Ihre Mutter rechtmäßig zu seiner Frau genommen hat?«
Valerie starrte ihn ungläubig an. »Nein... nein... das habe ich nicht gewußt«, sagte sie verstört. »Und er hat es mir auch nie geschrieben.«
»Aber es ist die Wahrheit!«
»Dann... dann bin ich gar kein Bastard?« fragte Valerie leise.
»Ganz und gar nicht. Sie sind Valerie Duvall, das erste legitime Kind von Henry und Alisha Duvall. Ich habe hier die Heiratsurkunde vor mir liegen, die der Friedensrichter von Batetourt County, James Musky, am 25. April 1840 ausgestellt hat. Außerdem ist hier die

Bescheinigung«, er hob ein Blatt hoch, »die der Sklavin Alisha mit Wirkung vom 1. Januar 1840 die Freiheit gewährt, unterschrieben nicht nur von Ihrem Vater, sondern auch von Ihrem Großvater, Mister Richard Duvall. Damit war die Eheschließung zwischen Ihrer Mutter und Ihrem Vater vor dem Gesetz gültig wie jede andere auch«, erklärte der Anwalt, »wenn die Gesellschaft da auch andere Maßstäbe anlegen mag. Doch auch das ändert nichts an der Tatsache, daß Sie das legitime Kind von Henry Duvall sind.«

Valerie hatte Mühe, diese Neuigkeit zu verarbeiten. »Aber er hat niemand davon erzählt, nicht wahr?«

William Crichton seufzte. »Nein, auch ich habe erst wenige Monate vor seinem Tod davon erfahren. Es war sein großes Geheimnis, und vermutlich hat er Ihnen davon nichts geschrieben, weil er wollte, daß Sie es mündlich von ihm erfahren. Er hat sein Geheimnis ausgezeichnet zu hüten verstanden, und das war auch gut so. Ein Pflanzer, der seine ehemalige Sklavin heiratet, isoliert sich in der Gesellschaft. Daran ändert auch ihr Tod nichts«, sagte er grimmig.

»Aber dennoch hat er meine Mutter geheiratet!«

»Ja, er muß sie sehr geliebt haben. Doch er hat sie in einem weit entfernten County in aller Heimlichkeit geheiratet. Ich weiß nicht, wie er sich seine Zukunft vorgestellt hatte, aber ich nehme an, daß er sich mit dem Gedanken trug, COTTON FIELDS zu verlassen und sich woanders eine neue Existenz aufzubauen, wo die Hautfarbe nicht von so großer Bedeutung ist wie bei uns im Süden. Vielleicht dachte er an Westindien, wer weiß... Das Schicksal wollte es anders«, seufzte William Crichton bedrückt, straffte sich dann jedoch sofort wieder und fragte: »Kehren wir in die Gegenwart zurück, Miß Fulham-Duvall. Nehmen Sie das Erbe an?«

»Ja, ich nehme das Erbe an!« erklärte Valerie mit fester Stimme.

»Gut, das hätten wir geklärt. Ich werde gleich ein entsprechendes Schriftstück aufsetzen. Doch gestatten Sie mir eine persönliche Frage: Sind Sie sich im klaren darüber, daß Ihnen damit COTTON FIELDS noch längst nicht gehört?«

Valerie nickte. »Catherine, Stephen und Rhonda Duvall werden das Testament anfechten, und es wird zu einem Prozeß kommen.«

»In der Tat, darauf müssen Sie sich einstellen – und zwar auf einen Prozeß, in dem viel schmutzige Wäsche gewaschen wird. Ich hoffe, Sie haben die Kraft und die Nerven, so einen gerichtlichen Krieg durchzustehen«, sagte er mit einem fragenden Unterton.

»Ich weiß, was mich erwartet«, erwiderte Valerie, »doch das schreckt mich nicht – wenn ich nur einen guten Anwalt an meiner Seite weiß. Mein Vater hielt Sie für den besten des Landes, und ich möchte den besten, den ich bekommen kann.«

Er atmete tief durch und verzog das Gesicht. »Ich fürchte, ich muß Sie enttäuschen.«

»Ich bin nicht gerade mittellos – auch ohne COTTON FIELDS nicht. Über Ihr Honorar werden wir uns schon einig«, versicherte sie.

»Das ist nicht das Problem. Ich sehe mich nur leider nicht in der Lage, Ihren Fall zu übernehmen, obwohl ich es gern möchte.«

»Und wo liegt das Problem, Mister Crichton?«

»Sehen Sie, Miß Fulham, ich bin ein alteingesessener Anwalt und praktiziere nun schon fast drei Jahrzehnte in New Orleans. In dieser Zeit habe ich aufgrund meiner Erfolge eine große Zahl von Plantagenbesitzern und anderen recht vermögenden Geschäftsleuten als meine Klienten gewinnen können, unter anderem auch Ihren Vater, den ich auch persönlich sehr geschätzt habe.«

Valerie verstand. »Sie wollen damit sagen, daß Sie diese anderen Klienten verlieren würden, wenn Sie mich vor Gericht vertreten.«

»Davon muß ich leider ausgehen«, gab William Crichton offen zu. »Henry Duvalls Testament wird zweifellos Empörung bei denjenigen hervorrufen, die fest darauf beharren, daß die Sklaverei eine nicht nur gewinnträchtige, sondern auch moralisch vertretbare Einrichtung ist. Bedauerlicherweise sind die Anhänger der Sklaverei im Süden nun mal in der Mehrzahl, auch unter meinen Klienten. Daß nun das Kind einer ehemaligen Sklavin COTTON FIELDS erben soll, wird die Grenzen ihrer sowieso schon beschränkten Toleranz überschreiten. Allein die Tatsache, daß ich mich bereit gefunden habe, dieses Testament in meiner Kanzlei aufzunehmen, wird mich in Schwierigkeiten bringen, aber damit komme ich schon klar. Übernehme ich jedoch Ihre Vertretung vor Gericht, wird man mir das nicht verzeihen. Ich müßte damit rechnen, die meisten meiner Klienten zu verlieren.«

»Ich verstehe«, sagte Valerie knapp.

»Nein, ich glaube, Sie verstehen noch nicht ganz. Bevor Sie ein Urteil über mich fällen, möchte ich doch zu bedenken geben, daß ich nun lange Jahre die Interessen dieser Klienten vertreten und gut an ihnen verdient habe«, fuhr er ruhig fort. »Würden Sie mir da nicht zustimmen, daß ich ihnen eine gewisse Loyalität schulde?«

»Entschuldigen Sie, Sie haben natürlich recht«, räumte Valerie ein. »Es wäre wahrlich zuviel verlangt, Ihre berufliche Existenz wegen meines Falls aufs Spiel zu setzen.«

»Ich gebe Ihnen jedoch mein Wort, daß ich auch Ihre Gegenpartei nicht vertreten werde, sollte ich darum gebeten werden. Mehr kann ich leider nicht für Sie tun«, bedauerte er. »Natürlich bin ich bereit, vor Gericht zu bezeugen, daß Ihr Vater geistig voll zurechnungsfähig war, als er dieses Testament aufsetzen ließ und unterschrieb. Aber das ist auch schon alles. Ich wünschte, ich könnte mehr für Sie tun, aber mir sind die Hände gebunden.«

»Danke, es ist schon beruhigend zu wissen, daß der beste Anwalt des Landes nicht gegen mich vor Gericht auftritt«, sagte sie mit einem schiefen Lächeln. »Aber wenn ich Sie recht verstehe, werden andere Anwälte sich auch nicht darum reißen, meinen Fall zu übernehmen.«

Er blickte sie mitfühlend an. »Ich will ganz offen zu Ihnen sein. Sie werden in der Tat Schwierigkeiten haben, überhaupt jemanden zu finden, der Sie vor Gericht vertritt und von seinem Fach auch etwas versteht. Wir Anwälte gebärden uns zwar stets als die Gehilfen der Gerechtigkeit, doch in Wirklichkeit unterscheidet uns nichts von einem Geschäftsmann, der mit Baumwolle oder Zuckerrohr handelt. Wir machen unsere Geschäfte eben mit Rechtsstreitigkeiten. Daß der Gerechtigkeit gelegentlich wirklich mal zum Sieg verholfen wird, nun, das ist sozusagen ein Abfallprodukt, aber nicht der wahre Beweggrund unseres Handelns.«

»Tja, und wer läßt sich schon gern seine guten Geschäfte verderben«, folgerte Valerie bitter. »Aber ich danke Ihnen für Ihre Aufrichtigkeit... und daß Sie mir gleich die Illusionen genommen haben.«

Sein Gesicht hellte sich auf. »Warten Sie! Da fällt mir etwas ein! Es gibt da einen Anwalt, der an Ihrem Fall interessiert sein wird. Ja, ich bin sogar sicher, daß er Sie vertreten wird.«

»Und wie heißt dieser Kollege?«

»Travis Kendrik. Er ist zwar ein waschechter Südstaatler, hat jedoch lange Jahre im Norden zugebracht und dort auch studiert. Er ist noch jung, keine Dreißig, soviel ich weiß, und hat sich erst vor kurzem in New Orleans niedergelassen«, berichtete William Crichton. »Ich hatte mehrmals Gelegenheit, mich mit ihm in unserem Anwalts-Club zu unterhalten. Ich muß zugeben, daß er ein etwas

unkonventioneller junger Mann ist und recht radikale Ansichten vertritt, mit denen er sich bei meinen Kollegen nicht gerade Sympathien erworben hat, aber er ist ehrgeizig und versteht es, das Gesetz und die Bühne des Gerichts für sich zu nutzen. Er verteidigte vor kurzem einen Sklaven, der einen Aufseher angegriffen und übel zugerichtet hatte. Und er verteidigte ihn erfolgreich, konnte er vor Gericht doch nachweisen, daß der Sklave vom Aufseher über Wochen hinweg gequält worden war. Er wurde freigesprochen. Am besten suchen Sie ihn sofort auf. Er hat sein Büro in der Middleton Street, nur ein paar Häuserblocks weiter von hier, Hausnummer 13, soviel ich weiß. Gehen Sie zu ihm. Das ist der beste Rat, den ich Ihnen geben kann.«
»Ich bin Ihnen sehr verbunden, Mister Crichton«, sagte Valerie, die wieder neue Hoffnung schöpfte. »Kann ich die Papiere mitnehmen?«
»Sicher, sie gehören Ihnen. Zudem habe ich Abschriften davon in meinem Tresor.« Er erhob sich, händigte ihr das Testament und die anderen Dokumente aus und geleitete sie zur Tür. »Ich wünsche Ihnen viel Glück, Miß Fulham-Duvall. Und wenn Sie einmal meinen inoffiziellen Rat brauchen, stehe ich Ihnen jederzeit zur Verfügung... natürlich unter dem Siegel der Verschwiegenheit.«
Valerie bedankte sich für seine Aufrichtigkeit und Hilfe und befolgte seinen Rat, den jungen Kollegen unverzüglich aufzusuchen. Während der kurzen Fahrt gingen ihr tausend Gedanken durch den Kopf. Was sie aber am meisten beschäftigte und berührte, war die Tatsache, daß ihr Vater ihre Mutter geheiratet hatte und sie somit nicht als rechtloser Bastard zur Welt gekommen war, sondern als legitimes Kind, als Valerie Duvall!
»Middleton Street 13!« rief der Kutscher, als die Kutsche mit einem Ruck zum Stehen kam.
»Bitte warte hier!« trug sie ihm auf und musterte das schmale Haus, in dem die Kanzlei von Mister Travis Kendrik untergebracht war. Dann schritt sie beherzt auf die Tür zu und betätigte den Türklopfer.
Ein hagerer Mann, der eine verschlissene Weste anhatte und einen Zwicker auf der Nase trug, öffnete. »Womit kann ich Ihnen dienen, Madame?«
»Ich möchte zu Mister Kendrik.«
»Was ist, Lester?« rief eine Stimme aus dem Hintergrund.

»Besuch für Sie, Sir. Eine Dame.« Er trat schnell zur Seite und bat Valerie, doch einzutreten.
Valerie war überrascht, als sie Travis Kendrik gegenüberstand. Sie wußte nicht, warum, aber nach Crichtons Worten hatte sie einen jungen attraktiven Mann erwartet, der das genaue Gegenteil des etablierten Anwalts war. Travis Kendrik mochte zwar seine Vorzüge haben, doch äußerliche Attraktivität gehörte zweifellos nicht dazu. Er war fast einen Kopf kleiner als sie, von gedrungener Gestalt und übergewichtig. Sein strähniges gewelltes Haar ließ sich allem Anschein nach nur mit einer gehörigen Portion Pomade zähmen. Schmal wie der Kopf einer Spitzmaus war sein Gesicht. Die Lippen waren zu dünn, die Nase um einiges zu ausgeprägt, und die Augen standen zu nah beieinander. Es war ein Gesicht, in dem die Proportionen nicht ganz stimmten. Kurzum, die Natur hatte ihn mit äußerlich reizvollen Attributen wahrlich nicht überschüttet. Doch von diesem Mangel versuchte er durch seine Kleidung abzulenken, die eher einem Berufsspieler und reichen Dandy denn einem Anwalt zu Gesicht gestanden hätte. Zu einem rauchblauen Jackett trug er eine knallrote Krawatte und eine stahlblaue Seidenweste mit einem schneeweißen Lilienmuster. Eine Zusammenstellung, die jedem geschmackvollen Auge Schmerzen bereiten mußte. Und Valerie fragte sich unwillkürlich, ob es nicht angebracht wäre, am Wert von Mister Crichtons Rat zu zweifeln.
Als sie ihren Namen nannte und ihm sagte, daß sie ihn als Anwalt zu sprechen wünschte, führte er sie mit einer wortlosen Geste in sein Büro, das eher schäbig eingerichtet war und einer ordnenden Hand bedurft hätte.
Ohne Hast räumte Travis Kendrik den einzig passablen Besucherstuhl von Broschüren und Akten frei. Und maulfaul schien er auch zu sein, denn er gab sich keine Mühe, Konversation zu machen.
»Bitte«, sagte er nur, wies auf den Stuhl und setzte sich hinter seinen alten, schäbigen Schreibtisch. Er fixierte sie einen Augenblick, und seine Augen ruhten dabei nicht gerade freundlich auf ihr.
Valerie hatte den unangenehmen Eindruck, nicht gerade willkommen zu sein. Als das Schweigen schon peinlich wurde, fragte sie ungehalten: »Wollen Sie nicht wissen, warum ich Sie aufgesucht habe?«
Er zuckte die Achseln. »Ich schätze, Sie werden es mir schon sagen, wieso sich eine Dame wie Sie ausgerechnet in das Büro eines

Niggeranwalts verirrt hat«, erwiderte er bissig, und seine Stimme hatte einen merkwürdig heiseren Klang, als wären seine Stimmbänder angegriffen.
»Halten Sie sich denn für einen Niggeranwalt?«
Wieder zuckte er die Achseln. »Man nennt mich so, Miß Fulham. Also wird schon was dran sein.«
»Dann bin ich ja richtig bei Ihnen... mit dem Niggerblut, das in meinen Adern fließt«, erwiderte sie spöttisch.
Travis Kendrik zeigte Überraschung, richtete sich interessiert in seinem Drehstuhl auf und verlor augenblicklich seine unfreundlich-gelangweilte Haltung. »Sie haben Niggerblut in Ihren Adern? Ist das Ihr Ernst?«
»Meine Mutter war eine Mulattin, wenn auch eine sehr hellhäutige, und mein Vater war ein weißer Pflanzer«, erklärte sie unumwunden.
Er grinste plötzlich. »Eine erstklassige Mischung, wenn Sie mir diese Bemerkung erlauben. Aber Sie sind doch wohl nicht gekommen, um mir das zu erzählen?«
Sie hob die Augenbrauen. »Ich dachte, Sie wollten warten, bis ich Ihnen von mir aus erzähle, was mich zu Ihnen geführt hat?«
»Touché, Miß Fulham. Der Punkt geht an Sie. Ich werde mich also in Geduld üben.«
»Das wird nicht nötig sein. Ich beabsichtige nicht, meine oder Ihre Zeit zu vertrödeln. Mister Crichton hat Sie mir empfohlen.«
»Crichton?« echote Travis Kendrik verblüfft.
»Ja, ich komme gerade von ihm.«
»Himmel, dann haben Sie ja in kürzester Zeit Gipfel und Talsohle der Anwaltschaft von New Orleans zu sehen bekommen«, spottete er, doch in seiner Stimme lag keine Bitterkeit. »Er hat es also abgelehnt, Ihren Fall zu übernehmen.«
»Richtig.«
Er lächelte zufrieden. »Gut, dann vergeuden Sie wenigstens meine Zeit nicht, Miß Fulham.«
Valerie war einmal mehr von seiner ungewöhnlich direkten Art überrascht, die manchmal hart an der Grenze zur Dreistigkeit lavierte. »Sie machen es Ihren Klienten wahrlich nicht leicht, Vertrauen zu Ihnen zu fassen und Sie mit ihren Problemen zu betrauen!« erwiderte sie scharf.
»Das ist auch nicht meine Absicht, Miß Fulham«, erwiderte er völlig unbeeindruckt von ihrer Zurechtweisung. »Ich habe keine aufwen-

dige Kanzlei mit zahlreichen Mitarbeitern zu unterhalten wie Mister Crichton. Ich übernehme nur Fälle, die mich interessieren und an die ich glaube. Wenn ich vor Gericht ziehe, dann will ich gewinnen, nichts sonst! Geld interessiert mich nicht.«
Valerie lächelte zurückhaltend. Jetzt verstand sie, warum Travis Kendrik unter seinen Kollegen im Anwalts-Club so wenig Sympathien fand. »Dann will ich Ihnen sagen, was *mich* interessiert, Mister Kendrik.«
»Ich bitte darum«, sagte er maliziös.
»Mein Vater hat mir seine Plantage hinterlassen, aber seine zweite Frau und seine Kinder aus dieser Ehe werden das Testament mit absoluter Sicherheit anfechten.«
»Um welche Plantage handelt es sich?«
»Um COTTON FIELDS.«
»Donnerwetter!« rief er beeindruckt. »Die Duvalls! Ha, Sie haben recht. Diese Sippschaft wird versuchen, Sie schon vor Beginn des Verfahrens in der Luft zu zerfetzen!«
»Sie haben schon mehr als das versucht«, erklärte Valerie kühl.
»Erzählen Sie!« forderte er sie knapp auf.
Valerie gab ihm einen groben Überblick über das, was ihr seit ihrer Abreise aus England widerfahren war, ging auf ihre Beziehung zu Matthew jedoch nicht näher ein. Das hatte ihn nicht zu interessieren.
Travis Kendrik war ein vorzüglicher Zuhörer, der ihren Redefluß nicht einmal unterbrach. Als sie geendet hatte, sagte er nur: »Alle Achtung, eine interessante Geschichte.«
Valerie fand diese Bemerkung in Anbetracht der Verbrechen, die die Duvalls an ihr begangen hatten, reichlich untertrieben. Doch sie ging nicht darauf ein. »Sind Sie daran interessiert, mich vor Gericht zu vertreten?« fragte sie.
»Darauf kann ich Ihnen jetzt keine Antwort geben», erwiderte er zu ihrer Verblüffung.
»Wann denn?«
»Ich brauche etwas Zeit, um mir die Sache durch den Kopf gehen zu lassen«, erklärte er. »Was halten Sie davon, heute abend mit mir essen zu gehen? Dann können wir uns eingehender über Ihren Fall unterhalten, und ich werde Ihnen sagen, wie ich mich entscheide.«
»Mir ist nicht nach Scherzen zumute, Mister Kendrik!« sagte sie fast empört über sein Ansinnen.

»Mir auch nicht«, gab er ruhig zurück. »Ich bin es gewohnt, meine Klienten auch persönlich näher kennenzulernen, und dafür eignet sich die angenehme Atmosphäre eines guten Restaurants meiner Erfahrung nach so gut wie kaum eine andere Umgebung.« Er erhob sich, um ihr das Ende ihrer Unterredung anzuzeigen. »Wenn Ihnen meine Art, an einen Fall heranzugehen, nicht genehm ist, danke ich Ihnen, daß Sie mich zumindest als Ihren Anwalt in Betracht gezogen haben. Andernfalls lassen Sie mir bitte eine Nachricht zukommen. Ich speise für gewöhnlich gegen halb neun im GERALD'S. Die Küche dort ist ausgezeichnet, was auch auf die Weine zutrifft.«

»Ich werde es mir überlegen«, sagte sie konsterniert.

Er lächelte höflich. »Tun Sie das, Miß Fulham. Einen angenehmen Tag noch.«

17.

Was für ein unmögliches Betragen! dachte Valerie empört, als sie wieder in der Kutsche saß und über ihren Besuch bei Travis Kendrik nachdachte. Was bildete sich dieser herausgeputzte Anwalt überhaupt ein, seine Entscheidung davon abhängig zu machen, ob sie mit ihm zum Essen ausging oder nicht? Was war das für ein Geschäftsgebaren? Sie dachte doch gar nicht daran, mit ihm in dieses GERALD'S zu gehen, und wenn es das beste Restaurant von ganz New Orleans war! Was es zu besprechen gab, konnten sie ebensogut in seinem schäbigen Büro erledigen. Nun, vielleicht würde er es sich noch einmal überlegen.

Ihre Verärgerung über Travis Kendrik wich jedoch bald der Freude, daß sie nun endlich nicht mehr mit leeren Händen dastand, sondern ihren Anspruch auf COTTON FIELDS anhand des Testaments untermauern konnte. Was den zu erwartenden Prozeß anging, so würde sie schon einen fähigen Anwalt finden, und wenn sie einen aus New York oder sonstwoher holen mußte. Zum Glück war sie jetzt auch finanziell unabhängig und brauchte nicht darauf zu warten, daß ihre Erbschaft in England geregelt war.

Sie konnte es kaum erwarten, Matthew von den sensationellen Neuigkeiten zu berichten. Zwar hatte sie ihm die Schatulle mit dem

Brief ihres Vaters und den zwanzigtausend Dollar auf den Nachttisch gestellt, aber vielleicht war er noch gar nicht aufgestanden.
Als sie zehn Minuten später ihr Haus betrat, war sie regelrecht beschwingt. Sie traf in der Halle auf ihre Zofe. »Fanny, ist Matthew schon auf?« fragte sie aufgeregt und nahm ihren Umhang ab.
»Ja, ich glaube schon. Liza hat ihm vor kurzem Kaffee aufs Zimmer gebracht. Wie war es denn, Miß Valerie?« fragte sie gespannt.
»Besser als erwartet. Ich erzähl dir nachher alles. Jetzt muß ich erst mit Matthew sprechen!« rief sie und eilte die Treppe hinauf.
Matthew war schon angezogen, als Valerie mit strahlendem Gesicht ins Zimmer stürzte. »Matthew, ich habe wunderbare Nachrichten! Es gibt ein richtiges Testament, in dem mein Vater mir COTTON FIELDS rechtmäßig vermacht hat. Und ich bin überhaupt kein Bastard!« sprudelte sie vor Freude hervor. »Er hat meine Mutter geheiratet! Heimlich! Stell dir das mal vor!«
Matthew zeigte keine Freude, ganz im Gegenteil, sein Gesicht war verschlossen. »Bist du beim Anwalt gewesen?« fragte er.
»Ja, natürlich, hast du denn den Brief nicht gelesen?« fragte sie verwundert über seine Reaktion.
»Doch, den habe ich gelesen«, sagte er grimmig. »Aber warum konntest du nicht warten und mit mir darüber reden, statt kopflos zu diesem Mister Crichton zu fahren?«
Verständnislos sah sie ihn an. »Kannst du das denn nicht verstehen? Du warst so müde nach der schrecklichen Nacht, und weshalb hätte ich dich wecken sollen? Ich wollte mich doch nur vergewissern, daß das Testament auch existierte und ich...«
Er fiel ihr ins Wort. »Und was macht das für einen Unterschied?« fragte er schroff.
Sie war einen Augenblick sprachlos. »Natürlich macht das einen Unterschied!« erwiderte sie dann, und Ärger keimte in ihr auf. »Wie kannst du so etwas nur fragen? Mit dem Testament hat sich doch alles verändert.«
»Das bezweifle ich.«
»Aber jetzt kann ich doch endlich beweisen, daß mir COTTON FIELDS zusteht!«
»Und du meinst, das werden die Duvalls einfach so akzeptieren und das Haus für dich räumen«, sagte er sarkastisch.
»Das werden sie natürlich nicht«, sagte Valerie ärgerlich. »Sie werden das Testament anfechten.«

»Richtig!« sagte er knurrig.
»Aber sie werden den Prozeß nicht gewinnen!«
»Woher willst du das wissen? New Orleans ist nicht New York oder Boston. Und wenn du ihn gewinnen würdest, meinst du, damit wäre alles vorbei?«
Kopfschüttelnd sah sie ihn an. »Ich verstehe dich nicht, Matthew. Ich hatte geglaubt, du würdest dich mit mir freuen, statt mich so grob anzufahren«, sagte sie verletzt.
»Worüber soll ich mich freuen, Valerie?« fragte er ungehalten. »Darüber, daß du vergessen zu haben scheinst, was du mir vor ein paar Stunden erst versprochen hast? Soll ich mich darüber freuen, daß ich mich nun weiterhin um dich ängstigen muß?«
»Aber heute morgen habe ich von all dem doch noch gar nichts gewußt, Matthew!« wandte sie ein. »Was du da sagst, ist ungerecht.«
»Nein, das ist es nicht!« widersprach er ihr heftig. »Was *du* tust, ist ungerecht. Du ignorierst nämlich die Gefahren, die du auf dich nimmst, wenn du deinen Plan, COTTON FIELDS zu bekommen, nicht aufgibst. Hast du denn so schnell vergessen, was gestern mit dir, nein, mit uns geschehen ist?«
»Nein, das habe ich nicht. Aber hast du mir nicht versichert, daß sie es nun nicht mehr wagen werden, uns etwas anzutun?«
»Das habe ich, aber dafür kann ich keine Garantie übernehmen. Die Duvalls sind und bleiben gefährlich, und ich habe einfach kein Verständnis dafür, daß du dein Leben wegen eines schnöden Besitzes aufs Spiel zu setzen bereit bist.«
Sie ballte die Fäuste. »Und ich habe kein Verständnis dafür, daß du nicht bereit bist, zuzugeben, daß sich die Situation verändert hat. Ich weigere mich zu glauben, daß es dir dabei einzig und allein um meine Sicherheit geht. Warum sagst du es nicht, falls es dir nicht gefällt, daß ich genauso darauf versessen bin, diese Plantage zu besitzen, wie du darauf versessen warst, die ALABAMA und die RIVER QUEEN zu besitzen?«
»Das kann man nicht vergleichen!« gab er aufgebracht zurück. »Reicht es dir denn nicht, was du jetzt schon besitzt, Valerie? Ist dir dieses Haus nicht gut genug?«
»Matthew!« rief sie bestürzt.
»Du hast ein Vermögen von deinen Eltern in England geerbt, und du hast diese zwanzigtausend Dollar!« Matthew nahm das Geld-

bündel aus der Schatulle und warf es zornig auf das Bett. »Reicht dir das denn immer noch nicht?«
Valerie kämpfte gegen die Tränen an, die ihr in die Augen stiegen. »Was hat das mit der Plantage zu tun, Matthew? Es geht mir doch nicht um das Geld, das COTTON FIELDS wert ist. Es ist der Letzte Wille meines Vaters...«
»Der dich damit möglicherweise schon in jungen Jahren unter die Erde bringt!« schnitt er ihr das Wort ab. »Zum Teufel mit COTTON FIELDS, Valerie! Kannst du diese verdammte Plantage nicht vergessen und einmal an uns beide denken?«
»Das darfst du nicht sagen! Bitte, sag so etwas nicht noch einmal, wenn du mich liebst!« beschwor sie ihn und ergriff seine Hände. »Du weißt doch, wie sehr ich dich liebe!«
»Aber offenbar liebst du COTTON FIELDS noch mehr als mich!« gab er vehement zurück. »Sonst würdest du doch endlich Vernunft annehmen und einen Schlußstrich unter diese gräßliche Geschichte ziehen. Es ist doch weiß Gott genug Schlimmes passiert. Damit muß endlich Schluß sein. Und heute morgen glaubte ich, daß du es endlich begriffen hättest, daß dein Leben und unsere Liebe wichtiger sind als deine Rache an den Duvalls, wichtiger als tausend COTTON FIELDS!«
»Merkst du denn nicht, wie weh du mir mit solchen Vorwürfen tust?« fragte sie mit mühsam beherrschter Stimme. »Wie kannst du meine Liebe anzweifeln, nur weil ich mich weigere, etwas aufzugeben, was mir zusteht? Ich habe auch nicht an Rache gedacht. Ich weiß, daß die Duvalls für ihre Verbrechen wohl niemals zur Rechenschaft gezogen werden, weil es dafür keine Beweise gibt. Aber das bedeutet doch nicht, daß ich deshalb auf mein Erbe verzichten und ihnen auch noch diesen Triumph gönnen müßte! Und habe ich dir je vorgeworfen, du würdest mich weniger lieben als deine Geschäfte, die dir doch so viel bedeuten? Warum sagst du so etwas? Warum sagst du so etwas Verletzendes? Du weißt doch ganz genau, wie sehr ich dieses Haus liebe und wie glücklich ich bei dir bin. Aber muß ich mich deshalb verstellen und verleugnen, daß es auch Dinge gibt, die nichts mit dir zu tun haben, aber dennoch wichtig für mich sind? Verlangst du das von mir? Kannst du denn nicht verstehen, daß es mir überhaupt nicht um Geld und Besitz geht?«
Er sah sie einen Augenblick stumm und mit verschlossenem Gesicht an. »Ich liebe dich, Valerie«, sagte er schließlich leise, »aber ich will

mich nicht jeden Tag um dich ängstigen müssen. Also überleg es dir noch einmal gut, an was dir mehr gelegen ist.«

»Willst du mich vor eine Entscheidung stellen?« fragte sie fassungslos.

»Nenn es, wie du willst«, sagte er hart und griff nach seinem Jackett. »Ich möchte auf jeden Fall mit diesem Erbschaftsprozeß nichts zu tun haben. Du wirst dich schon entscheiden müssen, was dir mehr bedeutet.« Ohne eine Antwort abzuwarten, stürmte er aus dem Zimmer und warf die Tür hinter sich zu.

Bestürzung lag auf Valeries Gesicht, dann kamen die Tränen, und es waren Tränen des Zorns und des Schmerzes, den seine abweisenden, ja geradezu verletzenden Worte in ihr hervorgerufen hatten. Sie warf sich auf das Bett und vergrub ihr Gesicht ins Kissen, das ihr heftiges Schluchzen erstickte. Wie konnte er ihr so etwas antun, wenn er sie doch liebte?!

18.

Ein für die Jahreszeit ungewöhnlich kalter Wind wehte vom Fluß herüber, als Valerie am Nachmittag vor dem Pier aus der Kutsche stieg. Ihrem Gesicht war nicht mehr anzusehen, wie sehr sie geweint hatte. Sie schlug den Kragen ihres Umhangs hoch und ging zur Gangway der RIVER QUEEN, auf der es von Zimmerleuten, Mechanikern und Anstreichern wimmelte, die Captain Scott McLean mit durchdringender Stimme antrieb. Er hatte von Matthew noch in der Nacht den Auftrag erhalten, umgehend mit den Reparaturen zu beginnen und keine Mühen und Kosten zu scheuen, um mit den Arbeiten so schnell wie möglich fertig zu werden. Und so wurde überall gesägt, gehämmert, geschraubt, gescheuert und die alte, aufgeplatzte Farbe abgezogen.

Valerie schritt die Gangway hinauf und ging zu Scott McLean auf das Hauptdeck. »Können Sie mir sagen, wo ich Mister Melville finde?« sprach sie ihn an.

»Oh, Miß Fulham! Einen wunderschönen guten Tag. Ich habe Sie gar nicht kommen sehen, was bei diesem Durcheinander aber nicht verwunderlich ist. Wenn man nicht ein scharfes Auge auf diese

Burschen hat, dann legen sie sich in die Ecke und halten ein Nickerchen«, sagte er leutselig. »Aber solange ich hier ein Wort mitzureden habe, wird nicht geschlampt. Ich sage Ihnen, in einer Woche sieht die RIVER QUEEN wieder aus wie neu! Hoffe nur, daß das Wetter trocken bleibt und wir den Außenanstrich vor dem nächsten großen Regen anbringen können. Na, es wird schon werden.«

»Ich suche Mister Melville«, erinnerte Valerie ihn mit einem verständnisvollen Lächeln.

»Richtig! Entschuldigen Sie, Miß Valerie! Wenn ich mich nicht irre, finden Sie ihn im ausgebrannten Salon. Sie kennen sich ja an Bord der RIVER QUEEN aus.«

Sie fand Matthew dort, wo der erfahrene Mississippi-Lotse ihn vermutet hatte. Er war im Gespräch mit einem elegant gekleideten Mann, der sich auf einem Schreibblock Notizen machte. Valerie entnahm den Satzfetzen, die zu ihr drangen, daß sie gerade die neue Innenausstattung des Salons besprachen.

»Matthew?«

Er drehte sich überrascht um, zögerte kurz, sagte etwas zu seinem Begleiter und kam dann zu ihr. Sie hatte gehofft, daß er sich in der Zwischenzeit Gedanken gemacht hatte und bereute, wie ungerecht er sie behandelt hatte. Doch als sie sein ernstes Gesicht sah, wußte sie, daß sie vergeblich gehofft hatte, er würde einlenken.

»Ja?« fragte er einsilbig.

»Findest du die Art richtig, die du vorhin mir gegenüber an den Tag gelegt hast?« fragte sie ruhig und ohne Härte in der Stimme. »Meinst du nicht auch, daß wir diese Angelegenheit in Ruhe besprechen sollten, ohne zornige Aufwallungen und gegenseitige Vorwürfe?«

»Es tut mir leid, wenn ich mich vorhin vielleicht in der Wahl meiner Worte und der Lautstärke vergriffen habe«, erwiderte er, »doch was den Inhalt betrifft, habe ich nichts zurückzunehmen.«

»Bist du dir da ganz sicher?« Eindringlich, fast flehentlich schaute sie ihn an.

Er hielt ihrem Blick stand und sagte, ohne mit der Wimper zu zucken: »Ja, Valerie. Ich liebe dich, das weißt du. Aber ich bin nicht bereit, dir noch dabei zu helfen, uns beide unglücklich zu machen und das Verhängnis heraufzubeschwören. Du bist eine vermögende Frau, womit deine eigene Unabhängigkeit wohl vollends gewährleistet ist, und auch ich bin kein armer Mann. Wozu also das Schicksal herausfordern? Für tausend oder fünfzehnhundert Morgen Land?« Er schüttelte entschlossen den Kopf. »Nein, Valerie. Das mache ich nicht mit!«

»Das ist dein letztes Wort?« Valerie hatte Mühe, das Zittern ihrer Stimme zu unterdrücken.

Er wich ihr nicht aus. »Ja, das ist es.«

Sie schluckte und nickte. Wortlos wandte sie sich ab.

»Valerie!«

Sie drehte sich noch einmal zu ihm um, hoffte auf ein Zeichen seiner Liebe, eine zärtliche, versöhnliche Geste. »Ja?«

»Ich werde vorübergehend auf der RIVER QUEEN bleiben«, teilte er ihr mit. »Ich kann hier jetzt sowieso nicht weg. Zudem wird es uns vielleicht helfen, Klarheit in unsere Beziehung zu bringen.«

Seine Worte waren wie eisiger Stahl, der sich in ihr Herz bohrte. Doch sie ließ sich nichts anmerken, sondern riß sich zusammen. »Ja, das wird es wohl, Matthew«, sagte sie und wandte sich rasch ab, weil sie fürchtete, im nächsten Moment wieder in Tränen auszubrechen.

Nach Hause zurückgekehrt, schickte sie Samuel mit der Nachricht zu Travis Kendrik, daß sie seine Einladung annehme. Sie war entschlossen, um COTTON FIELDS zu kämpfen – ohne jede Einschränkung!

Valerie erregte Aufmerksamkeit, als sie gegen neun das Restaurant GERALD'S in der Royal Street betrat, das ganz offensichtlich nur von sehr wohlbetuchten Gästen besucht wurde.

»Mister Kendrik erwartet mich«, sagte sie dem Maître, als dieser ihr mit eifriger Beflissenheit den samtenen Umhang abnahm und sie nach ihren Wünschen fragte. Der Anwalt hatte sie mit seiner Kutsche abholen wollen, doch sie hatte dieses Angebot ausgeschlagen. »Ich nehme doch an, er ist schon hier.«

»Seit einer geraumen Zeit, Madame«, sagte der Maître und fügte mit einem bewundernden Blick hinzu: »Ich verstehe nun, weshalb Monsieur Kendrik heute abend so voller Unruhe ist, wenn Sie mir diese Bemerkung gestatten, Madame. Ich bin entzückt, daß Sie GERALD'S die Ehre Ihres Besuches erweisen. Wenn ich Sie zu Monsieur Kendriks Tisch geleiten darf?«

Valerie bedankte sich für sein Kompliment mit einem warmherzigen Lächeln und deutete durch ein Kopfnicken an, daß sie bereit war, zu Travis Kendrik geführt zu werden. Sie folgte dem Maître durch das

höchst elegant und geschmackvoll eingerichtete Restaurant, das für seine französisch-creolische Küche berühmt war, wie sie von Emily erfahren hatte.
Das dezente Stimmengewirr an den Tischen wurde etwas schwächer, als sie in ihrem rubinroten Taftkleid durch den Raum schritt. Bewundernde und begehrliche Blicke folgten ihr, und so manch männlicher Gast hatte hinterher Mühe, seiner weiblichen Begleitung glaubhaft zu machen, daß seine Blicke von rein oberflächlichem Interesse gewesen waren.
Travis Kendrik erhob sich galant, als der Maître sie zu seinem Tisch führte. In dem cremeweißen Anzug mit der weinroten Seidenweste und der goldgepunkteten Krawatte sah er wie ein bunter Paradiesvogel aus, in einer Umgebung, die mehr von gedeckten und dezenten Tönen bestimmt war. Aber gerade von dieser Umgebung schien er sich mit aller Macht abheben zu wollen.
»Ich dachte schon, Sie hätten es sich anders überlegt und mich sitzenlassen«, sagte er scheinbar gleichgültig, ohne ihr ein Kompliment zu ihrem Aussehen zu machen.
»Wurden Sie schon unruhig?« fragte Valerie spöttisch.
»Aber ja doch«, versicherte er.
Sie lächelte.
»Ich hätte nur äußerst ungern meine wöchentliche Pokerrunde grundlos verpaßt«, fuhr er fort und raubte ihr damit den kleinen Triumph, den sie über ihn errungen zu haben glaubte. »Wären Sie fünf Minuten später gekommen, hätten Sie mich wohl kaum noch hier angetroffen. Sie haben Glück gehabt, Miß Fulham.«
»Sie sind ein merkwürdiger Mensch, Mister Kendrik«, sagte Valerie, die das unangenehme Gefühl hatte, ihn nicht durchschauen zu können. Es war, als würde er sich ihr immer wieder entziehen, wenn sie glaubte, ihn endlich gepackt und eine schwache Stelle bei ihm entdeckt zu haben.
»Außergewöhnlich, Miß Fulham«, korrigierte er sie beiläufig. »Außergewöhnlich kommt der Sache näher, ohne ihr natürlich gerecht zu werden.«
»Natürlich!« Sie verzog das Gesicht. »Können Sie mir mal verraten, womit Sie Ihre fast schon dreiste Überheblichkeit rechtfertigen, Mister Kendrik?«
Er lächelte milde. »Mit der Selbstverständlichkeit, mit der beispielsweise Sie Ihre Schönheit tragen, Miß Fulham, ohne daß Sie sich

dabei verpflichtet fühlen, all den anderen reizlosen Geschöpfen zuliebe ihr Gesicht zu verhüllen. Mit der Überheblichkeit verhält es sich nicht anders. Entweder man hat sie, oder man hat sie nicht. Natürlich muß sie einem zu Gesicht stehen wie dieses bezaubernde Kleid Ihnen«, erklärte er und vermochte seiner Stimme einen so desinteressierten Klang zu geben, daß aus diesem Kompliment eine nüchterne Feststellung wurde. »Wer sich für schön hält, ohne es in Wirklichkeit zu sein, macht sich zum Gespött. Und wer überheblich ist, ohne über den richtigen Stil zu verfügen, macht sich gleichfalls zum Narren.«

»Was auf Sie nicht zutrifft.«

»Ganz sicher nicht«, bestätigte er ernst. »Man mag zwar über mich und meine exaltierte Art, mich zu kleiden, lächeln, aber aus einem mitleidigen Grinsen wird zumeist eine ziemlich gefrorene, gequälte Grimasse, wenn ich mit diesen Leuten erst einmal fertig bin. Es kommt nicht darauf an, wer das elegantere Büro hat und den dezenteren Anzug trägt, sondern wer hinterher auf der Gewinnerseite steht. Und das bin ich.«

Valerie war verblüfft von seiner Selbstsicherheit und Offenheit, und sie hatte auf einmal das Gefühl, Travis Kendrik völlig falsch eingeschätzt zu haben. Er war tatsächlich ein außergewöhnlicher Mann, der genau wußte, was er wollte und wie er es erreichen konnte. »Interessant. Doch niemand kann immer auf der Gewinnerseite stehen.«

»Das mag auf andere zutreffen, nicht auf mich«, erwiderte er ohne Zögern. »Was ich haben will, bekomme ich. Ich gewinne immer. Wenn ich mir nicht sicher bin, daß ich mein Ziel erreichen kann, lasse ich die Finger davon. Sollen sich andere mit halben Sachen herumschlagen.«

»Auf Ihren Beruf als Anwalt übertragen heißt das also, daß Sie nur solche Fälle annehmen, von denen Sie genau wissen, daß Sie sie gewinnen werden.«

»Richtig«, sagte er gleichmütig und winkte den Kellner heran. »Die Speisekarte bitte, Darcy!«

»Das scheint mir ein sehr einfacher, um nicht zu sagen primitiver Weg zu sein, seinen Beruf auszuüben. Todsichere Fälle kann ja wohl jeder gewinnen«, kritisierte sie. »Damit stellen Sie sich selbst ja ein geistiges Armutszeugnis aus.«

Ein spöttisches Lächeln huschte über sein wenig ansprechendes, spitzes Gesicht. »Sie ziehen Ihre Schlußfolgerungen zu schnell und ohne meine Worte richtig abgewogen und untersucht zu haben, Miß Fulham. Ich sagte gerade, daß *ich* mir meines Erfolges sicher sein muß, um einen Fall anzunehmen. Das bedeutet jedoch noch lange nicht, daß meine Kollegen mir beipflichten würden. Eher trifft das Gegenteil zu. Was ich als todsicheren Fall bezeichne, würden die meisten meiner Kollegen als aussichtslos deklarieren«, sagte er und fügte mit beißendem Hohn hinzu: »In Anbetracht ihrer mangelnden Fähigkeiten eine zumindest subjektiv richtige Einschätzung.«

Valerie mußte nun unwillkürlich lachen. »Ich gebe es auf, mit Ihnen streiten zu wollen, Mister Kendrik. Fast haben Sie mich davon überzeugt, daß Sie wissen, was Sie tun – und was Sie reden.«

»Ich bin angenehm überrascht, daß Ihr Verstand so schnell die Oberhand über Ihre Vorurteile gewonnen hat«, erklärte er mit der ihm eigenen Arroganz. »Normalerweise dauert so etwas bedeutend länger, auch wenn ich es mit Leuten zu tun habe, die eigentlich eine hohe Intelligenz für sich ins Feld führen könnten. Doch Intelligenz reicht genausowenig wie Schönheit ohne Kopf – in beiden Fällen muß man sie auch zu gebrauchen wissen.«

»Da muß ich Ihnen zustimmen«, sagte Valerie und dachte unwillkürlich an Matthew. Er versuchte etwas zu erzwingen, was einfach nicht funktionieren konnte. Sie hoffte, daß er schnell erkannte, wie verletzend und unsinnig zugleich sein Ultimatum war. Sie konnte ihr Gewissen nicht ihrer Liebe opfern und hoffen, daß dies keine Auswirkung auf ihre Beziehung haben würde. Sie wußte, daß ein Verzicht ihr Zusammenleben genauso in Mitleidenschaft ziehen würde wie ihre Weigerung jetzt, sich seinem Willen zu beugen. Er mußte sie so akzeptieren, wie sie war. Die Valerie, die nur für ihn existierte und keine eigenen Interessen verfolgte, die gab es nicht. Sie könnte diesen Teil ihres Ichs auch nicht für ihn eliminieren, sosehr sie ihn auch liebte. Er konnte sie nur so haben, wie sie war – mit ihren Stärken, aber auch mit ihren Schwächen und möglichen Widersprüchlichkeiten. Alles andere wäre Selbstaufgabe und damit auch zwangsläufig der Tod ihrer Liebe. Es blieb ihr nur die Hoffnung, daß er das begriff.

Sie gaben ihre Bestellung auf. Dann kam der Anwalt zum eigentlichen Thema: »Ich habe mir Ihren Fall durch den Kopf gehen lassen, Miß Fulham.«

»Gehört er zu den todsicheren?« fragte sie spöttisch.

Er zögerte. »Eigentlich nicht.«
Erstaunt sah sie ihn an. »Aber das Testament...«
»Vor Gericht sind schon Tausende lupenreiner Testamente angefochten worden – und zwar erfolgreich«, erwiderte er ruhig. »Oftmals gibt ein Gericht dem Kläger recht, wenn es der Überzeugung ist, der Gesellschaft diese Entscheidung schuldig zu sein. Ich brauche Ihnen ja wohl keinen Exkurs darüber zu halten, daß das Gesetz von denjenigen, die für seine Einhaltung und richtige Auslegung zu sorgen haben, am häufigsten gebeugt und mißbraucht wird – aus gesellschaftlichen, privaten oder politischen Gründen.«
»Sprechen Sie von Bestechung und Korruption unter Richtern?« fragte Valerie.
»Nicht nur. Ich spreche von einem gesellschaftlichen Konsens. In Ihrem Fall heißt das konkret: Hier im Süden gilt ein Nigger nur soviel, wie er seinem Herrn an Profit einbringt. Rechte hat er eigentlich keine.«
»Haben Sie nicht den Freispruch für den Sklaven errungen, der seinen Aufseher angegriffen hat?«
Er lächelte. »Einer von diesen aussichtslosen bzw. todsicheren Fällen. Ich hatte das Glück, einen Weißen als Zeugen zugunsten des Angeklagten vor Gericht auftreten lassen zu können. Aber lassen Sie mich zu Ihrem Fall zurückkehren.«
Sie nickte. »Bitte.«
»Ihr Vater heiratet heimlich eine Sklavin, die er vorher freigelassen hat, zeugt ein Kind, gibt es weg, heiratet dann die ehrbare Tochter eines angesehenen Pflanzers, bekommt zwei Kinder, davon einen Sohn – und verfällt dann auf die Idee, seine Plantage dem Kind zu vererben, das der ersten, gesellschaftlich völlig unmöglichen Ehe entsprungen ist. Eine Plantage wie COTTON FIELDS, die ein Symbol für das ist, für das der Süden so vehement eintritt«, sagte Travis Kendrik mit seiner heiseren Stimme. »Das ist ein Schlag ins Gesicht dieser Gesellschaft, Miß Fulham. Gut, wenn Ihr Vater noch am Leben wäre, dann hätte ihn kein Gericht der Welt daran hindern können, Ihnen die Plantage zu vererben. Die Gesellschaft hätte es mit knirschenden Zähnen hinnehmen müssen. Doch leider ist Ihr Vater verstorben, hatte ein Jahr zuvor sogar noch einen schweren Schlaganfall. Ich brauche Ihnen wohl nicht zu sagen, was das zur Folge hat – vor Gericht.«
»Man wird meinen Vater nachträglich für unzurechnungsfähig er-

klären«, folgerte Valerie grimmig. »Aber wenn Mister Crichton und die anderen Zeugen aussagen, daß das nicht stimmt?«
Das Essen wurde aufgetragen, und ihr Gespräch stockte für einen Moment. Travis Kendrik kostete den Wein, nickte und fuhr schließlich fort, als sich die Kellner entfernt hatten: »Die Klägerseite wird genügend Ärzte, sogenannte Experten, vor Gericht auftreten lassen, die alle versichern, daß Ihr Vater nur nach außen hin einen normalen, zurechnungsfähigen Eindruck gemacht hat, in Wirklichkeit jedoch aufgrund des Schlaganfalls geistig verwirrt war. Und das Gericht wird ihrem Antrag folgen, das Testament für ungültig erklären und Sie mit leeren Händen nach Hause schicken. COTTON FIELDS im Besitz einer jungen Frau, deren Mutter Sklavin auf derselben Plantage war? Ein Unding! Ihr Vater muß einfach geistig umnachtet gewesen sein, als er solch eine Ungeheuerlichkeit zu Papier brachte! Ein ganz klarer Fall von einem nichtigen Testament!« Er spießte ein Stück Fleisch auf die Gabel, schob es in den Mund und kaute mit sichtlichem Genuß.
Sie war einen Moment lang bestürzt, als sie die zwingende Logik seiner Worte erkannte, und der Appetit verging ihr schlagartig. All ihre Hoffnungen schienen von einer Minute zur anderen zunichte gemacht. Dann aber musterte sie ihn scharf, und das fröhliche Funkeln in seinen Augen entging ihr nicht. »Gut, das wäre der normale Ablauf. Doch ich nehme nicht an, daß Sie sich die Mühe gemacht haben, mich zum Essen einzuladen und mir das alles zu erzählen, wenn Sie nicht davon überzeugt wären, daß mein Prozeß dennoch einen anderen Ausgang nehmen wird.«
Er lächelte anerkennend. »In der Tat, das wird er auch«, bestätigte er ihre Vermutung, ließ sich aber Zeit, auszuführen, worauf er seinen Optimismus gründete. Valerie drängte ihn auch nicht, sondern nahm einen Schluck vom vollmundigen Wein und bekam immer mehr das Gefühl, daß William Crichton sehr wohl gewußt hatte, warum er ihr ausgerechnet Travis Kendrik als Anwalt empfohlen hatte.
»Ihnen dürfte bekannt sein«, begann er schließlich, »daß sich unsere Nation in einem Zustand innerer Zerrissenheit befindet. Das Jahr 1860 neigt sich seinem Ende zu, während sich gleichzeitig eine Spaltung der Union abzeichnet. Die Zeichen stehen auf Sturm, gelinde ausgedrückt. Der Süden wird sich vom Norden trennen, daran besteht für mich kein Zweifel mehr. Lincolns zu erwartender

Sieg bei der nächsten Präsidentenwahl wird nur der Tropfen sein, der das Faß zum Überlaufen bringt, aus der Sicht des Südens. Die Sezession, für so töricht ich sie persönlich auch halte, ist nicht mehr aufzuhalten – und damit ist auch der Bürgerkrieg nicht mehr abzuwenden.«

»Sind Sie sich da so sicher?« fragte Valerie betroffen.

Er nickte ernst. »Ich bin bereit, mit Ihnen um jede Summe, die Sie vorschlagen, zu wetten, daß es zum Krieg kommt. Der Norden wird die einseitige Loslösung der Südstaaten nicht hinnehmen, dafür werden die Emotionen auf beiden Seiten schon zu lange und zu heftig aufgepeitscht. Die Menschen sind nun mal von Natur aus dumm.«

»Aber was hat das mit meinem Fall zu tun?« wollte sie wissen.

»Mehr, als Sie für möglich halten«, erwiderte er. »Wenn es nämlich zum Krieg kommt, ist der Süden stark von der Unterstützung einiger europäischer Nationen abhängig, ganz besonders von England, denn England importiert fast achtzig Prozent seines enormen Bedarfs an Baumwolle aus dem Süden. Doch notfalls könnte sich die britische Industrie auf Baumwolle aus anderen Ländern wie etwa Ägypten umstellen, was natürlich mit großen Schwierigkeiten verbunden wäre und gewiß kurzfristig zu Engpässen führen würde. Aus diesem Grund ist die Regierung in London an einem weiteren ungestörten Import amerikanischer Baumwolle interessiert. Die britische Handelsdelegation, die von Lord Baxton angeführt wird, hat nicht von ungefähr in New Orleans ein Büro eröffnet. Aber auch die Regierungen der Südstaaten sind sehr daran interessiert, weiterhin mit England in gutem Einvernehmen zu bleiben, denn der Krieg kann nur mit Baumwolle finanziert werden.«

»Tut mir leid, aber ich kann noch immer keine Verbindung sehen«, sagte Valerie.

»Die Verbindung, die Ihnen bisher entgangen ist, liegt in Ihrer Staatsbürgerschaft begründet, Miß Fulham«, erklärte er. »Niemand außerhalb von New Orleans würde sich für Ihren Fall interessieren, wenn Sie Amerikanerin wären, aber Sie besitzen nun mal britische Papiere, und in England gibt es nach dem Gesetz keine Unterschiede zwischen weiß, hellhäutig und dunkel. Und das ist unser entscheidender Vorteil. In der augenblicklichen politischen Situation kann ein Gericht es sich nicht erlauben, eine britische Staatsbürgerin um ihr Erbe zu bringen, nur weil es die Gesellschaft im Süden nicht

akzeptabel findet, daß ein Besitz wie COTTON FIELDS in die Hände einer Frau gelangt, deren Mutter Sklavin war.«
»Sind Sie überzeugt, daß das Gericht das berücksichtigen wird?« fragte Valerie skeptisch.
»Die Unabhängigkeit eines Richters ist nichts weiter als leeres Geschwätz! Jeder Richter steht in solch einer Situation unter politischem Druck, der hinter den Kulissen ausgeübt wird«, versicherte er. »Und ich werde dafür Sorge tragen, daß Lord Baxton über Ihren Fall in Kenntnis gesetzt wird – von mir persönlich.«
Valerie lächelte ihn erleichtert an. »Ich bin beeindruckt, Mister Kendrik, und fast geneigt, Ihnen Ihre Überheblichkeit zu verzeihen.«
Er lachte. »Das freut mich zu hören, obwohl ich nicht behaupten kann, daß mich eine gegenteilige Einstellung sonderlich beunruhigt hätte.«
»Sie hätten mich enttäuscht, wenn Sie mir diese Antwort schuldig geblieben wären.«
»Enttäuschungen sind mein Fall nicht«, gab er genauso schlagfertig zurück und prostete ihr zu.
Als sie eine Stunde später mit ihm in seine Kutsche stieg, weil er darauf bestanden hatte, sie nach Hause zu begleiten, dachte sie voller Verwunderung, wie angenehm und anregend der Abend mit ihm gewesen war. Er war sicherlich kein Mann, der es einem leichtmachte, doch wenn man seine Art erst einmal akzeptiert hatte, war seine Gesellschaft höchst amüsant und sogar lehrreich.
»Oh, da hätte ich ja beinahe etwas vergessen, was Sie sicherlich interessieren wird«, sagte er, als die Kutsche in die Monroe Street einbog.
Sie sah ihn mit hochgezogenen Augenbrauen an. »Vergeßlichkeit scheint mir etwas zu sein, das schlecht mit Ihnen in Einklang zu bringen ist.«
Er schmunzelte und verriet damit, daß sie ihn bei einer Lüge ertappt hatte. »Mir ist zu Ohren gekommen, daß Missis Duvall und ihre Kinder in der Zwischenzeit nicht untätig gewesen sind und sich der Dienste eines Kollegen versichert haben. Mister Peacock vertritt ihre Interessen, die zur Zeit darauf hinauslaufen, Ihnen ein Angebot zu machen.«
»Woher wissen Sie das?« fragte Valerie erstaunt.
»Ich habe den Tag genutzt, Miß Fulham, und meine Verbindungen,

die vielfältiger Art sind, eingesetzt«, sagte Travis Kendrik. »Ich habe durchblicken lassen, daß ich Sie zu vertreten gedenke, ohne jedoch das Vorhandensein des Testaments zu erwähnen.«
»Waren Sie so sicher, daß ich Sie beauftragen würde?«
»Selbstverständlich. Wer sonst als der Niggeranwalt von New Orleans würde so einen aussichtslosen und geschäftsschädigenden Fall wie den Ihren annehmen?« fragte er mit unerschütterlicher Selbstsicherheit.
Valerie seufzte. »Also gut, was haben Sie genau erfahren?«
»Mister Peacock, so heißt mein wenig geschätzter Kollege, wird Ihnen in den nächsten Tagen ein äußerst verlockendes Angebot unterbreiten – und zwar eine Plantage bei Baton Rouge«, eröffnete er ihr.
»Wie bitte?«
»Ja, eine hübsche Plantage von etwa sechshundert Morgen Land, die einen Wert von gut vierzigtausend Dollar darstellt«, berichtete Travis Kendrik. »Dafür verlangen die Duvalls eine generelle Verzichtserklärung.«
»Das kann ich nicht glauben!«
»Es ist aber so. Ich habe Mister Peacock zu verstehen gegeben, daß ich Ihnen gut zureden werde, dieses mehr als generöse Angebot anzunehmen«, sagte er spöttisch, während die Kutsche vor dem Haus hielt und der Kutscher vom Bock stieg, um ihr die Tür aufzuhalten. »Sie werden also demnächst ein Schreiben von ihm erhalten, in dem er Sie zu einer Besprechung in seine Kanzlei bittet, und Sie werden die Güte haben, darauf einzugehen.«
»Aber ich denke ...«
»Keine Sorge, Sie werden COTTON FIELDS bekommen, Miß Fulham!« fiel er ihr ins Wort. »Doch das sollte Sie nicht daran hindern, Mister Peacock mit mir aufzusuchen. Natürlich werden wir auf der Anwesenheit der Gegenpartei bestehen. Es gibt Bonbons im Leben, die man genießen sollte. Ich wünsche Ihnen eine angenehme Nachtruhe!«
Ein Wunsch, der sich nicht erfüllte. Valerie war innerlich zu aufgewühlt, um in den Schlaf zu sinken, als sie allein im breiten Himmelbett lag. Zuviel war an diesem Tag passiert, und dementsprechend viel ging ihr auch durch den Kopf.
Sie vermißte Matthew schrecklich. Wie gern hätte sie jetzt mit ihm über all das geredet, was sie beschäftigte. Fanny war ihr eine treue

Freundin, auf deren Meinung sie viel gab, doch das war etwas ganz anderes als die Unterstützung des Mannes, den sie liebte – und nach dessen Verständnis und Liebe sie sich sehnte. Allein in diesem Bett zu liegen, das der Ort so vieler zärtlicher, leidenschaftlicher Stunden gewesen war, erfüllte sie mit Schmerz und einem Gefühl schrecklicher Einsamkeit. War der Preis, den sie für ihre Eigenständigkeit und für COTTON FIELDS zahlen mußte, der Verlust seiner Liebe?
Tränen hilfloser Verzweiflung, weil sie einfach nicht anders handeln konnte, wie sie es getan hatte, rannen ihr über das Gesicht, und ihre Augen waren noch immer feucht, als sie in den frühen Morgenstunden endlich in einen unruhigen Schlaf fiel.

19.

Fanny stellte ihr eine Tasse Tee und eine Schale mit frischen Biskuits ans Bett. »Sie kommen ganz frisch aus dem Ofen, Miß Valerie. Probieren Sie! Emily versteht sich wirklich aufs Kochen und Backen.«
»Ich mag nichts«, sagte Valerie niedergeschlagen.
Fanny seufzte geplagt. »Sie sollten aufstehen. Im Bett liegenzubleiben und trübsinnig auf die geschlossenen Gardinen zu starren macht es doch nicht besser.«
»Ich weiß«, murmelte Valerie. »Aber warum sollte ich aufstehen? Wozu? Es gibt doch nichts, was ich tun müßte, nichts, was wirklich von Bedeutung wäre und etwas ändern könnte.«
»Wenn Sie sich so gehenlassen, erreicht Captain Melville genau das, was er will!« erklärte die Zofe ungehalten. »Bei allem Respekt für Sie und Captain Melville, aber ich dachte, Sie wären klüger und würden sich von diesen typischen Männerallüren nicht einfangen lassen.«
Valerie richtete sich auf. »Was meinst du mit Männerallüren, Fanny?«
»Na das, was Captain Melville versucht. Er würde sich freuen, wenn er Sie so sähe... so bedrückt und leidend! Genau das bezweckt er ja! Mürbe will er Sie machen!« sagte die Zofe erbost. »Es paßt ihm nicht, daß Sie nicht in allen Dingen einer Meinung mit ihm sind und sich nicht von ihm sagen lassen, was Sie zu tun und zu lassen haben.

Und jetzt versucht er eben, seinen Willen auf diese Weise durchzusetzen.«
»Der Widerspenstigen Zähmung, ja?« fragte Valerie bitter.
Fanny nickte. »Der Captain ist ein feiner Gentleman, aber auch die reizendsten Gentlemen haben ihre eitlen Seiten und Schwächen, und bei Captain Melville ist das wohl seine Eifersucht auf Ihre Eigenständigkeit. Lassen Sie bloß nicht zu, daß er sie Ihnen nimmt. Drehen Sie den Spieß einfach um!«
»Und wie soll das funktionieren?« wollte Valerie wissen.
»Na, ganz einfach. Daß er Sie liebt, steht ja wohl außer Frage. Das weiß jeder, der einmal gesehen hat, wie er Sie anschaut. Er leidet gewiß nicht weniger unter diesem unseligen Streit und der Trennung als Sie, Miß Valerie. Und leiden soll er. Das hat er verdient. Und je weniger Sie sich von seiner dummen Drohung beeindrucken und Ihr gewohntes Leben durcheinanderbringen lassen, desto mehr wird er leiden und zwangsläufig zu der Einsicht kommen, daß Sie nicht zu den hirnlosen Geschöpfen gehören, die sich ihr Leben von einem Mann bis ins kleinste vorschreiben lassen, nur um sich seiner Liebe zu versichern.«
Verblüfft sah Valerie ihre Zofe an. »Gütiger Gott, woher hast du denn diese Einsicht?«
»Man braucht nur mit offenen Augen durchs Leben zu gehen«, erwiderte Fanny achselzuckend. »Geben Sie jetzt bloß nicht nach. Er kommt auch so zu Ihnen zurück.«
»Und wenn nicht?« wandte Valerie ein.
Fanny schnaubte ärgerlich. »Dann ist er es auch nicht wert, daß Sie ihn lieben, und dann sollten Sie ihm noch dankbar sein, daß er Ihnen seinen wahren Charakter früh genug offenbart hat. Wie auch immer, Sie können letztlich nur gewinnen, wenn Sie stark bleiben.«
Valerie konnte sich nun ein Schmunzeln nicht verkneifen. Was Fanny da sagte, hatte wirklich Hand und Fuß. Und mit einer entschlossenen Bewegung schlug sie die Bettdecke zurück. »Danke, daß du mich aufgerüttelt hast, Fanny. Du hast vollkommen recht. Ich werde mich von Matthew nicht kleinkriegen lassen. Leg mir das lindgrüne Kleid raus. Wir machen einen Einkaufsbummel und essen zu Mittag außer Haus. Ich habe dir eine Menge von Travis Kendrik zu erzählen!«
Fanny strahlte glücklich. »So gefallen Sie mir schon besser, Miß Valerie!«

Zwei Tage später – Matthew hatte sich noch immer nicht bei ihr blicken lassen und ihr auch sonst keine Nachricht zukommen lassen – brachte ein Bote ein Schreiben des Anwalts James Peacock, in dem dieser sie zu einer Besprechung in seine Kanzlei bat.
Valerie suchte sofort Travis Kendrik auf, der einen Antwortbrief verfaßte, in dem er die Bereitschaft seiner Mandantin erklärte, sofern auch Catherine, Stephen und Rhonda Duvall dieser Unterredung beiwohnten. Diese Bedingung wurde angenommen. Am Nachmittag des folgenden Tages kam es dann zu einem Zusammentreffen.
»Ich muß gestehen, daß ich nicht gerade die Gelassenheit in Person bin«, gestand Valerie, als sie mit Travis Kendrik, der wie immer extravagant gekleidet war, vor dem Haus von James Peacock aus der Kutsche stieg.
»Denken Sie nur daran, wie schwer es der Gegenpartei fallen muß, Ihnen dieses Angebot zu machen, ganz zu schweigen davon, sich mit Ihnen an einen Tisch zu setzen«, erwiderte er. »Wir halten die Trümpfe in der Hand, und das Beste daran ist, daß sie nicht wissen, was wir vor Gericht alles aus dem Hut zaubern werden!«
»Ihre Zuversicht möchte ich haben!«
»Sie bezahlen mich dafür«, sagte er fröhlich und stieg die drei Stufen hinauf.
Die Kanzlei von James Peacock konnte sich fast mit der von William Crichton messen, was die Zahl seiner Angestellten und die kostspielige Einrichtung betraf. Doch da endeten auch schon die Gemeinsamkeiten mit Crichton.
James Peacock war ein hagerer, fast schon spindeldürrer Mann mit einer Adlernase und buschigen Brauen, unter denen scharfe Augen lagen. Er empfing sie mit einem kühlen Lächeln und führte sie dann in das Besprechungszimmer. Catherine, Stephen und Rhonda erwarteten sie schon mit steinernen Gesichtern und kalten Augen.
»Ich glaube, ich kann mir eine Vorstellung ersparen«, sagte James Peacock von oben herab.
Travis Kendrik zog indigniert die Augenbrauen hoch. »Sie scheinen überarbeitet zu sein, Herr Kollege, daß Sie den nötigen Anstand vermissen lassen. Bisher hatte ich noch nicht das fragwürdige Vergnügen, die Bekanntschaft Ihrer Klienten zu machen.«
Peacock sah ihn ungehalten an, folgte aber seiner Aufforderung mit knurriger Stimme. Die Duvalls ließen jedoch jegliche Höflichkeit

vermissen und machten keinerlei Anstalten, sich zu erheben. Allein Catherine Duvall bedachte ihn mit einem knappen Nicken.
Valerie war überrascht, wie ruhig sie auf einmal war. Sie hielt dem durchdringenden, haßerfüllten Blick von Stephen, ohne mit der Wimper zu zucken, stand und zwang ihn, zuerst wegzublicken. Es kümmerte sie auch nicht, daß Rhonda sie mit unverhohlener Verachtung von oben bis unten musterte.
Travis Kendrik spielte seinen Kollegen mit seiner fast unerträglichen Arroganz glatt an die Wand.
»Kommen wir doch gleich zur Sache, Herr Kollege. Was haben Sie meiner Klientin anzubieten?« fragte er forsch und mit einer ungeduldigen Handbewegung. »Ich hoffe doch sehr, daß Sie uns nicht wegen einer Lappalie hergebeten haben.«
Der Ton behagte James Peacock ganz und gar nicht, und ärgerlich erwiderte er: »Sie wissen ganz genau, was ich Ihrer Mandantin im Namen der Familie Duvall anzubieten habe!«
»Aber mein verehrter Herr Kollege!« gab sich Travis Kendrik amüsiert. »Sie sollten doch aus Ihrer langjährigen Erfahrung wissen, das nur das zählt, was schriftlich festgehalten ist.«
»Geben Sie ihm den vorbereiteten Vertrag!« meldete sich Catherine Duvall mit scharfer Stimme zu Wort. »Und ersparen Sie uns Ihr Wortgeplänkel, Mister Kendrik.«
»Ich werde mich bemühen, Ihre offenbar angegriffenen Nerven nicht über Gebühr zu strapazieren«, gab Travis Kendrik süffisant zurück. »Nur werden Sie mir schon gestatten müssen, mich nach meinem Dafürhalten zu äußern, wenn ich mir diese Bemerkung erlauben darf.«
»Für wen hält sich dieser aufgeblasene Bursche überhaupt?« zischte Rhonda leise.
Doch Travis Kendrik hatte diese Bemerkung nicht überhört. Ohne Hast wandte er sich zu ihr um und sagte mit einem breiten Lächeln: »Für den besten Niggeranwalt, der nicht zögern wird, den Preis höherzutreiben, wenn es dir in den Sinn kommen sollte, uns noch ein eindrucksvolles Beispiel deiner mangelnden Erziehung zu präsentieren!«
Rhonda wurde hochrot im Gesicht, und ihre Nasenflügel zitterten vor Zorn. »Das ist...«, begann sie empört.
»Du hältst den Mund!« herrschte ihre Mutter sie an. »Bitte, Mister Peacock! Unterbreiten Sie ihnen unser Angebot.«

Travis Kendrik nickte beifällig. »Ich darf mich Ihrer Bitte anschließen.«
Mit verkniffenem Gesicht klappte James Peacock einen Aktenordner auf. »Obwohl die Erbansprüche von Miß Fulham jeglicher Rechtsgrundlage entbehren...«, begann er.
»Was Sie ganz bestimmt nicht zu beurteilen in der Lage sind«, fuhr Kendrik ihm ruhig ins Wort. »Aber bitte, fahren Sie dennoch weiter.«
James Peacock zügelte seinen Ingrimm. »Obwohl meine Mandanten Miß Fulhams Ansprüche als ungerechtfertigt erachten«, setzte er noch einmal an, »sind sie bereit, sie am Erbe zu beteiligen, um einen Skandal zu vermeiden. Ich habe die Vollmacht, Miß Fulham die Plantage BELLAMY HALL bei Baton Rouge anzubieten. Sie umfaßt sechshundertdreißig Morgen bestes Land, das zusammen mit den Sklaven einen Wert von über vierzigtausend Dollar hat.«
»Eine wahrhaft generöse Geste, wenn man bedenkt, daß die Familie Duvall meiner Mandantin jeglichen Erbanspruch abstreitet«, bemerkte Travis Kendrik trocken.
James Peacock warf ihm einen zornigen Blick zu, ging jedoch nicht darauf ein. »Die einzige Bedingung, die an diese Schenkung geknüpft ist, lautet, daß Miß Fulham eine uneingeschränkte Verzichtserklärung hinsichtlich jeglicher Ansprüche an das Erbe des Verstorbenen, Mister Henry Duvall, unterschreibt und sich auch zu Stillschweigen über diese Vereinbarung verpflichtet.«
Travis Kendrik wandte sich Valerie zu. »Was halten Sie von diesem Geschäft, Miß Fulham? Ich jedenfalls sehe mich gezwungen, Ihnen davon abzuraten.«
»Nur ein ausgemachter Dummkopf schlägt ein solches Angebot in den Wind!« erregte sich Stephen. »Vierzigtausend Dollar! Das ist ein Vermögen.«
»Eine Summe, mit der Sie meine Mandantin kaum beeindrucken können«, erwiderte Kendrik gelassen. »Nun, Miß Valerie?«
Valerie wußte, was sie darauf zu antworten hatte. »Dieser Vertrag erscheint mir nicht uninteressant zu sein.«
Ein spöttisches, wissendes Lächeln zuckte um Catherines Mund. »Dann unterschreiben Sie! Die Papiere sind vorbereitet!«
»Sie erlauben doch, daß ich mir die Schriftstücke einmal gründlich durchlese, nicht wahr?« griff Travis Kendrik ein und streckte die Hand fordernd über den Schreibtisch.

»Die Papiere sind ordnungsgemäß, wie Madame Duvall schon gesagt hat«, betonte James Peacock gereizt.
»Dennoch wird Miß Fulham keine Unterschrift leisten, bevor ich mich nicht vom Wahrheitsgehalt Ihrer Beteuerungen überzeugt habe«, sagte Kendrik mit aufreizender Ruhe. »Wenn ich also bitten darf?«
Peacock schob sie ihm zu.
Travis Kendrik las den Vertrag aufmerksam durch. »Nichts zu beanstanden – zumindest nicht vom formaljuristischen Standpunkt. Moral ist hier ja nicht gefragt«, sagte er schließlich mit einem freundlichen Lächeln, das im krassen Gegensatz zu seinem bissigen Hohn stand.
»Dann bringen wir es endlich hinter uns!« drängte Stephen.
»Ich bestehe jedoch darauf, daß jeder von Ihnen den Vertrag gegenzeichnet«, sagte Kendrik.
»Das können Sie haben!« schnaubte Stephen, stand abrupt auf und trat an den Schreibtisch, um seine Unterschrift zu leisten. Rhonda und ihre Mutter folgten dem Beispiel.
James Peacock reichte nun Valerie den Vertrag. »Ihre Unterschrift bitte!« forderte er sie reserviert auf.
Valerie nahm das Dokument, reichte es ihrem Anwalt und erhob sich. »Ich glaube, das wär's, Mister Kendrik.«
»Ganz meiner Meinung.«
Verblüfft starrte James Peacock sie an. »Halt! Warten Sie! Was soll das? Sie müssen unterschreiben!« rief er.
Travis Kendrik schenkte ihm einen seiner arrogant-gelangweilten Blicke. »Wir müssen? Aber mein verehrter Herr Kollege. Wir müssen absolut nichts, was wir nicht wollen. Wir werden den Vertrag in aller Ruhe prüfen.« Er steckte ihn in die Innentasche seines Jacketts.
Stephen sprang erregt auf. »Sie wollen uns reinlegen!« schrie er. »Geben Sie ihn sofort wieder her!«
»Ich denke gar nicht daran. Der Vertrag ist für meine Mandantin bestimmt«, erklärte Kendrik scharf, während er auf die Tür zuging. »Oder wollen Sie ihn mir vielleicht mit Gewalt abnehmen? Das dürfte Ihnen schwerfallen!«
»Was haben Sie damit vor?« verlangte Catherine wütend zu wissen und legte ihrem Sohn eine Hand auf den Arm, um ihn zurückzuhalten.

»Wie ich schon sagte, Missis Duvall, wir werden Ihr Angebot in aller Ruhe überdenken«, sagte er mit ausgesuchter Höflichkeit. »Doch wie die Dinge liegen, werden wir dem Testament Ihres verstorbenen Mannes den Vorzug geben.«
»Testament?« stieß Catherine Duvall ungläubig hervor. »Es gibt kein Testament.«
»Doch, es gibt sehr wohl eins, Missis Duvall«, widersprach Valerie mit einem kühlen Lächeln. »Nur haben Sie bisher nichts davon gewußt. Es ist ein beglaubigtes Testament – von *weißen Gentlemen* beglaubigt!« betonte sie.
Fassungslosigkeit zeichnete sich auf den Gesichtern von James Peacock und seinen Klienten ab.
Travis Kendrik verbeugte sich. »Ich hoffe doch, Sie werden uns nicht enttäuschen und das Testament anfechten. Einen angenehmen Tag noch!«
»Verdammter Niggeranwalt!« brach es nun aus Catherine Duvall hervor. »Weder der Vertrag noch das Testament wird Ihnen vor Gericht etwas nützen. Dieser Bastard«, sie wies mit zitternder Hand auf Valerie, »wird COTTON FIELDS nicht bekommen. Niemals!«
»Kommen Sie, Miß Fulham, die Luft in diesem Raum hat einen üblen Geruch«, sagte Kendrik gelassen und führte sie schnell aus der Kanzlei.
Valerie atmete tief durch, als sie schnell in die wartende Kutsche stiegen. »Ich dachte schon, Stephen würde sich auf Sie stürzen.«
»Das Risiko mußten wir eingehen«, sagte er und rieb sich die Hände. »Wir haben das von ihnen unterschriebene Angebot, und allein darauf kam es an.«
»Aber Beweiskraft hat es vor Gericht nicht.«
»Natürlich nicht«, räumte er ein, »aber es wirft ein bezeichnendes Licht auf den miesen Charakter der Duvalls und gibt zumindest zu erkennen, daß sogar sie insgeheim Ihren Anspruch für nicht aus der Luft gegriffen halten. Der Richter wird das Dokument als Beweis nicht zulassen, doch es wird ihm dennoch zu denken geben, und das ist schon mal ein gewichtiger Pluspunkt auf unserem Habenkonto. Den anderen Pluspunkt, sprich Lord Baxton, verschaffe ich Ihnen heute abend. Ich habe mir eine Einladung zu einem Treffen einflußreicher Politiker verschaffen können, bei dem auch Lord Baxton anwesend sein wird. Es wird mir ein Vergnügen sein, seine Aufmerksamkeit auf Ihren gewiß nicht alltäglichen Fall zu lenken.«

»Hoffentlich geht Ihre Rechnung auch auf«, sagte Valerie, die immer wieder von Zweifeln geplagt wurde.
»Haben Sie vergessen, daß ich meine kostbare Zeit nur todsicheren Fällen widme?« fragte er spöttisch. »Ich liebe es zu gewinnen, und ich werde gewinnen. Lassen Sie mich nur machen. Morgen beantrage ich bei Gericht die Vollstreckung des Testaments, und in ein paar Wochen sind Sie Herrin von COTTON FIELDS!«
Als Valerie sich kurz darauf von Travis Kendrik verabschiedete und vor ihrem Haus aus der Kutsche stieg, erblickte sie Timboy vor der Remise. Sofort schlug ihr Herz schneller.
»Timboy!« rief sie und eilte zu ihm.
»'n Tag, Miß Fulham«, grüßte er und nahm hastig seinen Strohhut vom Kopf.
»Bist du aus einem besonderen Grund hier?«
Er nickte. »Massa Melville hat mich geschickt.«
Valerie sah ihn erwartungsvoll an und hatte Mühe, ihre freudige Erregung zu verbergen. »Ja, und?«
Er druckste herum. »Ich ... ich soll Ihnen ausrichten, daß die RIVER QUEEN heute abend um sieben ablegt, Miß Fulham. Wir fahren nach St. Louis. Massa Melville fährt auch mit. Wird wohl eine Reise von einigen Wochen. Kann Dezember werden, bis wir wieder in New Orleans sind.«
»Sind denn schon alle Schäden behoben?« fragte Valerie erstaunt.
»Nein, das nicht. Aber Massa Melville hat einige der Handwerker mit an Bord genommen. Er meint, die Innenreparaturen können sie ebensogut unterwegs ausführen.«
»So«, sagte Valerie und fragte nach kurzem Zögern. »Ist das alles, was du mir von ihm ausrichten sollst, Timboy?«
»Ja, Miß«, sagte er und drehte seinen Hut in den Händen.
Ihre Hoffnungen fielen wie ein Strohfeuer in sich zusammen. Er erwartete also immer noch, daß sie klein beigab und zu ihm auf das Schiff kam, um Abbitte zu leisten.
»Wollen Sie nicht mitkommen?« fragte Timboy.
»Nein«, erklärte Valerie hart.
»Oder mir was mitgeben für Massa Melville«, drängte er.
Sie schüttelte den Kopf. »Nein, Timboy. Sag ihm nur, daß ich ihm eine gute Reise wünsche. Das wünsche ich dir auch«, sagte sie, wandte sich schnell ab und ging ins Haus. Sie würde nicht klein beigeben!

Dennoch stand sie um sieben am Pier, als die hellerleuchtete RIVER QUEEN ablegte und zu ihrer langen Fahrt den Mississippi flußaufwärts aufbrach. Sie hatte im Schatten eines Lagerhauses gewartet, bis die Gangway hochgezogen worden war, und sich erst dann zu den anderen Zuschauern gesellt, die Freunden oder Familienangehörigen, die sich an Bord des Raddampfers befanden, zuwinkten und ihnen letzte Wünsche für eine gute Reise zuriefen.
Gemächlich schwenkte die RIVER QUEEN mit dem Bug herum, und als die Schaufelräder sich in einem immer schneller werdenden Rhythmus in die dunklen Fluten gruben, entdeckte sie Matthew auf der Brücke. Ganz allein stand er dort oben, und sie war sicher, daß er sie gesehen hatte. Sie spürte förmlich seinen Blick. Er hatte beide Hände auf die Reling gelegt.
Sie wartete auf ein Zeichen, das jedoch nicht kam, und wollte schon die Hand heben. Doch sie zwang sich, es nicht zu tun.
Langsam entfernte sich die RIVER QUEEN und wurde immer kleiner. Valerie stand noch auf dem Pier, als die Dunkelheit den Raddampfer schon verschluckt hatte. Ihre Augen brannten, doch sie weinte nicht.

20.

Die Gerichtsverhandlung über die Anfechtung des Duvall-Testaments fand zwei Wochen später statt. Es war ein naßkalter, ungemütlicher Novembertag. Kraftlos stand die Sonne an einem bewölkten, grauen Himmel.
Lange bevor sich die Tore des Gerichtsgebäudes öffneten, hatten sich bereits die ersten Schaulustigen versammelt. Es war schon seit Tagen abzusehen gewesen, daß nicht alle Interessierten Platz auf den Zuschauerbänken des Gerichtssaales finden würden, denn dieser Erbstreit war längst *das* Thema der Gesellschaft von New Orleans geworden. Vor allem die Angehörigen der Oberschicht zerrissen sich die Mäuler über die unglaublichen Geschichten, die über die Duvall-Familie und diesen Niggerbastard Valerie in der Stadt kursierten. Travis Kendrik hatte das Seinige dazu beigesteuert, um das Interesse an diesem Fall noch mehr zu entfachen, und es

sich nicht nehmen lassen, über Mittelsmänner diese und jene Einzelheit unter das Volk zu bringen. Dazu gehörten auch das Angebot mit der BELLAMY HALL-Plantage und Andeutungen über die verbrecherischen Machenschaften der Duvalls.
»Klappern gehört zum Geschäft«, hatte er Valerie beruhigt, als ihr zu Ohren gekommen war, was alles in der Stadt kursierte. »Und je größer das allgemeine Interesse, desto besser ist es für uns.«
Über Interesse brauchten sie sich wirklich nicht zu beklagen, als sie am Vormittag vor dem Gerichtsgebäude vorfuhren und sofort von einer aufgeregten Menschenmenge bedrängt wurden. Ein heftiges Stimmengewirr setzte ein, als sie aus der Kutsche stiegen.
Flüche und schamlose Beleidigungen wurden Valerie zugerufen, von denen »Niggerbastard« noch zu den harmloseren zählte. Doch es gab fast genauso viele Stimmen, die ihr Mut machten und Sympathie für sie bekundeten.
»Bleiben Sie ganz ruhig und geben Sie nichts auf die Pöbeleien. Sympathie und Ablehnung halten sich die Waage, und das ist mehr, als ich gehofft habe«, raunte Travis Kendrik ihr zu, während er ihr seinen Arm bot und sie durch die Menge in das Gebäude geleitete. »Und vergessen Sie nie, daß wir noch einige versteckte Trümpfe im Ärmel haben.«
Valerie versuchte jegliche Regung aus ihrem Gesicht fernzuhalten und hatte das Gefühl, dieses Spießrutenlaufen würde nie ein Ende nehmen. Noch nie waren ihr Gänge so lang erschienen wie an diesem Tag im Gericht.
Catherine, Stephen und Rhonda saßen schon am Tisch ihres Anwalts, als Valerie mit Travis Kendrik den Gerichtssaal betrat. Es war ihnen offensichtlich gelungen, das Gebäude ungesehen durch einen Nebeneingang zu betreten. Mit ausdruckslosen Gesichtern blickten sie stur auf den Richtertisch; sie versuchten Valeries Gegenwart zu ignorieren. Die Bänke hinter ihnen waren schon bis auf den letzten Platz besetzt.
»Sie haben mir noch immer nicht gesagt, welcher Richter unseren Fall verhandelt«, sagte Valerie leise zu ihrem Anwalt, während sie auf das Erscheinen des Richters warteten.
Travis Kendrik verzog das Gesicht. »Richter Dorian Lafitte. Er gilt als kauzig und unbestechlich, wie ich leider eingestehen muß. Nicht gerade der Mann, den ich mir da oben auf dem Richterstuhl gewünscht habe.«

»Das heißt also, daß Ihre Rechnung möglicherweise nicht aufgeht, so, wie Sie sich das gedacht haben«, folgerte Valerie beunruhigt.
»Unbestechlichkeit ist nicht unbedingt ein Fehler bei einem Richter«, erwiderte er spöttisch. »Sie kann sich positiv für uns auswirken.«
»Muß aber nicht.«
»Nein«, räumte er ein. »Aber vertrauen Sie mir!«
Der Gerichtsdiener übertönte das Stimmengewirr und forderte die Anwesenden auf, sich von ihren Plätzen zu erheben. Richter Dorian Lafitte trat aus einer Seitentür hinter der erhöhten Richterbank. Er war ein stämmiger, klobiger Mann mit vollem, schneeweißem Haar und einem verdrossenen Gesicht, das gut zu einem alten Seemann gepaßt hätte.
Er machte eine knappe, herrische Handbewegung, nahm auf seinem Stuhl Platz, blickte grimmig in die Runde und donnerte dann den Holzhammer auf die Platte.
Die Verhandlung hatte begonnen.
Zuerst kam die Klägerseite zu Wort, und James Peacock ergriff das Wort. Mit empörter Stimme wies er den Anspruch von Valerie zurück und führte all das gegen sie ins Feld, was zu erwarten gewesen war.
»Das Testament ist als ungültig zu betrachten«, faßte er seinen Antrag zum Schluß noch einmal zusammen. »Mister Henry Duvall war ein schwerkranker Mann und nach Aussagen seiner geliebten Frau, Missis Catherine Duvall, geistig verwirrt, als er das Testament erstellte. Es ist lächerlich, anzunehmen, daß er, eine hochgeschätzte Persönlichkeit und Säule unserer Gesellschaft, ernsthaft daran gedacht hat, seinen einzig rechtmäßigen Sohn und Erben, Stephen Duvall, zu enterben und COTTON FIELDS dieser Person«, er wies auf Valerie wie ein Ankläger, »zu hinterlassen, dem Produkt einer wohl verzeihlichen Jugendsünde des Verstorbenen. Eine Plantage wie COTTON FIELDS einem Niggerbastard zu hinterlassen ist doch eine geradezu absurde Idee, die nur einem kranken Hirn entsprungen sein konnte!«
Travis Kendrik sprang auf. »Ich erhebe Einspruch gegen diese unverschämte Beleidigung, meine Mandantin derart zu verleumden!« protestierte er.
James Peacock sah ihn verächtlich. »Vertragen Sie die Wahrheit nicht mehr, Mister Kendrik? Sie ist der Bastard einer Niggerin!«

Der Richter wandte sich Travis Kendrik zu. »Haben Sie dagegen etwas einzuwenden?« schnarrte er.
»In der Tat. Miß Fulham ist kein Bastard. Sie ist das legitime Kind von Henry Duvall!« verkündete er. »Hier habe ich die Beweise dafür!«
»Das ist eine infame Lüge!« schrie Catherine.
Aufgeregtes Stimmengewirr setzte ein. Richter Lafitte mußte die Holzplatte mit seinem Hammer kräftig bearbeiten, ehe endlich wieder Ruhe im Gerichtssaal einkehrte. »Ich verbitte mir diese Tumulte, die eine Mißachtung des Gerichts darstellen!« donnerte er. »Beim nächsten Mal lasse ich den Saal räumen. Und Sie, Mister Kendrik, brauchen Beweise für Ihre Behauptung! Schnöde Effekthascherei dulde ich nicht.«
»Hier sind die Beweise, Euer Ehren«, sagte Kendrik und trat mit den Papieren zum Richtertisch. »Die Heiratsurkunde und eine beglaubigte Abschrift aus dem Heiratsregister des betreffenden Countys, die beweisen, daß Henry Duvall zum Zeitpunkt der Geburt meiner Mandantin rechtmäßig mit ihrer Mutter verheiratet war. Friedensrichter Musky, der die Trauung vollzogen hat, steht Ihnen als Zeuge zur Verfügung.«
»Ich protestiere!« rief Peacock erregt. »Bei diesen Papieren kann es sich nur um Fälschungen handeln!«
Der Richter sah ihn scharf an. »Ich möchte Sie doch bitten, diese Entscheidung gefälligst mir zu überlassen, Mister Peacock!« fuhr er ihn eisig an. »Oder zweifeln Sie an meiner Urteilsfähigkeit?«
»Nein, natürlich nicht, Euer Ehren«, versicherte Peacock erblassend und sank auf seinen Stuhl.
»Er ist gekommen!« raunte Travis Kendrik Valerie zu.
»Wer?«
»Lord Baxton!«
Valerie schaute sich unauffällig um und warf einen Blick auf den elegant gekleideten Herrn mit Hut, der nun den Platz eines Mannes einnahm, der sich bei seinem Eintreten sofort erhoben hatte. Ganz offensichtlich hatte er den Auftrag bekommen, einen Sitzplatz für den englischen Lord zu reservieren. Sie blickte jedoch schnell wieder nach vorn, als sie die vielen sensationshungrigen Augenpaare auf sich gerichtet sah.
Dorian Lafitte unterzog die Dokumente einer eingehenden Prüfung. »Ich kann nicht den geringsten Hinweis auf eine mögliche Fälschung

erkennen, Mister Peacock«, entschied er schließlich, und nach der Befragung des Friedensrichters erklärte er: »Hiermit stellt das Gericht fest, daß Henry Duvall in gesetzmäßiger Ehe mit besagter Frau Alisha lebte und ihr Kind Valerie eine legitime Erbin ist!«
Die Erklärung traf Catherine und ihre Kinder wie eine Ohrfeige – und zwar in aller Öffentlichkeit. Es war ein ungeheurer Schock, der ihre gesamte Strategie von einer Sekunde zur anderen hinfällig werden ließ – und sie zudem tief in ihrem Selbstverständnis erschütterte. Henry Duvall rechtmäßig verheiratet mit einer ehemaligen Sklavin! Und Valerie sein erstes legitimes Kind! Kein Bastard! Eine Erbin – in welchem Umfang auch immer! Und sie, Catherine Duvall, war nur seine zweite Ehefrau gewesen und hatte es nicht einmal gewußt. Sie hatte einen Mann geheiratet, der sich vorher schon eine Schwarze zur Frau genommen hatte! Wie würde man in der Gesellschaft über sie lästern!
»Inwieweit ihr Anspruch auf COTTON FIELDS gerechtfertigt ist, muß sich jedoch erst noch erweisen!« fuhr der Richter fort und sagte zu James Peacock: »Sie führen in Ihrer Anfechtungserklärung an, Mister Henry Duvall sei geistig nicht mehr zurechnungsfähig gewesen. Können Sie das belegen?«
»Jawohl, Euer Ehren!« versicherte James Peacock, der inzwischen seine Fassung wiedergewonnen hatte, zumindest äußerlich. »Ich werde dies schlüssig beweisen.«
Kendrik beugte sich zu Valerie hinüber, die steif und aufrecht neben ihm saß und versuchte, sich ihre Aufregung nicht anmerken zu lassen. »Passen Sie auf, jetzt läßt er seine gelehrten Experten von der medizinischen Fakultät auftreten«, sagte er spöttisch.
Valerie machte eine unwillige Kopfbewegung. Seine selbstbewußte Art paßte ihr in dieser Situation überhaupt nicht. Sie war zwar als legitimes Kind anerkannt worden, aber damit hatten sie noch längst nicht diesen Prozeß gewonnen. »Noch ist nichts entschieden!«
Er lächelte nur. »COTTON FIELDS gehört längst Ihnen, nur wissen es die anderen noch nicht«, gab er überheblich zurück. »Ich habe dieses Theater hier völlig unter Kontrolle. Und passen Sie auf, gleich zünde ich ein zweites Theatergrollen.«
James Peacock rief, wie Travis Kendrik es vorausgesagt hatte, zwei Universitätsprofessoren in den Zeugenstand. Schon nach der redegewandten Darstellung des ersten Arztes mußten die Zuhörer glauben, Henry Duvall sei während seiner letzten Monate ein geistiges

Wrack gewesen. Doktor Barstow, der zweite medizinische Experte, verstieg sich sogar zu der Behauptung, er hätte unter einer besonderen Form von Verfolgungswahn und unter einem Jugendtrauma gelitten.

»Die Gutachter des Klägers stehen zu Ihrer Verfügung, Mister Kendrik«, sagte der Richter, als sie ihre Ausführungen beendet hatten.

»Danke, Euer Ehren«, sagte Travis Kendrik und erhob sich mit einem Kopfschütteln. »Ich habe nur eine einzige Frage, deren Antwort jedem halbwegs geistig zurechnungsfähigen Wesen die Wertlosigkeit der Aussage dieser beiden ehrenwerten Experten vor Augen führen wird.«

James Peacock protestierte.

»Stellen Sie Ihre Frage, Mister Kendrik!« mahnte ihn der Richter.

»Mit Vergnügen, Euer Ehren.« Kendrik wandte sich an die beiden Ärzte. »Gentlemen, Ihre Ausführungen waren beeindruckend, wenn auch nicht ganz ohne Widersprüchlichkeiten. Doch darauf will ich erst gar nicht eingehen. Ich möchte, daß Sie mir nur eine Frage beantworten, und zwar bitte mit ja oder nein. Gentlemen, haben Sie Henry Duvall überhaupt gekannt und je auch nur eine Minute mit ihm gesprochen?«

Doktor Barstow zögerte und räusperte sich umständlich. »Die Beurteilung eines...«, setzte er zu einer weitschweifigen Erklärung an.

Travis Kendrik unterbrach ihn scharf. »Ja oder nein?«

Wieder protestierte James Peacock. »Euer Ehren, ich erhebe Einspruch gegen die Art, wie Mister Kendrik meinen Gutachtern das Wort abschneidet.«

»Einspruch abgelehnt, Mister Peacock«, beschied Dorian Lafitte ihn und forderte die beiden Ärzte auf: »Antworten Sie auf die Frage von Mister Kendrik so, wie er es verlangt hat, Gentlemen... mit Ja oder Nein.«

»Nein!« preßte Barstow wütend hervor.

»Nein!« lautete auch die Antwort seines Kollegen.

Theatralisch stemmte Travis Kendrik die Hände in die Hüften und gab sich fassungslos. »Gentlemen, ich bin voller Hochachtung für Ihre Fähigkeiten. Denn da Sie ja gerade zugegeben haben, Mister Henry Duvall nie in Ihrem Leben zu Gesicht bekommen und gesprochen zu haben, müssen Sie über erstaunliche hellseherische

Fähigkeiten verfügen, die Sie in die Lage versetzen, ein solches Urteil abzugeben«, höhnte er.
Gelächter erhob sich von den Zuschauerbänken.
»Ruhe bitte!« rief Richter Lafitte und ließ den Hammer knallen, doch es zuckte auch um seine Mundwinkel. »Mister Peacock, wäre es nicht wirklich angebracht gewesen, den Familienarzt dem Gericht vorzuführen? Ich nehme doch an, daß Mister Duvall nach seinem Schlaganfall in ärztlicher Behandlung war.«
James Peacock sah nach seiner vernichtenden Schlappe mit seinen Gutachtern noch schmaler im Gesicht aus. »Doktor Rawlings, Mister Duvalls Arzt, war nicht bereit, vor Gericht zu erscheinen, Euer Ehren«, antwortete er mit ausdruckslosem Gesicht.
»Irrtum, Herr Kollege!« rief Kendrik mit einem sanften Lächeln. »Doktor Rawlings war nur nicht bereit, die von Ihnen gewünschte Falschaussage vor Gericht abzugeben.«
»Das ist eine unverschämte Unterstellung, die ich mir verbitte!« explodierte Peacock und lief hochrot an, während Catherine aufgeregt mit ihrem Sohn tuschelte.
»Mister Kendrik, zähmen Sie Ihre Zunge!« ermahnte ihn der Richter. »Ich dulde in meinen Verhandlungen keine Entgleisungen.«
Travis Kendrik murmelte eine halbherzige Entschuldigung und ließ dann Doktor Rawlings aufrufen, einen stämmigen Mann in den Fünfzigern, der weder Sympathien für die eine noch für die andere Partei hegte, woraus er im Zeugenstand auch nicht den geringsten Hehl machte.
»Euer Ehren, ich halte es für ein Unding, daß COTTON FIELDS in die Hände dieser Person gelangen soll, die Mister Duvall als Erbin in seinem Testament eingesetzt hat«, sagte er grollend.
»Warum haben Sie Rawlings bloß aufgeboten?« zischte Valerie verständnislos, als der Arzt sich über die Unsinnigkeit ausließ, einer jungen Frau wie ihr, die ja nur zur Hälfte einer guten Familie entstammte, einen Besitz wie COTTON FIELDS zu hinterlassen. »Er redet doch Peacock das Wort!«
»Rawlings ist ein grober Klotz und hegt dieselben Vorurteile wie die Duvalls«, erwiderte Kendrik, »aber er ist wie Richter Lafitte unbestechlich und fühlt sich der Wahrheit verpflichtet. Lassen Sie ihn nur darüber lamentieren, daß die Plantage für Sie ungeeignet ist. Das wird Lafitte nicht beeindrucken. Hauptsache, Rawlings bestätigt, daß Ihr Vater voll zurechnungsfähig war.«

Und das tat er. »Ich habe kein Verständnis für seinen Letzten Willen, Euer Ehren, aber daß er diesen Letzten Willen in geistiger Umnachtung niedergeschrieben hätte, ist lächerlich. Mister Duvall war bis zum Tage seines Todes geistig so rege, wie es manch andere in diesem Saal nie in ihrem Leben sein werden!« stieß er ungehalten hervor. »Wenn Sie Mister Duvall nachträglich für unzurechnungsfähig erklären wollen, wäre das nichts anderes, als wollten Sie ein reinrassiges Rennpferd zu einem lahmen Esel erklären.«
Seine drastischen Vergleiche verursachten Heiterkeit bei den Zuschauern, und diesmal mahnte Richter Lafitte sie nicht zur Ordnung, sondern ging darüber hinweg: »Ich danke Ihnen für Ihre Ausführungen und plastischen Vergleiche, die es mir sicherlich leichter machen, Mister Duvalls Geisteszustand zu beurteilen«, sagte er mit mildem Spott und wandte sich James Peacock zu. »Ich nehme an, daß auch Sie wohl nun nicht länger darauf beharren, Mister Duvall nachträglich für unzurechnungsfähig erklären zu lassen. Zumal mir hier die beglaubigten Aussagen von Mister William Crichton und zwei weiteren Gentlemen vorliegen, die übereinstimmend erklären, daß Mister Duvall sehr wohl wußte, was er tat und warum er es tat.«
»Erlauben Sie, daß ich mich mit meinen Mandanten bespreche, Euer Ehren«, bat Peacock mit verkniffener Miene.
Dorian Lafitte nickte. »Wenn die Besprechung nicht bis zum Mittag dauert«, schränkte er ein.
Fünf Minuten später verkündete James Peacock mit steinernem Gesicht: »Euer Ehren, meine Mandanten haben mich beauftragt, die Anfechtung des Testaments aufgrund geistiger Unzurechnungsfähigkeit zurückzuziehen!«
Ein freudiger Schreck durchfuhr Valerie, während hinter ihr aufgeregtes Stimmengewirr einsetzte. Unwillkürlich griff sie nach Kendriks Hand. »Mein Gott!... Sie geben sich geschlagen!« stieß sie hervor.
»Ich wette zehntausend Dollar, daß sie sich noch längst nicht geschlagen geben«, erwiderte er kühl. »Jetzt kommt erst ihr stärkstes Geschütz.«
Verständnislos sah sie ihn an. »Aber was können sie mir denn jetzt noch anhaben?«
»Lassen Sie sich überraschen.«
Richter Lafitte griff zum Hammer und rief den Saal zur Ordnung.

»Haben Sie Ihrer Erklärung noch etwas hinzuzufügen, Mister Peacock?«
»Das habe ich in der Tat, Euer Ehren!« Der spindeldürre Anwalt trat hinter seinem Tisch hervor. »Meine Mandanten und ich sind bereit, die Rechtsgültigkeit des Testaments anzuerkennen. Doch was wir nicht anerkennen können«, er legte eine dramatische Pause ein, »ist die bisher unbewiesene Behauptung, daß es sich bei Miß Valerie Fulham aus England auch tatsächlich um das Kind von Mister Duvall handelt. Die Unterlagen belegen zwar, daß das Kind in die Hände eines Ehepaars namens Fulham gegeben wurde, doch Fulham ist kein seltener Name. Da die wirkliche Valerie schon als Baby amerikanischen Boden verließ, ist niemand mehr in der Lage, das Kind zu identifizieren. Auch die Eltern dieser Valerie stehen als Zeugen nicht mehr zur Verfügung, da sie verstorben sind. Die Tatsache, daß sie sich im Besitz zweier Briefe befindet, kann allein nicht ausreichen, um ihre Identität als Valerie Duvall-Fulham zweifelsfrei zu beweisen. Aus diesem Grund stelle ich im Namen meiner Mandanten den Antrag, Miß Valerie Fulham nicht als Miß Valerie *Duvall*-Fulham und somit auch nicht als Erbin von COTTON FIELDS anzuerkennen.«
Betroffenes Schweigen folgte seinen Worten.
»O Gott, daran habe ich überhaupt nicht gedacht«, murmelte Valerie bestürzt, als ihr bewußt wurde, daß sie wirklich nichts besaß, was vor Gericht als Beweis ihrer Identität dienen konnte.
Richter Lafitte ging seine Papiere durch, zog dann die Augenbrauen hoch und blickte zu Travis Kendrik hinüber. »Die Kläger haben einen Punkt angesprochen, auf den ich später noch gekommen wäre. Die Identität Ihrer Mandantin ist nur insofern einwandfrei, als es sich um Miß Valerie Fulham handelt, worauf Mister Peacock richtig hingewiesen hat. Doch womit wollen Sie beweisen, daß es sich nicht nur *höchstwahrscheinlich*, sondern mit hundertprozentiger Sicherheit bei Ihrer Mandantin um das Kind von Mister Duvall handelt?«
Travis Kendrik erhob sich ohne Eile und warf einen Blick zu seinem Kontrahenten hinüber. Grimmige Zufriedenheit, endlich das Loch in der Mauer der Verteidigung gefunden zu haben, stand Peacock ins Gesicht geschrieben.
»Euer Ehren, ich werde nicht lange benötigen, um Ihre Einwände als grundlos zu beweisen«, erklärte Kendrik selbstsicher. »Wenn Sie erlauben, möchte ich jetzt die Hebamme Lettie als Zeugin aufrufen.

Sie ist Sklavin auf COTTON FIELDS, und ich habe mir erlaubt, sie heute morgen von der Plantage abholen zu lassen, obwohl ich dazu keine Berechtigung habe, wie ich sehr wohl weiß. Doch da ihre Aussage wichtig ist und der Wahrheitsfindung dient, hoffe ich auf Ihre Nachsicht, Euer Ehren.«

»Dazu hat er kein Recht!« protestierte Peacock sofort. »Noch ist die Sklavin Besitz meiner Mandantin und darf nicht gegen sie vor Gericht aussagen! Ich beantrage, die Sklavin nicht als Zeugin zuzulassen.«

»Abgelehnt!« rief der Richter energisch. »Führen Sie die Sklavin Lettie vor!«

Die Sklavin Lettie, eine korpulente Schwarze, deren Haar schon mit grauen Strähnen durchzogen war, wurde in den Saal geführt. Sie fühlte sich sichtlich unwohl in ihrer Haut, als sie das Interesse dieser vielen Menschen auf sich gerichtet sah.

Travis Kendrik mußte ihr jedes Wort aus der Nase ziehen. »Wie lange bist du schon Sklavin auf COTTON FIELDS, Lettie?« fragte er.

»Seit meiner Geburt.«

»Und welche besondere Tätigkeit verrichtest du dort?«

»Was man mir befiehlt. Aber seit ich fürs Baumwollpflücken nicht mehr tauge, bin ich im Küchenhaus.«

»Das meine ich nicht. Ich meine deine Tätigkeit als Hebamme.«

»Das habe ich von meiner Mutter beigebracht bekommen.«

»Wieviel Kinder hast du schon zur Welt gebracht?«

»Alle, die auf COTTON FIELDS geboren wurden, seit meine Mutter verkauft wurde.«

»Und du hast auch das Kind von Alisha zur Welt gebracht?«

»Ja.«

»Erinnerst du dich noch daran?«

»Ja.«

»Auch an das Baby.«

Lettie zuckte mit den Achseln. »Es war ein Baby wie alle anderen auch.«

»Aber fiel dir an dem Baby nicht etwas auf?« bohrte Travis Kendrik. »Ein besonderes Merkmal?«

Lettie nickte heftig. »Doch.«

»Was war es?«

»Das Baby hatte ein Muttermal unter dem Herzen. Es hatte eine ganz merkwürdige Form, sah wie ein V aus. Deshalb hat Massa

Henry dem Kind wohl auch den Namen Valerie gegeben«, erklärte sie.

»Danke, Lettie, das war alles.«

Erregt sprang James Peacock auf. »Diese Aussage ist unzulässig! Diese Schwarze ist eine Sklavin! Und jeder weiß, wie leicht ein Nigger zu beeinflussen ist. Ich beantrage, diese Aussage nicht zuzulassen.«

Richter Lafitte überlegte einen Augenblick. Dann verkündete er: »Ihrem Antrag wird stattgegeben.«

Peacock warf Kendrik einen triumphierenden Blick zu und setzte sich wieder.

»Ich beuge mich dem Beschluß des Gerichts«, sagte Kendrik unbeeindruckt, »nehme jedoch nicht an, daß Euer Ehren auch die Aussage meines nächsten Zeugen in Zweifel ziehen wird. Ich bitte den Zeugen Roland Gernout vorzuführen.«

Ein hochgewachsener Mann von attraktivem Aussehen, der etwa im Alter von Richter Lafitte sein mußte und eine beeindruckende Würde ausstrahlte, nahm wenig später im Zeugenstand Platz.

»Mister Gernout, darf ich Sie bitten, Ihren Beruf zu nennen?« begann Valeries Anwalt die Befragung.

»Ich bin Methodistenpfarrer in einer kleinen Gemeinde drüben in Jeanville, das etwa sechzig Meilen nordwestlich von Baton Rouge liegt«, erklärte er ruhig.

»Ihre Gemeinde gehört zum Batetourt County, in dem auch Friedensrichter Musky tätig ist, nicht wahr?«

»So ist es.«

»Ich darf Euer Ehren daran erinnern, daß Mister Duvall sich in eben diesem County auch von Mister Musky hat trauen lassen«, sagte Travis Kendrik an Richter Lafitte gewandt und forderte dann den Priester auf: »Bitte erzählen Sie, wann Sie Mister Duvall kennenlernten und weshalb er zu Ihnen kam.«

Roland Gernout schlug ein Buch auf, das er mitgebracht hatte, warf jedoch keinen Blick hinein. »Es war der 24. September des Jahres 1840, als Mister Duvall mich aufsuchte und mich bat, seine Tochter zu taufen, da er sie, wie er mir erzählte, nicht ohne Gottes Segen auf eine lange Reise schicken wollte. Ich kam seiner Bitte nach und taufte das Kind im Beisein eines Ehepaars, das mir als Mister und Missis Fulham vorgestellt worden war, auf den Namen Valerie.«

»Hatte es mit dem Namen eine besondere Bewandtnis?«

»Ja, das hatte es. Das Baby trug nämlich ein V-ähnliches Muttermal auf der linken Seite.«
»Stimmt es, daß Sie sich nicht nur im Besitz einer Abschrift der Taufbescheinigung befinden, sondern dieses Erlebnis auch Ihrer jahrzehntelangen Gewohnheit gemäß in Ihrem Tagebuch aufgezeichnet haben, das alle besonderen Vorkommnisse Ihres Lebens seit 1831 lückenlos enthält?«
Pfarrer Gernout nickte. »Das ist richtig. Ich habe hier das Tagebuch, das den Zeitraum von 1839 bis 1841 umfaßt.«
Travis Kendrik bat ihn, das Tagebuch mit der entsprechenden Eintragung Richter Lafitte auszuhändigen, der sich die Textstelle genau durchlas.
»Ich nehme an, Sie möchten dieses Tagebuch als Beweismittel zugelassen wissen«, sagte der Richter dann.
»Ja«, sagte Travis Kendrik.
»Ich gebe Ihrem Antrag statt.«
Aufregung herrschte auf den Zuschauerbänken und Bestürzung bei James Peacock und den Duvalls.
»Möchten sich Euer Ehren selbst davon überzeugen, daß meine Mandantin das besagte Muttermal auf der linken Seite trägt?« fragte Travis Kendrik den Richter. »Oder ziehen Sie es vor, Doktor Rawlings damit zu beauftragen, dessen Neutralität wohl außer Frage stehen dürfte?«
Richter Lafitte quittierte diese Frage, die Heiterkeit bei den Zuschauern auslöste, mit einem schwachen Lächeln. »Ich denke, mir genügt die Aussage von Doktor Rawlings. Miß Fulham, wenn Sie sich bitte mit Doktor Rawlings in mein Arbeitszimmer begeben würden.«
Valerie war wie benommen von der Wendung, die die Verhandlung genommen hatte, und erhob sich nur zögernd. Es war ihr ein Rätsel, wie Travis Kendrik von ihrem Muttermal erfahren hatte und auf die Spur des Pfarrers gekommen war.
Sie begab sich mit Doktor Rawlings ins Arbeitszimmer des Richters, überwand ihre Scham und entblößte ihre Brust. Er warf nur einen grimmigen Blick auf ihr Muttermal und nickte dann knapp. »Ziehen Sie sich wieder an.«
Als Rawlings wenig später dem Richter bestätigte, daß sie dieses V-Mal unter der linken Brust trug, war die Sensation perfekt.
»Nachdem die Identität von Miß Valerie Duvall-Fulham nun wohl

mit hundertprozentiger Sicherheit festgestellt ist, stelle ich den Antrag, meine Mandantin zur alleinigen Erbin von COTTON FIELDS zu erklären!« sagte Travis Kendrik. »Ich beantrage ferner, daß das Herrenhaus innerhalb einer Woche von seinen jetzigen Bewohnern geräumt wird und zwei von mir beauftragte Sachverständige umgehend dort Quartier nehmen, um zu verhindern, daß bewegliches Gut entfernt wird. Meine Mandantin gewährt den Klägern jedoch, daß sie ihre persönliche Habe sowie die Möbel ihrer privaten Zimmer mitnehmen können. Außerdem stellt sie ihnen frei, sich jeweils einen Haussklaven auszuwählen, sofern dieser bereit ist, mit ihnen zu gehen.«

Atemlose Stille herrschte im Gerichtssaal.

Schließlich verkündete Richter Lafitte das Urteil. »Die Anfechtung des Testaments wird abgewiesen. Miß Valerie Duvall-Fulham wird hiermit zur rechtmäßigen Erbin von COTTON FIELDS erklärt. Dem Antrag von Mister Kendrik wird in vollem Umfang stattgegeben. Das schriftliche Urteil wird den beteiligten Parteien morgen zugestellt. Damit ist die Verhandlung beendet!«

Catherine, Stephen und Rhonda waren sprachlos vor Entsetzen, während nun ein wildes Stimmengewirr einsetzte.

Valerie schüttelte wie in Trance den Kopf. »Ich kann es noch gar nicht glauben.«

Travis Kendrik strahlte. »Sie haben gewonnen, Miß Fulham. Die Plantage gehört nun Ihnen. Sie sind Herrin von COTTON FIELDS!«

»Wie... wie haben Sie das nur gemacht?« fragte sie, verstört und überwältigt vom spektakulären Ausgang der Verhandlung. »Woher wußten Sie von meinem Muttermal? Und wie haben Sie das mit Pfarrer Gernout herausgefunden?«

»Wer gewinnen will, darf nicht auf der faulen Haut liegen«, erklärte er lächelnd. »Ich habe Erkundigungen eingezogen und natürlich auch mit Ihrer Zofe gesprochen. Ich ahnte, daß die Gegenpartei die Frage Ihrer Identität bringen würde. Und daß Ihr Vater Sie nicht ungetauft auf eine so lange und nicht gerade ungefährliche Seereise schicken würde, erschien mir nur logisch. Ich habe mehr als ein Dutzend Männer einsetzen müssen, um diesen Pfarrer schließlich zu finden. Aber der Aufwand hat sich gelohnt, wie Sie gesehen haben.«

»Es erscheint mir wie ein Wunder, daß ich doch noch recht bekommen habe, Mister Kendrik. Ich weiß wirklich nicht, wie ich Ihnen für Ihre ausgezeichnete Arbeit danken soll«, sagte sie.

»Ich habe es nicht allein für Sie getan.«
»Sondern?«
»Auch für mich, Miß Fulham«, erklärte er. »Ich habe vor, Sie zu meiner Frau zu machen.«
Verblüfft starrte sie ihn an. Dann sagte sie lachend: »Sie haben wirklich einen merkwürdigen Humor, Mister Kendrik. Aber dennoch danke für Ihr Kompliment. Ich bin jedoch schon ... vergeben.«
»Ich weiß, Captain Melville«, erwiderte er ungerührt. »Aber ich sehe keinen Ring an Ihrer Hand, und ich bin sicher, daß ich derjenige sein werde, der Ihnen diesen an den Finger stecken wird.«
»Sie glauben offenbar wirklich, daß Sie alles bekommen, was Sie sich vorgenommen haben, nicht wahr?« fragte sie ihn amüsiert, weil sie ihn einfach nicht ernst nehmen konnte.
»Ich bin nicht der Typ des Verlierers, Miß Fulham«, sagte er fröhlich, als wäre es wirklich nur ein Scherz, doch in seinen Augen lag ein harter, entschlossener Ausdruck. »Aber das hat Zeit für später. Genießen Sie jetzt erst einmal Ihren Sieg.«
»Sie sind wirklich ein außergewöhnlicher Mensch«, sagte Valerie.
»Das haben wir beide wohl gemein.«
Befreit von der Belastung und den Ängsten der letzten Wochen, ja Monate, dachte sie nicht weiter über sein scheinbar überspanntes Gerede nach, sondern nahm seinen Arm und bahnte sich an seiner Seite einen Weg durch die Menschenmenge.
Als sie vor dem Gerichtsgebäude standen, fiel ihr Blick auf Catherine Duvall, die gerade mit ihren Kindern und James Peacock eine Kutsche besteigen wollte.
Catherine verharrte kurz. Ihr Gesicht war leichenblaß und wie versteinert. Doch in ihren Augen loderte ein mörderisches Feuer. Sie bewegte die Lippen in einem stummen Fluch, spuckte dann aus und stieg schnell ein.
Valerie vergaß für einen Augenblick den Trubel um sie herum und den Triumph, den sie gerade errungen hatte. COTTON FIELDS gehörte nun endlich ihr. Doch ihr dämmerte, daß dies nicht das Ende ihrer Fehde mit Catherine und ihren haßerfüllten Halbgeschwistern war. Es war wohl viel eher der Beginn eines neuen Lebensabschnittes, der noch viele dunkle Gefahren barg.
Ihre Gedanken wanderten zu Matthew. Sofort wallte der Schmerz in ihr auf und die verzehrende Sehnsucht nach ihm, die ihr in so mancher Nacht die Tränen in die Augen getrieben hatte. Und sie

fragte sich plötzlich, ob sie nicht wirklich einen zu hohen Preis für COTTON FIELDS gezahlt hatte.

Würden sie wieder zusammenfinden? War seine Liebe stärker als seine Starrköpfigkeit, ihr seinen Willen aufzuzwingen? Sollte sie sich wirklich so sehr in ihm getäuscht haben?

Sie konnte das einfach nicht glauben. Sie liebten sich und gehörten zusammen, wie gegensätzlich manche ihrer Ansichten auch sein mochten. Das Schicksal hatte sie füreinander bestimmt – und sie würde auf ihn warten.

Auf COTTON FIELDS.

Nin, Anaïs
Das Delta der Venus
Das schönste und direkteste Buch der geheimnisvoll-berühmten Autorin. 327 S. [742]
Djuna oder Das Herz mit den vier Kammern
Dies ist die Charakterstudie einer Leidenschaft, geschrieben in einer Sprache, die analytische Klarheit und poetische Bilder in unnachahmlicher Weise vereint. 208 S. [1270]

Susann, Jacqueline
Diese eine Liebe
Das Schicksal einer Frau, der das Leben alles gewährt und die doch das Glück nicht halten kann. 128 S. [575]
Die Liebesmaschine
Der erfolgreich verfilmte Weltbestseller. 426 S. [815]
Das Tal der Puppen
Ein hochdramatischer Roman über die gnadenlose Welt des Showgeschäfts. Erfolgreich verfilmt. 368 S. [238]

Nicolson, Catherine
Unter dem Pfirsichmond
Jung, attraktiv und ehrgeizig, will Corrie es mit der Welt aufnehmen, will ihr Talent entwickeln und als Sängerin berühmt werden. Mutig geht sie ihren Weg, mit Phantasie, aber auch mit beharrlichem Eigensinn, um ihr Leben zu meistern, um Erfüllung zu finden. 352 S. [1356]

Rogers, Rosemary
Die Sinnliche
Der Roman von Liebe und Leidenschaft unter Napoleon. 416 S. [1212]
Letzte Liebe, Letzte Liebe
Virginia und Steve – schön, reich, jung und verliebt – sind der glanzvolle Mittelpunkt des gesellschaftlichen Lebens in New Orleans. Doch das Schicksal reißt die Glücklichen auseinander. 320 S. [1271]
Die Blonde
»Blondinen bevorzugt« – unter diesem Gebot steht das Leben der reichen und schönen, aber glücklosen Anne. Als Männerfalle verschrien und als Seelchen verschlissen, kämpft sie verzweifelt darum, Mensch zu sein. 384 S. [1157]
Die Unbesiegbare
Ein weiblicher, von Leidenschaft geprägter Roman – vor dem historischen Hintergrund der gesellschaftlichen Entwicklung des jungen amerikanischen Kontinents. 576 S. [784]
Wildnis der Liebe
Eine titanische Familienfehde, Liebe, Haß und Leidenschaften von nicht alltäglichen Menschen. 377 S. [1008]

Cunningham, E.V.
Club der Geschiedenen
Eine knallharte, packende Story, die Einblick gewährt in aufschlußreiche, nicht immer erfreuliche, amerikanische Ehe- und Scheidungspraktiken. 192 S. [1398]

García, Consuelo
Auf der Suche nach Liebe
Consuelo García hat in ihren persönlichen Erzählungen die Suche des Menschen nach Liebe eingefangen: die Liebe der Frau zum Mann, die Liebe einer Mutter zu ihrem Kind, die Liebe, die sich in der beglückenden Erfahrung der Sexualität äußert, aber auch eine allumfassendere Liebe zu den Mitmenschen und zum eigenen Körper... 192 S. [1417]

Romane